PRESENTIMIENTOS

PRESENTIMIENTOS

CLARA SÁNCHEZ

ALFAGUARA

© Clara Sánchez, 2008

Santillana Ediciones Generales, S. A. de C. V., 2008
Av. Universidad 767, Col. del Valle
México, 03100, D. F. Teléfono 5420 7530
www.alfaguara.com.mx

© Imagen de cubierta:
Paso de Zebra

ISBN: 978-970-58-0407-6 (Tapa dura)
     978-970-58-0491-5 (Rústica)

Primera edición en México: junio de 2008

Impreso en México

A mis padres

Primer día

Julia

Salieron de Madrid por la A-3 en dirección a Levante a las cuatro de la tarde. Julia se había pasado la mañana haciendo el equipaje que ahora con Tito se complicaba extraordinariamente. Desde que nació hacía seis meses, cada paso fuera de casa suponía movilizar mil cachivaches. Y en cuanto faltaba uno el mundo parecía desmoronarse. Pañales, biberones, gotas para el oído, sombrilla, gorro para el sol. Las cosas más urgentes iban en una gran bolsa de tela acolchada marrón estampada con osos azules, que por la calle solía colgar del respaldo del cochecito. La ropa de Félix y de ella la metió a voleo en la Samsonite verde abierta sobre la cama desde bien temprano. Cuando por fin la cerró, estaba hecha polvo con tanta ida y venida por el piso. También cerró los armarios. La que había que montar para bañarse un poco en el mar y tumbarse al sol. Cambiaría a Tito justo antes de emprender la marcha y aprovecharía para meter este último pañal sucio en la bolsa que dejaría en el cuarto de basuras del edificio. Antes de que se le olvidase, revisó la llave del gas y desenchufó el ordenador y el frigorífico. ¿Y qué más? Seguro que había algo más. Pero ya no le quedaba sitio en la cabeza para ningún otro detalle. Si uno pensara a fondo en todo lo que deja atrás, no terminaría nunca.

Con los huevos que quedaron al limpiar el frigorífico hizo dos bocadillos de tortilla francesa, uno para ella y otro para Félix. Félix en verano tenía jornada continua. Terminaba a las tres y llegaba a casa a las tres y media y se hacía cargo de Tito para que Julia pudiera irse a trabajar, en teoría, porque, un día sí y otro no, surgían imprevistos en la aseguradora y entonces se encargaba del niño una vecina, cuyas hijas de ocho y diez años iban a verlo a menudo.

Julia era la encargada del bar cafetería del hotel Plaza y había conseguido que le dieran el turno de tarde hasta que Tito empezara a ir a la guardería. Se derrumbó en el sofá completamente agotada con el bocadillo en la mano y echó una lenta mirada panorámica alrededor hasta que sin poder remediarlo se le cerraron los ojos.

A las tres horas de viaje hicieron una parada en un restaurante de carretera atestado de pasajeros de las líneas de autobuses. Fue problemático poder tomarse un café entre los apretujones y las prisas, pero aprovecharon para que Félix repusiera fuerzas con el bocadillo de tortilla y para comprar una garrafa de agua mineral, una botella de vino y unas empanadas rellenas de atún para cenar. Y mágicamente a las cinco horas, según se acercaban a la costa, el olor del aire empezó a cambiar. Venía cada vez más húmedo, en oleadas desde el mar, y las adelfas, las buganvillas y las palmeras empezaron a brotar por todas partes.

Lograron llegar a Las Marinas con algo de luz. Julia le había pedido a Félix que condujese todo el rato para poder ir descansando. La verdad era que desde que nació el niño, e incluso antes de nacer, se sentía fatigada a todas horas. Tomaba bastante café y unas vitaminas que esperaba que algún día surtieran efecto. Para controlar mejor a Tito, se había sentado a su lado en la parte trasera y de vez en cuando pasaba la mano por la toquilla que lo protegía de la refrigeración. Si tuviera que explicarlo, diría que le daba seguridad ir tocando a su hijo mientras el sueño la rendía de nuevo.

El pueblo era parecido a otros de la costa. Éste tenía un castillo, varios supermercados grandes, un puerto con barcos de pesca, con veleros de recreo y uno grande de varios pisos que hacía el trayecto a Ibiza. También descubrió una fantástica heladería en la calle principal con un enorme cucurucho en la puerta y un mercadillo de cosas de segunda mano. Precisamente el corte al tráfico de varias calles provocado por el mercadillo les hizo dar tantas vueltas que tardaron bastante en situarse en la carretera del puerto, que por fin les conduciría a la playa y al apartamento.

Lo había reservado Félix por Internet. Se trataba de un gran complejo con piscina en segunda o tercera línea de playa con el encanto de la tradicional arquitectura mediterránea, según la descripción de la inmobiliaria. Por lo general estos apartamentos tenían un dueño alemán o inglés que lo alquilaba en verano por medio de una agencia y lo usaba el resto del año en que apenas había demanda. Los propietarios del que ellos habían alquilado eran ingleses y se llamaban Tom y Margaret Sherwood. A Julia lo que más le atraía era poder ir andando a la playa sin complicaciones de coche.

Cuanto más se acercaban, su deseo de llegar e instalarse iba aumentando mientras que Madrid y el piso cerrado quedaban ya mucho más lejos de lo que se habría imaginado hacía unas horas. Ojalá que todo pudiera dejarse atrás poniendo kilómetros de por medio, pensó apoyando la cabeza en el cristal un poco más despejada.

Pasaron por el Club Náutico y por la comisaría de policía con un grupo casi inmóvil de africanos en la puerta. La luz se iba retirando hacia algún lugar en el cielo. En el paseo marítimo había puestos de regalos y terrazas para tomar algo, lo que debía de ocasionar aquel trasiego de coches que fueron formando una cola preocupante. Estuvieron sin moverse unos diez minutos. Félix en protesta golpeó el volante con las manos. ¿Tienes hambre?, dijo mirando las terrazas con gesto de que hasta que no tomasen posesión del apartamento era como si no hubiesen llegado. Si algo bueno tenía Félix es que no se dejaba llevar por los nervios, hasta el punto de que a veces Julia dudaba que tuviese sangre en las venas.

Lo malo fue cuando lograron salir del atasco y empezaron a circular por la carretera de la playa y se dieron cuenta de lo difícil que iba a ser encontrar el complejo residencial Las Adelfas. Las fachadas de apartamentos blancos y escalonados vistos en Internet acababan de desaparecer en esta oscuridad aceitosa y perfumada por una abundancia de plantas tan ocultas como los apartamentos. Tenían que ir despacio, escudriñando a derecha e izquierda de la carretera los luminosos y todo letrero que se pudiera distinguir. Las Dunas, Albatros, Los Girasoles, Las Gaviotas, Indian Cuisine, Pizzería Don Giovanni, La Trompeta Azul, la cruz verde chillón de una farmacia. Se internaron varias veces por caminos tan estrechos que apenas cabía el coche y cuando se cruzaban dos ocurría el milagro de poder pasar a un milímetro uno de otro y de la pared. El problema es que en el fondo todo era un enjambre de conjuntos residenciales intrincados unos en otros y difíciles de diferenciar seguramente incluso a la luz del día. A esto se debía de llamar buscar una aguja en un pajar.

En el luminoso más llamativo ponía La Felicidad. Estaba en el margen izquierdo y por el movimiento de gente en la entrada parecía una discoteca. Félix dijo que había llegado el momento de preguntar por Las Adelfas. Aparcó en un saliente de tierra exageradamente negro y cruzó con bastante dificultad entre los coches. Pero a los cinco minutos volvió con la solución.

Creo que ya está, dijo con mucho ánimo.

Félix era un hombre muy práctico y conducía como nadie. Se incorporó a la carretera sin dificultad y se adentró airosamente por otro de aquellos senderos imposibles hasta que leyeron el dichoso nombre de la urbanización.

Aparcaron junto a la verja de entrada. Félix abrió con una de las tarjetas que la inmobiliaria les había enviado por correo y le pidió a Julia que esperase allí con Tito hasta que encontrara el apartamento. Se llevó arrastrando la Samsonite y al hombro la bolsa de osos, de la otra mano colgaba el capazo con el paquete de dodotis dentro. Cuando regresó a la media hora dijo que aquello era un auténtico laberinto y que se había confundido dos veces de puerta.

Aún quedaban en el maletero las dos bolsas de imitación piel, que se colgó de ambos hombros, las manos iban ocupadas por la garrafa de agua de cinco litros y la sillita plegada. Julia llevaba a Tito en brazos. De tanto estar sentada tenía las piernas agarrotadas. Siguió a Félix por pasadizos tenebrosos. De vez en cuando alguien salía a alguna de las terrazas apiñadas y distribuidas de forma escalonada con un vaso en la mano o un cigarrillo y miraba hacia las estrellas.

Ellos tres por fin se introdujeron por un recoveco y subieron unos cuantos tramos de escaleras. Tito iba dormido con la cara en el hombro y la boca abierta mojándole la blusa.

Félix descargó los bultos que llevaba junto a la maleta y la bolsa que ya había dejado antes a los pies de la mesa del comedor. El salón comedor se encontraba nada más entrar y lo separaba de la diminuta cocina un mostrador. Al abrirlos, de los armarios de la cocina salió un profundo olor a cañería. Lo primero que hicieron fue subir las persianas de ventanas y terraza y hacer un recorrido rápido por el apartamento. El cuarto de baño tenía algunas manchas de óxido y necesitaba un buen repaso con lejía, pero en conjunto a Julia le pareció bastante mejor que en las fotos de Internet. En realidad sólo se reconocía que era el mismo apartamento por el floreado de las colchas y cortinas de las habitaciones. Una era de matrimonio y la otra de dos camas y con un aire más intrascendente y juvenil. Abrieron todo para que se ventilara. Lo que más le gustaba era el suelo de mármol blanco con una cenefa negra alrededor. Los muebles eran ligeros y seguramente la constructora los entregaba con el apartamento. La mesa del comedor, las sillas, un sofá y un bonito baúl eran de mimbre teñido en azul, como los cabeceros de las camas y las mesillas. Sin embargo, las estanterías eran completamente artesanales y parecían hechas y pintadas por el dueño de la casa. Sobre ellas se alineaban novelas de bolsillo policiacas con el nombre escrito a mano de Margaret en la primera página. En una foto con un rústico marco de madera sonreían una mujer de unos sesenta años, de saludable cara redonda y pelo rizado en forma de escarola del color de la paja seca, y un hombre bronceado de pelo canoso en unas partes y amarillento en otras. Serían Tom y Margaret. Sonreían de una forma muy agradable como dándoles la bienvenida al apartamento. Había otros detalles personales, una caja de conchas mal pegadas, cuadros que podría haber pintado la propia Margaret y una gran variedad de utensilios de cocina completamente enigmáticos para Julia.

Se sentía bien, muy bien. Había armonía y algo alegre entre estas cuatro paredes. Dejó la bolsa con la ropa de Tito en la cama grande, la separaría en montones y luego la guardaría en el armario. Tito ya estaba sobre la colcha de florecillas azules de una de las camas individuales con el chupete puesto. En la otra reposaba el capazo desgajado de la sillita y una de las bolsas imitación piel. Enfrente había un sinfonier rojo con la caja de conchas mal pegadas encima. Tito empezaba a gimotear. Julia había traído sábanas desde Madrid para la cama del niño, quería evitarle el contacto con ropa usada por otras personas aunque estuviese limpia. Fue al salón y abrió la maleta en el mismo suelo, las sacó del fondo y se las tendió a Félix para que las colocara. Ella iría preparando el biberón.

Mientras buscaba un paquete de leche, le dijo a su marido que al día siguiente podían ir por la mañana a la playa y por la tarde aprovecharían para hacer una buena compra en el supermercado y luego darían una vuelta por los alrededores en coche hasta la hora de cenar. Tal vez pudiesen subir al faro y ver el mar desde allí.

Buscó y rebuscó en la bolsa de osos, después en las grandes bolsas de imitación piel y por último en la maleta. El rastro de los paquetes de leche se detenía en la encimera de la cocina de Madrid.

—¿Nos hemos dejado algo en el maletero? —le preguntó a Félix con la fuerte sospecha de que no había puesto en el equipaje lo más importante, la leche para los biberones y la papilla de cereales, que había empezado a tomar hacía poco. No tenían nada para darle, salvo agua.

Félix le comunicó con la mirada que en el maletero no había nada parecido a un paquete de leche y con la misma mirada le reprochó este descuido, y esto era algo que le molestaba profundamente de Félix, su afán de perfección, su buena memoria y sus pies siempre en la tierra.

—Bien —dijo Julia cogiendo la mochila que usaba como bolso y las llaves del coche—. Ve hirviendo el agua. Vuelvo enseguida.

Félix dijo que prefería ir él, pero Julia consideró que Félix ya había conducido bastante. Además, era ella la responsable de este descuido.

Le costó encontrar la verja de salida. Vaya mentes retorcidas las de estos arquitectos. Los reflejos de la piscina temblaban en el aire.

Al venir hacia acá, había descubierto una farmacia en la carretera en dirección contraria. Vería si también podía comprar por allí una ensalada para acompañar las empanadillas, estaba deseando cenar, meterse en la cama y levantarse y ver todos estos parajes iluminados por el sol. De los estrechos caminos asomaban los morros de los coches esperando incorporarse a la carretera. No era fácil porque había bastante tráfico. Cuando llegó a la altura de la cruz verde fluorescente, torció a la derecha. La farmacia se encontraba a cien metros y rezó para que estuviera de guardia.

Tuvo suerte. Aparcó en la misma puerta. Cogió veinte euros del bolso y salió del coche.

La atendió un farmacéutico muy joven con gafitas y pinta de aburrirse mortalmente allí dentro mientras la gente estaba de copas por los alrededores. Julia cogió el paquete de Nestlé y se metió las vueltas en el bolsillo del pantalón. Se había puesto para el viaje la ropa más cómoda que tenía, un pantalón de lino beige, una blusa blanca de algodón y unas viejas deportivas que le estaban como un guante. A Julia la ropa le duraba mucho, demasiado, porque en el hotel usaba un uniforme de pantalón ancho y camisa negros de corte nipón muy en consonancia con el tono minimalista del bar, y le quedaba poco tiempo para lucir su propio vestuario. Lo que sí lucía era su cabello, que ella sabía que con el atuendo negro resultaba espectacular. Era cobrizo, rizado y tan abundante que para trabajar se lo recogía con unos pasadores de pasta negra unas veces y dorados otras. Su jefe, el encargado principal por así decir, apreciaba mucho los detalles de buen gusto en el arreglo personal. Decía que los empleados debían ser un ejemplo para los clientes, que debían recordarles en qué clase de hotel se encontraban ahora que algunos creían que por tener dinero estaban excusados de elegancia y modales. Se llamaba Óscar y siempre hablaba como si hubiese pasado otra vida en lugares y con gente más refinados que éstos.

Para incorporarse de nuevo a la carretera tuvo el mismo problema que antes. Los faros se cruzaban sin cesar y sólo los más despiertos lograban dar un volantazo que los sacaba de los escondrijos. Así que cuando ocurrió lo que ocurrió en el fondo se lo estaba temiendo. Oyó cómo cerca de allí un coche derrapaba y chocaba contra algo, tal vez contra otro coche. En estos sitios, con la brisa del mar, el olor dulzón de las plantas y un poco de alcohol se podía perder la noción de peligro con muchísima facilidad.

Aparcó de mala manera en el arcén junto a otros que habían hecho lo mismo, y como ellos salió a ayudar. Pero ninguno lograba ver nada a pesar de que el ruido del accidente se había producido muy cerca, prácticamente encima. Quizá había sucedido en uno de los senderos que como el suyo se abrían paso entre las urbanizaciones, pero enseguida, en cuestión de segundos, la sirena de una ambulancia salida literalmente de la nada empezó a zumbar con fuerza. Julia, aunque miraba en todas direcciones, continuaba sin ver y no podía esperar más, Tito estaría llorando a pleno pulmón reclamando el biberón, y Félix no tenía nada con que calmarle.

La noche era tan oscura que parecía que no había luna. Tiró en dirección a los apartamentos. Dejó a la izquierda la discoteca La Felicidad y a los tres o cuatro kilómetros pensó que ya debería haber encontrado algún punto de referencia para torcer hacia Las Adelfas. Ahora se daba cuenta de que sólo Félix tenía la clave para saber llegar. Ella se había dejado llevar y al salir por la verja en busca de la farmacia no se había fijado en nada en especial, daba por hecho que regresaría al mismo camino sin ningún problema, atraída secretamente por la fuerza del apartamento. El problema era que la noche había encendido unas luces y apagado otras y se habían borrado las huellas del día.

Por fin se adentró por un pasadizo a la derecha y fue hasta el final, donde había más anchura para aparcar y serenarse un poco. El silencio de la noche engullía los ruidos, incluso el del tráfico.

No tenía que exagerar, todo estaba bien. No debería llamar a Félix y preocuparle, aunque sería lo más sensato, así que echó mano al bolso en el asiento del copiloto. Siempre lo dejaba allí, sólo que ahora en el asiento no había ningún bolso. Estaría en los asientos traseros y volcó hacía allí medio cuerpo. Palpó también el suelo. El bolso mochila había desaparecido. Inclinando otra vez el cuerpo comprobó que el seguro de la puerta del copiloto no estaba echado, por lo que con toda probabilidad se lo habrían robado cuando salió fuera del coche en el momento del accidente. Le fastidiaba sobre todo por la documentación, tendría que pasar por el engorro de poner una denuncia, y por el móvil, precisamente ahora lo necesitaba más que nunca. ¿Qué podía hacer?

Menos mal que al pagar la leche en la farmacia se había metido el cambio en el bolsillo del pantalón. De todos modos, lo tocó para cerciorarse de que seguía ahí, porque ya no estaba segura de lo que hacía, y es que cuando se está cansado se dice con razón que es mejor no intentar solucionar nada.

Bajó la ventanilla y sintió una maravillosa brisa entrándole en los pulmones, como si hasta ahora mismo hubiera respirado a medio gas. Los ojos se le estaban acostumbrando a la oscuridad con rapidez. No creía que el complejo se encontrara más adelante, no tenía la sensación de haber conducido tanto. Así que daría la vuelta y regresaría observando las sombras del lado contrario muy cuidadosamente y la intuición le diría por qué pasadizo meterse. En el trato con los clientes del hotel se dejaba llevar por la intuición. Félix no estaba de acuerdo, opinaba que las evidencias y los datos eran los únicos que contaban para llegar a conocer a alguien, para tomar una decisión y para no equivocarse más de la cuenta. Siempre decía que la gente que se decepciona se basa demasiado en las apariencias. Lo que pasaba era que a Julia no le daba tiempo a decepcionarse con los clientes porque, salvo los habituales, iban y venían a una velocidad de vértigo. Sólo tenía que preocuparse por si alguien pensaba largarse sin pagar o montar una bronca y para eso no había ni que pensar. Así que no podía estar segura de nada de lo que creía saber sobre la gente y la vida porque no estaba acostumbrada a basarse en datos. Admiraba la objetividad que regía los juicios de Félix aunque a veces le irritase y le pareciese que él y ella vivían en dos mundos distintos, uno con bases sólidas y otro con pies de barro. Probablemente Félix nunca se volvería loco. Claro, ¿y si ella había sufrido de repente algún trastorno mental? ¿Y si había perdido la noción del espacio y el tiempo? Podría estar pasándole algo así y no ser consciente de ello y por eso sería incapaz de volver al que ahora era su hogar, el apartamento. El caso era que estuviera o no en sus cabales no se le ocurría ninguna estrategia que diera un vuelco a la situación. La noche iba moviéndose del azul oscuro al negro según se hacía más y más profunda. Cerró los ojos y trató de dejar la mente en blanco con la esperanza de que su misterioso mecanismo empezase a funcionar correctamente.

Llevaba así unos dos o tres minutos cuando notó que una mano fría le pasaba por el pelo y por la espalda. Aunque no era nada del otro mundo, porque a estas horas el aire venía cargado de pequeñas corrientes calientes y frescas, cerró la ventanilla con aprensión y giró la llave de arranque. El contacto de aquella mano le había parecido tan humano que no le cabía duda de que estaba sacando las cosas de quicio.

A los tres cuartos de hora desistió de seguir buscando. Pero ¿qué mierda le pasaba? ¿Cómo podía estar tan torpe y tan ciega? Su marido y su hijo la estaban esperando y ella se dedicaba a ir arriba y abajo cada vez más lentamente, como si las ruedas se pegaran al asfalto, buscando unos apartamentos que habían desaparecido de la faz de la tierra. Había caído en un círculo vicioso y cuantas más vueltas diera, más se desorientaría y más se ofuscaría y más se desesperaría. No conseguía ver nada aparte de los mismos caminos una y otra vez, los mismos árboles, las mismas pequeñas luces en fachadas oscurecidas. Lo único que le quedaba era encontrar un teléfono.

Decidió dirigirse al lugar más iluminado y concurrido de la zona, La Felicidad, donde habían orientado a Félix la vez anterior sobre Las Adelfas y en cuyos alrededores posiblemente habría alguna cabina. A estas horas el accidente había pasado a la historia, ya no se oía nada de nada, lo que hubiese ocurrido se lo había tragado esta carretera. Y el bolso también se lo había tragado la carretera. Odió al hijo de puta que se lo había robado.

Le costó lo suyo aparcar. Ni que fuese la única discoteca de Las Marinas. Todos los que entraban y salían llevaban encima las huellas de muchas horas de playa. A ellas el sol les había aclarado tanto el pelo que hasta las morenas parecían rubias. Lucían espaldas y hombros al aire y sandalias de tacón, que las elevaban a las alturas. Dio una vuelta por los alrededores buscando la dichosa cabina, pero no vio ninguna. Nadie que no fuese ella necesitaba una cabina. La gente tenía su vida en orden, los documentos, el móvil, el apartamento, la familia si es que tenía familia, incluso su diversión estaba en orden. Del interior del local se escapaban ráfagas de música y de luz azulada que se estrellaban en la ancha espalda del portero. Precisamente el portero echó una ojeada a sus viejas Adidas, y Julia supo que, captado este detalle, ya nunca la dejaría entrar. Desentonaba, estaba fuera de lugar, no era nada personal.

Se acercó a él y se enfrentó a una mirada fría y desdeñosa. Era la misma mirada que ponía ella cuando alguno se le insinuaba en el hotel o pretendía contarle su vida. Le preguntó por el conjunto residencial Las Adelfas.

—Sé que está en esta carretera, pero no lo encuentro —dijo Julia.

—¿Las Adelfas? —preguntó él mientras paralizaba con la mano extendida a un grupo de chicas con vaqueros ajustados y ombligos morenos—. ¿No serán Las Dunas? Las Adelfas me suenan al otro lado del pueblo, en la playa de Poniente.

Julia no supo qué decir. Se quedó unos minutos contemplando cómo el portero hablaba con las chicas mientras trataba de organizar los recuerdos de aquella noche. Las chicas le decían algo que requería tanta concentración que empezó a atender vagamente a los que entraban. Y fue en ese momento cuando Julia vio la ocasión de colarse en La Felicidad, a la desesperada, buscando alguna oportunidad que no había fuera.

La luz de dentro pertenecería a los llamados efectos especiales. Sólo iluminaba algunas cosas, lo demás quedaba en penumbra. Hacía que las camisas blancas y la ropa clara deslumbraran como si estuvieran encendidas, la misma blusa de Julia se movía irrealmente resplandeciente. Y al contrario, los rostros, cuellos y manos resultaban exageradamente morenos, incluso los suyos, que no habían tomado el sol. Bajo los efectos de esta luz todo el mundo emanaba un atractivo irresistible. También ella. Un hombre la miraba con fijeza desde la barra a unos cinco pasos. El claro de los ojos resaltaba en su rostro de bronceado artificial. Pero algo más atrajo la atención de Julia. Sintió que ya había cruzado esta misma mirada con esos mismos ojos. Continuó observándolos pensativa. Él tampoco apartó los suyos, no era alguien que se amilanase. Anduvo los cinco pasos que lo separaban de ella.

—¿Quieres tomar algo? —le dijo.

En este mismo instante Julia supo que tenía sed. Hasta ahora había estado demasiado ocupada como para darse cuenta.

—Tengo sed —dijo.

Él, sin preguntar más, se acercó a la barra y volvió con dos vasos altos, en cuyo interior se formaban olas de mercurio.

Dio un trago largo. Tenía más sed de la que imaginaba. Un gran frescor le recorrió la garganta y los pulmones, y le quedó un sabor algo amargo que pedía otro trago.

—¿Cómo te llamas? —preguntó él.

La música estaba demasiado alta y había que hablarse al oído con el aliento rozando la cara.

Dijo que se llamaba Julia y cuando le iba a preguntar a él por el suyo tuvo el presentimiento de que se llamaba Marcus.

—Yo me llamo Marcus —dijo él.

Julia se quedó desconcertada, no comprendía cómo había podido adivinar el nombre. Aunque puede que con la noche que llevaba y al beber con el estómago vacío le hubiera parecido pensar esto, pero que en el fondo no lo hubiese pensado. Lo que era seguro es que Marcus no se podía ni imaginar que ella no había ido allí para divertirse ni la extraña situación por la que estaba pasando.

—¿Estás de vacaciones? —preguntó Marcus acercando ya completamente la cara a la suya.

Notó la aspereza de la barba y el olor algo denso que desprendía a colonia y alcohol. A continuación él la abrazó y ella se asustó porque le gustó y deseó que la besara. Jamás se habría imaginado esto, jamás se había llegado a considerar un monstruo semejante. Durante unos segundos la angustia que sentía por no encontrar el apartamento y por que Félix estuviese preocupado y sin comida para Tito había cedido con el abrazo de este absoluto desconocido. Sería entonces verdad eso que dicen de que uno nunca llega a conocerse del todo.

Se despegó de él.

—¿Qué te pasa? —preguntó en un tono demasiado íntimo, como si se hubiesen acostado juntos mil veces.

Tanta confianza le hizo sentirse bastante incómoda, le resultaba obscena. Tuvo la amarga sensación de que estaba engañando a Félix. Y el caso era que no le parecía una sensación nueva y que además sabía mucho sobre Marcus de forma natural, como si hubiese nacido sabiéndolo. Sabía que era zurdo y que venía de los Balcanes y también sabía de qué sitio de los Balcanes venía, pero ahora no se acordaba, estaba cansada. Se fijó en la mano con que cogía el vaso, la izquierda. Claro que también podría haberlo visto antes sin darse cuenta, del mismo modo que podía haber notado que era de los Balcanes por el acento y por su aspecto de Europa del Este. Era de Croacia.

—¿Puedes prestarme un momento el móvil? Tengo que hacer una llamada urgente.

Marcus la miró sopesando la situación. No querría pasarse en gastos con ella, ya la había invitado a una copa.

—¿Dónde quieres llamar?

—Necesito saber cómo está mi hijo.

Se separó dos pasos de ella. Un hijo. Pareció pensarlo mejor. Volvió a acercarse.

—¿Y después?

—Después, me quedaré tranquila.

Venía de Zagreb. Estaba segura. Sabía que en España intentaba empezar una nueva vida y olvidar algo de la guerra. Julia no se lo estaba inventando, lo estaba recordando. Y era imposible recordar algo que no se supiese. Tal vez había sido uno de esos clientes del hotel que te cuentan la vida mientras se toman whisky tras whisky.

La condujo cerca de la salida y sacó el móvil del bolsillo. Era plateado, con solapa, de los que dan un chasquido al cerrarse. Bajo la atenta mirada de Marcus marcó el número de Félix. Saltó el buzón de voz, y ella dejó un mensaje. «Estoy bien, estoy tratando de encontrar el apartamento, ya tengo la leche, no te preocupes.» No le dijo que le habían robado, para qué si él no podría hacer nada. Tampoco creía probable que saliera en su busca con Tito hambriento y sin coche y con la posible contrariedad de dejar a Julia con la puerta cerrada. Félix analizaría la situación y pensaría que lo más razonable sería esperar y tratar de calmar al niño como pudiera. Aún no estaba alarmado, pensó aliviada, puesto que tenía el móvil apagado.

—No responden. Volveré a llamar dentro de diez minutos.

Marcus se lo guardó en el bolsillo y la cogió del brazo con decisión. A ella no le desagradó esta manera de cogerla y, sobre todo, dependía del móvil de Marcus. Consideró que el esfuerzo invertido en el dueño de ese teléfono era por una causa más que justificada y vital. Puestos a pensar como Félix, sería más provechoso rentabilizar el tiempo pasado con Marcus que buscar otra alternativa parecida. Se dejó abrazar de nuevo. Estaban bailando. Y el cuerpo de Marcus no le resultaba extraño. Dime una cosa, le preguntó al oído, ¿vienes de Zagreb? Marcus despegó la cabeza de la suya y la miró un instante con esos ojos entre grises y azules bastante bonitos. El pelo lo llevaba muy corto y era castaño claro y los surcos a los lados de la boca y en la frente hacían pensar en una vida dura. Luego volvió a la posición de antes sin contestar. Ahora Julia recordó otra cosa más, sabía que a Marcus no le gustaban las preguntas y que tenía por norma no contestarlas. Durante el cuarto de hora que permanecieron así estuvo tratando de averiguar dónde lo había conocido, hasta que sintió la blusa empapada de sudor y que no le repugnaba estar con él entre tanta gente intensamente bronceada y despreocupada. Menos mal que oyó un pequeño timbrazo, un timbrazo que al parecer sólo había escuchado ella. Más que timbrazo había sonado como la alarma de un reloj. Julia no llevaba reloj así que podría proceder del reloj de Marcus, lo curioso es que daba la impresión de que lo había escuchado junto al oído. El caso es que sonó a tiempo para devolverla a la realidad y que se preguntase seriamente qué estaba haciendo. No era normal que se olvidase durante minutos enteros de Tito y Félix en estas circunstancias tan preocupantes.

—Tengo que volver a llamar por teléfono. Estoy inquieta por mi hijo.

Él pareció salir de una ensoñación. La besó en la boca.

Julia pensó que puesto que habían llegado a este punto no sería nada del otro mundo meterle la mano en el bolsillo del pantalón y sacar el móvil. Pero Marcus le agarró la muñeca con fuerza y se lo arrebató con la otra mano.

—Aún no ha llegado el momento —dijo Marcus guardándose el teléfono—. No vuelvas a hacerlo.

Seguramente para Marcus lo que hacía no era grave, puede que se lo tomase como un juego, al fin y al cabo estaban en una discoteca bailando y pasándolo bien y no podía adivinar lo que le ocurría a Julia. Sin embargo ella, a pesar de que le comprendiese, tenía el presentimiento de que era mejor alejarse de él.

—Voy al baño un momento —le dijo al oído como siempre.

Las puertas de los aseos no cerraban, los rollos de papel higiénico rodaban por el suelo encharcado. Fue muy desagradable orinar en estas condiciones, prácticamente a la vista de otras mujeres que se pintaban los labios frente al espejo y que casi no podían evitar verla.

—Por favor —dijo mientras se lavaba las manos—, ¿alguien podría prestarme un móvil? Estoy buscando a mi marido y a mi hijo.

Durante unas milésimas de segundo detuvieron las barras de labios y los peines para observarla. Luego le dijeron que lamentablemente allí dentro no había cobertura.

Al salir del baño localizó con la vista a Marcus junto a la barra y procuró escabullirse hacia la puerta. Era absurdo tener que escapar, pero ya no podía esperar nada más allí dentro y además algo le decía que era el momento de separarse de este desconocido, aunque no desconocido del todo.

Le dolía la cabeza. Le dolía bastante. Seguramente era la tensión, pensó mientras abría el coche. El coche otra vez, el volante, la oscuridad de la noche recortada por la luna. Necesitaba descansar, tal vez si durmiese un poco encontraría una solución a este callejón sin salida. De todos modos, no se encontraba a gusto quedándose a dormir junto a La Felicidad, había demasiado movimiento. Prefería un lugar más discreto y silencioso.

Salió de nuevo a la carretera y más o menos por donde había creído que se encontraban los apartamentos se internó por una calle, fue hasta el final de ella y apagó el motor. Enfrente estaba el mar, una masa negra temblorosa que se extendía a lo lejos por el cielo. A pesar de que hacía calor, cerró las ventanillas y los seguros, saltó a los asientos traseros y se tumbó. Encogió las piernas, pasó un brazo sobre el otro y se fue durmiendo algo mareada y con el persistente dolor de cabeza. Entonces notó un dedo presionándole la nuca, lo que la habría sobresaltado de no estar tan cansada. No se movió y pensó que como era imposible que se tratase de ningún dedo de verdad, sería una contracción muscular.

Félix

Por la terraza abierta entraba una brisa fresca que llegaba a la habitación. Como también había abierto las ventanas, se creaba una corriente muy agradable. Había tumbado a Tito sobre una de las dos camas con colchas de florecillas azules y se tendió a su lado para que se sintiera acompañado y no llorara. Y, si era sincero, para sentirse acompañado él mismo. Tito desprendía un calor, un olor y una intensidad humana increíbles en un ser tan pequeño. Parecía que no se tratara sólo de kilos, que eran los normales para su edad, sino de una gran concentración de potencia y energía que en el futuro haría que sus piernecillas fuesen enormes, y sus manos, el tronco, la nariz. Le costaba trabajo creer que también él había sido así y que había existido un tiempo en que no pensaba en lo que hacía ni lo que pensarían los demás, que sólo actuaba. A Julia le dolía la espalda de sostenerlo en brazos, puede que de ahí viniera la cara de cansada que tenía últimamente.

Julia medía uno sesenta y cuatro y pesaba cincuenta kilos y desde el parto tendía a tener bajo el hierro y por eso se sentía tan floja. Durante el viaje vino durmiendo casi todo el tiempo. Félix la veía por el retrovisor con la cabeza recostada en el cristal. Se había cortado un poco el pelo para que no le molestara en la playa. Normalmente le caía un poco por la espalda, ahora lo llevaba a la altura de los hombros. Era lo más llamativo de su persona, lo demás pasaba desapercibido. Si la gente se acordaba de ella era por el pelo, aunque a un pelo así habría que llamarlo cabello, cabello en cascada. Era rizado, con pequeños rizos en las sienes y en el nacimiento de la frente y grandes y abultados en el resto. Si lo llevaba recogido, los bucles se disparaban en todas direcciones produciendo un efecto maravillosamente salvaje. Tenía un tono castaño rojizo, casi pelirrojo que con la apagada luz del bar del hotel donde trabajaba no llamaba tanto la atención, pero que en la calle bajo el sol uno no podía dejar de mirar. Lo miraban los hombres, las mujeres, los niños. Todo el mundo desviaba la vista hacia aquella maraña llameante. La naturaleza le había regalado un don, algo precioso y raro como un unicornio o algo así y ella lo respetaba y lo cuidaba al máximo. Usaba los mejores champús, bálsamos con proteínas de seda y mascarillas. Una larga balda del cuarto de baño estaba destinada a estos productos. Siempre lo dejaba secar al aire para que el secador no lo resecase y cuando hacía viento formaba un aura luminosa alrededor de la cabeza. Con ninguna otra parte del cuerpo tenía tantos miramientos. Parecía que el resto de su cuerpo sí le pertenecía, pero que el cabello rojizo era un préstamo que tendría que devolver intacto algún día a la naturaleza. Y el pelo hacía que nadie se fijase en los ojos con forma de pececillos de color pardo, y lo que tiene el color pardo es que en la luz pasan a ser verdosos y en la sombra castaños. Así que siempre tenían un tono que parecía tapar otro. Muchos al verla le preguntaban si no se le había ocurrido ser actriz. También fue una de las primeras ideas que se le cruzó a Félix por la cabeza al conocerla. No había que hacer nada para imaginársela sobre un escenario o en una pantalla, simplemente porque sobresalía por algo.

Desde el momento en que conoció a Julia, Félix empezó a preocuparse por ella y sus estados de ánimo, y en cuanto notó que la alegría de ella le alegraba y su tristeza le entristecía y su malhumor le irritaba y era capaz de odiar a gente que no conocía de nada sólo porque los odiaba ella, supo que ya no había vuelta atrás, que se había apoderado emocionalmente de él y que esta invasión debía de ser amor. Y que el amor borraba cualquier atisbo de objetividad y de independencia. Precisamente por esto se consideraba menos capaz de ayudarla a ella que a cualquier cliente de la aseguradora donde trabajaba.

Los cambios de humor de Julia al principio le desconcertaban mucho porque pensaba que era por algo que él había dicho o hecho, pero en conjunto no entendía qué le pasaba, cuál era el problema de fondo. Se casaron tan rápido que no les dio tiempo de conocerse. Claro que eso a Félix no le preocupaba porque sólo uno mismo era capaz de conocer globalmente todos sus componentes. Y por eso, y había tenido ocasión de comprobarlo en cientos de casos investigados, por muchos años que se conviva con una persona no se llega al fondo de su personalidad. Más tarde achacó su comportamiento a la circunstancia extraordinaria de que su madre era más vieja que la mayoría de las madres. Se llamaba Angelita y la había concebido a los cincuenta y un años, cuando ya ni se planteaba la posibilidad de tener hijos. Quizá su infancia habría sido distinta si su padre no hubiese muerto antes de que ella tuviese uso de razón. Revisando una obra en construcción, un suelo cedió y cayó al vacío. Se podía decir que del mismo modo que Julia había venido al mundo cuando nadie lo esperaba, su padre se fue de repente cuando tampoco nadie lo esperaba.

Tito lo miraba con los ojos abiertos y el chupete puesto. Olía a pañal sucio y tendría que cambiarle, pero le daba miedo moverle y que se acordarse de que tenía hambre, había pasado ya un cuarto de hora desde que le tocaba la cena. Así como estaba, escudriñando a su padre, parecía entretenido. En cuanto a Julia y él, se tomarían en la terraza las empanadas y el vino y luego se irían a la cama y dejaría que Julia durmiese a pierna suelta sin hora de levantarse porque pensaba ocuparse de Tito durante todas las vacaciones para que ella descansara a gusto.

A nadie le garantizan, aunque sea el hombre más poderoso del mundo, que vaya a ver crecer a sus hijos. Nadie puede asegurarme que vaya a verte crecer a ti. Pero tú eso no lo sabes ¿verdad?, le dijo con el pensamiento intentando grabar en la mente de Tito su amor por él. Pero cuando se dio cuenta de que esta mirada cargada de amor también estaba llena de preocupaciones y de un poco de angustia, la retiró hacia las cortinas para que el día de mañana Tito no sintiese la angustia que su padre habría dejado en su recuerdo. Ahora Tito no era consciente de lo que hacía ni de lo que le hacían, sucesos que permanecerían aletargados en algún lugar del cerebro hasta que de repente un día les diera por salir.

Podía poner tantas imágenes, tantas palabras, tantas sensaciones en la tierna y fresca inteligencia de su hijo, que sentía una gran responsabilidad. Cerró los ojos y lo abrazó. La respiración de Tito funcionaba como un somnífero. Hacía días que le costaba mucho coger el sueño, desde que Diego Torres, y no él, descubrió que el incendio de unos almacenes había sido provocado. De no ser por Torres la aseguradora habría tenido que desembolsar una fortuna. Hasta este momento Félix era el investigador estrella sin discusión, y un fallo como éste no se lo habría esperado él ni nadie. Torres decía una y otra vez que había sido pura suerte, pero los hechos eran los hechos. No le molestaba que Torres lo hubiese descubierto. Torres se merecía que algo le saliera bien. Lo que no se perdonaba era no haber sabido ver dónde estaba la prueba, pensaba mientras se hundía lentamente en la nada inmensa.

No sabía qué hora sería cuando el llanto de Tito lo sobresaltó. Le costó situar las florecillas azules de la cortina en el espacio y el tiempo. Vio la cara enrojecida de su hijo frente a la suya. La piel era tan fina y suave que amenazaba con romperse en la frente y las mejillas. Le dio un beso en la cabeza. El mismo Félix, según le habían contado, había sido un llorón que no dejaba dormir a nadie.

Aunque a veces también le habían dicho lo contrario por lo que en realidad no tenía una noción aproximada de los tres primeros años de su vida. Tres años en que había existido sin conciencia de ello ante testigos poco fiables. Tres años en cierto modo perdidos. El llanto de Tito arreció igual que si intentara atravesar la pared, lo que sin duda estaba consiguiendo. Paredes, árboles, hileras de apartamentos, urbanizaciones enteras y puede que también estuviera traspasando la atmósfera y llegando al espacio. Miró el reloj. Llevaba dos horas durmiendo. Entonces gritó el nombre de Julia. ¡Julia!, y colocó las almohadas de las dos camas a los lados de Tito para que no se cayera. Se notaba embotado, en espera de que terminara de despertarse todo lo que tenía en la cabeza. Fue a la habitación de matrimonio. La cama estaba hecha y sobre ella había una de las bolsas del equipaje.

—¡Julia! —llamó, intentando no gritar, junto al cuarto de baño de la habitación.

Lo abrió y encendió la luz. Era de baldosas verdes y unas gotas más claras salpicaban el suelo. Abrió el grifo y salió un chorro de agua marrón que fue aclarándose. Sin cerrarlo, con su ruido de fondo combinado con el llanto de Tito, dio unos pasos hasta lo que en estos apartamentos se llama salón. Más o menos todo estaba como lo habían dejado al llegar. La garrafa de agua mineral, la maleta, la sillita del niño, la sombrilla de la sillita, un gran paquete con pañales, la bolsa de los osos. Miró dentro por si quedaba algo de leche en un biberón. En su lugar encontró uno con agua de anís. Lo cogió, y también un pañal. Con el biberón en una mano y el pañal en la otra permaneció durante unos segundos paralizado extrañándose de la ausencia de Julia.

—¡Julia! —volvió a llamarla lanzando la voz hacia la terraza. Pero por la terraza sólo entraba el ruido de un oleaje oscuro y amenazante. Y entonces supo, como si la misma Julia se lo estuviera diciendo, que algo iba mal. Un presentimiento, se dijo. Un presentimiento sin base real.

Al quitarle el pañal a Tito, dudó si lavarle o no. Optó por volver de nuevo al salón a buscar la bolsa de osos donde tendría que haber una esponja y talco. En el suelo permanecía abierta la maleta y buscó entre la ropa una toalla. No encontró ninguna, ¿dónde las habría metido Julia? Tito tenía la cara morada y le dio miedo que el mecanismo que controla los berrinches se hubiera disparado y no fuese capaz de parar a tiempo. Le pasó la esponja mojada por todo el cuerpo y le quitó la camiseta para secarle con ella. Le puso talco y el pañal. Luego lo tomó en brazos y le dio a chupar el biberón con agua de anís. No sabía hasta qué punto podría engañarle. Volvió a dejarle acostado con el biberón mientras buscaba algo con que taparle. Pero no quería actuar a lo loco, tenía que centrarse, el atolondramiento y la desorganización siempre empeoran las cosas. En la maleta no había visto ropa de Tito, en la bolsa de osos tampoco ni en una de las bolsas marrones, por tanto estaría en la otra. La vio sobre la cama de matrimonio. Mientras revolvía entre prendas pequeñas dio rienda suelta a su preocupación por Julia. Puede que aún anduviese dando vueltas buscando una farmacia y que se hubiese quedado sin gasolina. Era lo más probable puesto que no había vuelto a llenar el depósito desde Madrid. Le haría una llamada en cuanto vistiera a Tito, no quería que cogiese frío. Le metió los brazos por las mangas de la camiseta. Siempre que maniobraba con ellos le daba miedo dislocarle alguno. Tito lo miró desconsolado. Aún tenía los ojos un poco azules, pero pronto los tendría castaños.

—Pon un poco de tu parte, hijo mío —dijo mientras consideraba la posibilidad de que quedase algo de azúcar en el azucarero.

Cogió el chupete y fue hacia la cocina. Era el tipo de restos que suelen dejarse siempre los veraneantes del mes anterior. Un dedo de azúcar en el azucarero, como afortunadamente había, y también un frasco con un poco de Nescafé, y bolsas para la basura y lavavajillas, productos tan baratos que no merecía la pena cargar con ellos. Mojó el chupete en agua de la garrafa y luego en el azúcar. No sabía si esto estaría del todo bien. Si no, sería ese tipo de cosas que no deben hacerse con los niños y que la gente sin sentido común hace.

Llegó a tiempo de ponerle el chupete antes de que se amoratase de nuevo. Según chupaba fue entornando los ojos sin dejar de observar a su padre, como si hubiese algo en él que le intrigara. Félix lo tapó con la colcha hasta la cintura. Volvió a colocarle las almohadas a los lados y recogió el pañal sucio. Lo tiró en un cubo bajo el fregadero. Ahora sí que ya podía ocuparse de Julia. Salió a la terraza y marcó el número del móvil y esperó hasta que saltó el buzón de voz. Le dejó un recado pidiéndole que le devolviera la llamada en cuanto pudiese. «No te preocupes si no encuentras la leche. Tito está dormido», dijo sin estar seguro de que ya hubiese cerrado del todo los ojos.

Se acodó en esta barandilla desconocida y algo húmeda. Las sombras de los árboles se movían como gigantes lentos y cansados. Se sabía que por allí había una piscina por la neblina azulada que desprendía. Sería una de esas piscinas con iluminación en el fondo por si alguien quería bañarse a la luz de la luna. Pero no se oía ningún chapoteo, ninguna conversación, para ser un lugar de vacaciones el silencio era descomunal. ¿No estaría dormido y todo esto sería una pesadilla? Ni le habría cambiado el pañal a Tito, ni Julia llevaría dos horas fuera, ni él estaría ahora en la terraza pensando en esto. Por la mente se le pasó de nuevo el caso de los almacenes. Quería entender por qué aquel detalle minúsculo pero decisivo se le había escapado. El olor dulzón de las plantas era mareante. Lo mejor sería esperar a Julia tumbado en el sofá con el móvil a mano. Había procurado que ella no se diese cuenta de que le había ocurrido algo en el trabajo que le tenía disgustado. De hecho, en el atasco camino de Las Marinas había estado a punto de perder los nervios y afortunadamente había logrado contenerse. Despreciaba a la gente que se dejaba dominar por los problemas y los llevaba a todas partes. Él mismo le había aconsejado a Julia que procurasen no hablar demasiado del trabajo porque entonces acabarían dándole importancia a contratiempos y banalidades que no la tenían. Lo mejor era, le había dicho, que nada más salir del hotel, empezase a pensar en lo siguiente que tuviera que hacer. Así que ahora no le iba a ir él con el cuento del incendio de los almacenes. Pero tenía que reconocer que había venido a la playa sin entusiasmo, empujado por la idea de que les vendría bien. A Tito porque el sol y los baños en el mar le reforzarían las defensas y porque a Julia, que desde el parto estaba más decaída y silenciosa de lo normal, la animaría y le daría fuerza. Y porque a algún sitio tendrían que ir para salir del agobio de Madrid.

El móvil le vibró en la mano. Había quitado el volumen para que no sobresaltara al niño. Le desconcertó que no fuera el número de Julia el de la pantalla.

Le habló un hombre desconocido, cuya voz sonaba remota como si llegara de alguna lejana galaxia.

Se identificó como policía local. Le dijo que la última llamada que había recibido Julia Palacios Estrada correspondía a este número.

Félix le aclaró que era su marido mientras le flojeaban las piernas, como si las piernas pensaran más rápido que la cabeza.

Julia había ingresado en el hospital con una conmoción cerebral. Había sufrido un accidente en la carretera de Las Marinas. Chocó con unas palmeras y dio una vuelta de campana. No había bebido. Podría ser un fallo del coche.

—Iba buscando una farmacia —dijo Félix en un murmullo, sabiendo que era un dato irrelevante.

—Ya —dijo el policía, acostumbrado a cientos de reacciones distintas en estos casos—. No hay otros heridos, no hay testigos, poco podemos hacer. Ahora es cosa de los médicos.

—Bien. Iré enseguida —dijo tratando de dominar la angustia y preguntándose al mismo tiempo dónde encontraría un taxi a esas horas.

La flojedad de piernas había remitido. Ahora estaba tenso como un poste. Si alguien le hubiese dado con una barra de hierro, la barra se habría partido. Empezó a actuar en dos niveles, el de la preocupación por Julia y el de tratar de localizar un taxi, lo que le llevó siete minutos dando paseos por los cincuenta metros que lo rodeaban. Mientras, iba calculando las cosas que faltaban en la bolsa de osos. Consideró que donde más cómodo estaría Tito sería en el capazo y que también le daría a él mayor libertad para maniobrar, así que fue hacia este chisme y tanteó en el fondo para comprobar si el colchoncillo estaba seco. Cuantas más molestias se le quitaran del camino para que no llorase, mejor. Ya sería bastante con el hambre que sentiría al despertar. Así que supuso un gran alivio cuando, de forma casi mágica, elevó a Tito por el aire y lo depositó en el capazo sin que abriese los ojos.

El taxi ya habría llegado y cerró la puerta con mucho cuidado para no hacer ruido y con la sensación de que se dejaba algo. Eran las tres de la madrugada y había refrescado. Ya sabía lo que se le había olvidado, la toquilla o una sábana para tapar a su hijo. En uno de los pasadizos camino de la salida se tropezó con una pareja, que se reía tapándose las bocas, pero dejando escapar chillidos que despertaron a Tito. Estaba boca arriba y al abrir los ojos veía las estrellas. Milagrosamente no lloró. Luego movió la cabeza como para salir de esta visión. Pero a la altura del taxi parecía absorto en la luna. El taxista esperaba apoyado en la carrocería y al ver salir a Félix se precipitó hacia el maletero.

—No hace falta —dijo Félix—. Es un niño.

—¡Ah!, vaya, un chavalín. Yo acabo de tener un nieto.

Félix se sentó detrás con Tito.

—Vamos al hospital. Mi mujer acaba de tener un accidente.

Sabía que este último dato no era relevante para el taxista, sino tal vez molesto. ¿Qué necesidad tenía este buen hombre de saber algo que excedía completamente su función, que consistía en conducirle al hospital? Y además, ¿en qué le beneficiaba a él mismo dar esta información? Gastar saliva. Pero, sin saber por qué, dijo lo que habría dicho Julia. Julia estaba acostumbrada a que en el bar del hotel la gente hablase por hablar, que contase asuntos de su vida que a los demás por un oído les entraban y por otro les salían, y Félix suponía que a la fuerza se le había pegado el vicio de alargar la información más de lo debido. Todo lo suponía porque sólo hacía dos años que la conocía y no podía saber cómo era antes. El pasado de Julia, y de cualquier persona, era un rompecabezas con sentido sólo para el interesado y a veces ni siquiera para él.

El cuello del taxista se tensó, se alargó por lo menos unos dos centímetros más. Carraspeó y arrancó el coche con la gravedad que la situación requería.

—En un cuarto de hora estamos allí —dijo.

Tito empezó a llorar. Ahora ante los ojos nada más tenía el techo oscuro del taxi. Le debía de sorprender que ya no hubiese eso que llamamos estrellas y luna. Le puso el chupete, pero él lo soltó con rabia. Buscó en la bolsa el biberón con agua. Maldita leche y malditas vacaciones.

—Mi mujer ha salido con el coche a comprar leche para el niño y ya no ha vuelto. La policía me ha dicho que ha sufrido un accidente.

Era la segunda vez que decía lo del accidente puede que para habituarse él mismo a esta palabra.

—¿Grave? —preguntó el taxista.

—No lo sé. No sé nada. Está inconsciente.

Como Félix se había estado temiendo, Tito entró en un llanto frenético. Lo cogió en brazos sabiendo que ya era imposible calmarle. El taxista aceleró. Era lo más lógico, cuanto menos estuviese junto a este problema menos implicado se sentiría, aunque ya era tarde para no saber lo que sabía sobre aquella mujer desconocida y para no oír el desgarrador berrido del niño.

—Mi mujer está en el hospital esperando que llegue, y mi hijo necesita un biberón urgentemente.

El taxista aminoró.

—Puedo llevarle a una farmacia de guardia. Al fin y al cabo no puede hacer por su mujer más que los médicos.

Félix entró en la farmacia con la bolsa de osos y Tito en brazos. Dejó el capazo en el taxi. Del fondo, entre cajas de medicamentos, surgió un empleado con bata blanca y gafas redondas. Su aspecto de estudiante lo desfondó. En realidad había esperado encontrar a una mujer.

Antes de poder abrir la boca, Félix trató de calmar a su hijo, un empeño ya de todo punto imposible. El empleado los miraba.

—¿Son gases? —preguntó.

—Es hambre. No recuerdo exactamente qué leche toma. Mi mujer se ocupa de eso.

De nuevo, esta información sobrante.

—¿Qué edad tiene?

—Seis meses.

—¿Tomará también papilla?

—Sí, de cereales.

—¿Y no le han iniciado en la fruta? —dijo cogiendo de las estanterías unas cajas con cierta parsimonia sin que el berrinche de Tito lo alterara lo más mínimo.

Ahora sí que Félix consideró que había llegado el momento de decirle, dando pequeños saltos para acallar a su hijo, que la madre del niño había tenido un accidente e iban camino del hospital.

El farmacéutico le escuchaba con las manos sobre el mostrador y las cajas entre ellas. Era un calvo joven, de facciones finas y piel blanca que uno más o menos ya podía saber cómo iba a ser de viejo.

—Y necesitaría —continuó Félix— agua embotellada y hacerle el biberón aquí mismo. Tal vez tenga algún sitio para calentarlo.

—Bueno —dijo el licenciado Muñoz, según indicaba en el bolsillo de la bata—, en la esquina hay un bar. Claro que ahora estará cerrado.

Félix miró el reloj. El tiempo corría. Eran casi las tres y media. Este chico aún estaba en esa edad en que el sufrimiento de los demás es lejano.

—No me diga que no tiene microondas. ¿No ve cómo está el niño? ¿No ve cómo está este hombre? —dijo el taxista con voz autoritaria detrás de Félix.

Debía de tener muchas ganas de terminar el servicio e irse a dormir. Y seguramente también sentiría algo de pena por este pobre hombre acosado por las obligaciones y los pequeños detalles.

—Trataré de calentar agua en una cafetera que tenemos dentro.

Félix tendió a Tito en una báscula de pesar bebés y le pidió al taxista que le sacara un pañal de la bolsa de osos.

—Tendría que haber llamado al hospital —murmuró con pesar mientras le cambiaba.

—A veces uno no puede con todo —dijo el taxista que contemplaba la operación con las manos en los bolsillos.

De las profundidades salió el farmacéutico con una prisa que le dio un aire más juvenil aún.

—¿Tenemos un biberón?

—Sí —dijo Félix mirando al taxista—. Hay uno con agua y otro vacío en la bolsa. Dele el vacío.

La preparación duró unos cinco minutos porque el farmacéutico tuvo que leerse las instrucciones, abrir el paquete, limpiar la cafetera y calentar el agua. Cuando el biberón estuvo a punto, Félix se echó unas gotas en el dorso de la mano para comprobar que no quemase. Y por fin se lo puso en la boca. Tito se calló bruscamente y el silencio relajó el ambiente. Los tres hombres suspiraron como diciendo misión cumplida. En quien más fuerte sonó el suspiro fue en el taxista. Tito con la cara mojada y enrojecida entornó los ojos. Félix, por su parte, con los brazos y las manos ocupadas, se las arregló para recoger el pañal sucio con el que no sabía qué hacer, hasta que el farmacéutico salió de detrás del mostrador con una papelera y la puso bajo el pañal.

Cuando llegaron al hospital, Tito ya había eructado. Lo puso en el capazo y pagó al taxista añadiendo una buena propina. Le estrechó la mano. Era la persona con quien más cosas había compartido en este lugar del mundo oscuro y perfumado hasta la náusea.

Las luces blancas del hospital deshacían la humedad aceitosa que lo rodeaba. Las sombras agigantadas de las palmeras cubrían la fachada igual que una araña. Según se acercaba a la puerta, el corazón se le iba acelerando, por mucha experiencia que tuviese en mantener el tipo en situaciones difíciles no conseguía tranquilizarse.

Dentro, la luz era tan potente que los ojos le picaban. Su hijo apretó los suyos y se removió en el capazo. El mostrador era blanco y la recepcionista no llevaba abrochada la bata, que le caía a los lados de una camiseta ceñida a unos pechos redondos y bronceados, lo que en cierto modo quitaba hierro a la situación. Nada radicalmente grave podría ocurrir ante un ser tan rebosante de normalidad. Los dedos llenos de anillos bailoteaban sobre el teclado, creando un efecto musical.

—Mi mujer ha tenido un accidente de coche. Entró aquí hace unas cuatro horas.

Sus propias palabras al pronunciarlas en este lugar le sobresaltaron. Detectó en la mirada de la chica que sabía de quién se trataba, pero reaccionó pronto y no dijo nada.

Seguramente era una manera de evitar que él le preguntara y de cometer errores y meterse en el terreno de los médicos. Así que también él se limitó a darle el nombre.

Estaba en la cuatro cero siete, al final del pasillo de la cuarta planta, cerca del Control de enfermería donde podrían informarle mejor.

No fue fácil llegar. En cada pasillo había bifurcaciones y recodos y repentinos cambios de numeración. Por las puertas entreabiertas de las habitaciones salía un olor cargado de antibiótico y profundas respiraciones. Bajó la vista hacia su hijo. Era demasiado pequeño para estar aquí, aunque por lo menos no se enteraba de nada. La puerta cuatro cero tres, cero cinco. Había familiares apoyados en la pared que lo observaron pasar con curiosidad y tal vez compasión. Perfectos desconocidos que sabían lo que le esperaba en la cuatro cero siete.

Entró despacio, sin abrir del todo la puerta, consciente de que cuando llegara al otro lado ya nada sería igual. La vida puede ser siempre igual, o la vida puede cambiar en un segundo, y lo que se creía que era muy importante de repente ya no lo es. Mientras cruzaba el umbral, aún era posible cualquier cosa. Dios sabría qué.

El cuarto estaba en penumbra. Un poco de luz del pasillo y la que llegaba de un firmamento poco brillante le ayudaron a descubrir a Julia en la cama más cercana a la puerta. Fin de trayecto, ya podía dejar de imaginar y de suponer. Colocó el capazo sobre la otra cama vacía junto a la ventana y se quedó observándola. La respiración era normal y en la frente se apreciaba una parte más oscura, un mechón probablemente. No se atrevió a retirárselo. Parecía dormida, ojalá estuviera dormida y no inconsciente. Por si acaso, para no despertarla, tampoco se atrevió a darle un beso, ni siquiera a pasarle la mano por la cabeza ni a encender la luz. Tito dormitaba en su mundo.

Salió a la puerta. Los que aún quedaban en el pasillo le echaron un vistazo cansado, la curiosidad de unos minutos antes se había esfumado.

A la altura de la cuatro cero tres vio a una enfermera con una bandeja en la mano. Fue hacia ella medio corriendo, medio arrastrando los pies.

—Soy el marido de la paciente de la cuatro cero siete.

—¿Ha hablado ya el médico con usted?

Félix negó con la cabeza. En la bandeja había una jeringa en su envase y pastillas.

—Si no pasa ahora ninguno de urgencias, pasarán mañana a primera hora.

La enfermera hablaba dando pequeños pasos hacia atrás y todo en ella indicaba que no iba a darle el parte de lo que le ocurría a Julia porque eso sería cosa de los médicos, así que consideró inútil preguntárselo y regresó andando con la vista clavada en las baldosas de sintasol imitando mármol blanco. De nuevo las piernas le avisaron de que algo fuera de lo normal ocurría y le flaquearon.

Nada más llegar a la habitación se desplomó en un sillón de respaldo alto cubierto con una sábana, destinado probablemente a que la propia Julia se sentara cuando despertase. Calma, se dijo, vamos a analizar la situación. Si la cosa fuera de gravedad estaría en la UCI. Lo más seguro es que la hubiesen sedado para que descansara y se recuperara antes. Las sensaciones negativas que tenía no dejaban de ser meras impresiones porque la realidad era que hasta que no hablase con el médico aún cabía la posibilidad de que se tratara de algo pasajero, de un buen susto y nada más. La verdad era que hasta que no hablase con Julia y con el médico no habría llegado al final del trayecto.

Lo único que estaba en su mano hacer por el momento era descansar para afrontar lo que estuviese por venir, así que cerró los ojos intentando unirse al sueño de Julia y Tito, lo que no duró más de cinco minutos porque enseguida se oyeron los pasos característicos de unos zuecos que se aproximaban con pisadas ligeras. La luz se encendió, y él se levantó. Los zuecos dieron dos pasos más por el pequeño recibidor que impedía que entrase toda la luz del pasillo en el cuarto. Era una chica delgada y morena, de unos treinta y cinco años, vestida de verde sanitario y zuecos blancos. Le saludó sobre la marcha, mientras se inclinaba a auscultar a Julia. También le movió la cabeza, cogiéndosela suavemente con los dedos por la base del cráneo, le abrió los párpados, le tocó las manos y se volvió hacia Félix.

—Soy su marido. Me han avisado hace un rato de que estaba aquí.

Se daba por supuesto que era la doctora y que tenía mucha prisa.

—Bien. Presenta una fuerte conmoción y esperamos que recupere la conciencia en unas horas. De todos modos, hemos recomendado que mañana se le haga un TAC cerebral. Cuando los neurólogos vengan a verla le darán más detalles.

—¿En unas horas, cuántas horas? —preguntó Félix.

—Quizá días —añadió la doctora sin cambiar de expresión, con la misma objetividad científica con que vería muchas cosas desagradables a lo largo del día—. Habrá que tener paciencia.

Félix señaló la frente de Julia. Le habían dado por lo menos diez puntos que le atravesaban la ceja. No era un mechón como había creído antes.

—¿Le dejará cicatriz?

—Va a ser inevitable que se le note algo —contestó ella suavizando la voz y dirigiendo la atención al capazo.

Félix fue junto a Tito llevado por un instinto de protección, que le sorprendió a sí mismo.

—¿Es su hijo?

—Sí, estamos de vacaciones y no comprendo lo que ha pasado.

Ella no hizo caso de esta observación, estaría cansada de oír frases de este estilo y de pensar para sus adentros que no había nada que comprender. ¿Qué había que comprender?

—Éste no es buen sitio para el niño —dijo.

Félix iba a explicarle que no podía dejarle en ninguna parte, que acababan de llegar como quien dice y que quería estar presente cuando Julia despertara. Pero no se lo dijo porque a la doctora nada de esto le interesaba. No podía hacerse cargo de la vida personal de cada uno de los pacientes, del mismo modo que él no podía dejarse llevar por las emociones de los clientes de la aseguradora, lo que en el fondo les beneficiaba tanto a los clientes como a él mismo.

—Antes de marcharse deje en Control su teléfono.

En cuanto la doctora salió, cayó un silencio insoportable en la habitación. La respiración de Julia y de Tito hacía más profundo este silencio, más solitario, más aislado del resto del mundo y de la noche. Julia estaba allí, ante su vista, pero no se atrevía a mirarla. Después de ver tantas cosas como había visto en su trabajo, incendios, robos, inundaciones, accidentes, muertes, ahora se daba cuenta de que en realidad no había visto nada de verdad. Uno se cree que sabe algo y entonces descubre que no sabe nada y ahí empieza a aprender de verdad. Sentía mucho que Julia hubiese pagado el precio que le correspondía a él pagar por esta lección. Y por lo menos se merecía que él no se acobardase y que no mirase para otro lado. Debía poner todo de su parte y cuanto antes hiciese frente a la situación, mejor.

Comenzó a examinar a Julia. Estaba unida a un gotero y a otras bolsas de líquido. Tenía gomas en la nariz y una cánula en el brazo. Miró detenidamente la herida en la frente. Retiró la sábana, tenía un hematoma en un hombro y cortes en las manos. Le levantó el camisón, no vio nada fuera de lo normal y volvió a estirárselo. Estaba boca arriba y no se atrevió a moverle la cabeza. La tapó. Si hubiese ido él a comprar la leche todo esto se habría evitado.

45

Claro que todo se puede evitar hasta que sucede lo inevitable. Le frotó los brazos con las manos, los tenía un poco fríos, quizá el aire acondicionado estaba demasiado alto para alguien inmóvil. Así que también se los cubrió con la sábana. Tal vez necesitase una manta, pero cómo saberlo, Julia era tirando a calurosa por eso en invierno le gustaba dormir con un pie fuera del edredón o toda la pierna izquierda, si estaba tumbada del lado derecho, o la pierna derecha si lo estaba del lado izquierdo. Era como abrir una ventana dentro de la cama. Decía que si no sentía que se ahogaba. Le pasó la mano por el pie lentamente dejando que la piel dormida de Julia entrase por la suya. Y entonces Julia suspiró. O a él se lo pareció. Seguramente quería creer que iba a reaccionar de un momento a otro. Después se inclinó sobre ella.

—¡Julia! —dijo—. ¡Despierta!

Segundo día

Julia

¡Despierta!, oyó Julia que le decían con toda claridad.

Y abrió los ojos de par en par aunque sin saber bien al principio dónde estaba hasta que poco a poco fue reconociendo la tapicería color crema y lo que había por allí, una gamuza, un bolígrafo del hotel donde trabajaba, un spray para los cristales, unos calcetines de Tito. Estaba dentro de su coche. Había dormido allí. Continuaba doliéndole la cabeza y notaba la frente tirante. También le dolía el hombro y un poco el cuello, seguramente por la postura, pero al mismo tiempo aún conservaba en el pie una sensación muy agradable, como si alguien en un sueño que no recordaba se lo hubiese acariciado. La voz juraría que era la de Félix y le había sonado al lado, igual que si Félix hubiese metido la cabeza por la ventanilla. Por supuesto la ventanilla permanecía cerrada, tal como la había dejado. Clareaba. Al abrirla entró un hermoso aroma a mar y flores, aunque de manera incomprensible le producía náuseas y ganas de vomitar. Seguramente era por tener el estómago vacío y por haberse bebido en La Felicidad aquella asquerosa ginebra, según recordaba, sin cenar. No es que tuviera hambre, pero para seguir buscando y no desmayarse en cualquier parte debía tomar algo. Notó en el bolsillo del pantalón el dinero de las vueltas de la farmacia.

Salió del coche y se dirigió andando a la playa. El mar ya no era negro sino verdoso, ya no era temible sino pacífico y estaba lleno de vida. Un sol aún débil iba cayendo sobre él. Julia se desvió hacia un toldo naranja en que se leía el nombre de El Yate. Desde la puerta se extendía una pequeña terraza con sillas y mesas de aluminio.

Por dentro resultó peor que por fuera, pero tenía lo que ella necesitaba, un teléfono público en una pared y un baño. Se pidió un café con leche de paso para el baño y nada más salir ya más aliviada y dueña de sí llamó al número de Félix. La línea estaba ocupada. Seguramente estaría tratando de localizarla en hospitales. Puede que hubiese llamado a la policía. Esto era lo que más nerviosa le ponía, el imaginarse la preocupación de Félix. En cambio ella en este sentido se encontraba tranquila porque sabía que estaban bien y que Félix se las iría arreglando como pudiese con Tito. Según se bebía el café con leche las náuseas iban desapareciendo y un poco el dolor de cabeza. Salió fuera. Haría tiempo en la playa para volver a llamar.

Se quitó las zapatillas que llevaba puestas desde que salió de Madrid y anduvo sobre la arena hasta la orilla. A continuación hizo el gesto de remangarse los pantalones, pero lo pensó mejor y se los quitó. Las olas eran de un verde claro que se deshacía entre los pies. Su frescor le recorrió todo el cuerpo y le hizo sentirse mucho mejor, a pesar de que no se consideraba digna de sentirse bien después de la situación que había creado por pura torpeza. Disfrutaba tanto de este momento mientras Félix se estaría torturando... Se adentró hasta que el agua, de un verde más concentrado que antes, le llegó a los muslos. Se lavó la cara y los brazos hasta las mangas de la blusa. Y esperó unos minutos de pie en la arena para secarse mirando hacia los edificios. Fue entonces cuando hizo el gran descubrimiento.

El sol empezaba a calentar y el aire se había llenado de pequeñas motas doradas. Entre ellas leyó el ansiado nombre de Las Adelfas. Las letras se abrían paso detrás de un buen montón de torres y hoteles, que bordeaban la playa y que por la noche eran invisibles. Ahora asomaban como las montañas del fondo, cercanas a la vista, pero en realidad, lejanas. Sin embargo, y de esto estaba segura, de su apartamento, del desaparecido apartamento, a la playa no habría más de cinco minutos andando. Volvió a entrar en El Yate.

De nuevo marcó el número de Félix. Lo primero era hablar con él y sentirse aliviados. Pero comunicaba, seguía comunicando. Félix siempre tan previsor, tan sabihondo y ahora no se daba cuenta de que lo mejor era dejar tranquilo el teléfono para que ella pudiera ponerse en contacto con él. Claro que tal vez estuviera hablando con los que a ella le habían robado el móvil, pero con eso no iba a sacar en claro dónde podía localizarla. ¡Mierda! ¡Y mierda mil veces! Habría tirado al suelo todas las tazas de desayuno colocadas en fila sobre la barra de El Yate. Habría destrozado este mundo de pesadilla. No era la primera vez que esta vida le parecía una farsa en que faltaba algo que uniese esto con aquello, en que faltaba un mínimo de lógica. Se encaró con el camarero para preguntarle, como si fuera el responsable de todo, si conocía el complejo residencial Las Adelfas. Qué más daba que no fuera el responsable de todo y que no tuviese por qué saber este dato. La vida funcionaba así de desastrosamente.

—¿Las Adelfas? —preguntó el camarero mientras abría un cruasán y lo ponía sobre la plancha. Era uno de esos extranjeros que aprenden el idioma en cuatro días—. ¿Cuál de ellos?

—¿Cuántos hay?

—Cuatro o cinco —dijo dirigiendo la mirada hacia algún lugar de su mente.

Así que esto era lo que ocurría, que había más complejos Las Adelfas.

—¿Cuál es el que está más cerca de la playa, en segunda o tercera línea?

—En esta playa no creo, en Poniente, quizá.

Y lo que tenía que hacer era salir a la general y cruzar el pueblo para ir al otro lado.

—Le pasa a mucha gente —dijo quitándose el sudor de la frente con el dorso de la mano que sujetaba la espátula—. También pasa con Las Dunas, Los Girasoles, Los Remos, Pleamar y más.

Julia dio media vuelta antes de tener que ver cómo alguna de las gotas de sudor caía en el cruasán.

La brisa se había calentado un poco más y algunos madrugadores llegaban con toallas al hombro y gorras. Contempló de nuevo las lejanas letras redondeadas y rosas imitando grandes flores de Las Adelfas. Las Adelfas III. Vaya. Estaban en la ladera del monte, por donde trepaban chalés de color crema con columnas dóricas y buganvillas moradas, pero donde el sonido del mar apenas llegaría. Ni siquiera por la noche, en ese silencio en que se puede notar hasta la caída de una hoja, sería posible que llegase la furia del oleaje que Julia había escuchado en su breve estancia en el apartamento. Así que desistió de perder tiempo y gasolina yendo hasta allí.

Anduvo hacia el coche. Ahora comprobó que lo había aparcado cerca de Las Dunas y que si en lugar de Las Dunas fueran Las Adelfas todo estaría resuelto, pero las cosas cuando se ponen difíciles se ponen muy difíciles. Lo que no sabía era si es que debían ponerse difíciles por algo, si es que convenía que fueran así de complicadas. De ser así querría decir que el mundo se regía por leyes que aún no se habían descubierto. De lo contrario daría igual que se hiciese una cosa u otra, que se tomase un camino u otro, ni tampoco resolvería nada pensar mucho, porque el universo seguiría su marcha sin sentido. ¿Qué le parecía a ella, había leyes o no? No tenía ni idea, probablemente no había ninguna. Se había perdido sin ningún propósito y sólo existía y dirigía sus pasos el deseo de encontrar a su familia. De todos modos, cuando iba a meterse en el coche, lo pensó mejor y volvió a cerrarlo.

Aprovechó que salía una pareja de jubilados para entrar en Las Dunas, por probar ya que estaba allí. El problema era que tampoco recordaba el número del apartamento. Fue Félix quien hizo la reserva por Internet y ella se dejó llevar. Siempre era Félix quien se encargaba de todo lo que se pudiera reservar, comprar o consultar por Internet porque lo usaba mucho en su trabajo, ella estaba más vigilada en este sentido y además debía estar atenta a los clientes del bar y no disponía de tiempo ni tranquilidad para esto. Buscó la piscina, corazón de este tipo de construcciones de veraneo. En el fondo de su alma esperaba ver a Félix y Tito entre su resplandor. Pero en lo más superficial de su alma también presentía que no iba a ser así. El único bañista era un hombre, que nadaba a braza para desperezarse. Desde allí se veían las terrazas de algunos apartamentos con toallas y bañadores colgados en las barandillas. Miró en todas direcciones y a la desesperada se situó de pie sobre un banco de brillantes mosaicos para que Félix, si es que en ese momento estaba mirando, pudiera localizarla. Por el nombre no eran éstos los apartamentos, pero por la situación podrían serlo, así que debía intentarlo.

Toda el agua de la piscina se removió cuando el hombre se impulsó con las manos en el bordillo para salir. Era bastante grande, un viejo atleta de tendones gruesos y nudosos, unidos por cuerdas debajo de la piel tostada. Tenía el pelo blanco y amarillo. Sus miradas se cruzaron y Julia aprovechó para pedirle auxilio con los ojos. Si a su edad no era capaz de comprender que aquella persona necesitaba ayuda, significaría que no había aprendido nada en la vida. Aunque también sería probable que le bastara y sobrara con su propio ser.

Estadísticamente hablando podría ser alemán. Se habría comprado un apartamento aquí antes de que los precios de la construcción se dispararan y ahora lo que querría era absorber la mayor cantidad posible de vitamina D y a poder ser tener una aventura, aunque con mucha discreción porque su esposa alemana estaría arriba disfrutando de un rato de intimidad para ella sola. El enorme alemán fue hacia una toalla junto a la que había un libro de bolsillo, una novela de Patricia Highsmith, con las hojas dobladas por la brisa, la arena y el sol.

Julia se alejó hacia el pasadizo que más le recordaba al de la noche anterior. Dobló un recodo y se internó por otro pasadizo más. Ahora tenía que subir unas escaleras. Las subió deseando oír llorar a Tito de un momento a otro. Daba la impresión de que su llanto estaba retenido en el aire y que en cuanto las leyes de la naturaleza lo liberasen estallaría y la vida volvería a ser normal. En el segundo descansillo una niña de unos diez años bajó seguida de otra de siete u ocho. Iban atropellándose y riéndose y Julia les hizo detenerse. Tardaron unos segundos en reaccionar como si les costase distinguirla. A Julia sus rostros le resultaron vaga y nebulosamente familiares, igual que si los hubiese visto en sueños o en alguna fotografía.

—¿Os suena que haya en alguno de estos apartamentos un hombre de unos cuarenta años con un niño pequeño?

—¿Cómo de pequeño? —preguntó la mayor.

—Un niño que aún no anda, de pañales. ¿Habéis oído llorar a algún niño?

—Sólo a mi hermano —dijo.

La otra niña miraba fijamente a Julia, hasta que empezaron a empujarse otra vez escalera abajo.

En cada rellano había dos puertas pintadas en azul añil. Subió uno más. Tenía que llamar a un timbre y pulsó el de la derecha, en esto no había duda, ésa era la puerta a la que debía llamar.

Tal como se temía abrió un individuo que no era Félix, iba en bañador, sin afeitar, con el pelo revuelto y tenía cara de no estar dispuesto a hacer ningún esfuerzo por ser simpático en vacaciones.

—Perdone —dijo—. Me he confundido.

Él abrió la boca sólo para bostezar y dio un portazo. Julia se encontraba en el tercer y último piso. Descendió al segundo y al primero, sin que descubriera nada significativo en ellos. Podría internarse por otros pasadizos y llamar a otras puertas azules, lo que le llevaría todo el día o quizás dos. ¿Cuántos apartamentos habría allí? ¿Mil? Puede que más. Y además era muy improbable que fuera éste el complejo que buscaba. Podría ser que al ir a la farmacia hubiese cruzado el pueblo en dirección contraria y que las cosas no hubieran ocurrido como ella creía.

Pasó de nuevo por la piscina. La piel del alemán brillaba como el cuero bajo el sol. Tenía un color entre marrón y rojo. El libro yacía junto a la cabeza. Al verla, se medio incorporó pesadamente. Sonrió a Julia como si este segundo encuentro hubiera creado un vínculo entre ellos. Ella se la devolvió. El extranjero parecía dispuesto a hablar.

—Más tarde ya no se puede tomar el sol —dijo continuando alguna conversación que hubiesen mantenido en otra vida.

Julia asintió.

—A las doce ya no hay quien lo aguante.

Él mientras la escuchaba se retiró un mechón amarillo de la frente. El sol le hacía entrecerrar los ojos. Se apoyaba con los codos en el césped y tenía una pierna sobre otra. Por el acento, no parecía alemán, sino inglés.

—¿Ha visto pasar por aquí a un hombre de unos cuarenta años con un niño de seis meses?

Negó con la cabeza después de traducir la frase mentalmente.

—Creo que no, pero he tenido los ojos cerrados un rato.

No importaba. Gracias de todos modos.

Julia echó un vistazo por si entre la hierba descubriese un móvil. Estaba segura de que este simpático turista no se lo negaría, pero no había ninguno, y no parecía necesitarlo, no parecía añorar a nadie, lo que le daba un aire de hombre con ganas de conocer gente y de vivir el presente. Tendría unos setenta años y su corpulencia casi obligaba a verlo vestido de militar. Podría ser un militar jubilado.

Al poner el coche en marcha sin rumbo fijo, una vez desestimado el lejano letrero de Las Adelfas III, se dio cuenta de la poca gasolina que le quedaba. Desde que salieron de Madrid no habían vuelto a llenar el depósito por su culpa. El caso es que habían parado en uno de esos complejos de carretera con gasolinera y restaurante, llenos hasta los topes. Cuando lograron tomarse el café, a codazos como quien dice, la gasolinera estaba imposible, en todos los surtidores había cola, y Julia convenció a Félix de seguir y llenar el depósito al día siguiente. Félix era tan previsor que incluso una tontería así le hacía mover la cabeza pesaroso, como quien está arriesgando mucho. Y mira por dónde, como casi siempre, llevaba razón. Si le hubiese hecho caso ahora tendría un problema menos.

Sacó el dinero del bolsillo. Disponía de ocho euros. Así que por lo menos cinco debía reservarlos para gasolina, los otros tres para llamar por teléfono. En El Yate se había dejado alegremente dos euros. Cada movimiento que hacía le costaba dinero, por lo que había llegado el momento de centrarse y valorar la situación. Félix a estas horas ya estaría buscándola. A cambio de coche él tenía dinero y tarjetas de crédito. Podía coger taxis, alquilar otro coche y contratar a alguien que cuidara de Tito mientras iba de acá para allá, lo que Julia esperaba ardientemente que no hiciera porque le desagradaba la idea de que su hijo se quedara a cargo de desconocidos. Tito necesitaba que le masajearan la espalda después de tomar el biberón para expulsar los gases, si no se pondría muy irritable y lloraría sin parar. También estaba algo estreñido y había que darle una cucharadita de zumo de naranja. Y para que se durmiera había que pasarle el dedo un rato por el entrecejo. Así que confiaba en que Félix por muy preocupado que se encontrara por ella no dejara a su hijo en manos ajenas.

Trató de ponerse en la piel de su marido. Probablemente lo primero que habría hecho sería preguntar en el hospital y después en la comisaría. Ella en lugar de dar vuel-

56

tas a lo loco quizá debería seguir sus pasos. Por muy embarazoso que resultara explicar que se había perdido, sería la forma más directa de acabar con esta situación. Se había levantado un poco de aire, pero venía tan caliente y salado que le escocían los ojos. Los pantalones a pesar de ser de lino fino se le pegaban mojados a los muslos y al culo.

En la carretera del puerto, tal como había sucedido a la llegada la noche anterior, el tráfico era denso. Parada ante un semáforo que cambiaba de verde a rojo sin avanzar, le empezó a desesperar cómo se iba gastando la gasolina tontamente y eso que no había encendido la refrigeración. Hasta que vio la puerta de la comisaría envuelta en el verde azulado del mar y pudo aparcar en un solar atestado de coches. Pensó que en medio de todo tenía suerte.

No le impresionó entrar allí, quizá porque con los turistas pasando por la acera en pantalón corto, cuando no en bañador con la sombrilla bajo el brazo, parecía una imitación de comisaría. El guardia de la entrada la miró con tanta intensidad, que no necesitó preguntarle. Seguramente había desarrollado esta mirada para no tener que hablar tanto.

—Vengo a interesarme por una persona que ha desaparecido.

No dijo que esta persona era ella misma y que su marido podría haber venido preguntando por ella. No era el momento ni el lugar de una frase tan larga. El guardia le señaló el fondo, donde a pesar de ser de día estaban encendidos los fluorescentes del techo.

Allí una chica con camisa de uniforme de manga corta y pelo estirado en una cola de caballo que iba del rubio oscuro al rubio claro la escuchó con expresión seria y profesional. Consultó unos papeles que tenía al lado y luego el ordenador. Al girarse hacia la pantalla unas hebras doradas y brillantes como rayos de sol se escaparon del pasador. Los pabellones de las orejas estaban relucientes y toda ella desprendía un halo de aseo personal maravilloso.

A sus compañeros les debía de encantar estar a su lado. Así que automáticamente Julia se separó un poco del mostrador. No se había duchado ni cambiado de ropa desde el día anterior por la mañana temprano y no paraba de sudar con tanto calor y con tanto ir y venir.

Mientras la funcionaria se recogía el pelo de nuevo le informó de que en esta comisaría no tenían noticia de que alguien la buscase ni hubiera dejado un recado para ella. Julia estuvo a punto de decirle que era perfecta, que no tenía ni una arruga en la camisa y que ella desde su mundo de perfección era la persona ideal para ayudarla.

—Lo que me ha sucedido —dijo, sin embargo, Julia con voz emocionada, humilde y sincera— es extraño y absurdo. Perder a mi marido y a mi hijo a los demás puede sonarles ridículo, pero para mí es muy trágico.

Por primera vez la funcionaria la observaba abiertamente, intrigada, decidiendo si tenía que tomarla o no en serio.

—Tranquilícese, usted está bien y ellos también. A lo largo del día se encontrarán. No se preocupe —le dijo tecleando en el ordenador sin levantar apenas los dedos—. Hay cinco complejos Las Adelfas entre la playa de Levante y la de Poniente. Pregunte en todos ellos, deje recado en los bares y restaurantes cercanos. Es cuestión de paciencia. Y escriba aquí sus datos por si acaso viniera su marido.

En ningún momento le sonrió, no quería comprometerse personalmente. Y Julia fue incapaz de asaltar su intimidad contándole que no tenía dinero y que se estaba quedando sin gasolina.

El solar donde había aparcado estaba a unos metros de la comisaría, cerca de la lonja de pescado. Las gaviotas subían y bajaban igual que si estuvieran haciendo ejercicios de entrenamiento y cuando parecía que se iban a estrellar contra la luna del coche la esquivaban. Abrió el capó por si hubiese allí algo que le sirviera, pero Félix era tan ordenado que nada más había dejado un bidón vacío de gasolina y una manta. Ésas eran en este momento sus pertenencias junto con un paquete de leche en polvo para bebé y los ocho euros. Oyó decir a unos que acababan de aparcar que los días de mercadillo se ponía el tráfico imposible. Luego hoy era día de mercadillo. Trataría de mover el coche lo menos posible.

Llevaba en la mano las llaves del coche, los escasos euros en el bolsillo y se moría de sed. Pero la sed podía esperar, lo primero era dar con una sucursal de su banco y contarles de la manera más convincente posible la situación por la que atravesaba. Tuvo que caminar toda la calle principal adelante, que al menos estaba sombreada por palmeras. Eran palmeras doradas que arrojaban suaves sombras sobre los bancos de piedra. Y pensó que Tito y también Félix tendrían calor. No lo pensó, lo supo con la certeza con que se sabe que hay luna y sol. Sentía sus ojos en ella, como si la observasen desde algún lugar invisible, pero cercano. Según avanzaba y avanzaba por el paseo, empezó a divisar en el horizonte lo que debía de ser el mercadillo. Se extendía perpendicularmente a ella. El olor a fruta y a flores en agua llegaba hasta el escaparate de la sucursal, donde se anunciaban fondos de inversión y un juego de vasos que regalaban con esta operación.

Una puerta de cristal se abrió y luego se cerró. Julia quedó atrapada en una cabina en cuyo interior una voz le pedía que depositara todos sus efectos personales en una taquilla de la entrada. Al girarse hacia allí, vio a un chico metiendo a presión una mochila en una de las taquillas. Estaba claro que ella no tenía otra opción que salir y hacer lo mismo con las llaves del coche, su única posesión.

Una vez dentro de la entidad, en lugar de dirigirse a la caja, fue a una de las mesas, en que se suele atender de una manera más personal a los clientes, y se sentó en una silla con brazos tapizada en gris. A una empleada asombrada de nombre Rocío Ayuso según el letrero de la mesa, le contó que había perdido la cartera con toda su documentación, que necesitaba dinero urgentemente y que tal vez habría alguna manera de poder sacarlo de su cuenta. La empleada, que había ido pasando en estos breves instantes del asombro al recelo, le dijo que sin un documento que acreditase su identidad no podía hacer nada.

—No creo —dijo Julia— que sea la primera vez que sucede algo así. Seguro que es un caso que ustedes tienen previsto.

Rocío se levantó con unos papeles en la mano y salió de la mesa dando a entender que por su parte ya estaba todo dicho. Iba vestida con ropa nueva, pero pasada de moda. Y ella misma era joven pero de otra época. Una joven antigua por así decir.

—Esto es cosa del director y ahora no está. Vendrá a última hora de la mañana.

Julia permaneció sentada y hablaba a Rocío mirándola de abajo hacia arriba, lo que la empequeñecía y empobrecía mucho más aún, pero no quería levantarse hasta agotar las últimas posibilidades.

—Póngase en mi lugar, estoy muy angustiada. Me encuentro con lo puesto.

Julia se preguntó si acaso se ponía ella en el lugar de Rocío. ¿Se hacía cargo de lo que costaba soportar a clientes como Julia, que creían que no existía en el universo un problema más grande que el suyo? ¿Qué sabía Julia de la vida de Rocío?

Rocío no estaba dispuesta a ceder. Una cosa era el trabajo y otra los problemas personales.

—Ya le digo, el director vendrá sobre la una y media. Aunque si quiere un consejo, debería denunciar la pérdida en comisaría.

Julia se encontraba muy bien en la mullida silla, era muy agradable, sentía el cuerpo descansado y protegido, y también las mesas, el aire acondicionado, la bombona del agua y los vasos de papel encerado, que ella había contribuido a pagar con su cuenta corriente y los depósitos a largo plazo, le producían paz y seguridad.

—Aquí está guardado mi dinero y no pienso irme sin nada —replicó cargada de razón y con un tono de chillido que se le escapó sin querer, una fuga de la voz que le sonó horrible a la misma Julia y que alarmó seriamente a Rocío, que pensó que debía responderle hablando lentamente y separando las sílabas.

—Por favor, cálmese. Hay decisiones que no está en mi mano tomar, ¿comprende?

A estas alturas, tanto el resto de clientes como los empleados ya estaban al tanto de que por aquella mesa las cosas no iban bien. Rocío intercambió unas miradas con sus compañeros. Volvió a su sitio cuando se acercó a la mesa alguien que acababa de entrar de la calle. Parecía un cliente. Los dos, el cliente y Rocío, permanecieron mudos, de pie, presionando de esta forma a Julia para que se largara de una vez y los dejara en paz.

Julia no se movió, nunca le habían agradado las situaciones tensas, siempre había rehuido las discusiones y los enfrentamientos incluso a riesgo de parecer menos inteligente y sagaz de lo que era, pero aquí se encontraba mejor que fuera. Aquí se sentía protegida del calor y la soledad. En lugar de marcharse se acomodó más en el asiento, como si excavara un hoyo por el que desaparecer.

Rocío se aproximó a ella hasta casi rozarle.

—Tiene que dejarnos trabajar. Precisamente tenemos la responsabilidad de proteger su dinero. Supongamos que viniese alguien haciéndose pasar por usted, no querría que le dejásemos tocar su cuenta, ¿verdad?

Julia cruzó las piernas con fuerza.

—No me hable como si fuera idiota. Seguro que hay una forma de saber quién soy.

Esperaba en vano que el otro cliente se solidarizara con ella. Tenía aspecto de estar forrado de pasta y de mantener una relación bastante familiar con la sucursal según se desprendía del gesto que le hizo a Rocío para despedirse, limitándose a decir que volvería luego.

Rocío por fin se sentó. Se reanudaban las conversaciones. Julia se puso de espaldas a la bombona de agua, tenía mucha, mucha sed. E inesperadamente Rocío le sonrió. Su sonrisa daba por concluida una fase de las negociaciones y abría otra. Era como estar en el bar del hotel pero con los papeles cambiados, ahora Julia era el cliente.

—Voy a llamar al director para que hable personalmente con él —dijo levantando el teléfono que había sobre la mesa.

Julia accedió y cogió el teléfono que Rocío le tendía. La voz del director ofrecía credibilidad, autoridad, confianza y además daba la impresión de que la conocía, de que por lo menos sabía cómo era físicamente. Por su constante trato con la gente Julia tenía la experiencia de que eso es algo que se desprende del tono y de la forma de dirigirse a uno.

Cuando le contó lo que le ocurría, él se lo tomó con bastante naturalidad.

—No se preocupe lo más mínimo —le dijo—. En cuanto llegue al filo de las dos lo arreglamos. Estaría bueno.

Le costó trabajo despegarse de la silla, igual que si una mano la atrajese hacia abajo. Dudaba de si no estaría cediendo una vez más para aliviar la situación. Rocío la animaba con la sonrisa que tan buen resultado le estaba dando. Cuando por fin se liberó de la tapicería gris y los brazos de plástico duro, se fue derecha a la bombona de agua, cogió uno de los vasos de papel encerado y bebió repetidas veces hasta que no pudo más. Pero temiéndose que no fuese bastante, llenó otros dos vasos y salió. Haciendo equilibrios con ellos sacó las llaves de la taquilla y se las metió en el bolsillo. Notaba cómo Rocío detrás de las persianas de la entidad hacía como que no la observaba.

Fuera el resplandor le dio en toda la cara y echó de menos las gafas de sol. Negras, grandes, de patilla ancha, le quedaban muy bien y siempre las llevaba encima. Por lo que ahora, mientras esperaba en el semáforo, tuvo que entrecerrar los ojos.

El agua de los vasos empezaba a perder frescor. Y de pronto pasó algo sorprendente. Le hizo reaccionar y despejarse completamente el llanto de Tito. Duró varios segundos y se cortó. Miró alrededor, aunque de sobra sabía que el llanto no había partido de ningún lugar fuera de ella. Tampoco lo había escuchado sólo en el interior de su cabeza como cuando se sueña. El llanto de su hijo había sido claro y puro, un destello aislado del resto de ruidos de la calle. Lo había escuchado dentro y fuera de su cerebro y al mismo tiempo ni fuera ni dentro, sino en otro lugar que no se pudiera ver, pero que estuviera aquí, junto a ella.

Félix

Desde el capazo Tito gruñó e inmediatamente, como era de temer, arrancó con un llanto tan potente que podría haber roto todos los cristales del hospital y que, sin embargo, no logró despertar a Julia, aunque sí que cambiase de expresión, o mejor dicho, que se le formara un ligero y casi imperceptible gesto de perplejidad, como si hubiese reconocido el llanto de su hijo y se preguntara qué le ocurría. Puede que Tito tuviese frío. Así que quitó la funda de una almohada y le cubrió con ella y al ponerle el chupete poco a poco fue calmándose. Luego tiró de la fina colcha de algodón blanco con letras azules del hospital de la cama de al lado y se la puso a Julia encima de la otra. No sabía hasta qué punto era conveniente moverla puesto que ni siquiera le habían hecho el TAC, por lo que se limitó a descubrirle un pie como a ella le gustaba.

Por su parte trató de acomodarse en el sillón, estiró las piernas y cerró los ojos. No tenía más remedio que descansar y reponer fuerzas. No sabía lo que le esperaba mañana. Trataría de no pensar y no dejarse arrastrar por la oscuridad de la habitación y la noche. Sólo tendría que haber dicho, voy yo por la leche, quédate con el niño, y todo continuaría igual que antes, pero Julia salió disparada y casi no le dio tiempo de reaccionar. O bien, podría haber repasado el equipaje al llegar del trabajo para que no se olvidara algo tan importante, y entonces todo continuaría igual. La idea de que ahora podrían estar durmiendo tan tranquilamente en el apartamento le desesperaba.

Si estuvieran durmiendo en el apartamento no se les habría ocurrido pensar lo difícil que es que todo transcurra como uno tiene planeado, aunque lo que se planee sea algo sencillo. Empezaba a darle la impresión de que el azar o lo que sea que hace que el mundo funcione no distingue entre fácil o difícil. Apretó los párpados para que el sueño acudiera antes y luego rezó las pocas oraciones que se sabía varias veces porque aunque no era creyente tenía comprobado que rezar tranquilizaba y adormecía. Sin embargo, hoy el resultado se hacía esperar y el labio se le movía con un tic nervioso, así que se levantó, fue a la otra cama y se tendió junto al capazo con un enorme sentimiento de culpa por querer estar cómodo y por querer dormir y por sentir que el trance por el que estaba pasando Julia perturbaba su vida.

Aunque la entrada a la habitación hacía un quiebro que evitaba que desde fuera se vieran las camas y que llegaran la luz del pasillo y los ruidos, permanecía inalterable un sostenido mar de fondo de pisadas, suspiros y palabras sueltas. Y una pequeña claridad caía en la oscuridad como una gota de leche en el café. Aun así Félix logró hundirse en un estado que no sabría explicar, en que vio a Julia levantarse de la cama, vestirse con la ropa que llevaba cuando salió del apartamento y cruzar el cuarto buscando algo. El caso era que Félix tenía los ojos abiertos y la veía perfectamente como también veía con claridad las franjas azules de la sábana, pero no podía moverse ni hablar. Se notaba paralizado, angustiosamente paralizado, y trataba de respirar lo más fuerte posible para llamar la atención de Julia y que lo sacudiese y le ayudara a recobrar la movilidad y levantarse y hablar. ¿Se estaría muriendo sin que nadie se diese cuenta? Hacía esfuerzos desesperados por mover la cabeza y revivir y con cada esfuerzo se desanimaba más y más. Menos mal que de pronto, cuando ya se daba por perdido, una luz fuerte y ruidosa le ayudó a salir de sí mismo y pudo abrir los ojos de verdad.

¿Estaría Julia haciendo estos titánicos esfuerzos para volver a la vida? Tal vez nacer resultase la peor de las pesadillas y por eso la memoria había optado por eliminarla.

La enfermera no podía sospechar el infierno del que acababa de sacar a Félix al encender la luz.

Miró con recriminación la cama. Dejó claro que no le parecía bien que un no enfermo se tumbara en una cama del hospital. Félix se iba a disculpar, pero le pareció pueril que le preocupara lo que pudiese pensar esta enfermera mientras su mujer permanecía inconsciente, quizá grave. Miró el reloj. Eran las siete y Tito iba a empezar a llorar de un momento a otro. La enfermera le cambió hábilmente el gotero a Julia y le administró una inyección en una cánula que le habían puesto en el brazo.

—Tengo que bajar a la cafetería para hacerle un biberón al niño —dijo Félix resumiendo en esta frase un sinfín de problemas y matices.

—Tiene tiempo, hasta las nueve no empiezan a pasar los médicos. Ahora voy a darle agua y un poco de alimento. Vamos a ver, ¿qué le gusta comer a... —consultó el parte— a Julia? ¿Cuáles son sus platos preferidos?

Félix, que no solía tener ningún problema para entender las frases más incoherentes, los titubeos y cualquier intento de dar gato por liebre, de resultar más brillante o ingenuo de lo que se era, ahora se había desconcertado.

—¿Le gustan el chocolate, la leche, el marisco? —añadió ella mientras levantaba unos grados la cama.

Julia no era alguien que pensara en la comida, y los que no piensan en la comida comen lo necesario, por eso quizá estaba tan delgada. De todos modos, no le hacía ascos a una buena cerveza helada, a un batido de fresa, a unas sardinas asadas o a un pastel de chocolate.

—Le gusta todo, menos los plátanos. De todos modos no creo que eso importe ahora mucho —contestó Félix bordeándola con Tito en brazos.

—Todo importa —oyó a su espalda mientras salía al pasillo.

La luz eléctrica se mezclaba con la natural procedente de alguna cristalera y acentuaba el cansancio de los rostros del personal que estaba a punto de terminar el turno. La gente con la que se cruzó en el ascensor no sabía que en la 407 su mujer dormía profundamente sin saber dónde se encontraba, ni cómo, ni quién cuidaba su cuerpo. Ni mucho menos el alma. Que Félix recordara nunca le había dado por pensar demasiado en este asunto del alma porque el alma no se veía, ni se palpaba, ni se olía, ni se oía, ni tampoco tenía sabor, no se podía analizar en un laboratorio, así que del alma se podía pensar y decir lo que se quisiera porque nunca se iba a poder contrastar con la realidad. Decir alma era decir todo y en el fondo no decir nada. Y aun así el alma debía de ser lo mejor que tenía una persona. ¿Seguiría intacta y sana el alma de Julia? Se supone que el alma al ser invisible podría haberse mantenido a salvo. La pregunta era dónde. Probablemente en sus pensamientos si es que seguía pensando.

Y si seguía pensando estos pensamientos serían los sueños. Su alma se comunicaría con ella a través de los sueños. Pero puede que algo de su alma también hubiese quedado en el propio Félix, o que las almas se comuniquen entre sí en un código tan oculto como ellas. Porque en honor a la verdad Félix jamás había sentido su propia alma, ni nada le había hecho pensar que la tuviera.

La cafetería daba a un jardín con grava, plantas de la zona y un conjunto de tres palmeras en el centro. En el ambiente flotaba un vago olor a detergente, que desde luego no había sido usado para limpiar los restos de aliento y huellas de dedos impresionados en las cristaleras.

Tito tenía los ojos abiertos e inquietos. Hizo ruidos como si quisiera arrancar a hablar y al no poder no tuviera más remedio que llorar. Félix le puso el chupete y cogió el biberón y la leche de la bolsa de osos. Compró una botella de litro y medio de agua de mineralización baja y le pidió a un camarero nada servicial que le calentara un poco. A continuación le pidió un café con leche y una ensaimada. Se fue tomando el café mientras le daba el biberón a Tito, pero no le apetecía tocar la ensaimada. Le repugnaba tener hambre, ¿tendría hambre Julia? Se fijó en el camarero. Por muy hosco que fuese no resistiría que le pegasen un golpe fuerte en la cabeza. Si no llegaba a morir del golpe, al menos sangraría o se quedaría inconsciente como Julia. Nadie está hecho de piedra o de hierro por duro que parezca, nadie tiene la coraza de las tortugas. A la mínima nos matan o nos matamos o tenemos que estar en un hospital como éste.

Un rayo de sol salía del jardín y atravesaba el cristal y se estrellaba contra la mesa. Tras tomarse el biberón, Tito empezó a llorar, tendría gases. Y al camarero no pareció hacerle mucha gracia que comenzara tan temprano el jaleo. Así que Félix salió con él en brazos al vestíbulo y paseó arriba y abajo percatándose, por pura manía de fijarse en todo, de lo que tardaban los ascensores en subir y bajar. Fue entonces cuando un paciente en pijama y bata se acercó al niño.

—Chiquitín —dijo, levantando un dedo amarillento, que Félix no deseaba que cayera sobre la cabeza de su hijo.

—Voy a cambiarle —dijo Félix emprendiendo el camino de vuelta a la cafetería.

Pero al llegar a la mesa se dio cuenta de que el paciente le había seguido. Le preguntó a Félix si le importaba que se sentara allí y le pidió al camarero hosco o taciturno, según se mirase, un café con leche y churros. La mano le salía escuálida y algo temblorosa de la manga azul claro ribeteada de azul oscuro.

—Estamos en el mismo pasillo —dijo el paciente—. Le he visto al pasar.

Félix se limitó a mirarle. De pronto la imagen de Julia en la cama le angustiaba, porque Julia, ocurriera lo que ocurriera aquí y en el mundo entero, continuaba en la cama de la 407 y podría haber terremotos, maremotos y cualquier tipo de catástrofe y ella no se enteraría de nada. Tito se puso rojo y empezó a apestar, por tanto había que subir para lavarle bien en el baño. Mientras Félix guardaba el biberón en la bolsa de osos, aquel hombre le observaba hacer.

—¿Es su mujer la que está...?

Félix asintió. Le pidió otro café al camarero y la cuenta.

—Yo he tenido cuatro infartos y he estado inconsciente varias veces y ahora aquí me tiene, desayunando. ¡Cuánta vida! —exclamó contemplando a Tito—. Mis hijos ya son hombres, son mayores que usted.

—Mi mujer es buena conductora, sobre todo es prudente. Así que no sé qué pudo ocurrir para que se diera con un árbol. Anoche salió a buscar una farmacia y ya no volvió —dijo lamentando que cada una de estas palabras fuera completamente inútil.

Tampoco aquel hombre podía decir nada, no podía decir que no se preocupara, ni que todo volvería a ser como antes, sólo podía ponerse a sí mismo como ejemplo viviente de que las cosas se arreglan.

—Cuando quiera hablar conmigo, estaré unos días más en la 403 —dijo, y dejó caer la mano transparente en la cabeza de Tito.

Dijo que se llamaba Abel. Abel a secas. Y, aunque Félix no estaba para trámites sociales, no tuvo más remedio que darle su nombre.

Ahora, durante el camino de vuelta, Félix sabía a lo que iba, lo que le esperaba al final cuando sortease el pequeño vestíbulo de entrada a la habitación. Oyó resonar sus propios pasos por el pasillo, de la misma forma en que a veces se oye el propio corazón mientras se está tumbado en la cama y la cama casi tiembla con los latidos. Sabía que el milagro no se había producido. Siempre se llama milagro no tanto a que ocurra lo imposible sino a que se cumpla el deseo, porque que se cumpla un deseo es bastante difícil.

Las horas fueron transcurriendo con altibajos. Al principio se llevaron a Julia para hacerle el TAC, y luego al cabo de dos horas llegó un doctor con el resultado. Primero se oyeron unos pasos cortos y rápidos y a continuación entró él. Era el doctor Romano, de unos sesenta y cinco años. Su recortada barba blanca y la voz grave y cuidada le daban una gran credibilidad. Era, por decirlo de alguna manera, la voz de la experiencia, que se limitó a decir que el resultado era el esperado y que tendrían que tener paciencia porque podría despertar en unos días o... en unos meses, en cualquier momento, no se podía precisar.

—Pero ¿cómo se llama lo que tiene? —preguntó Félix tratando de controlar su ansiedad.

Parecía un coma, aunque aún era pronto para determinar qué categoría de coma. Era mejor decir que estaba sumida en un profundo sueño.

Félix preguntó qué podía hacer él. Y el doctor se le quedó mirando bajo sus cejas, que también empezaban a blanquear.

—Cuantos más estímulos reciba del exterior, mejor. Será bueno tocarla, darle masajes suaves, hablarle. Pero tampoco querría infundirle falsas esperanzas, nuestra comprensión de las relaciones entre los procesos operados en el cerebro y la vivencia o pensamiento consciente resulta todavía muy pobre. De momento no tenemos más remedio que esperar, observar su evolución y confiar en que el propio cerebro se autorrepare y encuentre la forma de superar esta situación. Personalmente quiero confiar en que los cien mil millones de neuronas de Julia no se quedarán de brazos cruzados. Sabemos que el cerebro continúa activo durante el sueño. Y si Julia logra soñar todo ese engranaje, que hace que ella sea quien es, necesitará encontrar motivaciones para seguir funcionando, por lo que no es imposible que pudiera también encontrar alguna para despertar.

Aunque sabía que en cuanto el doctor se marchara se le ocurrirían mil cosas que preguntarle, ahora la presencia de Julia convertía en inútil cualquier respuesta y cualquier explicación que no sirviera para hacerle hablar y moverse. En este momento, él, que estaba acostumbrado a no perder de vista lo importante, sólo fue capaz de pensar que la refrigeración se había estropeado y que apenas salía algo de aire por las rejillas.

Todo el mundo, pacientes, médicos y familiares, sudaba, así que un operario tuvo que ir abriendo las ventanas herméticamente cerradas con un destornillador de estrella. Del pasillo llegaba el olor de los ramos de flores que habían sacado de alguna habitación y que habían alineado junto a la pared. Por una parte resultaba bonito, pero por otra era un intento imposible de endulzar la realidad. Félix le retiró la colcha a Julia y le bajó la sábana hasta la cintura. Tenía las mejillas sonrosadas como si hubiese estado corriendo por la playa. Se la quedó mirando, no estaba seguro de si todas las veces que le había parecido la mujer más guapa del mundo se lo había dicho o sólo lo había pensado. Bajo los párpados, los ojos se le movían de un lado a otro con rapidez igual que si se hubiera despertado dentro del sueño y estuviera en pleno trabajo llevando y trayendo bebidas en la cafetería del hotel.

La verdad era que ni el doctor Romano ni nadie podía saber qué ocurría en esta mente dormida y, de soñar, el grado de confusión de los sueños. Tampoco se podía asegurar que llegase a detectar las señales de fuera como caricias o determinadas frases con un significado especial para ella. Ni era esperable que al despertar fuese a recordar algo, y en caso de recordarlo, sería un recuerdo muy vago. A veces en la prensa era noticia el sorprendente caso de alguien que de pronto despertaba a los diez años o más de estar inconsciente y entonces era de suponer que esa persona acababa de abandonar un largo sueño en que había vivido una vida todos esos años, porque en ese tiempo su mente seguiría funcionando de alguna manera, tendría sensaciones y mientras las tenía esa persona no sabía que estaba soñando y que todo lo que estaba viviendo era irreal y que al despertar se desvanecería en su mayor parte. Pero ¿qué sabía nadie lo que ocurría detrás de la frente? El doctor dijo que había que procurar no convertir los intentos y buenas intenciones en ilusiones.

El sol avanzaba dentro de la habitación volviendo dorados el suelo, el techo, el armario metálico, una silla, media cama, parte del capazo de Tito. La onda expansiva también capturó al doctor Romano tiñendo ligeramente de rubio su pelo blanco. Lo tendría así desde los treinta años y por eso estaba absolutamente acostumbrado a él y no había sentido la tentación de cambiar el color. Pero donde el sol parecía cebarse de verdad era en la cara de Julia, por lo que Félix fue hasta la persiana para bajarla, pero el doctor lo detuvo con su extraordinaria voz.

—No, deje que sienta el calor del sol.

Y a Félix le pareció —puede que por ser lo que más deseaba en el mundo— que a Julia la frente se le relajaba y que casi sonreía.

—Le está gustando el sol —dijo Félix sin poder contener la emoción.

El doctor no dijo nada, parecía que ya tenía la cabeza en otro caso tal vez más terrible que el de Julia.

—Lo siento —dijo—, tengo que irme.

Le tendió la mano a Félix y Félix se sorprendió de lo pequeña que era, lo que seguramente sería una ventaja para operar. Manos pequeñas, delgadas y ágiles. Durante la conversación, no había parado de meterlas en los bolsillos de la bata moviéndolas como dos animalillos inquietos.

—No se desanime, tenga paciencia. Mañana pasaré de nuevo y para cualquier cambio que considere importante estoy en mi consulta.

Nada más salir volvió a entrar invirtiendo en ello una gran cantidad de pasos cortos y rápidos.

—Procure que su hijo cambie de aires.

Julia

Hasta la hora de volver al banco, ya tenía marcado un objetivo: ir a la playa de Poniente en busca de otro complejo Adelfas. Podría hacer tiempo en el mercadillo, porque en cuanto a las dos del mediodía hablase con el director de la sucursal y dispusiese de un móvil y la gasolina que quisiera para el coche todo resultaría más fácil, entonces podría recorrer el resto de complejos, tal como le habían sugerido en la comisaría, de un modo menos trabajoso. Y quizá lo habría esperado de no haber escuchado el extraño llanto de Tito. El querido llanto de Tito la empujaba a no detener la búsqueda. Mientras tuviese fuerzas debía intentarlo todo en cada minuto, absolutamente todo.

Tardó en llegar andando a Poniente más de media hora y a los cinco minutos de marcha ya se había bebido los dos pequeños vasos de agua. Las Adelfas II caía escalonadamente sobre la arena. Era muy grande y nuevo o por lo menos desde lejos lo parecía. Antes de llegar entró en el lavabo de uno de los restaurantes que extendían sus terrazas sombreadas por toldos casi hasta la orilla del mar. Los manteles verdes estaban sujetos a las mesas por pasadores metálicos para evitar que se los llevase el viento. Había bandera roja y las olas llegaban cargadas de espuma. El ambiente resultaba atronador.

Por fortuna, el baño aún estaba limpio y pudo sentarse tranquilamente en la taza. Este momento de recogimiento la reconfortó, como si dentro de su soledad aún se pudiera aislar un poco más. El esfuerzo que tuvo que hacer para descargar todo lo que tenía dentro la revitalizó y la despejó. Se lavó las manos, la cara y puso la boca bajo el chorro del grifo, pero no se tragó el agua porque sabía ligeramente salada. El típico problema de los pueblos turísticos de la zona, por eso Félix y ella habían comprado una garrafa de agua mineral por el camino, para no tener que salir corriendo a buscarla al llegar. Y mira por dónde se les había olvidado la leche. Le tranquilizó pensar que por lo menos durante la noche Tito no habría pasado sed. Y ahora ya todo eso sería historia, el abastecimiento estaría solucionado.

Se sentía mejor, incomparablemente mejor que hacía un rato. Fue hasta Las Adelfas II por un estrecho paseo que separaba los edificios de la arena. Caminaba con paso rápido. A su derecha se sucedían torres de apartamentos, hoteles, pizzerías, hamburgueserías, marisquerías y heladerías con cucuruchos gigantes de plástico adornando la puerta. El complejo según se acercaba se iba haciendo inabarcable a la vista. Buscó una calle por las inmediaciones semejante a la del verdadero Adelfas en que aparcaron el coche al llegar la noche anterior. Podría ser una situada en la parte posterior. Se detuvo en ella y se la imaginó de noche. Recordó que olía a azahar y a madreselva y a todas esas plantas mediterráneas que se mezclan como si alguien hubiese abierto un gran tarro de pomada, igual que ahora.

Pero, para no engañarse, ese olor estaba en todas partes. Buscó el sitio, a unos metros de la puerta de entrada, en que podrían haber aparcado. Aunque, a decir verdad, se sentía confusa porque había varias entradas y porque la memoria ya estaba contaminada con la visita hecha a Las Dunas esta misma mañana. Puede que sin darse cuenta lo que tenía en la cabeza fuese ese conjunto de apartamentos y no el verdadero. Lo cierto era que cada paso que daba la iba alejando más y más de los detalles que captó la noche anterior y los que percibió al subir al coche para marcharse a comprar la leche. Ahora se daba cuenta de que en general se fijaba mucho menos en las cosas de lo que creía, la realidad era que se fijaba muy poco. Si en este momento cerrase los ojos, no sabría cómo era de larga la calle, ni el color exacto de la verja de entrada. ¿Azul? No, no era azul, era gris tirando a negro.

La verja estaba abierta. Alguien, harto de tener que usar la llave, la había encajado para que no se cerrase del todo. Sería muy molesto tener que ir a bañarse con dinero, llaves y móvil. Félix en cuanto aterrizaba en la playa no soportaba esas pequeñas servidumbres. Salía a la playa únicamente con el bañador. No quería toalla, ni gafas de sol, nada de lo que tuviera que estar pendiente. Ahora en cambio debería tener mucho cuidado con no olvidarse los biberones, los pañales, con ponerle a Tito la gorra y siempre una camiseta aunque estuviese en la sombra. Debía evitar pensar en Tito de esta manera porque la debilitaba. Estaba con su padre y estaba a salvo, eso era lo importante.

Félix era más fuerte de carácter que ella. Puede que al dedicarse a resolver los casos de fraude de la aseguradora estuviera familiarizado con la otra cara de la gente, la que no se enseña y que de este modo hubiera aprendido a no dejarse arrastrar por las emociones. Aunque también podría ser que por su carácter hubiese acabado en este oficio. Desde que se conocieron hacía dos años Julia dedujo que era muy bueno en su trabajo. Era abogado y enseguida comenzó a especializarse en los casos dudosos y turbios. Por lo visto la empresa se ahorraba mucho dinero con él y la seguridad había aumentado de manera ostensible. Precisamente Julia y él se conocieron cuando fue al hotel en que ella trabajaba a investigar el robo de la diadema de la novia.

Entró y comenzó a pisar grava. ¿Había grava en el Adelfas verdadero? Hizo un esfuerzo para recordar, pero el detalle de la grava había desaparecido en las arenas movedizas de la mente. Estaba llegando a la conclusión de que no había nada tan poco fiable como la mente. No había nada tan poco fiable como una persona, como unos ojos, unos oídos y una boca. En Las Dunas por la mañana había caminado sobre una línea de piedra caliza rosa igual que ésta, aunque también creía haber visto grava en torno a los arbustos y las plantas. Se podría pensar que la ornamentación de las áreas comunes de este tipo de zonas residenciales constaba de los mismos elementos, y que sólo cambiaba la distribución. Félix sabría inmediatamente qué detalles debería o no desechar, pero ella no tenía ni idea. Todo le parecía importante e inútil al mismo tiempo.

Se internó por un pasadizo para llegar a la piscina. Tenía el vago recuerdo de que la piscina en el Adelfas verdadero la había presentido más que visto. Ahora los niños jugaban felices en un agua de un azul tan intenso que se podía masticar mientras sus madres tomaban el sol. ¿En qué estarían pensando las madres? ¿En qué pensaría ella si estuviese aquí tumbada al sol con Tito a su lado? Y ¿en qué estaría pensando ahora su propia madre?

Su madre, su madre. ¿Para qué llamarla? El capital que llevaba en el bolsillo mermaría por lo menos en dos euros, y su madre no podría hacer nada desde su casa alejada del aeropuerto, de las estaciones de tren y de autobuses, alejada del mundo en las afueras de Madrid, además no lo entendería, tendría que explicarle una y otra vez que no sabía por qué no era capaz de encontrar el apartamento. Levantó los ojos a un azul más profundo que el de la piscina. El color azul conseguía que este mundo pareciera placentero y completamente irreal, una fantasía. Si alarmaba a su madre, saldría corriendo en su ayuda y podría caerse y romperse un hueso y entonces Julia tendría que cuidar de ella y no podría dedicarse en cuerpo y alma a buscar a Félix y Tito. Si lo pensaba bien, se recordaba estando siempre muy preocupada por su madre porque su madre era muy sensible y cualquier mala contestación o desaire o una mirada desabrida podían amargarle el día.

Como era mucho mayor que el resto de madres, en el colegio solían preguntarle si era su abuela o si ella era adoptada, lo que naturalmente nunca se había atrevido a preguntarle a su vez a su madre. Para sus adentros la pequeña Julia consideraba que su madre era especial, no sólo porque fuera distinta, sino porque tenía en su poder el anillo luminoso.

Era lo único de auténtico valor que poseían y ni en los momentos de mayor apuro económico a su madre se le pasó por la cabeza venderlo, por la sencilla razón de que se lo regaló su marido, el padre de Julia, antes de morir y sin él se sentía verdaderamente sin nada. Julia lo llamaba luminoso porque su gran piedra amarillenta brillaba un poco en la oscuridad y deslumbraba a la luz del sol. La piedra iba engarzada en una pieza maciza de oro que simulaba a los lados los picos de las coronas y que nada más había visto en los cuadros de ambientación medieval. A Julia le encantaba ponérselo con un pañuelo de seda blanco y negro de su madre, que como tenía los dedos más anchos que los suyos se lo debía ajustar con algodón incluso a día de hoy.

Hizo el recorrido hacia el apartamento que en cierta manera tenía grabado en alguna parte de la memoria. Subió los escalones que tenía que subir como si estuviera siguiendo los pasos de una vida anterior y cuando llegó el momento de pararse ante una puerta se paró y llamó. Entonces oyó una voz de hombre.

—¡Voy! —dijo la voz con toda claridad.

Era la de Félix, estaba segura. Por fin había llegado, los brazos y las piernas se le aflojaron, igual que si hubiera corrido diez kilómetros sin parar. Oyó unas profundas pisadas aproximándose dentro del apartamento.

Cuando conoció a Félix mientras trabajaba en el robo de la diadema de la novia, no le pareció nada del otro mundo, ni siquiera daba la impresión de que su trabajo tuviera un interés especial. Para estar investigando, no hacía preguntas astutas, ni tomaba notas, ni tenía la mirada penetrante que se le supone a alguien que se dedica a descubrir la verdad entre mentiras y malas artes. Más bien las gafas arrinconaban la mirada a un segundo o tercer plano. Además, los ojos tenían el poco brillo de estar siempre encerrados. Y por eso lo que mejor se recordaba de él era la voz, suave y joven. Una voz que daba la impresión de haberse quedado estancada en los veinte años. No era guapo ni lo pretendía y era evidente que otro en su lugar se habría sacado más partido.

Pero lo que más aprendió a apreciar de él era su enorme capacidad de comprensión. Comprendía todas las situaciones, todos los puntos de vista, por qué alguien robaba o mataba. Tenía ese don, lo que no quiere decir que justificara nada, sino que al comprender las acciones humanas no se asustaba ni se asombraba y no se dejaba llevar por los nervios. Para Julia ese carácter le vendría de su padre o de su madre. Hasta que los conoció, claro, y descubrió que su padre y él no se parecían en nada en absoluto.

Su padre era un hombre anormalmente iracundo, que se ponía rojo y saltaba por nada. Daba la impresión de tener el sistema nervioso tan irritable que a la mínima podría echar chispas de todos los colores. Era más bajo que Félix y enjuto por tanto desgaste nervioso, con los ojos pequeños y rápidos, sagaces. A veces era simpático, pero algo le avisaba a uno de que no debía bajar la guardia porque al minuto siguiente podría cambiar.

Vivían en Toledo y eran propietarios de un taller de coches bastante grande especializado en la marca Renault, con diez operarios y dos o tres empleados en la oficina. Julia y Félix llegaron allí un mediodía y ni siquiera se quedaron a dormir. Félix estaba deseando marcharse. Comieron todos juntos unos manjares que a la madre de Félix le habría llevado varios días preparar y por la tarde fueron a visitar el taller, que había sido el negocio del que había vivido la familia desde que Félix nació. En el fondo la más sorprendente era la madre de Félix. Una señora gruesa y saludable que no hacía ningún caso de los altibajos de su marido y sobre todo no la acobardaban. Varias veces en el transcurso de unas pocas horas se pegaron unas cuantas voces y se insultaron. Félix los miraba como debía de haberlos mirado millones de veces a lo largo de su vida, impotente, resignado y decepcionado porque sabía que nunca entrarían en razón y porque era imposible que fueran como él habría querido.

De poder elegir, él habría preferido que su padre fuese Iván, el encargado del taller. Un hombre de aspecto sensato y tranquilo, que incomprensiblemente llevaba treinta años trabajando con el padre de Félix, lo que hacía pensar que el padre de Félix no era tan peligroso como parecía. Félix e Iván se dieron un abrazo muy afectuoso y luego estuvieron charlando un rato de motores de una forma en que nunca hablaría Félix con su padre. Cuando Julia y Félix se subieron al coche para marcharse, él suspiró aliviado y durante el viaje le habló del viejo Iván como Félix llamaba a Iván de un modo en que jamás le oiría hablar de su padre.

Julia volvió a verlos brevemente y por última vez el día de la boda. Parecían fuera de lugar, apagados, callados y observando lo que ocurría como si se encontraran a varios kilómetros de allí.

Los pasos del otro lado de la puerta llegaron a su destino, y abrió una chica de unos dieciocho años, alta y corpulenta. Debía de pesar sus buenos ochenta kilos. Era muy rubia y muy blanca. Un tipo de mujer que gustaba en los tiempos de Rubens y que ahora en ese sentido estaba fuera de juego. Llevaba pantalón corto y la parte de arriba del bikini. Se quedó mirando a Julia directamente a los ojos. Se leía en ellos que era una chica difícil, por lo que Julia trató de trasmitirle la idea de que la vida en general era difícil, pero que aún no se hacía una idea de hasta qué punto. No parecieron entenderse.

—Perdona, creo que me he equivocado de piso.

La chica sin molestarse en hablar cerró la puerta tras ella. Apareció un balón en sus manos. Seguramente sería buena en deportes, en esto las muñecas no podrían competir con ella. Pero antes de que pudiera adelantarla escaleras abajo, saltando los escalones de cinco en cinco, Julia le dio el alto.

—Disculpa, quiero preguntarte algo muy, muy importante.

La chica se apoyó en la pared con un golpe seco y se abrazó al balón.

—¿Has visto a un hombre de cuarenta años con un niño de seis meses? Se trata de mi marido y mi hijo y los estoy buscando.

A la chica esto le hizo gracia. Enseñó dos dientes delanteros bastante separados entre sí.

—¿Los estás buscando? ¿Es que los has perdido?

Julia asintió con la cabeza. También se apoyó en la pared de enfrente.

—Anoche llegamos de viaje a estos apartamentos o a otros como éstos, pero se nos había olvidado la leche del niño y fui a comprarla a una farmacia por los alrededores del pueblo. A la vuelta no fui capaz de encontrar el apartamento y así estoy desde entonces.

—Vaya tonta —dijo la chica con toda razón.

Julia tenía ganas de llorar.

—Es ridículo, ¿verdad? Dicen que hay por lo menos cinco complejos Adelfas y no sé en cuál los dejé.

La chica pareció compadecerse un poco.

—He visto a varios hombres de cuarenta años con niños así. Este sitio es un zoo.

Julia la miró suplicante. Cada vez tenía más ganas de llorar. Tanto tiempo sola yendo de acá para allá y ahora estaba a punto de desmoronarse delante de esta criatura, como si la angustia o la impotencia siempre necesitaran testigos para salir afuera.

—¿Podrías dejarme el móvil? El mío me lo han robado.

La chica se pasó las manos por los costados del pantalón para demostrar que no mentía.

—Nunca lo llevo cuando voy a jugar al voleibol.

Una vez abajo la chica echó a correr con sus potentes pisadas, y Julia permaneció un instante parada preguntándose de dónde había salido la voz de Félix. Sería una alucinación, deseaba tanto oírla que la había imaginado, no se le ocurría otra explicación, aunque siguiera sin entender nada.

Fue hasta la piscina central y abrió una ducha. Se refrescó los brazos y la cara con la boca abierta. Las gotas de agua entraban en la boca como si fuera lluvia, una lluvia algo áspera, pero fresca. Luego metió toda la cabeza debajo de la ducha. Las gotas que le caían del pelo le mojaron la camisa. Creía que estaba llorando. No quería, pero no lo podía remediar como si estuviera escrito en el libro de la vida que en Las Adelfas II al final debía llorar. Se metió por completo bajo la ducha. Cerró los ojos y los abrió cuando la ducha se cerró automáticamente.

Toda la gente de dentro y fuera del agua la miraba. Dejaron de nadar, de leer y de pensar en sus cosas para mirarla. Las zapatillas le chorreaban y le pesaban. Maullaron al pisar el césped. Vaya loca. Sentía una enorme vergüenza de cómo la observaban. Por lo menos había dos niños igual que Tito y dos madres igual que ella en el borde de la piscina. Los padres podían parecerse a Félix antes de verlos de cerca.

Fuera la gente pasaba cansinamente con toallas al hombro camino de la playa. No se podía mirar hacia ningún lado sin encontrarse con espectaculares rayos de sol. Caían sobre los hombros y se clavaban en los ojos. Sentía los pies completamente cocidos dentro de las Adidas. Después de esto y tras cinco años de servicio tendría que tirarlas y empezar con las rozaduras de otras nuevas. Julia tenía la piel muy sensible, sólo soportaba las fibras naturales, algodón, lino, pura lana virgen, y de metales, el oro, aunque no abusaba de él porque le resultaba demasiado llamativo.

Anduvo hasta la mitad de la arena por unas tablillas de madera extendidas hasta allí. En la orilla se quitó las zapatillas y hundió los pies en el agua. Era tan agradable que se daría un baño si no fuese porque debía llegar a tiempo al banco. Sacó las plantillas de las zapatillas y las estrujó con la mano. La chica de Rubens estaba jugando al voleibol. Una de las compañeras la llamó por su nombre, Rosana.

Rosana, Rosana, ¿de dónde venía ese nombre? ¿Por qué sabía que se llamaba Rosana Cortés? Tenía el pelo rubio y lacio y los hombros rojos, y de pronto, como atendiendo a una orden, se volvió hacia Julia, también parecía preguntarse dónde la había visto antes. A Julia le caía bien. Las dos, cada una a su modo, tenían que luchar contra la corriente. Se saludaron con las manos, las levantaron espontáneamente, puede que la chica un instante antes. Con toda seguridad se estaban despidiendo para siempre.

Pasó de nuevo por los manteles verdes, que ahora se movían mucho menos. El peso del sol lo inmovilizaba todo. Caminó por la arena con las zapatillas en la mano y los pantalones remangados hasta el saliente de rocas que dividía la playa y que la obligaba a seguir por el interior. Así que tuvo que volver a calzarse y empezar a andar deprisa. No estaba segura de cuánto tiempo se había entretenido en Las Adelfas II, pero todo indicaba que demasiado. Y no podía caminar más rápido porque no había dormido bien en el coche y le dolía un costado cuando forzaba la marcha y porque tenía sed. En ningún otro momento de su vida había reparado tanto en estas pequeñas y constantes necesidades.

El camino hacia el banco se hacía interminable. Además tenía miedo de perderse otra vez, de que el pueblo con su puerto y sus playas a derecha e izquierda volviera a darse la vuelta. Aunque poco, aún disponía de dinero para comprarse una botella de agua, pero no podía entretenerse, no era el momento de beber. Era mucho mejor llegar a tiempo a la sucursal para disponer de todo el dinero y el agua que quisiera. Un esfuerzo más. Cuando por fin se vio en el puerto, esquivó las redes extendidas al sol. De la lonja sacaban cajas de madera chorreantes. Lo veía todo con los ojos empañados por el calor. Por supuesto no le daría tiempo de echar un vistazo al coche aparcado en la explanada, así que sin intentarlo tiró hacia la calle principal. La recorría bajo las palmeras y gracias a sus sombras soportó este último tramo. Las piernas le flaqueaban y sentía la angustia típica de ir a desvanecerse. Le hacía resistir la idea de la sucursal y su aire acondicionado, empujar la puerta de cristal, dejar el llavero en la taquilla y entrar por fin en el paraíso.

Para asegurarse, preguntó la hora. Gracias a Dios eran las dos menos seis minutos cuando vio ante ella el escaparate con la oferta del fondo de inversiones y las copas de cristal. La miró con reservas porque hacía unas dieciséis horas que desconfiaba de todo. Desde que salió a comprar la leche para Tito los hilos invisibles que la ataban a su vida normal se habían roto y estaba empezando a comprender que la manera de hacer las cosas antes ya no servía.

Una punzada agria le atravesó el estómago. La puerta del banco estaba cerrada. El peor de los presentimientos se había cumplido. ¿Es que no podía salirle algo al derecho? Era para volverse loca. Dentro se movían empleados. Pulsó el timbre. Tal como se temía no le hicieron caso, así es que volvió a llamar con un timbrazo largo y sostenido. Rocío le hizo el gesto de que estaba cerrado sin mostrar ningún síntoma de reconocerla. Julia le enseñó la muñeca donde normalmente llevaba un reloj y como si efectivamente lo llevara se dio un golpe con el dedo. En contestación, Rocío formó un dos romano con los dedos índice y corazón. A las dos cerraban. Julia hizo un gesto negativo con la mano indicando que aún no eran las dos y pronunció la palabra director todo lo remarcada y alto que pudo. Rocío se encogió de hombros y se dio media vuelta con su blusa de seda de hacía cinco temporadas.

Sintió un odio ciego hacia aquella mujer. Por ningún cliente ni compañero de trabajo había llegado Julia a sentir un odio semejante. Permaneció parada, sin saber qué hacer, la sucursal no abría por la tarde. Se había quedado apenas sin dinero, sin agua, y sin objetivo y necesitaba pensar en algo. Se sentó en un banco de piedra del paseo, en el más próximo. Apoyó los codos en las piernas y la cara en las manos sin quitarle ojo a la puerta. ¿Y si los esperase a la salida?, en algún momento tendrían que salir de allí y entonces abordaría al director, al que distinguiría por ser el nuevo del grupo. Había sido tan amable con ella por teléfono que seguramente no sabía que no la habían dejado entrar.

A las tres menos cuarto seguían pasando siluetas entre la cristalería del escaparate, entre las lamas de las persianas y las luces que habían encendido. Fue entonces cuando, quizá porque había dejado que trabajara el subconsciente mientras esperaba alelada verlos salir por la puerta, una sospecha se formó en su mente abrasada por el calor de mediodía: en su anterior visita no había hablado por teléfono con el director de la sucursal, sino con el cliente forrado de pasta que había abandonado antes que ella las oficinas. Ahora lo veía claro. El cliente y Rocío están de pie, lo suficiente para que él se haga cargo de la situación y quiera echar una mano a su amiga Rocío y así garantizarse las máximas atenciones de la sucursal. Por eso mira a Julia fríamente, porque está de parte de los otros. Entonces, para aparentemente no complicar más las cosas, dice que volverá luego y le hace a Rocío un gesto de despedida con la mano.

Julia entrecerró los ojos para centrarse más en este recuerdo, buscando detalles que se hubiesen quedado dentro del recuerdo. Y de hecho algo le llamaba ahora la atención, algo a lo que en aquel momento no le dio importancia: en la palma de la mano con la que él decía adiós a Rocío tenía un móvil, de lo que se podía deducir que no se estaba despidiendo, sino mostrándole el móvil, diciéndole: llámame al móvil que me haré pasar por el director de la sucursal y te despejaré el camino. ¿Cómo no se había dado cuenta? La voz del cliente y la del director eran la misma, no había diferencias entre ellas como para asegurar que eran distintas. Pero sobre todo le ponía en la pista el que la actitud de la hija de puta de Rocío hubiese cambiado nada más salir él por la puerta, ¿qué otras complicidades habrían establecido con las miradas y los sobreentendidos y mil matices que ella no había captado?

La sacó de estas consideraciones el ver a un motorista con dos pizzas en las manos llamando al timbre del banco y a Rocío salir precipitadamente a abrirle. Julia se levantó de un salto dispuesta a correr hacia la puerta, pero enseguida comprendió que era inútil. Actuaron tan deprisa que toda la operación de abrir la puerta, coger las pizzas, pagar y volver a cerrar duró medio minuto. Era evidente que el tiempo estaba de parte de ellos. Cerraron más las lamas de las persianas, querrían comerse las pizzas a gusto, sin testigos molestos, con agua fresca o con cerveza helada, con coca-colas y con el aire acondicionado tan fuerte que algunos llevaban jerséis.

Según estaban las cosas no se atrevía a tocar los ocho euros que le quedaban. Debía reservarlos para llamar por teléfono o para echar gasolina. A estas horas en el mercadillo estarían recogiendo los puestos. Sabía que siempre quedaba alguna naranja por el suelo, una sandía con un golpe, pero al levantarse para dirigirse hacia allí, vio algo más. Detrás del mercadillo flotaban en el aire unas grandes letras en que ponía supermarket. Era la primera vez que se fijaba en ellas. Parecía que las hubiesen puesto allí para crearle un nuevo objetivo hacia el que ir. Un buen supermercado era lo que necesitaba. Un supermercado lleno de cosas era lo único que ahora mismo podía animarla a volver a la carga e intentar atravesar un resplandor tan pesado.

Félix

A mediodía Félix ya había bajado un par de veces a la cafetería con Tito en brazos. Le llenó un biberón de zumo de pera y se tomó otro café. Buscaba cualquier excusa para no tener que ver minuto tras minuto el cuerpo durmiente de Julia. La enfermera de la noche anterior la lavó pasándole con rapidez, pero sin brusquedad, la esponja jabonosa por el cuerpo. La secó con suaves toques de toalla y le cambió aquella tela azul abierta por detrás que llamaban camisón. Se notaba que estaba acostumbrada a manejar con destreza todo tipo de cuerpos, luego le preguntó a Félix si tenía un cepillo para peinarla. Seguramente puso gesto de agobio por el tono tranquilizador que adoptó ella.

—Conviene que traiga una bolsa de aseo con sus cosas. Una esponja más natural que esta del hospital, alguna colonia fresca, las cremas que ella use para el cuerpo y el rostro. Dele ligeros masajes con la crema, refrésquele la cara. Háblele, cuéntele cosas. Tenga en cuenta que aunque no esté viva de la misma forma que nosotros continúa estando viva.

Félix la escuchaba desconsolado y, lo peor de todo, completamente bloqueado, sin poder reaccionar a lo que escuchaba. Sabía que debía preguntar algo, aprovechar la situación para pedir más detalles, pero ahora mismo le resultaba imposible pensar. Sólo se le ocurrió una cosa.

—Necesito marcharme unas horas para organizarlo todo.

Esperaba que esta mujer experimentada y fortalecida por las desgracias ajenas, y quién sabe si no también propias, le dijera que no se preocupara por nada y que se marchara tranquilo, pero no se lo dijo. Dejó la palangana en el pequeño cuarto de baño y la brazada de ropa sucia en un carrito que bloqueaba la entrada a la habitación y que era una señal clara de que en ese momento no se podía entrar.

Alguien la llamó por su nombre, Hortensia, y ella respondió en voz alta que no tenía cuatro manos. Luego se quitó las gafas, que quedaron colgando de una cadenilla sobre el pecho y se marchó. Llevaba el pelo muy corto y tenía el aspecto de ponerse por las mañanas bajo el fuerte chorro de la ducha, secarse con una toalla áspera, vestirse y sin más tonterías salir a convivir con las penas del mundo.

—Hortensia —dijo Félix, llamándola por su nombre, que era lo primero que había que retener de un cliente porque su propio nombre era algo que a todo el mundo le gustaba escuchar—, habrá visto de todo en este hospital. Habrá visto casos como el de mi mujer.

—¡Ay! —exclamó asintiendo, como quien efectivamente ha visto demasiado—. Algunos encuentran el camino de vuelta y otros, no. Depende de lo que les espere fuera. Y la verdad es que algunos tienen más suerte. La suerte funciona en todas partes.

—¿Cree que puedo ayudarla?

—Siempre se puede ayudar, lo que ocurre es que la mayoría de las veces no se sabe cómo.

Tuvo que andar hasta la parada de taxis con el sol abriéndole el cráneo. Había decidido dejar el capazo en el hospital y llevar a Tito en brazos y colgarse la bolsa de los osos al hombro. Luego se dio cuenta de que no había sido buena idea. Los dos sudaban a chorros. La mano libre pendía sobre la pequeña cabeza de su hijo a modo de sombrilla porque entre las muchas cosas terribles que le podrían ocurrir a un niño una era la deshidratación. Llevaba la última imagen de Julia tendida en la cama como si se la hubiesen implantado en el cerebro. Aunque pensara en otras cosas, siempre estaba ahí, traspasando cualquier otra visión. Solamente las urgencias de Tito eran tan ciegas y persistentes como esta imagen. Cuando Tito tenía hambre no se podía esperar, ni cuando tenía sed, ni calor, ni gases. Todo era urgente e ineludible para Tito, el mundo tenía que funcionar a su ritmo.

Julia estaba tendida en la cama y ni siquiera lo sabía. Probablemente ya tampoco sabría que tenía un hijo, ni podría imaginarse qué estaba haciendo su marido. Y no importaba porque ella en estos momentos no tenía nada que ver con lo que aquí ocurría porque a ella no le estaba ocurriendo. Las gafas se le escurrían con el sudor y separó la mano de la cabeza de su hijo para subírselas y llamar a un taxi. Le preguntó al taxista dónde podría alquilar un coche.

Era la primera vez que veía el apartamento de día. El mármol blanco del suelo lo hacía luminoso y fresco. Se quitó los náuticos y anduvo de acá para allá sin poder evitar tener una sensación bastante agradable. Puso a Tito en una de las dos camas con las almohadas a los lados por si se movía mucho. Dormitaba espatarrado, ajeno a lo problemático que era el mundo y a su propia existencia, más o menos como el mismo Félix también se sentía ajeno al funcionamiento del universo. Se fue a la cama grande, necesitaba estar solo un rato.

Se desnudó, primero se dejó puestos los calzoncillos y luego se los quitó. La brisa empujaba las cortinas hasta las piernas. Tuvo una erección, algo completamente involuntaria, que no entrañaba placer, o en todo caso se trataba de un placer amargo. Le ocurría de niño cuando se sentía fuera de lugar o bajo la tensión de un examen o cuando su padre se enfurecía, y en la adolescencia alguna que otra vez cuando una situación le desbordaba y perdía el control. En esas ocasiones se sentía muy mal porque no era dueño de sus actos y porque no había nada erótico o sexual que lo provocase sino la angustia, el sentirse perdido, el necesitar liberarse de sí mismo. Le asqueaba que esas sensaciones vinieran solas, sin buscarlas. Hacía bastantes años que no le ocurría y sobre todo jamás le había ocurrido en su vida en común con Julia. Por lo que esto era un aviso y un claro retroceso. Descargó mecánicamente este impulso con la mayor rapidez que pudo, por quitárselo de encima y llorando por Julia. Y continuó llorando cuando terminó, y dejó que Julia con su pelo rizado y rojo extendido sobre la almohada de la cama del hospital, unida por gomas al gotero, se agrandara en su mente, que se hiciera tan inmensa que no cupiese en la habitación. Cerró los ojos y recitó, esponja, cepillo, camisón, cremas, gel de ducha, colonia suave, y se juró que esto no volvería a repetirse porque ya no era un niño y su mujer y su hijo lo necesitaban y sobre todo porque cuando ya se ha conquistado un territorio no se puede volver atrás ni ser el de antes. Y él se había conquistado a sí mismo, se había disciplinado y se había hecho fuerte. Así que este desafortunado episodio haría como que no había ocurrido o que había ocurrido en otro mundo y se quedó dormido.

Lo despertó el llanto de Tito. Había pasado más de una hora. Y puede que su hijo llevase mucho tiempo haciendo ruidos, pero él estaba tan dormido que a no ser por el llanto estridente hubiese seguido así cien años. Por supuesto ningún adulto sería capaz de una proeza semejante.

Ni siquiera recordaba lo que había soñado, algo de la playa, algo de olas espumosas. Le puso en la boca el biberón con lo que quedaba del zumo de pera. Tito lo sujetó con sus manos regordetas, y él se colocó las gafas y miró al reloj, eran las tres y media de la tarde, no le extrañaba que el pequeño se hubiese enfurecido así. Ahora le tocaba una papilla de cereales.

Metió unas cervezas en este pequeño frigorífico para gente de medio metro, y una en el congelador. Menos la leche de Tito habían traído desde Madrid papel higiénico, cervezas, arroz, dodotis, pan de molde y mermelada. Tras darle de comer al niño, puso una rebanada en un tostador muy antiguo made in England. Los armarios de la cocina al abrirlos despidieron olor a cañería. Y después de dudar si colocar aquellas cosas, las dejó como estaban porque tal vez tendrían que trasladar a Julia a otra clínica en Madrid. No podrían mantenerse en esta situación indefinidamente, por lo que no quería acomodarse a nada, quería que el equipaje estuviese por en medio como se dejó antes del accidente, quería sentir la provisionalidad de la situación de todas las formas posibles. El mismo olor de la tostada estaba fuera de lugar. La mordió sin ganas, por pura supervivencia.

Para ir de la cocina al salón sólo tenía que dar tres pasos. Cuatro hasta la mesa de comedor redonda, cinco hasta un arcón. Lo abrió con la mano libre de la tostada. Había edredones y mantas. En una vitrina colgada en la pared, un juego de café con escenas de caza y piezas sueltas que debían de dejar en recuerdo los distintos inquilinos del apartamento. En las estanterías novelas policiacas, que pertenecían a la dueña, Margaret Sherwood. En la terraza había dos tumbonas de aluminio, una mesa de teca y un tendedero plegable. En su cuarto, Tito se entretenía solo, daba patadas y se reía a ratos, como si estuviera comunicándose con un ser invisible. Probablemente le gustaba ver las florecillas azules del papel de la pared a juego con las colchas y las cortinas sólo que de tamaño más grande. Las cortinas llegaban hasta el suelo porque cubrían un pequeño balcón, que dejaba entrar el chapoteo de la piscina. Era una habitación alegre y llena de vida. Abrió los primeros cajones de un sinfonier rojo, uno de los pocos muebles que no era azul en el apartamento.

Julia y Félix ya habían alquilado apartamentos de este tipo varios fines de semana, en Semana Santa y el verano anterior y en todos ellos los rastros personales de los dueños eran muy escasos. Sólo se podía apreciar cómo eran por el gusto en la decoración casi siempre muy elemental, con abundancia de mimbre y colores alegres. Sin embargo, en este apartamento se notaba que Tom y Margaret habían pasado largas temporadas y que habían usado mucho la tetera, la tostadora y el horno, piezas pesadas, con la marca grabada en metal grueso, piezas antiguas con aire de museo. La huella de esta pareja era tan profunda que se podía tener la sensación de estar allanando su morada.

Le cambió el pañal a Tito, lo vistió con colores alegres y también se vistió él. Se puso la misma ropa que se había quitado un rato antes y que había dejado en la silla, unos vaqueros y un polo vino burdeos. Casi todos los pantalones y camisas y suéteres que usaba eran muy parecidos. Y sólo él y Julia apreciaban la diferencia. Por lo menos sabía lo que tenía que hacer. Estaba claro, no había posibilidad de elección. Le parecía haber visto un gran supermercado cuando condujo del hospital aquí. Compraría las cosas que necesitaba Julia y algo para él y tarros de comida preparada para niños. Una vez de vuelta le haría una papilla de frutas a Tito y le daría un buen baño. Él también se ducharía, y con ropa limpia se marcharían al hospital a pasar la noche.

Una hora después bordeaba la piscina con Tito en un brazo y cuatro bolsas colgando de la otra mano. Las gafas le resbalaban por el sudor nariz abajo, pero no podía hacer nada. Eran las seis y media de la tarde. Los niños gritaban entre burbujas azules. Los padres se dejaban tostar por el sol con una quietud desesperante. Detrás del muro que rodeaba la urbanización se oía el estallar de las olas. Sin querer, le venía la imagen de la espuma jabonosa deshaciéndose en la arena. Pero no quería dejarse tentar, ese mundo estaba bien ahí fuera, lejos de sus ojos hasta que Julia pudiese verlo también.

Cuando tanto Tito como él estuvieron perfectamente aseados, colocó sobre la mesa del comedor las cosas que había comprado para Julia. Luego buscó en su bolsa de aseo las cremas a las que se había referido la enfermera, de nombre Hortensia, no debía olvidarlo, una loción para el cuerpo y otra para la cara y revolvió en la maleta para dar con uno de sus camisones. Encontró dos tal vez demasiado transparentes y demasiado bonitos y sedosos al tacto para un hospital. Uno era blanco y otro de color melocotón. Normalmente a Julia le gustaba dormir con camisetas gastadas por el uso y estos camisones estaban más que nada de adorno en los cajones de la cómoda y en la maleta cuando salían de viaje, y mira por dónde, ahora los necesitaba. El resto de la ropa de momento no le servía para nada. Cogió el de color melocotón.

Nunca habría imaginado que los bikinis de Julia o una de sus blusas o las chanclas con que pensaba ir hasta la playa pudieran conmoverle tanto. Eran como los trozos de su normalidad.

Antes de salir, comprobó si había echado en la bolsa de osos los tarros de comida y los dos biberones ya preparados y que sólo habría que calentar. De todos modos, se llevaría el paquete de leche por si acaso y llenó otro biberón con agua fresca. Chupete, sonajero, un muñeco de goma. En el armario metálico del hospital había dejado tres pañales y ahora había decidido llevarse otros cuatro, pero le pareció exagerado y dejó uno. Un par de camisetas y pantalones de felpa. El mundo microscópico de su hijo le ataba a lo más mundano aunque no quisiera. Una cosa eran las ideas, las preocupaciones, las teorías y todo lo que ocurría en la cabeza, y otra, los biberones, los pañales y vigilar que bebiera suficiente agua y que el chupete no se cayera al suelo. Aunque estaba acostumbrado a cambiarle y a darle de comer y llevarle al médico, hasta ahora no había tenido una visión de conjunto de todas sus necesidades que eran tantas que se preguntó cómo podría haberse hecho tan numerosa una especie de seres tan débiles e indefensos.

Julia

Un poco más, se dijo. Paradójicamente según andaba hacia el supermercado éste se alejaba más y más de ella, a años luz de distancia. Cruzó calles más anchas y más estrechas. De algún bar salía olor a pavos rellenos con uvas, paellas con ostras y montañas de merengue. Hasta que se topó con los carros metálicos y los coches entrando y saliendo del parking. Al llegar ante unas puertas de cristal, éstas se abrieron del mismo modo que alguna vez uno espera que se le abran las puertas del mundo o del cielo. Cogió una cesta de mano. Puso en ella unas servilletas de papel y un paquete de galletas y se dirigió a la zona del agua embotellada, la leche, el aceite. Abrió una botella de Solán de Cabras de medio litro y se la bebió, luego la puso en la cesta por si las cámaras de seguridad la estaban grabando. Saciada la sed, deambuló por los pasillos y en el área del papel higiénico, las servilletas de tisú y los paquetes de clínex ocultó la botella vacía detrás de los rollos de papel absorbente para la cocina. Era casi imposible que alguien advirtiera la maniobra. Cualquiera podría dejar allí una botella sin darse cuenta, distraídamente, pensando en otra cosa.

El aire acondicionado convertía aquel sitio en un oasis. De la sección de jardinería llegaba un reconfortante olor a humedad y sintió un agradable escalofrío. Y aún sería mejor si en lugar de cargar con el peso de la cesta empujara un carro. Se alzó de puntillas para otear el horizonte. A la altura de Menaje para el hogar descubrió un carro semivacío. Fue hasta allí. Dentro únicamente había un juego de sartenes y nadie a la vista. Dejó la cesta sobre un microondas y comenzó a deslizar el carro hasta los expositores de Textil. Allí, a los pies de unos pijamas, depositó las sartenes que alguien había elegido un rato antes, y ya libre de cacharros comprometedores en el carro se internó en Alimentación.

Nadie podría pedirle explicaciones, nadie podría probar que aquél no era su carro, del mismo modo que ella no podía probar que era la titular de su cuenta corriente. De pronto Julia se encontraba en la acera de los que roban en los supermercados y hacen estas cosas y ya era casi imposible cruzar de nuevo al otro lado. En la charcutería compró doscientos gramos del mejor jamón de york y se lo fue comiendo mientras examinaba las latas de conservas. Dejó algo en el paquete para que en caso de haber sido observada no sospecharan que no iba a pagar. Siguiendo la misma táctica, se tomó unas cerezas y un yogur líquido natural descremado a la altura de los estantes dedicados al aceite y el vinagre. Mientras se bebía el yogur, cerró los ojos un momento e imaginó que estaba en la terraza del apartamento acariciada por el frescor de la brisa y que oía junto a ella una conversación de Félix con alguien que Julia no conocía y los ruidos típicos de Tito con el chupete. Habría jurado que por un instante su espíritu se había separado del cuerpo y había llegado por sí solo a la vida verdadera, pero que como tal separación no podría prolongarse porque entonces ella moriría, no había tenido más remedio que regresar y fundirse con los huesos, la piel, la vista y el tacto.

Podría seguir comiendo, pero ya no por hambre, sino por la inseguridad de poder hacerlo en el futuro, así que decidió quedarse con el sabor del yogur. Sin embargo, recordaba haber visto de pasada bragas en Textil, que ahora necesitaba casi tanto como comer. Por trágica que fuese la situación no podía estar más tiempo sin cambiarse. No se molestó en esconder el envase del yogur, le pareció más natural dejarlo en el carro.

Había ofertas de tres camisas de caballero al precio de una, y cogió una de cuadros tostados, una azul claro y otra roja, que Félix sólo se pondría para ir a la playa porque en el asunto del vestir sus gustos eran muy precisos aunque fuesen sobrios y normales hasta el aburrimiento. Levis 501 azul noche con camisas anchas por el codo o polos, de colores azul oscuro, granate o de pequeños cuadros negros, el pelo ni muy corto ni largo, pero siempre sin patillas, gafas con una ligera montura metalizada. En los pies, náuticos en verano y zapatos marrones o negros con cordones en invierno. Abrigo de paño beige, bufanda marrón y trajes oscuros de lana fría. Calcetines de canalé de seda, pañuelos de algodón egipcio. Los calzoncillos tenían que ser blancos y las zapatillas de andar por casa no podían estar abiertas por el talón. En cuanto a colonias no soportaba las típicas fuertes masculinas, prefería una sencilla de lavanda de las que venden en frascos de litro. Por no hablar del cinturón, reloj, cartera. No le gustaba llamar la atención, ni destacar, ni que se acordaran de él en los restaurantes o las tiendas, lo que facilitaba mucho su trabajo. Según él, había que aprender más de la naturaleza, cómo los animales tienden a revestirse con trajes de camuflaje para sobrevivir. En definitiva, que Julia nunca había podido regalarle nada.

Buscó un pack de bragas de algodón con forma de bikini, que le sirvieran también para bañarse en el mar. Fue un pensamiento involuntario, si hubiese podido controlarlo jamás lo habría tenido. ¿Cómo podía pensar en bañarse cuando aún no había encontrado a su marido y su hijo?

Echó el pack en el carro sobre las camisas. Debía actuar deprisa. Abrió el paquete de bragas y poniendo como pantalla una camisa cogió unas blancas, y mientras se agachaba a abrocharse las zapatillas se las metió dentro del pantalón. Se levantó y empujó el carro hacia la zona de jardinería. Empezó a mirar plantas. Una orquídea por aquí, una flor de pascua por allá, unos bonsáis. Se alejó hasta los libros y de allí hasta las cajas, ante las cuales se habían formado colas considerables. Abandonó el carro en la zona de paso entre las cajas y las conservas fingiendo que iba a coger algo que se le había olvidado.

Salió por la entrada sin que con el barullo nadie reparase en ello. Y por fin ya estaba en la calle, después de darse un festín y con ropa interior nueva. Volvió a echar de menos las gafas de sol. Los edificios parecían de goma blanca en medio de un silencio aplastante. El sitio hacia el que ahora se dirigiría sería de nuevo la sucursal bancaria.

Claro, por esto se había hecho imprescindible para el ser humano tener un hogar, un techo, para no tener que estar buscando constantemente destinos a los que ir. No se puede estar en la calle todo el santo día sin ir a ninguna parte. Ahora entendía por qué los hombres prehistóricos no paraban de andar, de avanzar, para no quedarse quietos en medio de la nada. Ella en este momento era una mujer desplazada del clan y debía buscarse la vida como pudiera y debía buscar señales que la condujesen a su familia.

Tal como se temía, las persianas de la sucursal continuaban cerradas y no se apreciaba ningún movimiento en el interior. Por tanto, nada la retenía allí y debía seguir hacia algún otro lado, que sería el puerto.

Los locales por los que pasaba ya le eran familiares. La ferretería Santo Domingo, la terminal de autobuses, la peluquería Espejos, la cafetería Bellamar y el restaurante Los Gavilanes. Entró en el restaurante, donde hacía más frío que en el supermarket, de hecho los pocos clientes que quedaban llevaban puestos chaquetas de lino y jerséis finos de perlé. Estaban eternizándose con los licores y los puros y las risotadas. Los camareros muy atareados recogían las mesas. En algunas habían dejado suculentas propinas.

Era el lugar perfecto para usar el baño. Se dirigía hacia allí cuando el encargado se materializó ante ella. Lo mal vestida que iba le sorprendió menos de lo normal, una licencia de los lugares junto al mar, en que el viento, el sol y las ganas de comodidad parece que igualan a la gente. No obstante este encargado que sí llevaba traje oscuro le cerró el paso.

—Quería hacer una reserva para... el domingo que viene a mediodía —dijo Julia, improvisando algo nuevo.

—¿Cuántos serán? —preguntó él dirigiéndose a un pequeño escritorio donde había un cuaderno abierto abarrotado de nombres.

—Ocho —dijo—. No, mejor nueve. Sí, nueve para mayor seguridad. Me gustaría aquella mesa de allí, junto a la ventana.

—Lo siento —dijo el maître—. Aquélla está reservada.

—Vaya, ¡qué pena! —dijo Julia, sintiéndolo casi de verdad, porque era el mejor sitio de todo el restaurante.

—Podemos prepararles dos mesas en este otro lado. Estarán cómodos, créame.

—Perfecto —dijo Julia—. Tomaremos salmón relleno de higos y una paella con ostras y uvas para las dos y media.

Dio su propio nombre y el número de móvil de Félix porque cuando a las tres de la tarde no se hubiese presentado nadie, antes de ocupar las mesas, llamarían a ese móvil y, de contestar Félix, él a su vez dejaría un mensaje para ella o se presentaría corriendo en el restaurante y todo se arreglaría. Había elegido el nueve por ser el número del piso de Madrid.

De acuerdo, se dijeron, a las dos y media, y Julia por fin pudo entrar en el baño.

Las paredes eran de piedra o la imitaban, el caso es que tenía el frescor de una gruta. Orinó y se cambió de bragas. Dudó si tirar las usadas o lavarlas y optó por lo segundo. Los senos de los lavabos sí que eran de piedra auténtica. Del grifo de latón dorado caía un chorro que se estrellaba contra la piedra, a la que sólo le faltaba algo de musgo. Echó jabón en las bragas y las frotó, apenas se veían entre la espuma. También había toallas individuales de verdad, no de papel, que una vez usadas debían arrojarse en un cesto y se metió una en cada bolsillo. A continuación sujetó por los bordes las bragas lavadas bajo el secador de manos. El aire las balanceaba alegremente cuando entró una señora vestida de blanco de arriba abajo y al ver la escena abrió la boca a punto de decir algo, pero se contuvo. Y Julia decidió irse antes de que saliera. Al pasar junto a la mesa recién abandonada por los de los puros cogió un billete de veinte euros de una propina incalculable y prefirió no mirar a los lados ni atrás por si alguien la había visto. Era rica.

Félix

Según recorría los pasillos del hospital, le iba invadiendo una oleada de miedo, de sombras, de destino marcado. Hacía tantas horas que no veía a Julia. La verdad era que podría haberlo comprado todo mucho más deprisa y no detenerse por ejemplo a mirar los precios en el supermercado. Pero se dejó llevar por la sensación de que allí no había ocurrido lo de Julia, de que en aquel mundo con un olor superficial que no olía a nada en concreto, sino a todo un poco, no existían las tragedias. Por un segundo en la sección de droguería, tras revisar la variedad de esponjas del fondo del mar, de champús de todos los aromas y cepillos del pelo redondos, planos, de púas, los tipos de geles y de desodorantes con alcohol y sin alcohol, en crema y en spray, la mente se le quedó en blanco de la misma forma que una pizarra que se borra. Tito se había dormido en el carro sobre un montón de toallas, que iba a comprar para ir tirándolas según se ensuciaran. Circulaba despacio, contemplando las ofertas de Nescafé, sartenes y bañadores que iban surgiendo a su paso. No quería salir de allí. Se habría quedado en este blando regazo hasta que la pesadilla terminara.

Andaba por el pasillo con dos bolsas de plástico del supermercado colgando de la mano derecha, mientras que el lado izquierdo estaba ocupado por la bolsa de los osos, que pendía del hombro y por Tito, que le acababa de manchar la camisa que se había puesto limpia al regreso de la compra con un pequeño vómito. También Tito parecía percibir de algún modo que se acercaban al desastre, a aquello que no se arregla por el mero hecho de que uno desee con toda su fuerza que se arregle.

Algunos de los que esperaban en las puertas de las habitaciones que su vida volviera a ser como antes le saludaron con la cabeza, otros lo observaron de refilón. Las enfermeras y sanitarios en general del punto de control no le prestaron atención porque estaban distribuyendo en bandejas metálicas pastillas que luego los enfermos se tomaban confiadamente, así que Félix pensó que sería mejor para todos no distraerles preguntando por Julia, abandonada tantas horas sin ella saberlo.

Aún le quedaba el pequeño vestíbulo, que suponía el último trámite para llegar a la verdad. Y mientras lo recorría le dio tiempo de considerar la maravillosa posibilidad de que ya hubiese despertado y la encontrase con los ojos abiertos. Pero fue cuestión de dos segundos toparse con la amarga realidad. El tiempo no había pasado para Julia. La misma postura, los ojos cerrados, la respiración de repente agitada como si estuviera corriendo dentro del sueño, y luego tranquila como si ya hubiese parado de correr. Julia soñaba, estaba seguro. Aun así, una sacudida de impotencia y decepción le desanimó profundamente. Por eso, aunque notó la presencia de otra persona en la habitación no se volvió para saludarla. Dejó las bolsas del súper en el suelo y se quitó del hombro la bolsa con las cosas del niño.

—Hola —dijo esa otra persona a su espalda.

Era quien instintivamente había pensado que era, Abel, el paciente de la 403 que había conocido en la cafetería. Estaba sentado en la otra cama con la misma indumentaria hospitalaria de la vez anterior. Félix buscó el capazo con la mirada. Estaba sobre el sillón. Con toda seguridad lo había puesto allí este hombre metomentodo, cuyo armazón de huesos logró milagrosamente ponerse en pie y acercarse a Tito con un dedo alargado con exageración por la delgadez levantado, que habría dejado caer sobre su cabecita de no apartarle Félix rápidamente. Por lo menos parecía que ya habían arreglado la refrigeración y le pasó a su hijo la mano por la cabeza para quitarle cualquier resto de sudor y que no se acatarrase.

—He venido para hacerle compañía a Julia. Se llama Julia, ¿verdad? No tienes por qué preocuparte por dejarla sola. Mientras yo esté aquí puedes contar conmigo.

Félix tendría que haberle dado las gracias, pero no se las dio porque él no le había pedido que cuidara de su mujer. Era una atribución que se había tomado él solo. Más aún no le agradaba que un desconocido estuviese a solas con Julia, aunque tampoco quería echarle a patadas porque no sabía si le necesitaría en el futuro, ni estaba seguro de que no fuese mejor para Julia que alguien la observara por si de pronto sufría una crisis. Prefería disponer de más datos objetivos para tomar una decisión, mientras tanto, adoptó una posición neutra. Ni de rechazo, ni de entusiasmo.

—Tu situación no es fácil, tienes que atender a tu hijo, ¿cómo se llama?

—Tito, y si mañana Julia sigue igual no tendré más remedio que llamar a su madre.

—Sí, lamentablemente estas cosas no se pueden mantener en secreto —se dijo el hombre a sí mismo abriendo alguna enigmática puerta de su propia vida.

Su aspecto indicaba que había estado muy enfermo y que una corriente de aire podría matarlo. La delgadez le había compensado con una gran nobleza en el rostro. Cara alargada y nariz aguileña, ojos hundidos y despiertos a pesar de todo. En la nariz se veían las huellas de unas gafas, que no llevaba. Tenía aire quijotesco y de entrada inspiraba confianza. Todo se debía a la gran influencia de la fisonomía a la hora de hacer una valoración sobre gente que no conocemos. Según estos patrones en que se valora desde el tamaño de las orejas o si el labio inferior es más grueso que el superior hasta la forma de los párpados, su retrato descubría a un hombre de honor, digno y de una fuerte sexualidad contenida en sus labios fle-

104

xibles y tirando a rojos, lo que combinado con dotes de mando y liderazgo y la ambición de poder que se desprendía de su forma de sentarse con la cabeza echada hacia delante y las piernas separadas era como para no tomárselo a broma. Aunque a decir verdad Félix nunca había llegado a confiar demasiado en estos análisis, sabía que por mucho que se intentara no se llegaba a conocer a la gente, incluso el mismo sujeto podía sorprenderse a veces de sus propias reacciones. Por eso los vecinos de los asesinos casi nunca sospechan de ellos por el simple hecho de que matar parece que no encaja con su cara y modales.

—La han lavado y le han dado de merendar, bueno... lo que ellos llaman en estas circunstancias merendar. Hortensia, la enfermera, le ha dicho para animarla que era salmón relleno de higos, ostras y uvas. Esperemos que sepa lo que hace. Para entretenerme, he puesto la televisión, pero había una película de crímenes y la he quitado.

—¿De verdad cree que puede oír, que puede oírnos?

—Por si acaso no le he contado nada que pueda inquietarle. La armonía y las palabras favorables no le hacen mal a nadie.

Comenzó a sacar de las bolsas del supermercado todo lo que había traído para Julia. Luego alzó la mano hacia la rejilla del aire para comprobar que de verdad salía frío. Abel observaba la operación sentado en la cama vacía con los brazos escuálidos alrededor de una rodilla, dando a entender que en esta ocasión se recogía, que se protegía. El ruido de unos zuecos le hizo desviar la vista hacia la puerta, de donde surgió Hortensia, con aire resuelto y de poder entretenerse lo justo en cada habitación. Se puso las gafas que le colgaban sobre el pecho y dirigió la vista a la bolsa de suero de Julia. Fue hacia ella y la reguló, lo que le hizo sospechar a Félix que hasta ahora no hubiese estado tomando la dosis apropiada. A continuación Hortensia miró a Abel.

—¡Llevo toda la tarde buscándote! ¡Vamos, tienen que hacerte un electro!

Probablemente hablaba así de alto mitad en plan sargento y mitad en plan desenfadado para darles vidilla a los enfermos. El caso es que cuando se marcharon, Félix se sintió más solo que nunca y tuvo que reconocer que prefería la compañía de este Abel metomentodo a quedarse en el silencio de Julia. La luz de estas horas de la tarde ponía reflejos plateados aquí y allá. Le dio el sonajero a Tito y le cogió una mano a Julia. La llamó por su nombre.

—Si me oyes —dijo— envíame una señal. Haz algún gesto. Apriétame la mano o respira más fuerte.

Para su gran sorpresa no la tenía inerte, sino que respondió oprimiendo ligeramente la suya ¿o había sido él mismo?, lo importante ocurre tan deprisa que siempre queda alguna duda. Lo que parecía cierto es que la respiración se le agitó y los ojos se le movieron más rápido. Entonces Félix dijo: «¿Estás aquí? Por favor, háblame. Di algo».

En este segundo comprimido como un átomo Félix sintió lo que iba a pasar, Julia reuniría fuerzas, su cerebro se reorganizaría y despertaría. Parecía que con este gesto Julia le había dicho, no te preocupes y ten paciencia, en cuanto pueda abriré los ojos. Fue un segundo eufórico, el segundo que necesitaba. Ahora podía mirarla sin miedo y pensar en ella abiertamente.

Tuvo la sensación de que todo su pasado anterior a ella, de niño, de joven, de estudiante, se guardaba en un lugar apagado de la memoria, una especie de cueva sin mucha luz. Sin saberlo, sin sospecharlo siquiera, había estado esperando que ella llegara a su vida para que se encendieran las luces y el mundo se pusiera en movimiento. Aunque en realidad sólo habían estado dos años juntos. Y echando la vista atrás parecía imposible, era milagroso que se dieran las combinaciones necesarias para que existiera una primera vez, que ocurriera algo para que él pudiese descubrirla en este mundo lleno de millones de personas casi todas iguales.

Fue en el hotel Plaza.

Era un día de invierno y en la aseguradora estaban preocupados por el robo de una joya cometido en una de las habitaciones. Así que Félix prefirió ir personalmente a echar un vistazo. Se trataba de unos clientes muy buenos en el sentido de ricos. Habían asegurado en su compañía casi todas sus propiedades, casas, joyas, coches, caballos, cuadros, un yate. Eran unos ricos a la antigua usanza, cuyas propiedades no eran sólo inversiones sino diversiones. Repartían el año entre sus distintas casas, montaban a caballo, viajaban en el yate cada dos por tres y lucían joyas y buen aspecto en numerosas fiestas. Félix no sabía de dónde sacaban el tiempo para disfrutar todo lo que tenían. En esta ocasión habían ocupado una planta del hotel para preparar la boda de su hija pequeña.

Se llamaba Rosana y era rubia y grande. Tenía unos ojos claros verdosos rasgados pero pequeños para la cara en que se encontraban encajados de piel rosácea y áspera. La frente estrecha, los labios finos y la nariz carnosa daban la impresión de que podría enfadarse enseguida. Tendría de dieciocho a veintidós años y los dientes superiores infantilmente separados le daban aire de niña grandota, descontenta con todo, y que probablemente los padres querrían quitarse de encima de la forma más natural posible, casándola. La misión de Félix era encontrar una diadema de oro blanco y brillantes que Rosana iba a lucir el día de la boda y que habrían robado de la caja fuerte de la suite. La diadema había pertenecido a su bisabuela y además del valor metálico poseía un valor sentimental y la aseguradora tenía un interés especial en que apareciera porque, como el padre de Rosana decía, ningún dinero podría sustituirla.

Se notaba que Alberto Cortés —a quien la gente del hotel llamaba don Alberto—, el padre de Rosana, quería mucho a su hija, pero que no sabía qué hacer con ella. La miraba tiernamente y con pena, lo que de alguna manera debía de irritar más a Rosana, en pie de guerra permanente. Cuando su padre la miraba así ella cruzaba los brazos retraída y malhumorada, formando un claro cuadro de familia disfuncional. Había heredado la robustez del padre, cuyas grandes manos podrían haber construido catedrales y portado lanzas. Y el pelo rubio y los ojos claros de la madre, que se parecía lejanamente a Lauren Bacall en su madurez. Era evidente que la madre, que tenía uno de esos nombres salido de una intensa vida social, Sasa, no quería darse cuenta de nada que rompiera el ritmo de su vida. Llevaba tanto tiempo haciendo lo que hacía, fuera lo que fuere, que no estaba dispuesta a cambiar. Por supuesto la diadema la había robado alguien cuyos motivos a Félix no le importaban. Salvo para saciar la curiosidad, su objetivo era saber quién, no por qué.

Después de conocer a la familia Cortés, Félix fue sonsacando información a los empleados de la manera más informal que podía hasta que llegó a la cafetería y a Julia. Ahora pensaba que al ir al hotel a descubrir el paradero de la joya en el fondo había ido a conocer a Julia. Mientras se tomaba un café lo más lentamente que fue capaz hablaron de aquella gente forrada de dinero y de Rosana. A Julia le parecía una pobre chica y que iba a hacer una boda catastrófica porque resultaba bastante evidente que su novio se casaba con ella por dinero. La eterna historia. Y que esto era algo que no le comentaría a nadie más, sólo a él porque era policía.

Félix no pudo por menos que sonreír para aclararle que él no era policía. Era un abogado de la compañía que tenía aseguradas las propiedades de la familia, incluida la pieza robada o extraviada. Preferían no involucrar a la policía en esto todavía, tal vez aún tuviera arreglo. Para entonces la Julia del otro lado del mostrador ya se había grabado en la mente de Félix con su pelo enrojecido por el fluorescente de la barra, con sus ojos castaños si miraba en una dirección, verdes si miraba en otra, con su delgado cuello sonrosado y la fina cadena de oro que llevaba alrededor, con sus brazos pecosos, con su voz agradable y los labios finos a contracorriente de la moda, con sus orejas pequeñas, con los dos pendientes claveteados en el pabellón de la oreja izquierda (que le habían quitado al desnudarla en el hospital) y con un imperceptible agujero en la aleta de la nariz como si también allí se pusiera de vez en cuando algo.

Tuvo que volver al hotel al día siguiente para conocer al novio, algo más bajo que la novia y en conjunto bastante más menudo que ella. Un chico demasiado reservado y con cara de pocos amigos, entre guapo y feo, entre tímido y displicente, de los que solían gustar a las chicas cuando Félix iba al instituto. Ante su presencia, a Rosana se le ponía cara de no creerse que pudiera tener tanta suerte. Y estaba en lo cierto porque en realidad no la tenía. Algún día cuando se cansara de vivir bien a su costa la dejaría. Julia no había exagerado. No tenía oficio ni beneficio pero les caía bien a los padres porque era avispado y les seguía la corriente y porque seguramente habían pensado que si podían comprar la felicidad de su hija por qué no iban a hacerlo. Al fin y al cabo cuando se quiere a alguien se le quiere por algo, por guapo o por listo o por culto o por famoso o por tener poder o dinero o ambas cosas. Así que para qué iba a robar el novio la diadema cuando podía tener tanto.

Lo mejor del asunto fue que Julia y Félix empezaron a verse fuera del hotel para seguir hablando del posible paradero de la diadema. El caso se había convertido en un pretexto para verse a solas. Se veían en la cafetería Nebraska, y un día Félix dijo, ¿Te has dado cuenta?, ésta es nuestra cafetería, y le cogió la mano a Julia, y Julia no la retiró, sino que se la apretó un poco dándole la bienvenida a su vida, a su cuerpo y puede que a su alma. Era extraño que una persona pudiera ejercer tanto poder sobre otra, un poder completamente psicológico y por tanto bastante peligroso. Julia sin el uniforme parecía aún más joven, solía llevar vaqueros y un anorak negro sobre el que revoloteaba el pelo rojo como una zarza encendida. Félix no pensaba en otra cosa que en acostarse con ella. Había llegado ese momento en que la vida te recompensa.

Lo peor fue que no descubrió el paradero de la diadema, probablemente estaba tan ensimismado en las nuevas sensaciones del enamoramiento que algún detalle clave se le había escapado. Y aunque nadie le reprochó nada, estaba convencido de que había decepcionado a la aseguradora, que llegó a pensarse si darle el caso a una agencia de investigación externa. Al final la compañía optó por pagar y contentar a los clientes en lo posible. Pero Félix ya estaba tocado, lo sentía como si le hubiesen puesto en el pecho la punta de una espada. Menos mal que el romance con Julia arrinconó este fracaso e hizo que el trabajo no lo fuese todo en la vida. Se casaron y tuvieron a Tito y ahora sin venir a cuento, contra todo pronóstico, el puente por el que circulaban más o menos seguros se hundía y él no sabía qué hacer ni por dónde seguir. Habría que buscar otras alternativas y habría que no dejarse noquear por la sorpresa. La vida era imprevisible, eso era lo peor y lo mejor de la vida porque de la misma forma que había sucedido el desgraciado accidente de Julia era de suponer que ocurriría algo más, que las cosas no se quedarían así para siempre, por lo que debía tratar de no desesperarse hasta que se diera la vuelta la tortilla.

El amor le hacía a uno sentirse un elegido. Era una borrachera con resaca segura que a unos llegaba antes y a otros después, según había comprobado con sus propios ojos demasiadas veces. Pero ¿existe alguien en todo el planeta que prefiera estar sobrio todos los segundos de su vida?

Siempre había oído decir que el amor es un sentimiento de gran complejidad y que es el acto de mayor concentración mental de que somos capaces para lograr aislar, entre millones, a una persona y hacerla deseable de una forma casi sobrenatural. Él por su reciente experiencia podía decir que en ese estado el mundo se convertía en algo muy simple, en que sólo gustaba lo que tenía que ver con el ser amado mientras que el resto se volvía indiferente, quizá porque no somos capaces de abarcarlo todo con la misma intensidad. Se perdían los matices, los relieves y la profundidad de lo que estaba fuera del amor. Y era ahora, tras el accidente, cuando Félix se había pegado de bruces con el duro y frío suelo que nos sostiene y podía volver a ver hasta los mínimos guijarros de la calle y las más insignificantes grietas de la pared. Se diría que había recobrado la vista a un gran precio.

Julia

Con los veinte euros que acababa de coger de un plato con propina de Los Gavilanes su capital ascendía a veintiocho euros.

El puerto estaba adormilado y ya no había merluzas ni langostas, pero el olor se iba quemando y envejeciendo bajo el sol. Entró en un bar de pescadores lleno de turistas y sacó las monedas para llamar a Félix. Dio la señal cuatro veces y al final oyó su propio nombre.

¡Julia!, dijo su marido.

Su voz llegó clara, como una señal sin ruidos, una señal que venía del lejano planeta de la vida normal.

—¡Félix! —gritó Julia dando por sentado que era ella quien llamaba y dando por sentado que él estaba esperando.

—Julia, ¿estás aquí? —preguntó.

—Sí —contestó ansiosa y emocionada—. Estoy aquí esperándote. Estoy en un bar del puerto.

—Por favor, ¡háblame! ¡Di algo! —gritó Félix.

¿Cómo es que no podía oírla? Julia también estaba gritando.

—Félix, ¿me oyes ahora? ¿Me oyes?

Siguió insistiendo por lo menos dos o tres veces más hasta que la comunicación se cortó. La gente del bar la miraba. Algunos desde la barra y otros desde las mesas, pero todos girados hacia ella, y ella les devolvió la mirada con una rabia que no iba dirigida a ellos sino a sí misma. ¡Qué estúpida era! A veces uno está en un país extraño y al doblar una esquina se tropieza con un vecino, y ella no era capaz de encontrar a su marido y a su hijo en unos pocos kilómetros cuadrados.

Metió otra moneda, pero esta vez oyó un pitido, como si ahora Félix no tuviera cobertura. Quizá se había ido desplazando por el apartamento o dondequiera que se encontrara buscando la manera de oírla a ella y resultaba que ya no daba ni señal. Colgó con fuerza y desesperación, y el dueño del bar le preguntó si ocurría algo. Sus ojos un poco saltones expresaban recelo, seguramente pensaba que se las estaba viendo con una yonqui. Julia era consciente de su aspecto sospechoso. Llevaba las bragas que había lavado dobladas en la mano, las toallas en los bolsillos, el pelo enredado y de tanto estar en la calle la piel se le iba acorchando y ennegreciendo como a los vagabundos.

Volvió a meter otra moneda y volvió a escuchar el mismo pitido chirriante. Le habría pegado un puñetazo al teléfono de no ser porque el dueño estaba vigilándola.

Salió lo más rápido que pudo de aquel bar asqueroso y se entregó a la contemplación del mar. Era tan azul y tan brillante y estaba tan cerca del cielo que parecía un sueño. La llenaba de un inmenso amor por Tito. El pensamiento de que Tito existía volvía el puerto resplandeciente. Daba paz y alegría ver los barcos grandes y pequeños balanceándose blandamente. Y Julia comprendió que Félix se habría puesto tan nervioso como ella o más porque mientras que ella podía tratar de comunicarse con él, él no podía. El móvil de Julia estaría sonando en el bolsillo de algún desaprensivo o tal vez en un basurero. Así que dentro de un rato, cuando se hubieran tranquilizado los dos, Julia volvería a intentarlo.

Tirando por la izquierda anduvo hasta la playa.

Las zapatillas se le hundían y nada más llegar a la orilla se las quitó. Olían a humedad rancia. Las abrió todo lo que pudo para que el sol entrara en ellas y las secase y las esterilizase lo más posible. Luego se quitó los pantalones y tras sacar las pequeñas toallas de manos, sustraídas en el baño de Los Gavilanes, de los bolsillos los dobló con cuidado. No había mucha gente y la que había estaba concentrada tomando el sol. Así que extendió las toallas y sobre ellas lo que había lavado para que terminara de secarse, lo demás lo guardó entre los pliegues del pantalón. Pensó que necesitaría una bolsa de plástico para llevar consigo sus escasas pertenencias. No recordaba haber visto ninguna en el coche. De ahora en adelante en el maletero siempre habría agua, más mantas, ropa, latas de conserva para cualquier emergencia y una bolsa de plástico. Se dejó caer en la arena. El ruido del mar se acercaba con cada ola y venía cargado de motas transparentes. La brisa era muy agradable y frágil, como si cualquier pequeño movimiento pudiera desviar los rayos del sol.

Y nada más sentir este pequeño placer, que en estas circunstancias era inmenso, se arrepintió. Seguro que a Félix no se le ocurriría tumbarse al sol en la playa mientras la buscaba. Debía olvidarse del sol, de la brisa y del mar y aplicarse en diseñar un plan. Para estos casos Félix solía decir una frase que necesitaría escuchar ahora, pero que tardaría años luz en llegar a su cabeza. Se encontraba más confusa de lo que creía. Era una frase sencilla, nada del otro mundo, algo parecido a una sentencia que hablaba de los problemas. ¡Mierda! ¿Cómo era? ¿Cómo era? Bueno, le vendría a la mente cuando se olvidase de querer recordarla.

Félix

Se dice que uno elige a las personas que le rodean, pero no es verdad, las eligen las circunstancias. A Félix las circunstancias le habían puesto a Julia delante, eso sí, en el momento oportuno. Y le habían adjudicado unos padres que no soportaba, compañeros de trabajo que toleraba más o menos y una suegra a la que veía a través de Julia. Las circunstancias habían traído a Julia a este hospital y le habían obligado a conocer a Abel.

Si Abel fuese un cliente, Félix diría que había que mirarle dos veces para sospechar que no era quien parecía, porque aunque pareciese un pariente bonachón, el tío simpático de la familia, el brillo de sus ojos apuntaba lejos, a un mundo muy distinto del que uno supondría. Tampoco podía disimular una autoridad interna que se desprendía de sus maneras y que denotaba que era alguien acostumbrado a mandar. Y el hecho de venir tanto a la 407 sin pedir permiso significaba que tenía por norma hacer lo que le daba la gana. Ahora aquí estaba, en la habitación sentado y con el esqueleto envuelto en el pijama azul e inclinado hacia delante.

—¿A qué te dedicas? —le preguntó a Félix.

—A seguros.

—A seguros, vaya, ¿y Julia?

—Es camarera del hotel Plaza.

Abel la miró tratando de imaginársela en su trabajo. Félix también se quedó mirándola. Los puntos de la frente se habían secado y le daban aspecto de muñeca rota, sobre todo por el pelo, que iba perdiendo brillo.

—Yo estoy jubilado. Soy un viejo jubilado enfermo —dijo Abel estirando sus rojos labios en una sonrisa—. ¿Por qué no aprovechas para darte un paseo? Dentro de un rato no tendré más remedio que marcharme a mis aposentos.

Tito dormía en el capazo sobre la otra cama y dudó si llevárselo con él. Pero Abel le hizo cambiar de idea.

—No lo muevas, déjale descansar. Yo los vigilo. Te prometo que aguantaré media hora sin dormirme y sin que me dé un infarto.

Está bien, se dijo Félix, media hora es poco tiempo, y además Abel no podía ir a ninguna parte. Era un enfermo como Julia, uno de los suyos.

Había caído la noche y el pasillo resultaba más iluminado que nunca y la mayoría de pacientes y acompañantes se había recogido en las habitaciones. A la altura de la 403, la de Abel, montaba guardia una mujer corpulenta con un blusón floreado sobre unos vaqueros. Félix no llegó a bajar a la cafetería, deambuló por pasillos y salas de espera con la televisión puesta impregnados del olor del hospital y se tomó un descafeinado de máquina. De vez en cuando se topaba con unas cristaleras desde las que se veían las sombras y las luces de la noche. No fumaba, pero de buena gana se hubiese encendido un cigarrillo contemplando la luna y las estrellas. Había pocos momentos en que pudiese sentirse ligero y libre, sin peso, sin ataduras. Y aunque le repugnaba tener este sentimiento, le agradecía a Abel que hubiese comprendido que necesitaba un respiro.

A la vuelta, la mujer de la camisa floreada seguía en su sitio mirando en dirección contraria a Félix, por lo que no tuvo que saludarla. No estaba intranquilo, pero al llegar a la puerta se tranquilizó aún más al oír la ya familiar voz de Abel, que le decía a Julia que no debía temer nada porque no estaba sola, que él estaba con ella. Oyó que le decía: «Todos nosotros estamos contigo».

Julia

Había decidido dormir en el mismo lugar de la noche anterior, por los alrededores de donde el instinto siempre le decía que estaban los apartamentos, frente al mar. Allí se sentía más segura, simplemente porque era un sitio menos desconocido que el resto. No había ninguna razón objetiva, sólo la sensación de que al final del día regresaba a un lugar que la estaba esperando.

Antes de acostarse, fue hasta la orilla sin las zapatillas. La arena estaba fresca. Era muy agradable. Y el agua también. Se remangó los pantalones. Pequeñas olas negras le llegaban a las pantorrillas. Se lavó la cara, los brazos, pero no se aventuró más adentro, primero porque no sabía dónde dejar las llaves del coche, que ahora guardaba en el bolsillo, y segundo porque le daba miedo no poder distinguir qué clase de animalillos habría en el agua. De todos modos, alguien menos cobarde que ella estaba bañándose ahora mismo en aquella inmensidad entre seres resbaladizos que pasarían rozándole. Admiraba profundamente a los aventureros que encontraban placer donde ella sólo encontraba peligro.

Esta vez cogió la manta del maletero e hizo una almohada con las pequeñas toallas y los pantalones doblados cuidadosamente, lo que también serviría para plancharlos un poco. No se sentía cómoda con la blusa, que tarde o temprano tendría que lavar, y se la quitó. Se estiró lo que pudo en los asientos y se tapó, pero sacando de la manta, como acostumbraba, media pierna. Dejó las ventanillas dos o tres dedos abiertas de modo que se formara una suave corriente de aire pero que nadie pudiera meter tanto la mano como para intentar bajarlas.

Fue a eso de medianoche cuando sintió una mano acariciándole el pie que estaba al aire. No era la primera vez que ocurría, pero no quería desvelarse y continuó con los ojos cerrados. No había nada que temer, no había nadie más que ella en el coche, de eso no cabía duda, lo que no impedía que fuera una sensación demasiado rara, desagradable, así que resguardó el pie. Desde que se encontraba en esta extraña situación notaba con frecuencia respiraciones a su lado o que una mano le pasaba por la espalda. A veces como si le soplaran. Sentía de pronto algo fresco en la frente o algo húmedo en la mano. Daba la sensación de que hubiese gente invisible a su alrededor.

Estaba tan cansada que enseguida se fue quedando dormida mientras pensaba que todo eran aprensiones, una manera de no estar sola, quizá. Sin embargo, al rato —un rato que pudo consistir en dos o tres horas— oyó una voz.

—Julia, no estás sola. No debes temer absolutamente nada. Mi nombre es Abel y estoy contigo. Todos nosotros estamos contigo.

Entreabrió los ojos. La voz la había despertado. Sin embargo, no estaba soñando con ningún Abel. ¿Quién era ese Abel? Su voz había llegado en el mismo tono de fondo en que llegaban el ruido de las olas o el más lejano de los coches. Saltó a los asientos delanteros y encontró en la guantera un bolígrafo y una factura de la gasolinera, en cuyo reverso escribió la frase de Abel. «Todos nosotros estamos contigo», había dicho.

¿Quiénes eran todos nosotros? Ahora sí que se había desvelado. Volvió atrás y se tumbó con las manos en la nuca. El aire entraba más frío aún por las rendijas de las ventanillas y la manta no le molestaba.

«Todos nosotros» debían de ser esos seres que le tocaban el pie, la espalda, la cara, el pelo, que respiraban a veces a su lado. Podrían ser almas sin cuerpo, almas perdidas. Aunque mejor que almas, espíritus, porque los espíritus serían como las personas, pero invisibles, no estarían desgajados del cuerpo como el alma. Las almas sin cuerpo daban pena, pero no los espíritus. Los espíritus eran algo así como la esencia del ser humano. También podría ser que significasen lo mismo el alma, el espíritu y un ángel.

Los ángeles eran seres superiores porque ellos podían descender hasta los humanos, pero los humanos no podían ascender hacia ellos. Era muy reconfortante pensar en ángeles. Sería maravilloso que realmente fuesen ángeles quienes cuidasen de Julia, quienes le pasaran la mano por el pelo y le hicieran compañía. Aunque pensándolo bien, era más fácil creer en un espíritu que en un ángel. Un ángel estaba comprobado que era un ser imposible con su enorme esternón para sostener unas gigantescas alas, que no necesitaba porque al ser seres superiores se desplazarían de una manera inimaginable para los humanos, y por eso el ojo humano no podía captarlos. Y cuando de alguna manera se lograba verlos, no se sabía que eran ellos.

Un espíritu podría ser un ser que existiese en otra dimensión. Aunque alguien que se presentaba con su nombre tenía más pinta de ángel que de espíritu. Los nombres de los ángeles eran muy conocidos mientras que los espíritus eran anónimos. El ángel Abel. Abel también podría ser un arcángel, que sería más o menos un jefe de ángeles, y por eso le hablaba a Julia de «todos nosotros».

Pero ¿tan importante era Julia como para que se ocupara de ella un ejército de ángeles? ¿Qué había hecho de bueno en la vida? Prácticamente nada, tampoco malo. No había matado a nadie ni había salvado a nadie. No tenía grandes sentimientos ni grandes ideas, ¿por qué iba a fijarse en ella ningún ángel? No se tenía por especial o diferente. No se consideraba mejor que los demás. Claro que el ángel era Abel, no ella. El arcángel Abel con unas impresionantes alas de plumas blancas.

Quienquiera que fuese no había llegado hasta ella para hacerle daño. Incluso aunque fuese fruto de su mente, el propósito sería ayudarse a sí misma en esta difícil situación, así que volvió a cerrar los ojos y a quedarse dormida. Que me toquen, rocen y hablen todo lo que quieran, pensó, si lo hacen por algo será.

Félix

Estaba seguro de que Julia habría querido que esperase todo lo posible para llamar a Angelita, su madre. Pero este segundo día por la noche, a eso de las once, y cuando Abel se marchó definitivamente a los que él llamaba sus aposentos, pensó que ya no podía esperar más. Tampoco Julia habría querido que por teléfono le contase todos los detalles, sólo lo básico, que había ingresado en el hospital y que le estaban haciendo pruebas, callándose el hecho de que aún no había recobrado el conocimiento, ni siquiera que lo había perdido. Así que Félix habló lo más rápido que pudo con ella para no darle tiempo a preguntar. Angelita, tal como Félix se temía, insistió en venir a ver a su hija, y no pudo hacer nada por disuadirla. Le dijo que no podía responsabilizarse de ella, y ella le contestó que estaba acostumbrada a cuidarse sola y se la imaginó con la medalla que llevaba colgada del cuello en que se indicaba el grupo sanguíneo y los medicamentos a los que era alérgica por si se desvanecía en la calle, y el aparato de la cruz roja con un gran botón rojo en la mesa del salón de su casa para pulsarlo en caso de que se encontrase mal. También le habían colocado una cartulina al lado del teléfono con los números en grande de las urgencias y las ambulancias, y el móvil estaba preparado para que pulsando una tecla le llegara a Julia una alarma por si acaso no le daba tiempo de alcanzar el botón rojo o se resbalaba al ir a comprar el pan o sufría un mareo en cualquier momento. Vivía rodeada de tantas señales de socorro que parecía milagroso que sobreviviera.

Según lo esperado, tardó un rato largo en ir a buscar un bolígrafo para apuntar la dirección del hospital y luego para escribirla. La del apartamento era tan complicada que Félix desistió de dársela. Le dijo lo más lenta y claramente que pudo que le era imposible ir a buscarla al aeropuerto, por lo que tendría que tomar un taxi hasta el hospital, que le costaría unos cincuenta euros, y que una vez allí tendría que encontrar la habitación 407.

—No lo olvides —le dijo—. La 407. Si tienes algún problema llámame al móvil.

Angelita se despidió con un adiós titubeante, como si hubiese algo que no había quedado claro, pero que aún no sabía qué era.

La llegada de su suegra suponía un problema más y no podía evitar que la idea le inquietara. Ni siquiera sabía si su presencia le vendría bien a Julia, porque para Julia su madre significaba atadura, responsabilidad, preocupación y sentimiento de culpa si dejaba de preocuparse por ella.

Estaba seguro de que a la Julia despierta no le haría ninguna gracia que su madre viniese sola, pero ahora la que necesitaba ayuda era ella y su madre de setenta y nueve años tendría que arreglárselas. En cuanto a la Julia dormida era imposible aventurar qué vería dentro de su propia cabeza, que en definitiva según el doctor Romano era donde acababa todo lo que está fuera.

Tercer día

Félix

El doctor Romano, tras preguntarle cómo había pasado Julia la noche, se levantó de detrás de la mesa. Llevaba la bata blanca puesta sobre una camisa azul recién planchada con corbata de rayas, mientras que Félix, como ya iba siendo habitual, se presentaba ante él sin afeitar y con los pantalones arrugados. Le dio la mano, le dedicó un gesto especial a Tito y volvió a su sitio. Abrió la carpeta que tenía ante él. A Félix el corazón empezó a latirle más fuerte. No sabía por qué le asustaba más la Julia de los informes que la que yacía en la cama. Y empezó a dar pasos y a moverse como si tratara de calmar a su hijo, que por una vez se encontraba en sus brazos inusualmente tranquilo, observando con el chupete puesto al doctor cuya voz parecía hechizarle.

Romano era muy serio y casi podría asegurarse que no se había reído en toda su vida, tal vez sí internamente, pero no con la cara. Y al comenzar a leer, en un más difícil todavía, su seriedad se reconcentró. Todo venía a confirmar que Félix ahora era un habitante del lado grave de la vida y que así era considerado y así era mirado y en ese tono se dirigían a él.

—Se ha avanzado mucho en el terreno del cerebro y de la mente —dijo el doctor—. Sabemos que es una central eléctrica con millones de conexiones, que aún estamos averiguando cómo funcionan. Imagínese un bosque muy espeso en que las ramas se entrecruzan unas con otras y apenas dejan entrar la luz. Imagínese una selva tan tupida que apenas se puede avanzar por ella, y un firmamento oscuro, insondable y cuajado de pequeñas estrellas.

Precisamente por encontrarse dentro de nosotros, ese universo es aún más difícil de explorar. Y la dificultad para saber qué lo hace trabajar para dotarnos de una vida trascendente es lo que ha creado la ilusión de lo sobrenatural.

Félix lo escuchaba con total atención. Se imaginaba a la perfección la central eléctrica con las torres y los cables y un bosque sombrío donde uno podría toparse con cualquier cosa, una selva enmarañada y el cielo en una noche de verano en que daba vértigo mirarlo fijamente, pero no se acababa de imaginar un cerebro.

—El cuerpo obedece a las señales que envía la central. Todo lo que somos está aquí —se tocó la cabeza—. En la central de Julia se ha producido un cortocircuito y estamos esperando a que el propio cerebro se restaure y encuentre un camino alternativo para seguir funcionando como antes. Hemos de darle tiempo, no es tan simple como conectar un cable con otro. Al fin y al cabo la mente se ha creado y desarrollado para resolver problemas de supervivencia, y ella tiene uno bien grande. Tenga en cuenta que todo lo que entra en juego para que yo pueda parpadear o usted mover una mano es descomunalmente complicado. No todo se siente en el mismo lugar ni toda la memoria se almacena en el mismo sitio del cerebro, por lo que es posible que unas facultades se estén compensando con otras, unos pensamientos con otros, las experiencias nuevas con recuerdos más o menos antiguos.

Félix asintió. Había esperanza en sus palabras, esperanza científica por decirlo de alguna manera, que era la mejor esperanza que se podía tener. Pero le sabía a poco, en el fondo eran muy pocas palabras, muy pocas esperanzas.

—¿Cree de verdad que es posible que ocurra algo así?

—He visto de todo. No es infrecuente que se produzcan recuperaciones asombrosas que nos sobrepasan y que en épocas pasadas enseguida llamaban milagros, cuando lo que ocurre es que nos cuesta comprender nuestra propia capacidad, no sé si me entiende.

El doctor Romano le inspiraba confianza, quizá por su aspecto de no haber tomado mucho el aire, ni el sol, ni haber montado en bicicleta ni haber nadado. Prefería creer en alguien así, en consonancia con sus enfermos, que en un doctor en consonancia con yates deportivos o con fiestas de chaquetas de lino y camisas desabrochadas y que se distrajera pensando en las alegrías que le esperaban al salir del hospital. Se diría que la naturaleza había compensado al doctor dándole a la voz toda la fuerza e importancia que no tenía el cuerpo. Era grave y profunda, grande en una palabra. Cualquier cosa dicha con esa voz se escuchaba con atención.

—La tendremos aquí ocho días más, después habrá que pensar en trasladarla a algún centro especializado.

—¿Qué quiere decir?

—No quiero engañarle —continuó Romano juntando sobre el expediente abierto sus blancas y pequeñas manos—. No hay nada seguro. Pero existe una clínica en Tucson pionera en este tipo de sueños profundos que se salen de los parámetros clásicos del coma. Su terapia no consiste en medicarle más ni en practicarle ninguna intervención quirúrgica, si es que está pensando en eso. Se trataría de aprovechar la propia ensoñación en que probablemente está sumida para inducirla a despertar. Tal vez no se avance, pero tampoco se perdería nada. Por supuesto formaría parte de un ensayo experimental en que no se rechazaría ningún camino por inusual que sea.

—¿A qué se refiere?

—Se trata de aprovechar la experiencia de la paciente para crearle pasillos por los que volver a la realidad. Se trata de abrirle puertas. En definitiva, de ayudarla desde la conciencia que le queda. Empujarla un poco hasta aquí, ¿comprende? Desde luego, este tratamiento no es incompatible con el protocolo normal que se aplica en estos casos. Ya le digo, no hay nada que perder y tal vez algo que ganar.

Cuando Félix salió del despacho, la voz de Romano le vibraba en los oídos. La nueva vida que se le había impuesto a Félix en estos tres largos y difíciles días iba creando sus propias leyes, su propio ritmo y espacio con habitantes salidos de rincones que él no sabía que existían, como antes de esto tampoco ellos sabían que existían Julia y él.

Félix se marchó directamente al parking. El hecho de visitar al doctor también era una manera de poder salir de la habitación y dejar atrás a Julia con menos remordimientos. Las noches en el hospital poseían otras dimensiones, más profundidad, más largura, más tiempo y no era fácil adaptarse a ellas y descansar medianamente bien. Por su parte, Tito necesitaba aire puro, un buen baño que le arrancase los gérmenes venenosos de aquel ambiente y sol. Ya eran las diez de la mañana y quería estar de regreso al mediodía, que era cuando empezaría a intranquilizarse por Julia.

Julia

Tenía bastante calor y las mejillas ardiendo cuando alguien tocó en la ventanilla y la despertó. Al principio abrió los ojos desconcertada, no comprendía dónde estaba, ni quién era aquel hombre que la miraba tras el cristal. Sobre una mata de pelo canoso sobresalía un mechón amarillo y tenía la piel cobriza y brillante.

Julia retiró la manta recordando por qué había dormido en el coche. Nada había cambiado. No se había producido el milagro de despertar junto a Félix en la cama del apartamento. También reconoció al hombre que tenía enfrente. Era el viejo atlético que el día anterior había visto en la urbanización Las Dunas. No quería asustarla, sólo saber si le ocurría algo, si no tenía dónde dormir. No le pidió disculpas por preguntarle detalles tan personales, pensaría que la edad y una cierta preocupación sincera eran suficientes para meterse en su vida.

Julia se medio puso los pantalones y la blusa y salió del coche.

—No he tenido más remedio que dormir aquí.

—Eres muy joven —dijo él—. Aún no desconfías lo suficiente.

El extranjero llevaba una descomunal camisa sobre el bañador y mocasines grandes náuticos, lo más semejantes a dos fuera borda.

—Iba a desayunar, ¿quieres acompañarme?

Julia se terminó de subir la cremallera y cerró con la llave el coche. Se dirigían a El Yate en el que ya era el último frescor de la mañana y en cuanto llegaran pensaba pedirle el móvil.

129

Estaba el camarero del día anterior, pero desde entonces habrían pasado tantas caras por su vida que no se acordaba de ella. Sin embargo, a él lo llamó por su nombre, Tom.

—Tom Sherwood —le dijo a Julia tendiéndole la mano.

—Julia —dijo ella.

Por lo visto era inglés y no usaba móvil. Pidió, sin consultarle a ella, dos desayunos completos y hablaron sobre banalidades como la limpieza de la playa y de un pulpo que él había pescado la tarde anterior. A Julia le dio pena no poder con todo sabiendo que más tarde tendría hambre. Hacía un sol muy brillante. El día empezaba a ser muy caluroso y el mar estaba apabullantemente azul. La lentitud y serenidad con que Tom se desperezó frente a él le recordó a Julia que llevaba demasiado rato aquí haciendo vida de turista. Así que le explicó que se encontraba en un apuro, en una situación trágica para ser precisa, que no tenía dinero y que necesitaba llamar por teléfono.

Tom le dio un par de euros, y ella lo intentó por segunda vez en este local. Pero Félix no cogía el teléfono, y el camarero la miraba haciendo memoria. Volvió a marcar una y otra vez y finalmente, desesperada, regresó a la mesa de Tom. No le devolvió los dos euros, no quería pasar por el trámite de que le dijese que se los quedara para llamar más tarde. Ya estaba bien de charla, de llenar la barriga y de mar azul. Cuando todo esto se terminase, él se marcharía a su apartamento y a su vida normal, y ella volvería a quedarse como antes, sin nada.

—Gracias por el desayuno. Tengo que irme.

—Yo suelo estar en la piscina de los apartamentos, ahí enfrente en la playa, o aquí, por si me necesitas.

Julia consideró inútil contarle lo de Félix y Tito. Pensaría que estaba loca y perdería interés por ella y si de verdad llegaba a necesitarle, lo que no era improbable, él ya no se mostraría tan disponible.

—A veces la vida se complica demasiado —dijo Julia sin poder evitar un lamentable tono de derrota.

Tom pareció comprender aunque no supiera nada de lo que le ocurría a Julia.

—No te preocupes demasiado —dijo— porque ¿sabes una cosa?, con el problema siempre viene la solución.

Con el problema viene la solución. Ésta era la famosa frase de Félix que no había logrado recordar la tarde anterior en la playa. La anotó nada más entrar en el coche junto con la frase que el ángel Abel le había dicho en sueños.

«Todos nosotros estamos contigo.»

«Con el problema viene la solución.»

Félix

De vuelta al hospital al mediodía casi no se podía transitar por Las Marinas. La calle principal estaba saturada por los coches que iban camino de la playa. Bajaban del interior, de la sierra de Gata, de las urbanizaciones más alejadas y del centro del pueblo. Así que llegó al hospital media hora después de lo planeado. No había dormido bien pensando en Julia. Por lo menos cuando la tenía ante la vista no le daba tantas vueltas a la cabeza. Miró el móvil por si le había llamado su suegra. Tito, ¿vas bien?, dijo lo más alegremente que pudo observando a su hijo por el retrovisor. Tito agitó las piernas y los brazos como si quisiera deshacerse del cinturón de seguridad. Félix puso música y le hablaba de vez en cuando para que se entretuviera durante el atasco y porque, aunque ahora no entendiera nada, más tarde todo lo que fuese entrando en su cabeza le ayudaría a entender otras cosas. Se reservaría en lo que Romano llamaba la memoria límbica.

Aparcó con ese pequeño temor con que siempre aparcaba, el temor a lo desconocido, a lo que hubiese ocurrido en su ausencia al final del pasillo de la cuarta planta. Se sentía prisionero de este corredor, pero si lo pensaba bien nunca había sido lo que se dice libre y nunca lo sería. ¿Por qué? No sabría explicar por qué era como era, por qué nunca sacaba los pies del tiesto, por qué no tenía ganas de divertirse locamente, por qué no llegaba a dar un puñetazo en la mesa. Le habría gustado parecerle a Julia más fuerte, más enérgico, pero no había sabido cómo y la ocasión había pasado. Estaba ya cerca de la habitación cuando Abel le salió al paso con su familiar pijama azul, del que sobresalían los picos de los hombros, los picos de los codos y de las rodillas.

—Tienes visita. Una señora mayor. Diría que es mayor que yo.

—Es la madre de Julia.

Tal como Félix esperaba, Abel abrió un poco más los ojos, dejando ver el gris de la vejez.

—¿Su madre? ¿En serio?

—Sí —contestó Félix, cortando cualquier tipo de comentario. Su madre.

—¿Sabe?... ¿Sabe algo? —preguntó Abel ya junto a la puerta. Y no contento con el interrogatorio levantó la blanca mano huesuda, la hizo gravitar sobre la cabecita de Tito y finalmente la posó allí—. Me he presentado —continuó en voz baja—. Y me ha preguntado, pero me he hecho el tonto.

—Gracias —dijo Félix sin estar seguro de no haber deseado que otro pusiera a su suegra al corriente de la situación de Julia.

Angelita estaba sentada en el sillón con la vista dirigida hacia el armario metálico. Se notaba que había ido a la peluquería antes de venir y que le habían ahuecado el peinado lo más posible. Era blanco con un interior azulado. Parecía una nube. También llevaba un vestido ligero, con dibujos blancos y negros y unos zapatos blancos con un tacón demasiado alto para ella. Lo primero que hizo al levantarse fue coger a Tito en brazos. Hablaba en voz baja.

—Llevo aquí casi una hora y no se ha despertado.

A continuación hizo el amago de salir al pasillo para seguir allí la conversación, pero Félix la detuvo.

—No puede oírnos. Está inconsciente o en coma, que debe de ser lo mismo con alguna diferencia. A veces me ha dado la impresión de que aprieta la mano.

Angelita se desplomó en el sillón con el niño en brazos. Su mirada imploraba algo, tal vez una mentira.

—Así están las cosas —dijo Félix—. No sabemos cuándo despertará, si será dentro de un rato, mañana, en meses...

—Pero ¿qué ocurrió?

—Un accidente. No estoy seguro. Iba en el coche sola. Además, da igual lo que ocurriese, ya no se puede hacer nada para cambiarlo.

Félix desvió la vista de la cara de ansiedad de su suegra. En todos estos días por mucho que tratara de concentrarse no había logrado determinar qué pensó al llamarla sin que contestase y qué pensó cuando la policía lo llamó a él. Sólo recordaba con toda claridad que intuyó que algo malo le había sucedido y no sólo porque las circunstancias lo indicasen, sino porque por algún medio Julia se lo había comunicado. Y esto era algo que él jamás podría explicarle a nadie. El caso era que supo que Julia no volvería al apartamento porque ella se lo dijo sin palabras, ni siquiera con un pensamiento que él pudiera leer, sino de otra manera, con algo parecido a una sensación, como cuando notas que una sombra pasa al lado o que alguien te está observando o mejor aún, cuando piensas sin pensar, cuando te despiertas y sabes que estás despierto sin pensar en ello o cuando alguien te toca y sientes un escalofrío. Y, sin embargo, nada de esto era comparable con la forma de anunciarle Julia que le había sucedido algo grave. Fue una impresión en la mente, una revelación, una manera de captar algo, no con los sentidos, no con el corazón, sino sólo con la mente. Lo que podría significar que Julia estaba tan dentro de su cabeza que establecía con ella relaciones de una gran complejidad combinatoria.

Angelita sujetaba a Tito con sus flacas muñecas. Estaba muy delgada, lo que desesperaba a Julia, a quien siempre le rondaba un enorme sentimiento de culpa por haberla abandonado en su casita con jardín de Villalba para marcharse a vivir con Félix a Madrid. Algunas veces mientras cenaban se quedaba mirando melancólicamente por la ventana y en ese momento Félix sabía que Julia estaba imaginando a su madre sola en el mundo. Entonces Félix retiraba los platos sólo para levantarse y no caer en la tentación de sugerirle que la trajera a vivir con ellos. Sería la solución más cómoda, pero de ningún modo la mejor. Incluso olvidándose de sí mismo creía que Julia tenía derecho a vivir su propia vida. Y ahora aquí estaba Angelita, enfrente, con Tito entre sus frágiles brazos.

—No puedo verla así —dijo Angelita y empezó a llorar.

A Félix no le conmovió lo más mínimo porque ya estaba demasiado conmovido por Julia. Podría haber pensado, pobre mujer, pero no lo pensó porque no quería desperdiciar ni un gramo de compasión en alguien que no fuese su mujer. Por una vez lo que hiciese o dijese Angelita no podía influir en el ánimo de su hija.

Aunque su madre y Julia no se parecían nada físicamente daba la impresión de que con el tiempo acabarían pareciéndose. En cuanto al padre, no se podía saber con certeza cómo había sido. Lo que Julia había afianzado en la memoria venía a través de su madre. Félix fue al raquítico baño de la habitación y cortó un trozo de papel higiénico para que su suegra se secara las lágrimas.

Le arrancó a Tito de los brazos para que se sonara a gusto y oyó los zuecos de Hortensia, que entró como un vendaval.

Jamás se había encontrado Félix tan protegido por nadie como por esta mujer hasta ahora desconocida, guardiana del mundo en que había aterrizado sin querer, como si su nave se hubiera desviado del rumbo previsto para estrellarse contra este hospital en medio de la noche.

—¿Cómo está nuestra Julia? —dijo muy alto y alegremente deteniéndose ante ella.

No miró a Félix, ya conocía la respuesta. Le tomó la tensión, le reguló el suero y le inyectó algo por la cánula.

—Ahora traerán la comida —le observó la frente—. La herida va cicatrizando bastante bien.

—Pobre hija mía —exclamó Angelita restregándose el papel por los ojos tan fuerte que le dejó los párpados rojos.

Hortensia la miró con rapidez, pero con atención.

—¿Es usted su madre? —tampoco esta pregunta necesitaba respuesta—. Procure hablarle de cosas que sepa que le gustan. Recuérdele el colegio, los veraneos. Léale algún cuento de los que le leía cuando era niña. Háblele de su hijo. Por cierto, no conviene que el niño pase aquí tanto tiempo.

Cuando Hortensia salió, Félix y Angelita se acercaron al borde de la cama de Julia y se inclinaron sobre ella como sobre un pozo, un precipicio, un abismo. Ese día llevaba el sedoso camisón color melocotón y parecía que de un momento a otro estiraría los brazos y se desperezaría. Pero por mucho que la miraban y la miraban no ocurría lo que debía ocurrir. El mundo seguro de los zuecos se iba alejando. Tito estaba contento, agitaba los brazos y se reía. Por fortuna para él, no sabía lo que estaba viendo. Y tampoco Félix sabía lo que su mujer vería dentro de su propia cabeza.

Julia

Tenía pensado volver a preguntar a la comisaría y de camino entraría en alguna de las pequeñas tiendas que bordeaban el paseo marítimo y compraría una botella de agua de litro y medio, sólo pensar en el agua le hacía ya morirse de sed, y localizaría algún teléfono para llamar de nuevo a Félix. Si la llamada como ya era costumbre no resultaba continuaría hasta la comisaría y si allí no había noticias cogería el coche, lo llevaría a la gasolinera más cercana, le pondría diez euros de gasolina e iría al hospital de la Seguridad Social, que es donde Félix habría acudido si pensara que ella había sufrido un accidente. Después Dios diría.

Más o menos todo fue ocurriendo según lo esperado. Compró la botella de litro y medio más barata, que le dieron metida en una bolsa de plástico donde iría guardando sus nuevas adquisiciones. Antes de pagar, se peinó con un cepillo de la pequeña sección de droguería y se miró en un espejo. Su aspecto era menos sospechoso que hacía un rato. En la calle principal se encontró un teléfono público medio roto, lo que no le ofrecía ninguna garantía. Seguramente perdería el euro que metiese, así que iría primero a la comisaría.

Una vez allí se encontró con la desagradable sorpresa de que habían cambiado el turno y que nadie sabía nada de lo suyo. Así que no tuvo más remedio que volver a contar la historia lo más sintéticamente que pudo. La verdad era que con el trascurrir del tiempo la situación se le había ido acomodando en la cabeza aunque continuara siendo incomprensible. Consultaron los avisos, y... nada. Entonces aquel funcionario grande y de pecho jadeante dijo:

—¿Tendría algún motivo para pensar que su marido la haya abandonado llevándose a su hijo?

Julia se quedó literalmente con la boca abierta. No esperaba semejante salida del funcionario porque hasta ahora había considerado la situación sólo bajo su punto de vista y no desde fuera, desde alguien como este funcionario que no tenía ni idea de qué clase de hombre era Félix, y Julia dudó si sacarle de su error, pero a la vez comprendió que sería inútil, tiempo perdido. Como diría Félix, de encontrarse en el pellejo de Julia, lo único que se sabía con certeza es que no había noticias. Así que prefirió tirar por otros derroteros y preguntar por la gasolinera más cercana.

Sería una tontería pero ver el coche en la explanada era una señal de que seguía unida a Félix y a Tito por algún punto. Si en estas circunstancias en que lo había perdido todo no había perdido también el coche por algo sería. Sería porque él la conduciría a su marido y su hijo, aunque si al final iba a encontrarlos ¿por qué habría querido el azar o el destino que los perdiese? El azar o ella misma. Cabía la posibilidad —y había llegado la hora de la verdad— de que ella de manera inconsciente se hubiera perdido hacía dos noches para alejarlos de su vida. Era cierto que los quería mucho, pero también era cierto que a veces había deseado ser libre y hacer otras cosas. Cerró los ojos para rebuscar dentro de su cabeza por qué deseaba ser libre, pero enseguida se topaba con una cordillera de pensamientos que no le permitían ir más allá. Eran pensamientos de preocupación y de culpa.

El coche era un horno y debía esperar a que se enfriara un poco el volante. Al menos tenía un techo y unas puertas tras las que refugiarse, por lo que no podía llamarse una vagabunda auténtica. Para hacer tiempo salió y volvió a abrir el maletero a ver qué encontraba aparte de la manta y el bidón vacío. A veces hay cosas que a uno le pasan desapercibidas porque da por hecho que tienen que estar ahí. Y en efecto, asomando por debajo de la manta había unas palas para jugar en la playa en las que no se había fijado antes y que ahora no tenían ninguna utilidad, pero que eran algo más que conservaba de su vida normal. Metió las pequeñas toallas y demás pertenencias en la bolsa de plástico y la dejó allí.

En la gasolinera fue imposible marcharse sin pagar, así que llegó al hospital descapitalizada de nuevo. Era de color ocre y estaba rodeado de árboles y flores, lo que le daba el mismo aire turístico que todo lo demás. El sol arrancaba destellos dorados a la fachada y no parecía verosímil que allí dentro nadie yaciera tendido en un quirófano y mucho menos que se estuviera muriendo. No era razonable que ocurrieran las mismas cosas en un ambiente alegre que en otro triste.

En el interior, la luz y las sombras de las palmeras que entraban por las ventanas envolvían en un agradable claroscuro al personal sanitario, que hablaba de lo que habían hecho la tarde anterior y lo que iban a hacer cuando acabasen el turno. La recepcionista tendría unos treinta años y estaba a los mandos de dos ordenadores y una centralita, llevaba además un micrófono de boca en plan Madonna. No había duda de que se sentía bien equipada y se manejaba con tanta desenvoltura y exceso de confianza que cohibía un poco a quienes se acercaban a ella.

Adelante, se dijo Julia cuando le tocó el turno. En lugar de contar su historia una vez más, le preguntó si recordaba que alguien hubiese preguntado por una paciente llamada Julia Palacios. Se trataría de un hombre de unos cuarenta años con un niño de seis meses, en brazos probablemente.

—No, nadie ha preguntado —dijo la recepcionista con una seguridad aplastante sin ni siquiera consultar el ordenador.

—¿Está segura? ¿Cómo puede recordarlo todo?

Como respuesta, la recepcionista se puso a hablar por el micro inalámbrico cortando de esta forma toda relación con Julia. Julia, sin embargo, no se movió, no pensaba dejar su sitio libre así, por las buenas. Tras ella se iba formando una cola de gente impaciente. Mientras tanto, la recepcionista alargaba la conversación lo que podía, hasta que comprobó que la resistencia de Julia era irrompible y colgó.

—Está bien —dijo Julia—, ¿hay algún otro lugar donde alguien pueda dejar una nota, un recado?

—Tiene el tablón de anuncios —le dijo el siguiente en la cola.

La recepcionista asintió con la cabeza y todo su equipamiento.

Se ofrecían para hacer compañía a los enfermos por la noche, alojamiento, limpieza, abogados, psicólogos, sillas de rueda de segunda mano, muletas. Entre tantos papeles no encontró ninguno dirigido a Julia ni que le recordase la letra de Félix. O no se le había ocurrido, o alguien lo habría arrancado para colgar el suyo. Fue de nuevo a la recepcionista a pedirle papel y bolígrafo. Los de la cola la observaron con el ceño fruncido.

Escribió: «Félix, os estoy buscando desesperadamente. Cuida de Tito. Yo estoy bien. Con todo mi amor. Julia». Lo clavó en el centro del tablón sobre todos los demás. No se le ocurría qué más decirle.

Como se temía, el volante volvía a quemar como una plancha caliente. Abrió las ventanillas. Con este instrumento entre las manos podía acercarse a indagar en Las Adelfas III y buscar la I, la IV, la V, pero estaban demasiado alejadas del mar. Sólo se ajustaban al recuerdo de la noche anterior Las Dunas y Las Adelfas II. Pegó un sorbo de agua de la botella, ya no estaba fría, pero tampoco como un caldo. En verano le gustaba casi helada, pensó como si se refiriese a otra persona y a otra vida. Miró hacia el hospital. Esperaba ver salir por la puerta a la recepcionista. Esperaba que la curiosidad hubiese tirado de ella hacia el tablón. Esperaba que hubiese leído su nota y que se hubiera enternecido. Esperaba que hubiera sentido el impulso de ayudarla y que saliese a buscarla.

Por fin pudo apoyar los brazos en el volante y la cabeza en los brazos. Este hospital, el mostrador y Madonna le recordaban a la clínica donde llevaba a Tito para sus revisiones periódicas. Con esta visita terminaban los planes que había trazado en la playa. Por su manía de no llevar reloj tuvo que calcular que serían las dos, y no se podía quedar allí eternamente esperando un milagro, debía seguir adelante, ir a algún sitio, y ese sitio sin lugar a dudas era de nuevo el supermarket porque la hora de la cena se echaba encima y aunque ahora no tenía demasiada hambre, luego la tendría y entonces estaría cerrado. Afortunadamente no tenía que ir a pescar ni a cazar ni adentrarse en un huerto a robar naranjas, porque todo lo que necesitaba y mucho más estaba ahí, bajo un mismo techo iluminado por fluorescentes azulados. Aparcó en el parking descubierto, de donde le sería más fácil escapar llegado el caso.

Al fondo estaban las puertas de este paraíso terrenal que se abrieron ante ella acogiéndola y diciéndole, ésta es tu casa. Con una cesta en la mano, que abandonaría luego en cualquier sitio, se aventuró hacia los Lácteos. Sólo que al ser un espacio tan abierto y tan cercano a las cajas prefirió llevarse una botella de zumo polivitamínico y una tarrina de queso fresco al estrecho pasillo, junto a la pared, de los vinos y licores. No había un lugar más en penumbra y recogido en muchos metros a la redonda si se exceptuaba Jardinería.

Esta vez ocultó los envases vacíos entre unas botellas de Jack Daniel's y se preguntó si los empleados serían tan eficientes que acabarían encontrándolos. Se podría decir que la curiosidad la empujó a la parte del papel higiénico para comprobar si seguían allí los envases vacíos del día anterior. Tenía la impresión de que en esa ocasión el miedo la había obligado a tomar demasiadas precauciones. No los encontró, la verdad era que no daba con el sitio exacto, parecía que todo lo hubiesen cambiado, el papel higiénico en el lugar de los rollos absorbentes y las servilletas donde antes había pañales, así que desistió y sin darse cuenta se encontraba en la sección de ropa. Aún recordaba las camisas que había dejado en el carro y pensó que precisamente ella necesitaba cambiarse de blusa. Los pantalones podían esperar. Escogió una camiseta blanca como la camisa y se la puso encima. Aquí no se usaban esos dispositivos de las tiendas exclusivamente de ropa que no se pueden quitar a no ser que rompas la prenda, aquí el control lo harían de otra forma. Un empleado con su nombre en el bolsillo la estaba observando aburrido. Llevaba un aparato de etiquetar en la mano. Entonces ella se le aproximó y le preguntó por los probadores. Se encaminó a donde le señaló, al fondo, pero en un determinado momento cambió de trayectoria hacia Menaje. Allí cortó con unas tijeras de pescado todo tipo de etiquetas de la camiseta sin quitársela. Luego regresó a Lácteos y cogió una botella de leche de las más baratas y más frescas. Pagó en caja y salió.

Cuarto día

Julia

Había pasado parte del día dando vueltas por ahí, buscando entre la gente a un hombre parecido a Félix y un niño parecido a Tito. Por suerte había encontrado una fuente con agua potable donde saciar la sed sin gastar un euro, y por la tarde decidió dirigirse a su proveedor habitual para saciar el hambre de cara a una larga noche y porque en este lugar se sentía en casa. Qué fácil había sido. Las precauciones en el supermercado de días anteriores ahora le parecían ridículas. Puede que todas las precauciones en general fuesen ridículas, porque al final pasaban las cosas que tenían que pasar y si no tenían que pasar era muy difícil saberlo.

A unos metros del área del supermercado sin salir del centro comercial había diversas tiendas de regalos, ropa, libros y prensa, un Pans&Company, un herbolario y un Starbucks, al lado de este último había un teléfono público en la pared. Por una vez encontraba un teléfono sin buscarlo. Metió una moneda de medio euro y marcó las teclas de metal con un sabor amargo que le subía desde el estómago por la garganta raspando las paredes que encontraba a su paso. Desde que no podía contactar con Félix, el teléfono le daba un miedo terrible, el miedo de la frustración y la impotencia. Y aunque conocía de sobra esa señal que se clavaba en algún lugar al otro lado, en la oscuridad, como una sonda lanzada a un espacio desconocido, volvió a ponerse nerviosa, muy nerviosa. No sabía dónde podía estar sonando, si en el bolsillo de una chaqueta, si encima de una mesa, si en la mano de Félix. El corazón se le aceleró más pensando que, de un momento a otro, Félix lo cogería, cuando un pequeño toque sobre el hombro la hizo girarse.

Tras ella había un guardia de seguridad y el reponedor del supermercado que la había visto probarse la camiseta el día anterior. La presencia de los dos también la sobresaltó aunque en menor grado que las llamadas que estaba escuchando en el teléfono.

—Queremos hablar con usted —dijo el reponedor.

En el rótulo del bolsillo ponía Óscar, que seguramente no era su verdadero nombre.

—Estoy ocupada. Estoy haciendo una llamada.

—No tardaremos mucho. Puede hacerla cuando termine.

La gente que pasaba empujando los carros camino del parking intuía que allí estaba ocurriendo algo y desaceleraban al llegar a su altura.

Julia colgó, pero la moneda no salió. Y pasara lo que pasara en el supermercado no podía permitirse el lujo de arruinarse.

—No pienso moverme de aquí hasta que no recupere la moneda.

Entonces el guardia dio con el puño cerrado un golpe en el aparato. Algunos compradores decidieron esta vez detenerse a observar.

—¿De cuánto era la moneda? —preguntó Óscar metiéndose la mano en el bolsillo.

—De un euro —se oyó decir Julia, para quien la diferencia entre medio y un euro se había convertido en una gran diferencia.

—Aquí lo tiene —dijo Óscar mostrándole una moneda en la palma de la mano.

Julia la cogió antes de que el reponedor se arrepintiera.

—No pienso ir con vosotros. No podéis obligarme.

Óscar miraba la camiseta que Julia aún llevaba sobre la blusa a la espera de entrar en algún baño y lavarla.

—Sólo queremos que vea algo. Estamos intrigados. Tenga en cuenta que podríamos haber esperado a mañana y cogerla con las manos en la masa.

—Demuéstralo. No podéis.

—Si no es robada, enséñeme el ticket de compra.

En respuesta Julia comenzó a andar hacia el parking.

—Tenemos una grabación —dijo Óscar acelerando el paso.

En una situación normal habría sentido tanta vergüenza que habría deseado morirse. Pero cuando se sabe que se es casi una vagabunda, sin casa, sin dinero y sin saber dónde está la familia, cuando se sabe que ya no se es uno de ellos, entonces la vergüenza prácticamente desaparece.

—Un momento —dijo el guardia de seguridad cortándole el paso—. No permitiremos que abandone el recinto así sin más. El que la hace la paga.

El guarda no tenía preparación física. Estaba gordo. Básicamente servía para sostener el uniforme.

—No me das miedo. ¿Y sabes por qué? Porque estoy tan asustada que tú no puedes asustarme más.

Julia no se había dado cuenta de que estaba hablando muy alto, casi gritando y que se había formado un corro alrededor.

—No pretende asustarla —intervino Óscar mirando al guarda con reprobación. A continuación se aproximó a Julia y le habló en voz baja—. Ahora todo el mundo sabe que ha cometido un hurto y no podemos dejarla ir, pero le aseguro que no nos importa lo más mínimo la camiseta ni lo demás.

Óscar era un chico delgado. Tendría unos veinticinco años y la mirada neutra de los que dividen a la clientela entre los capaces de robar y los que no lo son, entre los lentos que atascan las cajas y los rápidos, entre los pesados y los que van al grano, entre los compradores compulsivos y los sensatos. Y Julia trató de leer en sus ojos de base oscura pero aclarados por el sol y el mar la opinión que se

147

había formado sobre ella: incómoda, irritante, extraña, quizá enajenada, a pesar de su mal aspecto aún era joven y podía intentar trabajar para vivir como él, que se estaba pasando su maravillosa juventud allí metido por un sueldo de mierda. Podría limpiar chalés en lugar de pretender escaparse de la cadena de producción. Iba de lista. De loca o de lista, o de ambas cosas. Tampoco a él le gustaba estar aquí encerrado. También a él le gustaría echar mano a lo que necesitaba y llevárselo, pero aquí le tenía, jodido. Leyó en sus ojos que jamás iba a tener compasión de ella.

—Y si os acompaño, ¿qué vais a hacer?

El guarda jurado dio un paso hacia ella, pero Óscar le detuvo.

—Por favor —dijo sonriendo un poco—, hablando se entiende la gente.

—En eso tienes razón —dijo Julia, que quizá no estaba valorando correctamente al reponedor.

—Hablemos.

Los tres echaron a andar hacia una puerta lateral.

—¿Sabes, Óscar? —dijo Julia—. Te merecerías algo mejor que esto. Métete en política.

Él hizo como que no había oído y abrió la puerta. Entraron en un ascensor y subieron al tercer piso. Abrieron otra puerta. Era una sala con monitores y en cada uno se veía un pedazo del supermercado como si se hubiera roto en trozos. De un sillón giratorio y con ruedas se levantó otro guarda jurado. Al verla no dijo nada. La recorrió con la vista brevemente. Querría comprobar si en la realidad era igual que en la pantalla. Hizo una llamada. Dijo, «Bien yo me encargo».

Con la mano le hizo una señal al otro guarda para que se retirara. Este otro tenía más iniciativa, dotes de mando, se sentía más seguro, desprendía confianza en sí mismo. Tenía ganas de mandar. Le tendió un cigarrillo a Óscar.

—El jefe está con una visita. Vendrá ahora.

Óscar se quedó mirando los monitores: un cliente de espaldas cogiendo un bote de tomate; un chico y una chica besándose en la sección de Jardinería; una niña comiéndose una chocolatina. Óscar llamó Nacho al guarda. Y Nacho le pidió a Julia que se sentara en su silla de ruedas. Él se apoyó en la mesa y Óscar permaneció como estaba, con la cabeza inclinada hacia la pantalla que tenían delante. Nacho pulsó una tecla y apareció la imagen de una mujer sospechosa, desgreñada, con cara asustada, que alzaba la vista a la cámara de seguridad declarando vivamente que pensaba robar algo. Julia se reconoció a duras penas. Más baja de lo que siempre había creído y con más años, casi podría echarle cuarenta, ligeramente cargada de espalda, quizá por el acto reflejo de querer pasar desapercibida. Los clientes iban en pantalón corto y en plan playero, pero ella, aquella mujer de pelo enmarañado y cara de ida, se desviaba hacia la indigencia. Iba proclamando a los cuatro vientos que no tenía nada. Era como si hubiera cosas, detalles que en el fondo uno no quiere que se sepan, pero que a la postre se notan. ¡Y cómo se notan! Y aunque ella durante sus veintiocho años de vida jamás había sido una marginada, por decirlo de alguna manera, ahora sí que lo era.

Por un instante un golpe de bochorno la envolvió y la dejó sin entendimiento: las cámaras de seguridad la enfocaban cuando escondió la botella entre el papel higiénico. Se la veía mirando a los lados y metiendo la botella detrás de una pila de paquetes de veinticuatro rollos en oferta. La imagen en blanco y negro marcaba mucho los movimientos huidizos. La verdad era que la cámara por el simple hecho de fijarse en alguien lo volvía sospechoso, aparte de que todos estaban siendo testigos de cómo Julia se guardaba algo entre la camisa y el pantalón. Y además era cierto lo que había oído a veces de que la pantalla exagera la gordura, los defectos y los movimientos porque en la expresiva Julia del monitor desde los músculos a la sangre, la grasa y las células en general se habían conjurado para delatar su culpabilidad.

Todo lo que siguió fue cada vez más lamentable. Su aspecto más deprimente, claro que también uno mismo tiende a exagerar sus propios defectos y cualidades. Si se tiene la estima baja uno se fija en los defectos y si alta en las cualidades. ¿Y si tuvieran razón en la comisaría y su marido la hubiese abandonado llevándose a su hijo? De no verse en el monitor jamás se le habría pasado esta idea por la cabeza, ahora todo era posible. Una idea que duró un microsegundo, una idea que eclipsó algo que apareció en el mismo monitor. Se trataba de un hombre alzando del carro y tomando en brazos a un niño. La sangre se le volvió loca, llegó a la cabeza con tal fuerza que la sintió pasándole caliente por cada vena. Permaneció sin habla hasta que el hombre con el niño y el carro giraron por el pasillo de al lado y desaparecieron.

—Es mi marido —dijo ahogándose—. Por Dios, es mi marido y mi hijo. Llevó buscándolos muchos días.

—Señora, por favor —dijo el guarda llamado Nacho—, siéntese.

—No lo entendéis. No paro de buscarlos y están aquí mismo comprando.

Óscar miró las pantallas que los rodeaban.

—¿Dónde están ahora? —preguntó Julia buscando entre todas aquellas imágenes rotas la única que la traería de vuelta al mundo normal y cuya importancia aquellos chicos no podían ni sospechar.

—No los veo, deben de estar en algún ángulo muerto —dijo Óscar.

Nacho comenzó a maniobrar y pudo ampliar la imagen ya vista con tanta intensidad que se captaban hasta los más mínimos pliegues de la ropa. Félix estaba de perfil con el polo color vino burdeos, que ella misma había doblado y guardado en la maleta y unos vaqueros. Tito iba vestido con colores alegres. Le pidió a Nacho que aumentara la imagen del carro. Había dos grandes paquetes de dodotis y botellas de agua. Le pidió a Nacho que agrandara la cara de Félix. Parecía cansado, aunque cuando estaba de vacaciones siempre parecía cansado. La espaldita de Tito como la de todos los bebés era estrecha y redondeada.

—Ése es mi hijo.

—¿Está segura? —preguntó Óscar.

Julia se limitó a mirarle tratando de que la percibiese como ella era en realidad y no como en el vídeo. Luego le suplicó a Nacho que le pasara esas imágenes varias veces, hasta que Nacho se cansó y dijo que se estaban desviando del asunto principal y que además esas imágenes eran de hacía dos días. Y detuvo la imagen en el momento en que ella cortaba las etiquetas de la camiseta con unas tijeras de pescado. Pero a ella esto ya no le importaba. Estiró el torso todo lo que pudo para alcanzar su auténtica estatura.

—Me parece que está todo claro —dijo uno de los dos—. No puede negarlo.

Los miró con nueva energía e ilusión.

—Lo he hecho por necesidad.

—Tendrá que pagar todo lo que ha consumido y no podrá volver a poner los pies en este centro si no quiere que la denunciemos.

—No tengo dinero —dijo sin dejar de mirar los monitores por si aparecía de nuevo Félix—. Por eso he tenido que comer, beber y coger algo de ropa, nada de lo que he hecho lo he hecho por gusto.

De pronto el rostro de Óscar le pareció familiar, lejanamente familiar, el tipo de reconocimiento que se ha quedado en la parte trasera de la memoria. Y por eso se dirigió a él mientras se sacaba la camiseta por la cabeza y los brazos en alto.

—Toma.

Ni él ni Nacho hicieron intención de cogerla. Entonces Julia la arrojó sobre el respaldo del sillón de ruedas.

—También cogí unas bragas, pero las llevo puestas.

Los dos fingieron que no habían oído. No consintieron que esta frase entrase en sus vidas.

—Bueno, haced rápido lo que tengáis que hacer. He de encontrar a mi marido y a mi hijo.

No se le escapó que Óscar y Nacho cruzaban una mirada de entendimiento.

—Queremos enseñarle algo raro. Es pura curiosidad. Terminaremos pronto, no se preocupe.

Nacho dio al botón y apareció ella de nuevo en pantalla en un blanco y negro distante, solitario y torcido. Las estanterías no parecían las mismas. Contempló con aprensión cómo se movía en ese mundo lejano y oscuro que tenía poco que ver con el supermercado real.

—Mire —dijo Óscar— aquí está en la zona de los aceites y vinagres. Fíjese bien.

Julia se fijó. Puso toda la atención que pudo y lo que ocurrió fue que pasó de verse a no verse. Primero estaba ella con una botella de yogur líquido en la mano, que efectivamente recordaba haberse bebido, y al instante ya no estaba ante las estanterías ni más allá en ese pasillo. Al principio aquello no tuvo ningún significado. No entendía bien el mundo de aquel monitor de ángulos, brazos y manos cogiendo un producto. De pronto Julia volvió a aparecer ante las estanterías otra vez. Y no habría entendido qué era lo que sucedía en la pantalla si Nacho no hubiese hecho hincapié en que había desaparecido unos segundos del lugar donde estaba para volver a aparecer sin que la grabación se hubiese interrumpido en ningún momento.

Julia les preguntó qué sentido tenía aquello. Lo más seguro es que fuera un fallo técnico y de no serlo no tenía ni idea y no le encontraba el interés, aunque en el fondo sospechaba que tal vez fuese una señal, pero ¿de qué?

—¿No recuerda qué hizo después de coger la botella? —preguntó uno de los dos.

—Me la bebí.

Pasaron de nuevo la imagen.

—Centrémonos en la botella —dijo Óscar.

Julia al igual que ellos clavó la mirada en aquella mujer desgreñada del monitor, que tomó el yogur del carro, lo abrió y se lo llevó a la boca. Intentó recordar qué había pensado en ese momento, pero no pudo. La presencia de Óscar y Nacho le ponía más nerviosa de lo que ya estaba. De improviso el espacio donde se encontraba ella con el yogur en la mano quedó vacío, sin embargo se veía el carro con el paquete de jamón de york. Y unos segundos más tarde, contabilizados por Nacho como cuarenta y cinco, volvió a entrar en escena. El yogur ahora estaba abierto, y puso el envase vacío en el carro. Se lo había bebido y empezó a empujar el carro por el pasillo.

—No entiendo qué importancia tiene —dijo Julia considerando que en el fondo sí la tenía aunque aún no fuese capaz de descifrarla—. Son cosas de la imagen, de las cámaras.

—Bien —dijo Nacho—. No hay nada más que hablar. La dirección le ruega que no vuelva a poner los pies aquí.

—¿Eso es legal? —preguntó ella.

—Es mejor que denunciarla, ¿no cree? —contestó Nacho.

En lugar de seguir con la discusión, Julia pidió hacerle una llamada a su marido.

Pero Nacho le dijo que con el euro que le había dado antes podía volver a intentarlo en las cabinas de fuera. Y Óscar la acompañó en silencio hacia la salida.

—Si ve a mi marido, ¿podría decirle que he estado aquí?

—Claro que sí. Siento lo que ha pasado.

—No soy una vagabunda. Sólo me encuentro en una situación difícil. En realidad, no soy como ahora me ves. Soy más joven y más normal.

O por lo menos, pensó, era lo que había creído siempre.

—Claro que sí —repitió Óscar.

Prácticamente la acompañó hasta la puerta del coche para cerciorarse de que abandonaba las instalaciones.

—Vaya, un Audi, no está mal para no tener nada.

Julia se vio reflejada en los ojos casi negros y brillantes del chico. Él había dado con la solución. Podría vender el coche y con lo que le diesen alquilar un apartamento, otro coche, llamar por teléfono cuantas veces quisiera, mejor aún, tener su propio móvil, viajar a Madrid, si no fuera por el inconveniente de no saber cómo se las arreglaría para la venta sin el carné de conducir, ni el DNI. La documentación del coche seguía en la guantera, pero estaba a nombre de Félix.

—¿Sabes de alguien a quien le interesara comprármelo?

—¿Por cuánto?

—No lo sé, nunca lo había pensado.

Óscar asomó la cabeza por la ventanilla y consultó el cuentakilómetros.

—Tres mil euros más o menos.

¡Mierda!, pensó Julia, podría hacer tantas cosas con ese dinero.

—Hay un problema —dijo Julia.

Pero Óscar miró el reloj con prisa.

—No puedo entretenerme más —dijo—. Si quiere, suelo tomarme una copa en La Felicidad a eso de las doce.

Echó una ojeada al reloj de Óscar. Eran las siete y media.

Tenía que hacer muy buen uso de la gasolina. Los rayos de sol eran cobrizos, como si a esta hora de la tarde la luz se hiciera más pesada y fuese bajando y bajando hasta fundirse con la tierra. Félix ahora estaría bañando a Tito. El coche estaba envuelto en hilos de oro viejo. Óscar ya se había ido, y ella pudo sentarse a reflexionar abrazada al volante, que en los últimos tiempos se había convertido en su gran punto de apoyo. Mantuvo los ojos cerrados hasta que prácticamente se olvidó del lugar donde se encontraba. Estaba logrando recordar. Era lo mismo que hizo cuando cerró los ojos para beberse el yogur líquido junto a las estanterías de aceites y vinagres. Había cerrado los ojos mientras bebía y entonces notó que ya no estaba allí, que su espíritu había conseguido llegar al apartamento junto a Félix y Tito. Los oyó y los olió con toda claridad. Los sintió aunque no los vio quizá por mantener los ojos cerrados. En estos cuarenta y cinco segundos puede que no sólo se hubiese fugado su espíritu del supermercado, sino también el cuerpo puesto que el vídeo la había perdido totalmente.

Puede que hubiese ocurrido un milagro y que Julia no hubiera sabido aprovecharlo. El caso era que nada más abrir los ojos reapareció junto a las estanterías y todo volvió a la normalidad. En el coche el esfuerzo mental que le había supuesto esta conjetura le fatigó tanto que la invadió una gran somnolencia. Y habrían transcurrido unos cuantos minutos cuando unos dedos le resbalaron por el pelo y tuvo un estremecimiento, mientras oyó una voz que decía, «Te estamos esperando». Era la voz de su madre. La voz que su madre tenía cuando ella era pequeña. Más joven, más clara y un poco autoritaria. Llevaba puesto el anillo luminoso.

—Este anillo siempre te ha gustado —dijo su madre poniéndoselo—. Lo llevas en el dedo corazón de la mano derecha. Cuando creas que todo está demasiado oscuro, el anillo te iluminará un poco el camino.

Su madre volvió a decir, «Estamos a tu lado. Te estamos esperando».

Entreabrió los ojos despacio, con miedo, haciendo un esfuerzo por reconocer el sitio donde estaba. Vio el volante negro de goma maciza, el parabrisas, el retrovisor y le pareció que la marea, después de arrastrarla por el mundo invisible, había vuelto a dejarla en el coche en la misma posición del principio.

Félix

El mundo de Félix presentaba pocas alternativas. No había mucho que pensar en cuanto a sitios a los que ir. El hospital, el apartamento, el supermercado, la piscina de los apartamentos y la playa cerca de los apartamentos. Angelita se quedaría con ellos hasta ver qué pasaba, y habían empezado a turnarse para que Tito pudiera disfrutar del aire libre y de un ambiente normal, pero procuraría pasar las noches en el hospital para que ella no enfermara de cansancio. A pesar de que le daba miedo que pudiera caerse por las mil escaleras que había que recorrer para salir o entrar del apartamento con el niño en brazos, prefería cerrar los ojos, a fin de cuentas nada se podía controlar al milímetro, aunque sí le sugirió que se pusiera zapatos planos para mayor tranquilidad de todos.

El plan era que Félix después de pasar la noche con Julia y después de que la visitaran los médicos por la mañana iba al apartamento a buscar a su suegra, la dejaba en el hospital y volvía a por ella a eso de las siete de la tarde. Lo ideal era permanecer tanto por la mañana como por la tarde por lo menos una hora con Tito en la habitación, más por la tarde. Se consideraba beneficioso reunirse en torno a ella y hablarle directamente como hacía Hortensia, la enfermera, aunque les diese pudor porque parecía que todos estaban fingiendo, incluida la propia Julia. Pero Angelita estaba dispuesta a hacerse con la situación a toda prisa, lo que suponía una gran ayuda para Félix.

—Hoy Tito se va a bañar en la playa, ¿verdad, cariño? —dijo Angelita esta misma mañana—. ¿Recuerdas Julia cuánto te gustaba la playa de pequeña? No parabas de bucear, nunca te cansabas de estar en el agua, así que salías arrugada como un garbanzo.

Abel seguía encontrándose mejor en este cuarto que en el suyo e incrementando las visitas, si es que eso era posible. También estaba ahora aquí, descubriendo un aspecto de sus capacidades hasta ahora desconocido para Félix: su gran conocimiento del precio de cualquier cosa, incluso de las más estrambóticas. Un airbus, un caballo árabe purasangre, una isla, un río en caso de que se pudiera vender, una central térmica, una plancha de acero, la rueda de una bicicleta. Acertó la cantidad exacta del alquiler que Félix pagaba por el apartamento e hizo un cálculo de lo que podría haber costado construir toda la urbanización y lo que supondría poseer una parcela en la luna. Y a Félix no se le escapó que a veces los miraba poniéndole un precio a cada uno. En cualquier otra circunstancia le habría preguntado a qué se dedicaba, suponía que habría trabajado en un banco o que habría sido contable y que ahora estaría jubilado, puesto que debía de rondar la edad de Angelita. Pero no quería que esa información completamente inservible ocupara ni un milímetro de su cabeza. Con seguridad el doctor Romano le diría que la capacidad mental se desarrolla con el uso y que el saber no ocupa lugar, pero Félix no estaba tan seguro porque mientras pensaba en ese ser indiferente llamado Abel el resto de pensamientos se quedaba en la retaguardia, algunos arrinconados en lo más profundo de un bosque de neuronas.

Esta vez Hortensia permaneció más de lo habitual junto a la cama de Julia después de administrarle lo que ella llamaba el desayuno. Mientras tanto a Angelita se le ocurrió hablar de una tarta de chocolate, menta y vainilla que le encantaba a Julia y que era complicada de hacer. Si Julia era capaz de oírla, lo pasaría muy bien saboreándola. Se la comería con la imaginación.

La imaginación imitaría los sabores y los colores que, si se pensaba bien, en la realidad también eran imitaciones porque por lo general el sabor a vainilla o a fresa no eran vainilla ni fresa de verdad. Probablemente correspondían a combinaciones químicas que producían un efecto que en el fondo era un misterio. Como el que ciertas plantas sepan amargas o mal para avisar al cuerpo de que son dañinas. ¿No era un misterio esta relación inconsciente del cuerpo con la naturaleza? Y a decir verdad, lo que se iba descubriendo con la vida es que no sólo es un misterio lo que no se entiende, sino también lo que se entiende perfectamente.

Desde luego, Félix y Angelita estaban de acuerdo en que no querían quedarse de brazos cruzados esperando que ocurriese un milagro. Podían comenzar a estimularla desde fuera, desde la vida normal. Claro que ellos no eran médicos y podrían hacerlo mal. Pero por otra parte, si no había comprendido mal a Romano, también los expertos andaban un poco a ciegas, así que consideraron que lo mejor sería pensar en lo que a Julia le gustaba. Y a Julia de niña, según Angelita, le gustaba disfrazarse con los vestidos de su madre. También le había gustado mucho un pañuelo de seda blanco con dibujos en negro. En cuanto desaparecía del armario o de la ropa sucia era porque Julia lo había cogido. Tenía un magnetismo especial para ella y de haberlo conservado, su madre lo habría traído y se lo habría puesto encima, pero es imposible saber qué cosas del pasado hay que llevarse al futuro. Lo que sí existía era otra cosa más accesible, un anillo que Angelita llevaba con mucha frecuencia en el dedo anular de la mano derecha. Era redondo y el engarce de oro le cubría prácticamente la falange. La piedra era un citrino gigante en que se reflejaba la luz y por eso Julia, de niña, lo había bautizado como el anillo luminoso. Resultaba bastante llamativo y solamente con él Angelita daba la sensación de ir enjoyada de pies a cabeza.

—Me lo regaló Enrique antes de casarnos con unos pendientes a juego.

Abel sacó unas gafas de cerca del bolsillo de la chaqueta del pijama y se las puso para verlo mejor.

—Se podría vender por diez mil, euro arriba, euro abajo —dijo.

Angelita haciéndolo girar en el dedo se lo quitó y se lo puso a Julia. Primero probó en el anular y como se le salía cambió al dedo corazón, en estos días había adelgazado mucho. Todos menos Tito se quedaron mirando con intensidad el anillo que en aquella cama resultaba un objeto absolutamente fuera de lugar. Y que en Julia tenía un aire casi mágico. O dicho de otra manera, si este anillo tenía alguna oportunidad de ser mágico era ahora, y Félix estaba convencido de que los demás también participaban de esta impresión, de que si este anillo era un objeto querido y deseado por Julia y que si notaba la sensación de llevarlo puesto y su cerebro registraba esta sensación como un estímulo bueno y reconfortante y le ayudaba a crear agradables sueños y pensamientos entonces era un anillo que actuaba a su favor y la protegería y le daría suerte.

—Hija, te estamos esperando —dijo su madre—. No lo olvides, te estamos esperando.

Y en ese momento ocurrió. Ocurrió algo inesperado y que en otras épocas, según el doctor Romano, habrían llamado milagroso. Tal vez fuese una coincidencia el que los músculos de la cara se le relajaran a Julia en una gran sonrisa. Quizá fuera pura sugestión, pero era algo y Angelita y Félix se miraron emocionados.

No tanto Abel, que movió la cabeza negativamente.

—Cualquiera se lo puede quitar. En el momento en que se quede sola en la habitación entrará alguien y se lo quitará. Siempre hay algún sinvergüenza al acecho.

Él no se había dado cuenta del gesto de Julia, ni le pusieron al corriente. Lo que era seguro es que el cerebro de Julia ya había captado y procesado la presencia del anillo, y el hecho de que de pronto desapareciera, si es que se lo quitaban, le haría notar su ausencia y podría pensar que lo había perdido, lo que le produciría una gran angustia.

—Ya no podemos quitárselo —dijo Félix—. Esté ella donde esté le dará valor y seguridad.

Tito había estado pasando de brazo en brazo y no había llorado ni una vez, porque cuando lo intentaba, Abel lo señalaba con el dedo, que parecía envuelto en papel de fumar, y luego lo dejaba caer sobre su cabeza. Y Tito no sólo daba marcha atrás en el asunto de las lágrimas, sino que se adormecía. Félix no estaba seguro de si esto sería sano o no, el caso es que le dejaba hacer al tiempo que se sentía un cobarde por permitirlo una y otra vez.

—Muy bien —dijo Abel enderezando el manojo de huesos que cubría el pijama—. Me marcho a mis aposentos. Pero el anillo va a durar poco en esa mano.

Y salió arrastrando las zapatillas de piel con unas iniciales grabadas, que durante estos días se habían ido fijando en la memoria de Félix como la puesta del sol o la salida de la luna.

Julia

Te estamos esperando, le había dicho su madre. Pero ¿dónde la estaban esperando? Era lo malo de los sueños, que los mensajes nunca estaban completos. Al igual que la vez que oyó el llanto de Tito en el semáforo, la voz había sonado dentro y fuera de su cabeza, dentro y fuera del coche, en un lugar que era y no era éste, por lo que nada extraño que hubiese vivido hasta este momento era tan extraño como esto. Abrió los ojos ya completamente alerta. Se había quedado traspuesta unos minutos sobre el volante. En ese lugar invisible era quizá donde su madre le decía que estaban esperándola. Cosas de la mente. Se decía que el cerebro estaba por descubrir y puede que tuviesen razón. Notaba el anillo en el dedo, su peso, el contacto metálico. Era un círculo sin principio ni fin. Si uno fuese andando por ese círculo tendría la sensación de ir hacia delante y, sin embargo, también estaría retrocediendo y dando vueltas, como ella estos días. Su madre desde la vida normal le enviaba un mensaje, que sin duda era producto de su propia imaginación, pero que lograba aliviarla y que no se encontrara tan desvalida. Seguramente ella misma valiéndose del recuerdo de su madre ponía en palabras algo que su familia, estuviera donde estuviera, querría trasmitirle.

Puso en marcha el coche. El sol se iba ocultando dejando un rastro de sangre a su paso. Y cuando fijó la vista en el volante vio sobre la goma negra, en el dedo corazón, el anillo. Ya no era un recuerdo, era real. Puede que lo hubiese tenido todo el tiempo con ella y que no hubiese reparado en él hasta que lo apurado de la situación la había obligado a invocar a su madre. Ésta podría ser una explicación de por qué había sentido claramente su voz y cómo le acariciaba la cabeza.

Tiró hacia el puerto. Aparcaría e iría de nuevo a la comisaría. Esta vez pediría que mandaran una unidad a investigar todos los complejos Las Adelfas y que recorrieran las playas de Levante y de Poniente y todas las que hubiese más allá, y también pediría que no parasen de llamar al móvil de Félix.

Aparcó en el solar de costumbre. La lonja chorreaba agua. Algunos limpiaban las barcas. Era una imagen que había visto muchas veces y que siempre era agradable. Las barcas de madera tenían gruesas capas de pintura. Eran blancas o verdes y olían a brea. En una de ellas se leía «Vanessa» y en otra «Duende». El agua pegaba suavemente contra sus flancos.

En la puerta de la comisaría los africanos de las túnicas la saludaron con las cabezas. El que siempre estuvieran allí hacía que apenas se reparase en ellos. Su seriedad, su quietud, su mirada perdida en otro paisaje los volvían casi invisibles. Una mujer joven, de unos treinta años, con turbante clavó en ella sus ojos como si quisiera decirle algo.

Puede que hasta que uno no está enfermo no comience a fijarse en los enfermos y hasta que no se tenga hambre, en los hambrientos. Y ahora que Julia necesitaba ayuda se fijó en esta mujer que también parecía necesitada y en la que jamás antes habría reparado.

—Hola —dijo Julia—. ¿Necesitas ayuda?

—Estoy esperando —dijo cambiando de postura.

Su voz era cálida y un punto áspera en algunos sonidos y recordaba la arena caliente del desierto.

—Espero que me devuelvan el pasaporte —dijo.

—¿Cómo te llamas?

Se llamaba Monique Wengué o algo así. En un primer vistazo Julia creyó que iba descalza, pero luego vio que llevaba unas sandalias de suela muy finas sujetas por el dedo.

El guardia de la puerta le preguntó a Julia qué quería, y ella dijo que denunciar un robo. Arriba sólo había dos funcionarios hipnotizados por las pantallas de sus ordenadores, y tuvo que llamar la atención de uno de ellos pronunciando un sonoro buenas tardes. Explicó lo más sencillo y fácil de entender, que le habían robado el bolso con la documentación y necesitaba algún resguardo que acreditara su identidad. Entonces, nada más decir esto, de debajo del mostrador comenzó a surgir una figura. Pelo rubio de seda escapándose del pasador y cola de caballo cayendo sobre la camisa azul recién planchada del uniforme. Reconoció a Julia, y Julia a ella. Era la funcionaria esplendorosamente pulcra. Llevaba una pulsera con pequeños colgantes que tintineó al levantarse. Era una pulsera que estaba de moda, la llamaban la pulsera de la suerte.

Guiñó sus ojos azules para recopilar todo lo que sabía sobre Julia.

—Se trataba de la desaparición de su marido y su hijo, ¿verdad?

Julia hizo un gesto afirmativo mientras la funcionaria abría una carpeta.

—Lo siento —dijo—. Seguimos sin saber nada. Por aquí no han venido.

—¿Está segura?

—Completamente. Cualquier incidencia por pequeña que sea la registramos aquí. Y puedo asegurarle que no ha venido nadie llamado Félix preguntando por alguien llamada Julia.

Entonces intervino su compañero con cara de recelo.

—A mí me ha dicho que le han robado la documentación y que quiere denunciarlo.

—¿Es eso cierto? —preguntó la funcionaria separándose con un pequeño soplo unas hebras doradas que le habían ido a parar a la boca.

—El caso es que cuando iba camino del apartamento que ahora no logro encontrar se produjo un accidente en la carretera y al salir para enterarme de qué había pasado me robaron el bolso del coche. Estoy sin nada y para retirar dinero del banco necesito identificarme.

—Bien, entonces no nos liemos —dijo él, que ya se había formado sobre ella una opinión nada favorable—. Se trata de dos cosas distintas. Una es el robo del bolso y otra la pérdida de sus familiares.

—Esto sí que es nuevo —añadió la del pelo maravilloso—. ¿Qué quiere denunciar exactamente, la desaparición de su familia o el robo del bolso?

En cualquier caso, los trámites había que hacerlos al día siguiente, así que decidió no insistir más y no crear con su tozudez una situación tensa del mismo calibre que la surgida en la sucursal bancaria, donde sabía que no sería bien recibida.

Cuando bajó, Monique ya no estaba ni el resto de africanos con túnicas, incluso ellos, dentro de su precariedad, tendrían un sitio donde ir. El atardecer iba pasando del tono cobrizo a otro de plata mate, de brillo apagado. Anduvo lentamente por el puerto camino del solar donde permanecía aparcado el coche. Pero antes de llegar se sentó en un saliente de cemento a descansar y a contemplar cómo el mar cambiaba del gris al negro y empezaba a reflejar la luz de la luna y las de las urbanizaciones que lo iban rodeando hasta donde podían. Si no fuese por todas las preocupaciones que la atormentaban se habría sentido completamente libre, lo que en cierto modo significaba que mientras se tuviera memoria no se podía llegar a ser del todo libre, puede que ni siquiera un poco libre.

Su próximo objetivo consistía en que llegasen las doce para ir a La Felicidad. Y se dio cuenta de que podría estar así, contemplando el mar casi sin cambiar de postura hasta esa hora. Y le pareció que flotaba sobre la masa oscura y que estirando los brazos podía cruzarla de lado a lado y que era todo muy fácil y que no debía tener miedo en este silencio y esta paz.

Félix

Hasta la noche en que Julia salió a comprar la leche y no regresó, Félix no tuvo una noción clara de lo que era la sensación de peligro. Por todos los casos que veía en su trabajo, había llegado a la conclusión de que muchas personas se salvaban por el azar, el destino, la suerte o como se quiera llamar a una combinación de circunstancias que nos afectan favorable o desfavorablemente y también que algunas se salvaban porque presienten el peligro y logran anticiparse a los acontecimientos unas décimas de segundo. Y también que a otras les atrae el peligro. Ahora Félix empezaba a tener miedo, lo que no podía permitirse de ningún modo porque si algo debilitaba y le hacía a uno sentirse inseguro y en manos de fuerzas incontrolables era precisamente el miedo.

Desde niño no había vuelto a sentir lo que sintió la tarde del cuarto día. El mundo tenía ahora cuatro días de antigüedad, el tiempo que llevaba Julia en el hospital. Antes había un mundo y ahora había otro aunque a ojos del resto de la gente pareciese el mismo. Como siempre, por la mañana fue a recoger a su suegra al apartamento para llevarla al hospital. Y a eso de las once, de vuelta de nuevo en el apartamento, pudo ducharse, desayunar y dormir un rato. Sobre todo, necesitaba estirarse todo lo largo que era sobre el colchón y cerrar los ojos aunque no durmiese. Mientras, oía los aspersores como quien está viendo una película, porque no pertenecían a su mundo real, nada normal pertenecía a su mundo real. Su mundo real era una isla de la que no se podía salir por muchas vueltas que se dieran. Aunque se intentase y se idearan nuevos caminos, al final todo empezaba y terminaba en Julia y no había escapatoria.

Al mediodía después de darle a Tito el puré que había dejado preparado su suegra, se hizo una tortilla de atún y se la comió frente a la televisión encendida, pero pensando en Julia, pensando con toda intensidad qué más podía hacer para arrancarla de ese estado. Tal vez traerla al apartamento para estar con ella constantemente. Se tumbó y se quedó de nuevo dormitando. Durmió en profundidad una media hora, más que durante el tiempo que había estado en la cama. Lo despertó Tito. Hacía calor en el apartamento. Era el momento en que había que cerrar las persianas y las cortinas porque el sol se metía por todas las rendijas. Le cambió y pensó que donde mejor estarían sería en la orilla de la playa.

Se bañaron. Félix tomó a Tito en brazos y lo sumergió varias veces en un agua tan cristalina y verdosa como si el fondo estuviese formado de esmeraldas. Tito movía las piernas de alegría y gritaba. Estaba viviendo, estaba siendo feliz y no lo sabía. Los rayos del sol los traspasaban y los volvían invisibles. El pelo infantilmente rubio de Tito desaparecía entre los reflejos del agua. Todo era demasiado grandioso para ser cierto. Sacó a su hijo pisando con dificultad sobre guijarros y lo enrolló con la toalla aterciopelada de peces y medusas que Julia le había comprado. Le puso el pequeño sombrero que también le había comprado para la playa. A Félix habían empezado a escocerle los ojos en el agua y no paraban de caerle las lágrimas. La puta sal. Vistió a Tito con un pañal, una camiseta de tirantes y otra de manga corta. Donde ellos estaban el aire empezaba a correr más de la cuenta. Era el momento de la retirada. Cuando llegase al hospital, le diría a Angelita que diese al niño por bañado, que ningún agua puede ser tan sana como la del mar. Sólo le lavaría la cara para que no la tuviese tirante. Además, siempre sufría al imaginar a su suegra sacando a Tito de la bañera con sus flacos brazos. Siempre sufría imaginando que se le escurría al suelo.

Cuando ya lo había acomodado en la silla y le había dado zumo del biberón, se giró hacia el mar y se pasó las manos por la cara. Apretó un poco los párpados con los dedos para aliviar el escozor y al volver a abrirlos, la vio.

—Hola tigrecillo —le dijo a Tito.

Era una chica de unos dieciocho años, tal vez menos. Por su trabajo estaba acostumbrado a calcular la edad con bastante precisión. Incluso en la gente que parece mucho más joven de lo que es hay rasgos a veces imperceptibles para ellos mismos que delatan el paso del tiempo.

—¿Cómo se llama? —le preguntó a Félix.

—Tito, ¿y tú?

—Sandra. ¿Es tu hijo esta monada?

Félix asintió. Qué suerte tenía Sandra, aún no estaba encerrada en una isla. Era una chica alegre y superficial como todos querrían ser siempre, o al menos un poco más de tiempo, y en algunos casos se contentarían con haberlo sido por lo menos una vez.

—Vives ahí —dijo Sandra volviéndose hacia los apartamentos—. Y yo también, soy tu vecina. Te veo entrar y salir con esta preciosidad. También os veo en la piscina. ¿A que sí, Tito, guapo? Pero tú tienes la cabeza en otro sitio, no ves a nadie.

—Ya —dijo Félix sin querer ser descortés, pero deseando cortar la conversación.

Por el moreno de la piel, Sandra llevaría alrededor de un mes correteando por la playa. Tenía unas partes más ennegrecidas que otras porque el sol se le había ido pegando mientras se bañaba o hacía deporte y no tumbada en una hamaca. Los ojos se habían contagiado del color verdoso del mar y resultaban más bonitos de lo que serían en otra parte y el pelo lo llevaba cortado con unos mechones más largos que otros. Unos eran rojos, otros rosas y otros negros. Un pequeño alfiler le atravesaba la ceja y un tornillo plateado el labio. En las muñecas llevaba atadas cintas que dejaban líneas de piel blanca al descubierto. Debía de ser una punki y seguramente para vestirse usaría botas militares y pantalones rotos y mataría el tiempo hablando con los colegas sentada en el sillín de una moto. La naturaleza y el aire libre no parecían su sitio natural.

—Estamos formando un equipo de voleibol. Mañana vamos a jugar un partido, ¿te apuntas?

Puede que Félix al ir en bañador no aparentase la edad que tenía ni lo clásico y del montón que era. Julia se había empeñado en comprarle uno de esos meybas modernos que arrancan bastante debajo del ombligo y que llegan a las rodillas y ahora ocurría esto. Tampoco llevaba las gafas, hasta que no se secase del todo no pensaba ponérselas. Se pasó las manos por el pelo porque con el agua se le habría revuelto, cayeron granos de arena y sal y sintió que con este bañador y este pelo estaba siendo otro, alguien que le podría gustar a aquella chica.

Ella dirigió la vista hacia Tito.

—La señora mayor puede cuidarle —dijo ella.

Quizá se había quedado traspuesto tumbado en la arena y esto era una fantasía provocada por la necesidad de salir de su pequeño y angustioso mundo, y Sandra representaba una vida en que todo era posible. A ella los ojos se le entrecerraban tras la pantalla verdeazulada del aire. De los hombros le salía luz. A su espalda se extendía un desierto de arena con toallas y sombrillas.

—Piénsate lo de mañana —dijo riendo de tal manera que se le formaban dos pequeños hoyos a los lados de la boca. La nariz era aguileña y la piel se le estiraba y brillaba especialmente en el pabellón—. Necesitamos a dos más y uno tienes que ser tú.

—Bien, me lo pensaré —contestó Félix enrollando la esterilla.

—Espera. Mira cómo estás de arena. Podrías ba-
ñarte mientras yo cuido de Tito. Aprovecha mientras estoy con él. ¿A que sí, terroncito?

La verdad es que le sentaría muy bien meterse en
el agua esmeralda y bracear un rato, libre, tranquilo.
Cuanto mejor se encontrara de ánimo mejor podría atender a Julia.

—Venga —dijo ella, sentándose junto al niño. Cogió el biberón con zumo y se lo puso en la boca.

Félix consultó el reloj. Total eran las cinco y cuarto, había tiempo para bañarse, cambiarse de ropa e ir a recoger a su suegra. Echó a correr hacia la orilla, bueno, no a
todo correr, a medio correr, no le salía de dentro disfrutar
plenamente de los momentos. Tuvo que ir metiéndose
poco a poco hasta no hacer pie. Le quemaba la frente y los
ojos continuaban escociéndole. Entre las piernas flotaban
algas y minúsculos peces. Se zambulló lo más profundo
que pudo y abrió los ojos. No quería pensar en el escozor.
Buceó hasta que no pudo más. Al salir respiró hondo y se
puso boca arriba haciendo el muerto. Se dejó llevar. El calor del sol y el frío del agua eran una combinación perfecta. Luego nadó hasta que le pareció que se había alejado
demasiado mar adentro. Así que comenzó a bracear hacia
la orilla, pero el oleaje no le dejaba avanzar. No le importaba, el esfuerzo le venía bien, no tenía ninguna prisa por
llegar. Era un pez transparente, un habitante del mar.

Cuando por fin salió, trató de buscar a Tito y a
Sandra con la vista, pero se encontraba desorientado. La
playa de repente se había llenado de gente. Parecía que se
habían multiplicado los niños en sus sillitas y las Sandras
vagando por allí, hasta que localizó el color teja de los
apartamentos asomando detrás de otros amarillos que asomaban tras paredes blancas y la posición respecto a ellos
de su hijo y la desconocida en cuyas manos lo había dejado. Pero seguía sin verlos. Miró el reloj. Hacía sólo veinte
minutos que se había metido en el agua, aunque allí había

perdido la noción del tiempo y le había dado la impresión de que era mucho más. Le pareció reconocer a una pareja que ya estaba tumbada en las hamacas cuando llegaron Tito y él a eso de las cuatro, pero se encontraban tan ensimismados bronceándose que era inútil preguntarles nada.

Muy bien, se dijo para no desanimarse, tarde o temprano daré con ellos. Recorría la playa a grandes zancadas, aminoraba cuando avistaba un niño o una chica de las características de Sandra y lanzaba la mirada contra los pequeños campamentos esparcidos por la arena por si reconocía la toalla de peces y medusas de Tito. Pero ¿hasta dónde pretendía llegar? La playa era muy larga, podría tardar más de una hora en recorrerla. Volvió sobre sus pasos con la esperanza de encontrarlos donde los había dejado, de que antes, por esas cosas inexplicables que pasan, no los hubiese visto. Regresó corriendo todo lo rápido que la arena le permitía. Con la diferencia de que ahora descubrió una cucharilla brillando semienterrada. Era la cucharilla con la que le había dado el yogur a Tito, no había la menor duda. Así que debía ir a los apartamentos y hablar con alguien, preguntar por la chica y pedir prestado un móvil para llamar a la policía.

La arena, cuanto más alejada de la orilla más quemaba, pero el asfalto era peor, le abrasaba los pies. ¿Cómo se le había ocurrido dejar a Tito con una desconocida?, debía de estar realmente mal para perder así el sentido común y la noción de lo que está y no está bien. Tito era su hijo, un hijo pequeño, indefenso con el que cualquiera podría hacer lo que quisiera. Era lo que más quería en el mundo y lo había abandonado con cualquiera para darse un chapuzón en el mar. ¿Tan vital era darse un baño? Había llegado a un punto en que se sorprendía a sí mismo. No tenía llave para entrar, la había dejado en la bolsa de osos, y tuvo que esperar a que saliese alguien. Se había fiado de Sandra, no había sabido leer bien en su cara. Los hoyos junto a la boca y los piercings lo habían despistado. Le había confundido su espontaneidad. La chica miraba a los ojos y no trataba de ocultar ninguna parte de su cuerpo, no se cruzaba de brazos ni creaba barreras de ningún tipo entre ellos, inspiraba confianza, pero tal vez el sol le había impedido percibir la micromusculatura de la cara, la que se esconde tras la musculatura más evidente, por ejemplo la que se contrae alrededor de los ojos cuando uno se ríe de verdad y no finge. Hasta ahí no había llegado, ni siquiera había pensado en ello. Se había dejado arrastrar por la novedad y cabía la posibilidad de que le hubiese engañado.

Despachó con rapidez varios pasadizos y saltó sobre las palas y los cubos de unos niños para poder toparse con la piscina. Eran las seis y media y el momento de mayor barullo en la urbanización, la transición entre la siesta y la hora de la cena, que para los extranjeros empezaba a las ocho. A esa hora, como si alguien diese una palmada, los veraneantes aparecían vestidos y arreglados con prendas claras que oscurecían más la bronceada piel, y hasta los más feos resultaban guapos, y hasta los más cascados, sanos. Todo el mundo participaba de un aspecto saludable que se extendía por todas partes. Los niños se estaban lanzando a la piscina de las formas más extravagantes posibles y el agua estallaba en el aire. Sombreando el césped había diversos árboles de los que Félix solamente podía identificar por su nombre el sauce llorón. Abuelas, madres jóvenes, padres de cuarenta años con aire ausente, adolescentes haciendo tiempo para que llegara la noche.

Se paró en seco. Tras las lánguidas ramas del sauce vio la bolsa de osos colgando de la silla y a su lado a Tito en los brazos de Sandra. En un brazo, mejor dicho, porque con la otra mano fumaba y la alargaba lejos de Tito lo más que podía, pero la dirección del viento lanzaba el humo hacia él. Y todo esto ocurría fuera de Julia, en otro universo distinto al suyo en que ella no sabía absolutamente nada de Sandra.

La voz de Félix sonó dura, era imposible que sonara de otra manera.

—Os he estado buscando.

Sandra no dijo nada, mantuvo el aire risueño de la cara como pudo, los hoyuelos se le alisaron y los ojos se oscurecieron un poco. Era la musculatura externa la que aguantaba el tipo, la interna se había desmoronado.

—¿Por qué lo has hecho? —dijo apretando las mandíbulas de una manera que él sabía que era desproporcionada, pero que por primera vez no podía controlar y quizá cuando pudiese controlarla ya fuese tarde y hubiese dicho algo irreparable.

—Pero ¿es que no me oíste? —replicó ella.

Félix negó con la cabeza, era mejor tener la boca cerrada. Notaba el peso del sol y la sal en los hombros. Tito lo miraba alegremente, aún no le afectaba que su padre estuviera enfadado.

Resultaba que nada más sentarse junto a Tito el viento empezó a meterles arena en los ojos, y no era plan, sobre todo por el niño, así que cuando Félix iba hacia el agua Sandra le gritó que se llevaba a Tito a la piscina de los apartamentos. Creía que le había oído, le pareció ver un gesto de la mano afirmativo.

De todos modos, no parecía amedrentada porque tuvo serenidad para reparar en los pies desnudos de Félix. ¿No había visto las chanclas? Se las había dejado allí, pero claro, la arena las habría cubierto.

Félix le quitó al niño de encima, lo puso en la silla y echó un vistazo alrededor por si se dejaban algo. Ella continuó en la misma postura, con el brazo del cigarrillo estirado.

—En el futuro cuando nos veas aquí, en la playa o donde sea, mantente alejada de nosotros.

Ahora sí que a Sandra le cambió la expresión, sólo se le ocurrió dar una calada y mientras la daba la silla de Tito traqueteó por los adoquines rosas.

172

Fue a este último minuto al que no paró de darle vueltas Félix en la cabeza mientras le preparaba la papilla de frutas a Tito; mientras se la daba, le cambiaba y le pasaba la esponja por la cara y la cabeza y mientras se duchaba rápidamente y respiraba aliviado porque su hijo estuviese sano y a salvo aunque hoy Angelita debiera regresar más tarde al apartamento. No le contaría nada, no valía la pena alarmarla con hechos que no habían ocurrido en realidad. Los únicos hechos que importaban eran los que cambiaban las cosas. Ahora que se había apaciguado, la frase que le dijo a Sandra le parecía brutal.

En el trayecto al hospital no le habló a Tito como solía hacer, lo sentó y le puso el cinturón de seguridad mecánicamente sin pensar en lo que hacía porque su comportamiento con Sandra le reconcomía. Se había dejado llevar por un impulso primitivo, el impulso de desahogarse. En el momento en que los vio a Tito y a ella comprendió que a la chica no la había guiado ninguna mala intención, sin embargo, él no quiso relajarse, no quiso sentirse aliviado porque había algo más profundo que sólo le concernía a él. Si se trataba con un poco de objetividad a sí mismo, lo que tenía era un gran sentimiento de culpa porque había estado disfrutando como pocas veces del agua y de la vida mientras se bañaba y porque había sido feliz. Se había comportado como un energúmeno puesto que Sandra no sabía nada de lo que ocurría. Supondría que estaba divorciado y que pasaba las vacaciones con su hijo y su madre. Supondría que todo el mundo que está en una playa tendría ganas de pasarlo bien, y supondría que en el fondo le estaba haciendo un favor arrancándole de su monotonía, y puede que acertase. Así que, si tenía tiempo y ganas y si el remordimiento persistía después de ver a Julia, buscaría la manera de disculparse.

Como siempre que entraba en el hospital, le dio la impresión de que las puertas se cerraban tras él herméticamente, lo que tampoco le importaba mucho porque era el único sitio en que no pensaba en el hospital.

Y como siempre, recorrió el pasillo y al llegar al cuarto de Julia le pareció oír una voz. El instinto le dijo que debía detenerse. Era la voz de Abel, que como el humo buscaba la salida. Llegaban palabras y sonidos sueltos igual que si se escapasen de un confesionario. Debía de estar sólo él porque nadie le interrumpía, ni se oía ningún ruido más. A Félix le desagradó que, aunque dormida, un desconocido le estuviese hablando en susurros, que de alguna manera estuviera asaltando su intimidad por el oído. Si de verdad Julia era capaz de escuchar, no podría hacer nada por no enterarse de lo que este hombre le contaba, y seguramente lo que le contaba no podía decirse en voz alta, porque entonces hablaría en voz alta, a no ser que le diese pudor que alguien pensara que hablarle a Julia era como estar hablando solo.

De pronto Abel se calló, había escuchado un pequeño grito de alegría de Tito. Félix entró con él en brazos. Abel estaba sentado en el sillón junto a la cama y hacía que miraba al suelo para darse tiempo a reaccionar. En Julia no se apreciaba aparentemente ninguna alteración, pero los ojos expertos de Félix captaron la tensión de la frente y de las manos. ¿Qué habría salido por esos labios demasiado rojos? No se atrevió a preguntárselo porque no sabía si la agresividad que se le había despertado con el asunto de Sandra ya estaba superada. Tal vez si empezaba a increpar a Abel no pudiera controlarse. Abel levantó la vista y mostró su rostro quijotesco.

—Tu suegra ha bajado a tomarse algo a la cafetería, se sentía un poco mareada. Los enfermos soportamos bien este ambiente, pero para los que venís de la calle es muy agresivo.

—¿Cuánto tiempo hace que ha bajado? —preguntó Félix dejando a Tito sobre la cama vacía. Ya no se molestaba en traer el capazo para este pequeño rato, sólo un biberón con agua y el chupete.

—Una media hora, tal vez menos.

Félix pensó que media hora hablando era mucho tiempo y también Abel, que debía de tener en cuenta el hecho de que le hubiesen oído, pero no podía acortar ni alargar el tiempo. Félix permaneció de pie al lado de Tito esperando algo. Por fortuna, Abel comprendió que ese algo consistía en que se marchara.

—Bien, me marcho. Si me necesitáis, ya sabéis dónde encontrarme, no me iré muy lejos —dijo riéndose y después de reírse, tosió.

La tos lo acompañó por el pasillo.

—Soy yo, Félix —le dijo a Julia cogiéndole la mano.

La tenía fría. Tal vez soñaba que hacía frío o que se estaba bañando en el mar. Así que se le ocurrió decirle que hoy la playa estaba espléndida y el agua tan transparente que si uno miraba hacia abajo podía verse las piernas y, en el fondo, las algas. Notó que se relajaba y también él, y dudó si decirle que esa misma tarde había conocido a una chica llamada Sandra muy simpática, atolondrada y exasperante, que había sido muy cariñosa con Tito. No se lo dijo.

Tampoco le dijo nada a Angelita cuando regresó de la cafetería.

Nunca lograba descansar bien en el hospital, pero esta noche en particular apenas podía dormir. Tras un breve sueño de media hora en el sillón, una enfermera lo despertó con la brusquedad que les sirve para mantenerse ellas mismas activas, y al marcharse la respiración de Julia se hizo más fuerte como si estuviera esforzándose para despertar también ella. Félix se agitó mucho, seguramente quiso pensar que ya había llegado el fin y que la tortura terminaba. Así que le cogió la mano y se la apretó.

—Venga, sal ya de ahí —le dijo—. ¡Ven aquí! Te estoy cogiendo de la mano y te traigo aquí.

Se notaba que Julia hacía un esfuerzo tremendo. En medio de la oscuridad del cuarto su respiración era cada vez más rápida y soltó un gemido. Puede que en el sueño llorase o estuviera trepando a algún lado o corriendo y no pudiera más.

—Es muy fácil. Es mucho más fácil de lo que crees porque estoy aquí, a tu lado. Estamos en el mismo sitio, en la misma habitación, pero no lo sabes, sólo tienes que intentar saberlo, decirte a ti misma que estás conmigo, sentir mi mano, oír mi voz y olvidar todo lo demás, todo lo que tengas alrededor, a las personas con las que estés. Nada de eso es real. En cuanto sepas que nada de eso es real, volverás aquí, a la vida verdadera.

Tal vez en Tucson, esa clínica de la que le había hablado el doctor Romano, este estado lo habrían aprovechado al máximo, dispondrían de técnicas muy especializadas, sabrían cuándo era el momento idóneo para hacer saltar al paciente a la vigilia, incluso le ayudarían aplicándole electrodos. ¿Y si estaban perdiendo una oportunidad única?

Le hundió los dedos hasta la raíz del pelo y se los pasó por el cuero cabelludo. Luego le cogió la mata de pelo con las dos manos y tiró un poco de él, sin hacerle daño, lo suficiente para que lo sintiera, sólo para hacerle reaccionar.

La respiración se le agitó aún más y movió la cabeza. ¿O se la había movido él mismo? Aunque trataba de no sugestionarse, no era imposible que cayera en la trampa de sus propios deseos. Le soltó el pelo un poco pesaroso por lo que había hecho porque sospechaba que no había sido una experiencia agradable. ¿Y si una mano invisible le tirara a él del pelo por muy suavemente que lo hiciera? Como mínimo le asustaría. No sabría quién hacía aquello porque no lo vería a no ser que en su sueño atribuyese esta acción a alguien conocido. Pero la realidad era que sobre lo que ocurría en esta habitación Julia estaba ciega. Y sobre lo que ocurría en su mente era imposible hacerse una idea.

—No tengas miedo —le dijo—. Soy yo, Félix. Sólo intento que vuelvas con nosotros, pero desde aquí doy palos de ciego, no puedo meterme en tu cabeza, así que eres tú la que debe encontrar la forma de saltar a este lado. Por muchos peligros que creas que corres estás a salvo y segura. No olvides que no te puede pasar nada malo.

Dudó si contarle que había sufrido un accidente, pero al instante se arrepintió de haberlo considerado siquiera. Sería una manera de hacerle percibir hechos negativos, de enviarle señales de peligro. Así que prefirió permanecer en silencio con su mano en la suya. Por el ventanal herméticamente cerrado que iba de parte a parte de la pared, entraba la noche, entre cuyas estrellas se agigantaba la cama con Julia tumbada.

Julia

A las once ya estaba cansada de contemplar la noche inmensa y misteriosa. Necesitaba el contacto de otros seres humanos, ver a gente a quien contarle lo que le ocurría. Uno no puede empezar a estar solo de repente, en unos días. Incluso los que cometen un crimen llega un momento en que deben de sentir el impulso de contarlo, de compartir con otros lo que han hecho. Y también Julia echaba de menos una cara humana frente a la suya a la que mirar y que la mirase. Seguramente sólo los humanos quieren que los demás sepan que existen.

Por supuesto no pensaba pagar la entrada. Pensaba esperar junto al coche a que empezara el verdadero barullo para entrar, cuando de pronto vio a Marcus, el tipo de la primera noche. El corazón le dio un vuelco porque lo conocía, era su conocido más antiguo desde que salió de casa sin poder ya regresar a ella. Y el haber bailado con él, el haber estado tan cerca, lo hacía doblemente reconocible. Era la persona con la que más intimidad había tenido desde que salió del apartamento.

Llevaba pantalones negros y una camisa también negra de manga por el codo. Tampoco hoy estaba hablando con nadie. Debía de estar bordeando los cuarenta y tenía algo muy masculino y probablemente lo que llaman magnetismo animal. Y en el fondo, en algún milímetro de su mente ahora le halagaba que la otra noche se hubiera fijado en ella y que no la dejase marchar. Sin embargo, en este momento ni siquiera la miró. O mejor dicho, su mirada, aunque la tenía de frente y no había nada más interesante por allí, pasó de largo. Seguramente la vería como ella se había visto en el vídeo del supermercado. Aun así se atrevió a dar unos pasos hacia él.

Le llegó el mismo suave olor a lavanda mezclada con algo de ginebra de la primera vez. Le llegó el gris oscurecido por la noche de sus ojos. A decir verdad tenía la cara quizá un poco pequeña para ser un hombre y por eso los ojos se apreciaban más.

—Hola —le dijo recogiéndose el pelo rebelde y encrespado con la mano—. Nos conocimos hace unas noches. Soy la que tenía que hacer una llamada urgente por el móvil.

Él observaba el movimiento del parking sin comprender.

—Bailamos y yo de repente salí corriendo y desaparecí.

Él se llevó un vaso que le colgaba de la mano izquierda a los labios.

—¿Y por qué hiciste eso?

Julia tardó unos segundos en encontrar la respuesta más conveniente.

—Estaba desesperada, muy desesperada. Llegué aquí por necesidad y por casualidad.

La mirada de él seguía sin reparar apenas en ella, ahora parecía lanzada al vacío de la noche. Julia se volvió por si el objeto de su interés estaba detrás de ella, pero sólo encontró oscuridad. Y espontáneamente le surgió una pregunta.

—¿Esperas a alguien?

Esto por fin llamó ligeramente la atención de Marcus.

—Tal vez, ¿y tú?

—Creo que sí.

La duda de Julia le hizo cierta gracia.

—¿Sólo lo crees?

—La verdad —dijo Julia—. No sé si él se acordará de nuestra cita. Nos citamos por casualidad, de pasada, fue de esas cosas que unos dicen por decir y que otros se toman en serio.

Todo había cambiado tanto desde la otra noche en la discoteca. De la oscuridad salió una ráfaga de brisa que le enfrió el sudor. Se pasó las manos por la frente y las sienes. La noche era un rato caliente y otro fría. Sintió el aro del anillo en la cara.

Podría haberlo dudado, pero no, estaba segura de que era el desconocido al que dejó plantado, aunque ahora se comportara de manera indiferente. Ya no la deseaba, ni siquiera le gustaba, ni siquiera se fijaba en ella. Daba la impresión de no recordar nada de aquella noche. Parecía que el mundo de este desconocido empezase y terminara con la puesta y salida del sol cada día. No la estaba escuchando. Tenía la vista clavada en el interior de la discoteca. Escudriñaba entre las sombras hasta que como atendiendo un impulso fue hacia la puerta con paso rápido y entró. Julia lo siguió para que el portero pensara que iban juntos. Necesitaba ir al baño y prefería hacerlo antes de que llegara Óscar si es que llegaba, porque puede que le hubiese surgido otra cosa y ya no le apeteciera ir a La Felicidad, en cuyo caso también éste era el mejor momento para entrar. Debían de ser ya cerca de las doce. La gente acostumbrada a salir de copas todas las noches veía la vida de otra manera menos trascendental. Vivían en la ingravidez de las luces tenues, la música y la repentina atracción de unos por otros. A veces echaba de menos este tipo de vida en que todo quedaba medio olvidado al salir el sol. Si se pensaba, era bastante impresionante que en veinticuatro horas se pasara de la luz absoluta a la oscuridad, día tras día, milenio tras milenio, y que no fallara nunca.

Siempre había envidiado a esa gente a la que le gusta el silencio y estar sola, y a veces había intentado ser uno de ellos. Una vez se empeñó en estar un fin de semana sin salir de casa y casi se vuelve loca. Dejó los estudios pronto, no porque no tuviese cualidades, la verdad es que cuando se ponía era de las mejores, sino porque se aburría, le daba la impresión de que mientras ella estaba estudiando la vida pasaba de largo por la puerta. Su infancia había transcurrido metida en casa al lado de su madre, salvo las horas de colegio, viendo caer la tarde en medio del silencio de dos personas que por mucho ruido que hicieran no llegaban a romper el silencio de fondo. Así que en cuanto pudo empezó a buscar trabajo con la promesa de seguir estudiando por las tardes en la universidad. Su madre quería que tuviera una carrera, pero ella se inclinó por los idiomas porque sabía que le darían mayores oportunidades laborales.

Trabajó en varias cosas y cuando le salió lo del hotel supo que había dado con lo suyo. Se encontraba bien entre tanta gente, que iba y venía, se encontraba bien estando en movimiento y hasta los turnos le gustaban porque así tenía las mañanas libres para hacer gestiones o simplemente para sentirse libre. No le parecía que el destino se hubiese puesto a pensar en ella de una forma especial. Y en correspondencia ella tampoco pensaba en él. Como mucho, había sentido el gusanillo de tener su propio local algún día aunque no estaba segura de querer cargar con esa responsabilidad. Aun así, a veces se le pasaban ideas raras por la cabeza como que estaba desperdiciando su juventud, pero no se le ocurría qué otra cosa pudiese hacer que la llenase más. Tal vez podría ser azafata o guía turística, pero tampoco podía alejarse tanto de su madre porque cuanto más lejos estaba de ella más vieja y frágil le parecía y se sentía mal por abandonarla a su suerte. Era una sensación antigua que arrastraba desde siempre.

Tal vez su madre no fuera tan débil como creía, pero su propia fuerza y juventud la obligaban a verla así. Podría ser que todos los hijos sintieran algo de pena por los padres porque inevitablemente son más viejos y los ven más cerca de la muerte. Hasta que un día conoció a Félix, y Félix le dijo que también ella tendría que pasar por esta etapa de su madre, que cada uno es responsable de su vida y que nadie va a dejar de vivir su juventud por vivir la vejez de otro que a su vez ya vivió su propia juventud. Decía las cosas de una manera tan serena y objetiva que le inspiraba confianza y le daba tranquilidad. Era como un psicólogo, alguien que veía su situación desde fuera sin prejuicios ni dramatismos. Se conocieron cuando fue al hotel a recoger información sobre el asunto de la diadema de la novia. Ella conocía a la familia Cortés, llevaba preparándoles cocktails a sus invitados desde que se alojaron allí y recibiendo espléndidas propinas de la familia. Desde que trabajaba en el hotel se había hecho a la idea de que existía gente como ésta, que uno sólo se imaginaba haciendo y deshaciendo maletas. El caso era que como no podía desatender el trabajo y Félix le cayó bien desde el primer momento, le pidió que la esperara a la salida y fueron a tomar un café. Ella le contó lo que sabía, pero siempre quedaba algún detalle suelto y a partir de ahí se encadenaron las citas. Julia por esa época estaba triste y tenía algún tipo de preocupación y sólo cuando Félix estaba a su lado se calmaba, se encontraba bien, y creía que por eso se había casado. Y luego nació Tito.

En el baño estilo lujo de La Felicidad había cuatro cabinas con puertas historiadas y un espejo corrido de pared a pared sobre los lavabos con grifos dorados. Había varios tipos de gel y frascos de colonia de lavanda, que era lo que necesitaba en este momento. Bueno, lo que necesitaba era encontrar a su marido y a su hijo, pero mientras los buscaba el resto de las necesidades no desaparecían, seguían activas porque su vida no se había detenido por esto. Mientras esperaba que se desocupara alguna cabina, contemplaba a aquellas mujeres despreocupadas aunque creyesen que tenían grandes preocupaciones. La mayoría de ellas daban la sensación de ir disfrazadas de mujeres sexys, menos la que acababa de entrar con el turbante y la túnica. ¡Vaya! Era Monique, la negra que siempre estaba en la puerta de la comisaría. Sintió alegría al encontrarse con su familiar mirada ausente. El conocerla, el haberla visto antes ya establecía un vínculo entre ellas. Cuando se está en un sitio extraño en que no se conoce a nadie incluso encontrarse con un enemigo puede causar alegría.

—Hola, Monique, ¿me recuerdas?... De la puerta de la comisaría.

Era más alta que ninguna de las que estaban allí y más delgada. Le dirigió sus ojos difíciles de interpretar porque hasta entonces Julia había llamado negros a ojos que sólo eran marrones más o menos oscuros, pero nunca había visto unos ojos negros de verdad como debe de ser la materia oscura o los agujeros negros o el fondo más profundo del mar al que nunca haya llegado un rayo de luz. Julia no estaba segura de si Monique la estaba reconociendo. Se arregló un poco el turbante y le dijo:

—Tienes suerte y tarde o temprano encontrarás lo que buscas.

Salió seguida por Julia. Julia se encontraba torpe detrás de sus elegantes andares. Monique se balanceaba como si estuviera hecha de notas musicales. ¿Qué había querido decir?

—¿Qué has querido decir? —preguntó.

Monique no escuchaba, siguió andando y andando, mezclándose con las luces erráticas de la decoración y con la gente. Julia se orientaba por el turbante, pero en un instante el turbante se deshizo en el aire. Así que volvió al baño preguntándose si Monique no sería un espíritu encarnado a las órdenes del arcángel Abel. O si no sería el mismo Abel en forma de mujer. El baño era el lugar al que volver en este momento. En otro instante no lo habría tenido en cuenta, en cambio ahora no se le ocurría ninguno mejor.

Habían quedado dos cabinas vacías y se metió en una. El segundo paso consistía en arreglarse todo lo que pudiese para mejorar su aspecto. Por alguna razón debía gustar a Marcus. Parecía que en su destino figurase el gustar a Marcus, algo que se tenía que cumplir fuese como fuese. Se lavó las manos y con ellas húmedas se moldeó los rizos. Cuando se secasen quedarían bastante bien. Luego se abrió la blusa y le pidió a una chica muy bronceada que apenas llevaba ropa el pintalabios. Bajo el secador de manos se alborotó los rizos húmedos y se alisó la blusa. El aspecto había mejorado, se encontraba más segura.

En la barra, la camisa de Marcus se desplazaba como un glaciar bajo el sol. Su obligación era acercarse a él y entrar en su área de fuerza, en su olor, en la seriedad introspectiva de sus ojos grises ante los que sentía algo que ningunos otros ojos le hacían sentir.

—¡Joder! —dijo Óscar sorprendido y cortándole a Julia el paso hacia la barra—. En este sitio pareces otra.

La miró de arriba abajo de una manera que la incomodó. No se había desabrochado la blusa y se había pintado los labios para este chico, pero era a él a quien había venido a ver, o al menos eso había creído.

—Tú también —le dijo en un tono que él no supo cómo encajar.

Llevaba una camiseta negra ajustada sin mangas sobre unos pantalones blancos de lino. Deportivas blancas. Y llevaba un sello con una piedra en la mano del reloj. Acababa de perder la masculinidad del uniforme del supermercado. Entonces no se había fijado en el detalle del sello, que ahora sobresalía en todo su esplendor. La visión de un anillo en el dedo de un hombre le resultaba decepcionante, y el hombre en cuestión dejaba inmediatamente de interesarle y de gustarle. Por no resistir, no resistía ni las alianzas y había tenido que pedirle a Félix que se la quitara. Y se había visto obligada a explicarle que no tenía nada que ver con quererle o no quererle sino con una manera de estar en el mundo. Los que llevaban sortijas, cadenas o pulseras pertenecían al pelotón de los que de entrada no le interesaban.

—El que va a comprarte el coche tiene ahora trabajo. Dice que le esperemos en su casa. No quiere mezclar las cosas.

Óscar se encendió un cigarrillo. Se había puesto gomina. Debía de tardar bastante en acicalarse.

—¿Lo conoces mucho? —preguntó Julia dando por sentado que Óscar y ella se conocían bastante.

—Es el dueño de esto. Lo veo todas las noches. ¡Joder! —dijo impacientándose—. ¿Quieres vender el coche o no? A él no le hace falta y a mí me da igual. Lo hago por ti.

La que parecía la mejor solución para conseguir dinero hacía un rato ahora no estaba tan clara para Julia porque el coche era lo único que le quedaba de la vida que no encontraba. Al casarse, disponían de dos coches pequeños, aportación de cada uno de ellos, y Félix vendió el suyo para comprar otro más grande y más familiar donde cupiesen varias maletas o una buena compra del supermercado. El primer viaje que hicieron fue a los Pirineos. Era verano y un profundo olor a monte lo inundaba todo, y vieron valles enteros de color malva como si flotase un velo sobre ellos, ¿o había sido un sueño? La manta que encontró en el maletero la guardaron allí entonces, algo que aunque sin importancia aparente era de lo poco que conservaba.

—Está bien, vayamos —le dijo a Óscar.

Por segunda vez abandonaba a Marcus apoyado en la barra de La Felicidad sobre la que caían azulados haces de luz, aunque lamentablemente él no era consciente de que Julia le dejaba. Si en algo se parecía esta vida a la vida normal era en que tampoco ahora podía hacer lo que quería. Tampoco podía quedarse al lado de Marcus.

En la calle, Óscar era más niño que dentro. Y Julia infinitamente más mayor.

Quinto día

Félix

Hoy el doctor Romano tenía muy buen color de cara, que le hacía más afable de lo habitual aunque sin perder la seriedad que lo caracterizaba y en el fondo le daba tanta credibilidad. ¿Quién pondría su vida en manos de un doctor Romano alegre y desenfadado? Seguramente tenía tan pocas ocasiones de sonreír y alegrarse de algo en la clínica, que había optado por un gesto grave que no hiciera pensar a los pacientes que se los tomaba a la ligera. Pero ahora ese color ligeramente bronceado y saludable delataba otra vida aparte, una casa en la sierra o en la playa donde se olvidaría de todos ellos, donde por fin se reiría y bebería con los amigos, donde tal vez hubiese una mujer a quien besar y contarle cómo le había ido el día en el hospital. En realidad no era tan viejo como parecía. Tenía la piel tersa y bastante viveza en los ojos. Era el pelo blanco y la sombra también blanca pegada al mentón lo que le convertía en un falso viejo. La falta de relieve musculoso, las manos pequeñas y las muñecas delicadas y flexibles indicaban que no se había distraído haciendo deporte y que salvo estas escapadas de fin de semana se dedicaba a su profesión en cuerpo y alma.

—Creo que mi mujer me oye y que escucha lo que se le dice y que reacciona en su mundo de sueños, que lo que siente aquí la lleva a hacer algo allí. Tal vez pudiésemos ayudarla a encontrar esos pasillos de los que me habló el primer día, que la traigan hasta aquí.

El doctor cabeceó como animando a hablar, pero sin afirmar.

—¿Quiere que le diga que sí, que yo también lo creo? —hizo una pausa. El cerco blanco de alrededor de la

189

boca se inmovilizó—. En Tucson han realizado un experimento por el que se ha descubierto que un cerebro profundamente dormido continúa asimilando información, sobre todo, información que tenga especial importancia para el que duerme. En nuestro caso necesitaríamos evidencias de que es así, no creencias ni suposiciones de alguien tan implicado emocionalmente como usted. Y en caso afirmativo tampoco estamos preparados ni sabríamos cómo entrar en el mundo que se esté creando en su cabeza.

Félix no dijo nada, ¿qué iba a decir?, si estas palabras parecían salidas de sí mismo. Por un instante se quedó con la mente en blanco. El doctor Romano logró sacar de su gesto serio e impenetrable otro más serio aún, que le hizo a Félix sentirse completamente perdido en el despacho provisto de un ordenador, libros de consulta en estanterías chapadas en nogal, medicamentos en un armario con puerta de cristal. Las persianas de gradulux de las ventanas estaban más altas de un lado que de otro, lo que indicaba que en estos despachos importaba más el contenido que la forma. A veces lo recibía en este despacho y a veces en otro. No estaban personalizados, ni los sanitarios tenían ningún interés en dejar su huella, aunque fuese mínimamente como los empleados de la aseguradora, que enseguida ponían pegatinas en su ordenador y en la mesa recuerdos traídos de las vacaciones.

—Sin embargo —dijo, sacando a Félix de la confusión en que se había sumido—, tengo algo que preguntarle. ¿Solía quedarse dormida Julia con frecuencia, más de lo normal?

Félix, concentrado en la persiana, subida de la parte izquierda y bajada en la derecha y no muy limpia, tuvo que reconocer que ahora que el doctor lo decía, desde que Tito nació, Julia se encontraba permanentemente fatigada, siempre tenía sueño. Caía dormida en cuanto se ponía a leer o a ver la televisión, también en el cine, y en la consulta del médico. La mayoría del trayecto de Madrid a Las Marinas había venido dormitando.

—¿A usted no le pareció extraño, no le preocupó? Por lo que dice su mujer podía estar sufriendo un episodio de narcolepsia, que quiere decir quedarse dormida involuntariamente.

El doctor no sabía a qué se dedicaba Félix. No sabía que su cerebro funcionaba fijándose en todo, pero que se había negado internamente a analizar a Julia. Y aunque se había dado cuenta de que su comportamiento había cambiado, lo achacó a debilidad y a la típica depresión posparto. El nacimiento de Tito la había agotado y además tenía que adaptarse a una nueva situación. De pronto, había venido al mundo un ser que dependía de ellos al cien por cien y Julia se encargaba de cuidarlo hasta que él llegaba del trabajo y ella se marchaba al suyo. Lo que ocurría hasta ese momento no podía saberlo, tal vez se quedase dormida y tal vez se pasara acostada más tiempo del que suponía. Decía que Tito daba mucho trabajo. Y, psicológicamente, si se pensaba en serio, esta responsabilidad podía llegar a desbordar. Tal vez todo unido había hecho que la situación superase las fuerzas de Julia.

—¿Consideró alguna vez la posibilidad de que no fuera feliz, de que se sintiese desgraciada?

A Félix nunca se le habría ocurrido que una pregunta semejante fuera científica, pero Romano era un científico y eso le bastaba.

—El mundo ha cambiado en poco tiempo, también nuestra forma de estudiarnos. Antes se creía que el cerebro era un órgano que no cambiaba y ahora todo lo contrario. Tendemos —dijo, leyendo el pensamiento de Félix— a abordar el análisis del cerebro y la mente de modo interdisciplinar. El cerebro es el que manda en nosotros. Envía señales al resto del cuerpo para que haga esto o lo otro y al mismo tiempo su funcionamiento está determinado por nuestras creencias, deseos, miedos. Nos hace como somos y a la vez podemos influir en él y modificarlo. Por eso hay que considerar todos los aspectos de la vida.

Entraba dentro de lo posible que Julia hubiese aspirado a algo mejor. Él fue el primer sorprendido cuando aceptó casarse, incluso antes, cuando aceptó tener una relación con él. Si era sincero, nunca llegó a tener la certeza de que estuviera enamorada, aunque tampoco era necesario estarlo absoluta y completamente hasta la obnubilación, porque había comprobado a través de bastantes casos investigados en la aseguradora que la obnubilación pasa dejando un gran rastro de decepción. Estaba convencido de que era más duradero amar un poco que demasiado.

—¿Tiene alguna explicación el amor? —preguntó Félix pensativo.

Romano no sonrió como sería de esperar porque detrás de la palabra amor y del romanticismo que entraña habría toda una operación neural de gran envergadura y no sólo un concepto poético y filosófico.

—El amor es una reacción química bastante curiosa. Sabemos que el esfuerzo de concentración que realiza el cerebro para desear a una persona, para singularizarla del resto de la humanidad y para enaltecerla no es comparable a nada. Prácticamente cuando se está bajo este efecto no se pueden poner los cinco sentidos en hacer otra cosa. Por eso cuando aparece, cuando hace acto de presencia, es reconocido inmediatamente. Es una de las pocas cosas de las que se tiene certeza, del amor.

A Romano le flojeó la voz porque Romano se había enamorado perdidamente alguna vez en su vida, y Félix hacía como que no le miraba para no incomodarle.

—El amor agota porque hace pasar al sujeto por emociones muy intensas en poco tiempo. Alegría, dolor, celos, éxtasis. Aunque es más doloroso no haberlo sentido nunca, ¿no le parece?

Félix asintió pensando con cierto orgullo que él sí había tenido ese sentimiento. Él sí se había enamorado de Julia y estaba seguro de que había sucedido porque Julia se metió en su cabeza y ya no salió. Desde entonces estaba allí, como el cerebelo, el hipotálamo o el lóbulo frontal. Y ahora le habían arrebatado a Julia y también ese sentimiento porque ya no la amaba de la misma forma que antes. Ahora la quería con impotencia y una gran pena.

Julia se conformó con compartir el piso de Félix hasta que ahorrasen para comprar uno más grande en el futuro. Lo bueno es que tenía bastante luz y Julia le dio un aire mucho más alegre al mandar pintarlo de colores suaves. Naranja para el salón, verde manzana para el cuarto de ellos dos y malva con unas grecas para el niño. Disfrutó decorando la casa a su manera, de eso no había duda. Pero probablemente se había quedado embarazada demasiado pronto. Pensó que como ya tenía veintiocho años no debía esperar más para no repetir la historia de su madre y que había llegado el momento de decidirse. Y puede que ahí radicara el problema, en que quizá tal momento no había venido de forma natural. Félix nada más aterrizar en casa se encargaba del niño, lo bañaba, hacía la cena y a veces llamaba a la vecina que les hacía de canguro y se iban al cine o salían con amigos, aunque era cierto que ella siempre se encontraba impaciente o ausente o somnolienta, no le interesaba nada de lo que se decía y quería regresar a casa lo antes posible. Había que pensar que era normal que le preocupara dejar a Tito en manos ajenas, ¿verdad, doctor?

El doctor meneó la cabeza dubitativo, la cuestión era complicada.

—Las evidencias apuntan a que se sentía más desgraciada que feliz y el ánimo afecta al estado general.

Ahora que Félix había comenzado, aunque fuese tímidamente, a analizar a Julia debía ser lo más objetivo posible aunque le doliese, de otra manera no podría ayudarla.

El doctor, entrelazando sobre el expediente sus pequeñas y ágiles manos, le dijo que nadie puede responsabilizarse al milímetro de la felicidad de otro.

—Son cosas que ocurren —dijo—. No se culpe. No podemos comportarnos con las personas que nos rodean como si se fuesen a morir dentro de cinco minutos porque entonces caeríamos en el paternalismo, la blandenguería, la concesión gratuita y no desarrollaríamos nuestra personalidad.

»Ciertas alteraciones profundas del sueño —continuó mientras Félix trataba de contemplar con nuevos ojos un posible nuevo escenario de su vida— pueden conducir a estados graves. El conocer qué produjo la alteración del sueño de Julia podría ayudar, aunque tampoco es seguro que saberlo pueda corregir el daño, sobre todo porque no sabríamos cómo. Se pudo tratar de un suceso traumático, de un desequilibrio nervioso, o simplemente de algo físico, hay veces en que las conexiones fallan sin que intervengan los estados de ánimo. Tenga en cuenta que aunque se ha avanzado mucho en las investigaciones sobre el cerebro aún estamos empezando. Puede que lleguemos a conocer su funcionamiento general, pero no lo que es capaz de hacer. La mente continúa siendo tan misteriosa como el universo que nos rodea.

El doctor se quedó un momento pensativo.

—Galaxias, cúmulos, nubes de hidrógeno, estrellas que colapsan —por primera vez le miró directamente a los ojos para tomar tierra—. Vamos poco a poco. Y el caso de su mujer es atípico. Atípico quiere decir que es algo nuevo para nosotros y que quizá el tratamiento que aplicamos no es el adecuado o es insuficiente. Le seré sincero, estamos haciendo lo básico en estos casos.

—¿Cómo describiría el estado de Julia?

—Diría que está sumida en un sueño del que no puede despertar. Sus ondas electromagnéticas se comportan como en los sueños. Las hay lentas y las propias de la fase REM. La diferencia está en que tiene menos movilidad. No se da la vuelta en la cama, ni saca por propia voluntad los brazos fuera de la sábana ni tampoco los mete, pero cada vez damos más crédito a la posibilidad de que existan esas respuestas a estímulos externos de que usted nos habla, como apretar la mano o mostrar gesto de enfado o de satisfacción, que se le acelere el ritmo cardiaco si sueña que está corriendo o que incluso sude si está en pleno esfuerzo. Si nos olvidamos de lo que sabemos y de lo que no sabemos son posibles muchas cosas. Si no me engaño, usted sabe distinguir perfectamente entre la fantasía y la realidad, algo mucho más infrecuente de lo que pueda creer. En un principio los datos nos dieron un coma. Pero ha habido cambios. Le seré sincero, no estamos seguros de si ha evolucionado a mejor o si nos precipitamos al dar por hecho que estaba peor. El problema es que nos resulta difícil manejar este sueño persistente. De lo único que podemos dar fe es de que está dormida.

Romano estaba contemplando las palmeras del jardín mientras hablaba de espaldas a Félix. No era un hombre a quien le gustase estar mirando a los ojos de su interlocutor. La presencia del otro le resultaba opresiva, pesada, excesiva y se buscaba sus artimañas para alejarle de sí lo más posible mientras hablaban. De vez en cuando giraba la cabeza hacia Félix para comprobar si todavía seguía ahí, hasta que se volvió del todo.

—Insisto en la conveniencia de trasladarla a Tucson. Seguramente ellos le darían un enfoque más apropiado.

Félix sin moverse de la silla rodante agachó la cabeza y la apoyó en las manos. ¿Dónde estaba Tucson? ¿Y qué clínica sería ésa? Una clínica blanca y silenciosa con médicos y enfermeras y enfermeros vestidos de blanco caminando entre sueños y pesadillas. Hasta hace un momento ésta habría sido una de esas historias que se ven en los documentales. Y, sin embargo, les estaba ocurriendo a ellos.

El doctor volvió a dirigirle una mirada que estaba en muchas partes a la vez.

—¿Y bien? ¿Qué le parece? Dadas las circunstancias, sería lo más sensato.

En la aseguradora se daban cursos a los empleados de cómo envolver, convencer y en definitiva crearle al posible cliente la urgencia, con datos y calculadora en mano, de protegerse del futuro, de lo desconocido, de asegurar algo que aún no existía, y por tanto en la venta entraba en juego el miedo, no un miedo terrorífico, sino fino, suave como una sombra pasajera. Así que sabía perfectamente que las ofertas había que aceptarlas o rechazarlas con la cabeza fría, no dejarse llevar por el pánico al vacío, ni por ninguna angustiosa necesidad de solucionar un problema que aún no existía. Y aunque ahora no se trataba de hacer una póliza de seguros ni de explotar ningún miedo inconcreto sino de devolverle la vida a Julia, la experiencia y la práctica le hicieron esperar en silencio a que la sorpresa perdiera fuerza y su mente se calmara.

—Si le preocupa el precio, podemos recurrir a ayudas.

Félix consideró oportuno continuar en silencio. Ahora era su mirada, y no la de Romano, la que vagaba por las estanterías y la que descubrió dos enormes volúmenes sobre arte completamente fuera del tono general de este sitio. El doctor por su parte se sentó por fin en la mesa ante él y su errática mirada buscó la errática mirada de Félix hasta que ambas coincidieron.

—Bien, pues si está de acuerdo iniciaré los trámites —dijo y pulsó una tecla del ordenador como si pensara ponerse manos a la obra en ese mismo instante.

Era el momento oportuno para que Félix se levantara.

—Me gustaría esperar un poco más —dijo.

—Esperar... ¿por qué? No tenemos indicios serios de que vaya a mejorar y sobre todo no sabemos por dónde tirar.

Félix no cayó en la tentación de insistirle en que sí había indicios de cambio a mejor, cierto que leves y efímeros, pero tan reales como que ellos dos estaban hablando en aquel despacho. En términos de realidad lo poco perceptible no existe menos que lo muy visible, son dos maneras diferentes de existir. En su actividad profesional había visto muchas veces cómo en algo sin importancia aparente se encontraba la clave de los acontecimientos.

La mano del doctor se alejó del ordenador contrariada.

—Ocho días más y si continúa igual veremos lo de Tucson. Piense que tal vez estemos perdiendo un tiempo precioso.

—Tal vez —dijo Félix—. Pero no podemos asegurarlo. Asumo la responsabilidad.

Romano se levantó, miró el reloj en su delicada muñeca más de lo esperable.

—Bueno, no nos precipitemos. Piénselo con calma y mañana hablamos. Ahora tengo otra visita.

Félix salió. Ocho días de prórroga. Recorrió el camino hacia la habitación perdiendo la fe en la recuperación de Julia. Un camino demasiado largo en que podían tenerse excesivos pensamientos negros. Un problema añadido a lo que le ocurría a su mujer es que se tratara de una enfermedad extraña, no tipificada y por ese lado inexistente, aunque existieran los efectos. Y era de temer que si los efectos no fuesen tan dramáticos ni siquiera la habrían ingresado en un hospital. ¿Una narcolepsia prolongada? ¿Una narcolepsia sin retorno? Una vez vio un documental sobre el tema en la televisión sin prestarle mucha atención, la verdad. Podía ser tantas cosas, incluso alguna que aún no le hubiera ocurrido a otra persona. ¿Cómo se le había podido escapar que Julia iba cayendo poco a poco en este estado? En el fondo había cometido la ingenuidad de creer que lo raro, lo que se sale fuera de lo normal, les ocurre a los otros, a los clientes de pólizas millonarias, a los vividores, a los estrafalarios y a los que tientan la suerte, a quienes se dejan ver por el ojo que debe de existir en alguna parte del universo buscando siempre una presa donde posar la vista y su amor o su ira. Y de alguna manera Julia con su pelo rojo y su alma había llamado la atención del ojo.

Cuando llegó a la 407 la luz de las once de la mañana entraba por la ventana aclarando el mundo real hasta los mínimos detalles. El suelo imitando mármol, el armario metálico bañado del azul del cielo y el tono ocre de las paredes. El deslumbrante pelo de Julia, que Angelita tanto cuidaba para que al despertar se lo encontrara como estaba acostumbrada a verlo, resultaba demasiado brillante y vivo, demasiado resplandeciente en torno a alguien inmóvil. Le habían quitado los puntos de la frente y en esa zona la carne estaba más rosa. Las costras de los arañazos de las manos se le iban cayendo. Parecía que una parte de Julia volvía a la normalidad mientras que la otra se quedaba atrás, paralizada.

Félix prefería la noche, las estrellas de la ventana y una cierta quietud más en armonía con el estado de Julia y con el suyo propio. Por el día, el ajetreo del pasillo, la entrada y salida constante de personal de la habitación, la claridad incitando a la actividad creaban un contraste tan fuerte con Julia siempre dormida que era difícil soportarlo. Entonces había momentos en que se producía la revelación de que no había nada que hacer. Uno se quedaba contemplando su figura estancada en el lago de luz y tenía la sensación de que sólo quedaba esperar que el sol colapsara y que todo acabara de una vez. ¿Y en Tucson? ¿Serían las cosas diferentes en la clínica blanca y silenciosa?

Pero las revelaciones nunca vienen solas. Caminó hacia la ventana bordeando la otra cama vacía con una capacidad sobrehumana para comprender las verdaderas intenciones del doctor Romano, que consistían ni más ni menos que en deshacerse de Julia. Para qué engañarse, era un caso perdido y Romano no sabía cómo quitárselo de encima. Félix comprendía la situación porque él mismo en su trabajo se encontraba en estos apuros, digamos que con más de una calle cortada. Pero incluso las calles cortadas ofrecen posibilidades. Puertas que se pueden forzar, ventanas a las que trepar por la fachada, tuberías por las que ascender al tejado. Era cuestión de no dejarse acobardar y fijarse bien en todo lo que hay, de no consentir que los nervios dejen pasar por alto algún detalle por insignificante que parezca.

Julia

Anduvieron de la puerta de la discoteca al parking observándose de reojo.

—¿Dónde está el coche? —preguntó Óscar mirando el cielo hacia la Osa Mayor.

Julia caminó unos pasos y se apoyó en el capó.

—No es nada del otro mundo —lo revisó con movimientos de mecánico—. Por lo menos, tiene cinco años.

—Tiene dos —dijo Julia.

—Como si tiene uno. No creo que te dé más de los tres mil euros que te dije.

Puso la pesada mano del reloj y el anillo en la ventanilla del conductor.

—¿Vamos?

—Hay un problema —contestó Julia—. No tiene apenas gasolina.

—Y no tienes dinero —añadió él—. Está bien. Iremos a la gasolinera y en cuanto el jefe te pague me lo devuelves.

—¿Y si no lo compra?

—Entonces tendrás que devolverlo de todas formas.

Julia le dejó conducir hasta la gasolinera. Mientras él comprobaba que se llenaba el depósito hasta la mitad, ella consideró la posibilidad de llevarlo ella hasta la casa, pero también pensó que si tenía las manos ocupadas con el volante estaría en inferioridad de condiciones. Fue un pensamiento repentino que tenía que ver con el hecho de que se estaban alejando del pueblo y se dirigía con un extraño a algún sitio que no conocía, lo que suponía un riesgo.

Pasaron el faro y subieron por una carretera llena de curvas bordeando el abismo que la montaña iba dejando abajo. Al principio Julia se agarraba con miedo al asiento y luego se dejó llevar. Necesitaba descansar un momento de tanto estar alerta. Lo único que podría suceder era que se precipitaran abajo, y entonces todo terminaría. Incluso de día daba la impresión de que los árboles, los coches y los chalés con sus pérgolas y sus piscinas bajaban rodando desde los montes que circundan la costa y que hacen que el mar sea más profundo aún.

Atravesaban la nada en una nave con los motores en silencio. El brazo de Óscar no era musculoso ni tenía nada especial y no se entendía por qué le gustaba ir enseñándolo. A Julia le molestó oír su voz preguntándole si estaba casada. Sus movimientos iban dirigidos a ponerle la mano en el muslo y preferiría asegurarse de no ser rechazado. Julia le dijo de mala gana que ya le había contado en el súper que no encontraba a su marido y a su hijo.

—¿Y eso es verdad? La gente que roba cuenta muchas mentiras para salirse con la suya.

De pronto se abrió un hueco de luz amarillenta en la oscuridad, que se iba agrandando según se acercaban a él. Óscar pulsó un pequeño mando a distancia, y unas verjas se abrieron. Los faros del coche trazaron una semicircunferencia sobre plantas olorosas. Abrió la puerta de entrada y pasaron a un enorme salón separado del universo por una larga pared de cristal.

—Vendrá ahora. Me dijo que le esperásemos. Tenía un asunto que atender en La Felicidad. ¿Quieres tomar algo?

—No creo que alguien con esta casa necesite mi coche.

—Es su negocio. Exportar, importar. Ya sabes. A veces hace cosas por capricho.

Óscar se sirvió una ginebra azul y se recostó en un sillón cuadrado de piel blanca con las piernas abiertas en plan cómodo, pero la realidad era que no pegaba con el salón. La casa debía de costar como mínimo treinta o cuarenta millones de euros y tenía la sensación de haberla visto antes. Desde luego no recordaba haber estado nunca en ésta o en otra igual, pero más o menos sabía dónde se encontraban los dormitorios. Se dirigió sin titubear al baño de invitados. Puede que fuera una de esas casas particulares que salen en las revistas. Las paredes estaban cubiertas con cerámica antigua y el lavabo era de cristal grueso, sobre el que había una planta verde. Se estaba bien allí.

Al salir, le dijo a Óscar que haría tiempo dando una vuelta por el jardín y le pidió un cigarrillo para fumárselo bajo la luna.

—No te pierdas por ahí —le dijo él alargándole el cigarrillo ya encendido—, y entierra la colilla.

Julia no fumó hasta que estuvo fuera, entonces absorbió una gran bocanada que le llenó la garganta, el pecho y la cabeza de humo, aunque le desagradó notar el filtro húmedo de la saliva de Óscar. Óscar lo había chupado demasiado pensando quizá que a ella le gustaría. No era lo que se dice fumadora, ni se acordaba de fumar por lo general, pero ahora le venía bien esta pequeña barrera entre el universo y ella, entre el jardín y ella, incluso se había mareado un poco probablemente por fumar con el estómago vacío. Había comprobado que tenía el estómago más sensible que el resto de la gente y que no podía seguir su ritmo, pero ahora le daba igual.

Por mucho que se internase entre árboles y flores nunca llegaba a una valla, a un límite del jardín. Todo en esta casa era de dimensiones olímpicas. El mantenimiento de tanto terreno debía de costar otra fortuna. Sería muy bonito que Tito creciese en un jardín así, seguramente se le podría construir una casita en un árbol, por supuesto un árbol sólido y fuerte. Un niño debería tener todas las cosas que ya no se pueden disfrutar de mayores. Fue hacia la piscina, que parecía fundirse con el mar. Abajo sonaban las olas, en la oscuridad más absoluta. Sin embargo, debajo del agua iluminada y transparente había letras que no podía leer por mucho que lo intentase. Las letras ondeaban como peces. Se preguntó si pondría Marcus.

—Báñate si quieres —dijo una voz a su espalda que le resultaba conocida. Más aún, sabía de quién era. Se volvió—. Hola —dijo él con las manos metidas en los bolsillos de la chaqueta.

Era una chaqueta ligera de lino que se había puesto sobre la camisa que llevaba en la discoteca.

—No me digas que eres el dueño de La Felicidad... y de esta casa.

—Y que tú eres la que quiere vender un coche.

Parecía que de pronto todo encajaba. En medio de su jardín Marcus resultaba aún mejor que entre las sombras del local. Las ráfagas ondulantes que desprendía la piscina le aclararon los ojos. Era muy difícil saber qué pensaba este hombre, no porque fuera inexpresivo sino porque sus pensamientos eran completamente extraños para ella. Julia dirigió la vista hacia la casa.

—¿No tienes familia?

Durante un interminable instante pareció que no iba a contestar, como si hubiese pensado, ¿a ti qué te importa?, pero luego, para alivio de Julia, cambió de opinión.

—Ahora estoy solo.

—Yo también estoy sola ahora —dijo Julia sin necesidad puesto que él no le había preguntado. Desde que vivía con Félix había comprendido la importancia de saber retener y controlar la información por banal que fuera. Por la boca muere el pez, se dijo.

Marcus le prestó más atención. Una atención que la intimidó. Lo más probable era que acabasen en la cama. Claro que... podría irse ahora mismo, poner alguna excusa y marcharse, pero ¿adónde? Al menos esto era algo.

Marcus echó a andar hacia las cristaleras. Óscar los miraba desde dentro con el vaso en la mano del anillo.

—Tendremos que ver ese coche —dijo Marcus con una voz inesperadamente cálida.

Queriendo o sin querer, transmitía la idea de que ella le interesaba. Julia sabía que no era una belleza que encajara en la imagen que uno se hacía de Marcus: un hombre de mundo, un hombre de la noche, dueño de una discoteca muy concurrida de la costa. Al lado de alguien así se esperaba ver a una modelo, a una mujer despampanante, aunque Julia tenía la ventaja de ser atípica, un poco extraña. Siempre que le había gustado a un chico le había dicho que le gustaba porque era diferente.

Al salón no se podía entrar directamente por las cristaleras. Había que bordearlas y hacerlo por una puerta lateral. Cuando llegaron, Óscar se había ido. Había dejado el vaso con dos dedos de líquido y la rodaja de limón en la barra del bar años sesenta, que ocupaba una esquina del salón.

—¿Cuánto te ha dicho que pienso darte por el coche?

—Cinco mil —dijo Julia rápidamente subiendo la cifra que le había dado Óscar.

Marcus casi sonrió, tal vez sabía que le estaba engañando. Y Julia pensó que hay personas que es mejor que no se te crucen en el camino porque poseen demasiado poder natural sobre los demás. Marcus por lo menos lo tenía sobre Óscar y sobre ella. Óscar le obedecía y, de alguna manera que a ella se le había escapado, había recibido la orden de marcharse, de dejarles solos. Marcus se colocó detrás de la barra del bar, pero no recogió el vaso de Óscar. Sólo tuvo que meter la mano debajo para sacar una botella de cerveza helada. Julia se acercó con sus viejas zapatillas, que sobre el suelo de mármol blanco y negro parecían aún más viejas, y Marcus, sin preguntarle, sacó otra cerveza como la suya, que era exactamente lo que a Julia le apetecía beber.

—¿Ese color de pelo es tuyo? —le preguntó tendiéndole la botella.

Julia asintió llevándosela a la boca. Los labios notaron el frescor.

Esta situación tan placentera, esta increíble aventura no debería producirse en un momento destinado a buscar a su marido y a su hijo porque lo más seguro es que fuese a tener remordimientos durante el resto de su vida por haberse sentido tan bien y por dejarse llevar.

Marcus sentado en un taburete con pie de acero la miraba por partes y no de una manera completamente frontal. Parecía estar decidiendo si Julia acababa de interesarle o no.

—Bueno, ¿qué me dices? ¿Te apetece darte un baño? Tienes la piscina para ti sola. En la caseta hay toallas.

—Llevo todo el día de acá para allá y me gustaría ducharme con gel, champú, ya sabes.

A Marcus le pareció bien la idea. Dijo que usara el primer cuarto de baño que encontrara y que mientras tanto él iría a probar el coche.

Julia no supo decidir con rapidez porque tenía muy pocas opciones a las que agarrarse. Podría decirle que irían los dos a verlo, o sacarse, como se sacó, las llaves del bolsillo y entregárselas sin más historias porque lo contrario habría sido ridículo por mucho que para ella significase tanto la única posesión que tenía. Así que le tendió las llaves y subió las escaleras también de mármol en busca de un cuarto de baño.

Fue abriendo puertas de dormitorios grandes y pequeños. Había dos cuartos para niños, uno pintado en malva y otro en azul. ¿Niños? Un pequeño pensamiento de extrañeza se quedó revoloteando. Pero no era momento de dudas. Debía actuar y seguir andando y ducharse tal como había proyectado. Él estaría examinando el coche y volvería pronto. Se metió en el baño del dormitorio más amplio y lujoso que encontró y que por tanto debía de ser el que usaba Marcus. Había un sistema de luces fantástico, pero el estilo era un tanto clásico, con cobertor y cortinas de raso color salmón y butacas a juego. En el cuarto de baño dominaba el mármol rosáceo y los remates y agarradores de bronce. Sobre una balda de cristal había frascos de Chanel n.º 5 como si, quienquiera que fuese, temiese que se le acabaran. Todo indicaba que se había metido en el cuarto de baño equivocado. Después de ducharse, se puso cremas que había dentro de los armarios de las marcas más caras. Y antes de vestirse, con el pelo enrollado en una toalla, haciendo tiempo para que la piel absorbiese las cremas, dio un lento paseo por la habitación, revisando los armarios.

La ropa de hombre correspondía a alguien más cuadrado literalmente hablando que Marcus aunque no mucho más alto. Las ropas de la mujer eran muy elegantes y muy clásicas. Uno se imaginaba con ellas a una mujer madura y rica, con mucha vida social. Quizá fuese una habitación destinada a los padres de Marcus, que pasarían aquí temporadas. Se frotó enérgicamente el pelo con la toalla y se lo peinó con los dedos. Entre el vaho del espejo del baño empezaron a aparecer los rizos rojos cada vez más brillantes según se iban secando. El que le gustasen a Marcus hacía que se volvieran deslumbrantes.

Oyó ruidos de coche, motor, puertas. Dio por hecho que Marcus había probado el Audi. También dio por hecho que Óscar podría haber regresado. Esperaba que no, esperaba estar a solas con Marcus. Los dos en aquella casa al borde de un acantilado una noche. ¿Qué era una noche en toda una vida? Su objetivo hacía un rato había consistido en ducharse. Ahora lo sería tener un romance con Marcus, o por lo menos dormir en una cama con sábanas limpias. Descansaría tan bien esta noche que mañana puede que encontrase por fin el apartamento. Los pantalones arrugados y la blusa esperaban estirados sobre la cama. No le apetecía volver a ponerse la misma ropa interior, así que se puso sólo los pantalones y frotó la blusa con el espumoso gel de la ducha, la aclaró, la estiró cuan-

to pudo, cogió una percha del armario y la colgó en la bañera. Luego buscó algo que le sirviera para la parte de arriba. Le gustaban más las camisas gigantes del supuesto padre de Marcus que los blusones caros de la madre, pero
eran demasiado grandes, así que optó por un pañuelo de
seda con grandes arabescos en blanco y negro y se lo enrolló alrededor del pecho. Le quedaba perfecto. Esperaba
que no le importase a Marcus que lo hubiese cogido. Ya
estaría abajo. ¿Qué haría? ¿Contemplando su hermoso jardín mientras pensaba?, ¿mirando sin pensar?, ¿hablando
por teléfono?, ¿viendo la televisión?, ¿leyendo el periódi-
co? ¿Qué hace la gente cuando está en su casa? ¿Qué hace
entre sus cuatro paredes por majestuosas que sean? ¿Qué
haría ella de vivir allí con él?

Anduvo descalza hacia la escalera sobre baldosas
frías. La sensación era muy agradable. Había descansado
con la ducha. Antes de llegar al hueco de la escalera, la detuvieron unas voces. Era algo inesperado que rompía el
plan que había ido armando en la cabeza. Se asomó con
precaución. Ninguna de las voces era la de Marcus y tuvo
que bajar unos escalones para poder verlos junto a la chimenea. Eran un hombre y una mujer, a los que, de ser los
padres de Marcus, no quería presentarse sola y de sopetón.
Estaban diciendo que Óscar era un descuidado y que no
volverían a dejarle la llave.

—No cuida bien el jardín y encima ha cerrado
mal la puerta.

—Y la verja. La verja estaba abierta —dijo él.

—Tendremos que cambiar las cerraduras —dijo
ella—. Ya no me fío. Ha podido hacer copia de las llaves.

—Tendré que mirar en la caja —dijo él—, aunque lo que hay de valor está a la vista, los muebles, los
electrodomésticos, los cuadros. Y parece que está todo.

Julia no podía apartar los ojos del supuesto padre
de Marcus, le resultaba conocido. Tenía rasgos campesi-
nos, pelo oscuro y porte aristocrático. Juraría que lo había

visto antes. El bronceado de su ancha cara y sus anchos brazos y manos resultaba más natural que el de su mujer. Parecía que el sol se le había pegado cazando o a base de fuertes sacudidas de viento marino. Llevaba unos vaqueros muy planchados y una de las camisas del armario, azul oscuro como el cielo del jardín.

—No creo que llegase a tanto. De todos modos, no me gusta que haya entrado en la casa. Todo lo que necesita está en la caseta del jardín, tendrá una explica...

—Desde luego —siguió él—. No vamos a hacer un mundo de esto.

—¡Alberto! ¡Mira! —se indignó ella, oliendo el vaso del mostrador—. Se ha tomado un gin-tonic ¡y dos cervezas!

—Entonces ésa es la explicación. Ha entrado en casa porque tenía sed.

—O ha querido impresionar a alguna chica. Ha podido traerla aquí y hacerle creer que él vivía aquí.

Ella llevaba un elegante conjunto de lino blanco, y él la llamaba Sasa. Pantalones amplios y camisa de manga corta con aberturas a los lados. Era igual de alta que él, por lo que con tacones le sacaría la frente. De joven debió de tener un cuerpo estupendo. Los dos habían sido muy fuertes. Ella era rubia, aunque de un rubio machacado por unas infinitas vacaciones al sol.

El comentario de la supuesta madre de Marcus le hizo recordar a él algo grato.

—De joven se hacen muchas tonterías. Seguro que se trata de una chica. Lo pasaremos por esta vez... Yo también lo habría hecho.

Sasa se descalzó, luego se quitó los pantalones y al final se quedó desnuda. A ella sí que sabía dónde la había visto con un traje blanco parecido al que se acababa de quitar. Fue en el baño del restaurante Los Gavilanes cuando intentaba secar las bragas con el secador de manos. Tenía una gran desenvoltura andando desnuda y se pasaba las manos con satisfacción por los gruesos muslos y la barriga un poco caída. Julia reaccionó apartando la vista, pero enseguida la devolvió al salón. No le apetecía ver lo que estaba viendo. La intimidad de los demás por buena que fuera le incomodaba y le desagradaba, pero por su propia seguridad no tenía más remedio que saber.

—¿Sabes lo que voy a hacer? Voy a darme un baño ahora mismo.

—Bien, puede que te haga compañía dentro de un rato, pero primero voy a seguir el ejemplo de Óscar y me serviré un whisky —dijo él junto al bar años sesenta.

¿Por qué no mencionaban a Marcus? ¿Por qué?, ¿por qué? Era incomprensible que no se les pasara por la cabeza que Marcus pudiera haber estado aquí. Hasta que no asomase por la puerta, Julia no se atrevía a bajar la escalera. Si lo hacía, podrían pensar que era una intrusa y nada de lo que dijera sonaría convincente mientras no estuviera presente Marcus. Puesto que no habían hablado de la presencia del Audi, era de suponer que Marcus estaría dando una vuelta con él. Anduvo sigilosamente hacia el dormitorio, porque en cuanto la dueña regresara de bañarse subiría a ducharse, a untarse sus excelentes cremas y a vestirse con las sedas del armario. De no haber estado descalza Julia, tendría que haberse descalzado para no hacer ningún ruido y temió que las puertas chirriaran al abrirlas, falsa alarma, porque allí todo funcionaba a la perfección. Recogió la ropa que había lavado y las zapatillas, colocó en el armario la percha en que había colgado a secar la blusa y se metió en la habitación más alejada de la grande, en la malva.

Estaban cerradas las contraventanas y no podía ver nada del jardín. Se tumbó en la cama a esperar. Estaba cansada y le gustaría tomar algo de fruta. De alguna parte venía olor a naranja, papaya, melón. Era raro que en una mansión como ésta no hubiera empleados atendiéndola. Habrían sido testigos de cómo había llegado Julia hasta allí, y todo sería más fácil. ¡Qué situación tan embarazosa! Sentía una tremenda irritación hacia Óscar, hacia Marcus y hacia sí misma. Esto le ocurría por desviarse de su verdadero propósito. Marcus no llegaba, la ninfa de la piscina no entraba, el marido estaría saboreando su whisky tumbado en el sofá sin hacer ningún ruido. Del techo comenzó a bajar un aire helado. Debían de haber encendido la refrigeración. Se envolvió en la fina colcha de algodón que cubría la cama y cerró los ojos.

Félix

Angelita con las zapatillas de cáñamo parecía mucho más ligera. Había logrado convencerla para que se las comprara la única vez que fueron los tres juntos al supermercado, y así desdramatizar su imagen subiendo y bajando los dieciocho peldaños del apartamento con Tito en brazos. Lo que son las cosas, cuando alquilaron el apartamento Julia y él pensaron que habían tenido una gran suerte por conseguir el último y que así nadie les molestara. Ahora suponía un obstáculo y estarían mejor en una planta baja, pero las plantas bajas a estas alturas estaban todas ocupadas. Las plantas bajas las alquilaban de un año para otro porque la gente, y él lo sabía de buena tinta, es más previsora de lo que se piensa y gracias a la necesidad de prever lo que se hará dentro de una semana o de un año y de protegerse de lo que pueda ocurrirle en el futuro, en un tiempo que aún no existe, prosperaban las compañías de seguros como la suya. Al menos se había vencido el otro gran obstáculo, los tacones de Angelita.

Diariamente Félix pasaba la noche en el hospital y se marchaba por la mañana después de la visita de los médicos a buscar a su suegra al apartamento para que lo sustituyera. Y a su regreso por la tarde le daba tiempo de hacer con sus frágiles muñecas una cantidad increíble de cosas y de pasear a su nieto por la urbanización hasta la hora de la cena. La situación era trágica por dentro, sin embargo por fuera el aire era azul y se oían los gritos de los niños y los pájaros. La tragedia ocurría en un mundo feliz. Y a no ser que se fuese clarividente nadie podía saber por lo que estaban pasando.

Angelita también se había puesto una falda amplia de aire hippie, que Félix supuso que habría encontrado en alguna tienda cercana a la playa, de esas en que además de periódicos y revistas se amontonan chanclas, grandes toallas con motivos playeros, bronceadores, camisetas y pantalones y faldas de algodón. Otro cambio que hizo fue cortarse el pelo y teñirlo de rubio, un rubio amarillento como la paja mojada. Ahora parecía una joven que hubiese envejecido de repente sin tiempo para adaptarse a su edad.

—Me han teñido a la fuerza —dijo Angelita ante la cara de sorpresa de Félix, que acababa de regresar del hospital después de pasar una noche de perros.

—Han hecho bien, porque lleves canas Julia no va a despertar.

—Mi hija ha tenido mucha suerte al encontrar un hombre como tú. Ojalá pueda enterarse —dijo contemplándole con una intensidad que le ruborizó.

Mientras esta nueva Angelita preparaba café en una cafetera que Félix no había visto antes, pensó que él estaba tan cansado y Angelita había rejuvenecido tanto que bien podría marcharse en un taxi en lugar de llevarla él al hospital. Así que llamó a la parada de taxis del pueblo y dio la dirección. Tenían que recoger a una señora.

—Perdone —dijo la voz del hombre que estaba tomando nota—. ¿Cómo está su esposa?

Se hizo un silencio. Félix se encontraba demasiado cansado para pensar con rapidez.

—He reconocido su número, soy el taxista que le llevó al hospital con el niño hace ya cuatro o cinco noches.

Eran cuatro noches. ¿Cuatro noches? De eso hacía mil años. Ahora el mundo era otro, la vida era otra y el taxista ya no podía ayudarle.

—Sigue en el hospital —dijo Félix—. Perdone, me ha sorprendido volver a hablar con usted.

—Bueno, hoy me ha tocado a mí centralizar las llamadas y distribuir los taxis. He pensado algunas veces en usted, en cómo le irían las cosas. Ahora mismo mando uno.

—No sé si entonces le di las gracias. Estaba desbordado —Félix notó que la voz empezaba a salirle a trompicones y se detuvo.

—Me las dio, no se preocupe.

—Aún estoy desbordado —dijo Félix mientras se hundía en un torrente de lástima hacia sí mismo.

—Ya, bueno, las cosas vienen cuando uno menos las espera. Pero ni lo malo dura eternamente. Voy a poner en marcha el taxi.

Se sabe que las situaciones no duran eternamente cuando ya han terminado, mientras tanto, duran eternamente. ¿Cómo podía saber Félix que ésta no iba a durar toda la vida?

—Sí, además con el problema siempre viene la solución —dijo Félix sin mucha convicción, una frase en la que antaño había creído bastante, pero que en la situación actual perdía fuerza.

Luego cerró la lengüeta del móvil y señaló con él hacia la puerta.

—Viene un taxi a buscarte.

Su suegra le puso el café y le preguntó si no iba a comer nada más. Félix se limitó a negar con la cabeza y ella, con una agilidad impensable unos días antes, cogió el bolso y salió.

Habría preferido dormir en la playa abrasándose bajo el sol, pero tenía miedo de embarcarse en un sueño profundo y dejar solo a Tito. No quería repetir la angustiosa experiencia con Sandra. Así que puso el despertador para la hora de comer. En el fondo nunca había dormido tanto, o mejor dicho, nunca había querido dormir tanto. Dormir era olvidar, vivir otra vida en que también se está a ratos. Colocó a Tito en la cama grande, se tumbó junto a él y lo abarcó con el brazo. Estaba seguro de que a pesar de que no fuese su hora de dormir le entraría sueño y dormiría un poco. Olía a colonia suave en exceso. A Angelita se le iba la mano con la colonia, con la sal y con el azúcar y aunque a veces había estado a punto de llamarle la atención sobre este punto, no iba a hacerlo porque no era momento de fijarse en pequeñeces frente al ritmo de trabajo que llevaba. Su comportamiento era admirable.

Cerró los ojos. Por la ventana entraba una ligera brisa. El sol llegaba hasta la caja de conchas, que algún niño había hecho y olvidado en la estantería. Ese hipotético niño o niña tal vez se acordase de la caja alguna vez o puede que no. Si Félix no había entendido mal al doctor Romano, hay muchos tipos de memoria y cada memoria depende de una parte diferente del cerebro y cada memoria se desarrolla en etapas distintas de la vida.

Era difícil saber por qué conexiones el niño se acordaría de la caja en un momento determinado. Se preguntó si el recuerdo se podría inducir. Todo dependería del afecto que uniera aquel niño al recuerdo. Y además, el sueño entre otras cosas influye en la manera en que se recuerda. Así que en el caso de Julia probablemente el sueño le haría fijar recuerdos con los que luego a su vez soñaría.

Tapó con la sábana a Tito y aunque no lloraba le puso el chupete para mayor seguridad, algo probablemente mal hecho y comprobó que había puesto el despertador. La mente necesita saber que tiene unas obligaciones que cumplir.

Se despertó a las dos horas. Vio cómo Tito abría los ojos lentamente, no tanto por la alarma del reloj como porque había cesado de sentir la profunda respiración de su padre dormido. Seguramente Félix había tenido un sueño tranquilo, acompasado, que lo había hundido tan intensamente en el mundo guardado dentro de él, que no lograba recordar nada. No se reparaba en ello, no se le daba importancia, pero ahora cada vez que caía dormido y se despertaba tenía presente que se trataba de una experiencia extraordinaria, en que se pasaba de una vida a otra. Y había un momento de transición mínimo en que se estaba en los dos mundos, aunque ese tiempo era considerado mínimo visto desde la vigilia porque en la ensoñación el tiempo no tenía la misma medida. Daba la impresión de que se podían vivir muchas cosas en menos tiempo que en el tiempo real.

Se detectaba por la respiración y el movimiento de los ojos que Julia pasaba por todas las etapas. Y se sabía que estaba en la fase REM porque los ojos se le movían rápidamente a derecha e izquierda y arriba y abajo. El doctor le había dicho que era la más apropiada para enviarle señales del mundo exterior, para hablarle, para tocarla y tratar de crear en su mente sensaciones que la llevasen a pensar en la vida real. Lo que ocurría era que al soñar no se sabe que lo que se sueña no es real, se descubre al despertar. Seguramente la necesidad de dormir lleva y trae a la humanidad por mundos en los que también se sigue viviendo, aunque al despertar mucho de lo soñado se olvida porque quizá no podríamos soportar vivir tantas vidas al mismo tiempo. Era reconfortante que todo el tiempo que Julia permaneciera en este estado no fuese tiempo perdido si continuaba existiendo en alguno de sus mundos.

Puede que la ciencia ya supiese cómo manipular los sueños, sin embargo, él tenía serias dudas de si no sería perverso tratar de jugar con los estados de ánimo de Julia y con sus visiones por más que sólo se desenvolviesen en la mente, pero es que en su mente estaba toda su realidad. La pregunta era si se podía entrar en su vida dormida. La pregunta era si no estaría también él dormido y fuera habría seres despiertos observándole.

Tito empezó a llorar de forma intermitente. Se aburría. Estaría harto de no hacer nada. Sólo mirar y mirar viendo a veces lo mismo durante horas, también moviendo brazos y piernas sin objeto, intentando atrapar algo invisible e ir hacia algún lado inalcanzable para él. Sería desesperante. Si se pensaba bien, Tito parecía desesperado por no poder hacer nada de lo que quería hacer, por no poder hablar ni salir corriendo. Todo le costaba un esfuerzo del que más valía no ser consciente. Y por mucho que lo intentaran los que lo rodeaban no podían comprender qué sentía cuando lloraba sin tener hambre ni dolerle nada porque ellos mismos no eran capaces de recordarlo. Cada uno vive a su manera, en el mundo que le ha tocado, también Julia estaba viviendo a su manera, sumida en un sueño que duraba más de lo normal. No había que perder de vista este hecho.

Félix sacó de un frasco de cristal, tal como recordaba vagamente que le había explicado Angelita, la cantidad que más o menos se comería Tito. La calentó en un cazo y cuando Tito ya no podía más de irritación y se estaba precipitando en un llanto sin freno, estaba lista la comida.

Primero la probó él con la punta de la lengua para comprobar que no quemase y a continuación se embarcó en una serie de acciones mecánicas en las que ya no tenía que pensar, y por tanto podía seguir dándole vueltas a la situación de Julia. En realidad, todo lo que sentía estaba relacionado con esto, incluso en la siesta había soñado con ella. La había visto en la playa, lo malo era que no lograba recordar el cuadro completo y todo porque al despertar se había dado la vuelta en la cama en lugar de quedarse quieto. Tenía comprobado que para que el sueño no se desvanezca es imprescindible no cambiar de postura al despertar. Había que repasarlo sin moverse, memorizarlo con todos los detalles posibles. Y tuviera o no sentido el sueño, por un tiempo ahí estaba, colgado como un cuadro raro en la memoria.

En el sueño de la siesta, la playa aparecía muy apagada y gris, y Julia y él corrían huyendo de algo o yendo a alguna parte, pero desde luego no corrían por placer y en un momento determinado él la cargaba sobre su espalda, y lo más raro era que aunque era él, no era él. El personaje del sueño llevaba una camisa de cuadros grandes de tonos tostados y era más moreno y más fuerte, un prototipo perfeccionado de sí mismo. En el sueño sabían exactamente lo que hacían. Conocían el peligro, sabían dónde iban, se desarrollaba una historia tensa y dramática de la que nada más quedaba una imagen. Y aunque no fuera real, él la había vivido como tal. Durante un minuto, una hora o mucho más del tiempo relativo de los sueños había vuelto a estar con Julia. Romano le había informado de que podemos soñar unas dos horas. Si era así, de ese sueño él sólo había retenido unos segundos o minutos y no quería olvidarlos porque en estas circunstancias era mucho.

Aún quedaba un rato hasta que llegase Angelita y necesitaba recargar las pilas en el mar. Por lo menos sentarse en la arena y que la brisa hiciera su trabajo.

Llevaba a Tito en la silla. Le había abierto la sombrilla y le había puesto la gorra. En la bolsa iban dos biberones con agua y zumo. Él llevaba el bañador hasta las rodillas y una camisa. Al pasar por la piscina vio a un grupo de chicas, y una se le quedó mirando. Era Sandra. Félix se detuvo y se puso la mano en plan visera para verla mejor. Ella permaneció indecisa un segundo hasta que se levantó y fue hacia él andando despacio, tomándose tiempo para sopesar la situación o simplemente con desgana. Piernas y brazos largos y lentos acostumbrados a no cambiar en mucho rato de posición. Era una chica fuerte y generosa a la que no hería fácilmente la vida porque comprendía a los demás, y ya no la odiaba por la angustia que le había hecho pasar.

—Hola, Sandra.

—Hola —contestó ella colocándole bien la gorra a Tito.

Tito rió contento.

—Siento lo de ayer —dijo Félix—. Exageré un poco.

Sandra no dijo nada, seguramente aún no comprendía bien qué había ocurrido, qué había hecho mal, pero tampoco sentía mucho interés en profundizar.

—¿Quieres cuidar de Tito mientras me baño? En la bolsa están los biberones y procura que no le dé el sol.

—Descuida —dijo alzándolo de la silla.

Félix cruzó lo que le quedaba hasta la puerta de la urbanización y luego lo que quedaba hasta la playa y después la arena a paso muy ligero. No podía evitar la sensación de estar vivo y de poder correr si quería. Llegó a la orilla con las plantas de los pies abrasadas. Debía confiar en Sandra, en su suegra, en los médicos, en las enfermeras, era necesario confiar en la gente si uno no quería volverse loco. Los demás no tenían por qué equivocarse más que uno mismo. Su problema era que su trabajo le había adiestrado a desconfiar técnicamente de todo el mundo. Tenía comprobado que hasta el mejor hijo de vecino se callaba algo y no decía toda la verdad, otros mentían y tergiversaban los hechos descaradamente. Se engañaba, se robaba, se abusaba de los demás y se mataba, según el límite que uno se marcase.

Se metió en el agua esmeralda y buceó un rato con los ojos abiertos, viendo las culebras que formaba el sol en la arena del fondo. El calor desapareció de golpe. Las ideas también se refrescaron, se liberaron. Mientras él estuviera vivo y fuera capaz de pensar, Julia estaría en todos los sitios donde estuviera él porque la llevaba en su pensamiento, y si este pensamiento era agradable como ahora, la Julia de su pensamiento lo sentiría así. Si era posible la teoría de Romano de que el cerebro emitiese ondas que se expanden por el aire a una frecuencia que sólo otros cerebros pueden captar de manera inconsciente, también la Julia del hospital sentiría la sensación agradable que Félix estaba sintiendo, del mismo modo que él notaba cuándo las cosas no iban bien, como la noche en que desapareció Julia. En cambio, en este momento, percibía tranquilidad, una gran tranquilidad, por lo que era imposible que estuviese ocurriendo nada malo en su universo de frecuencias.

Salió del mar despacio y con los ojos más abiertos que al entrar, como si fuera un ser de las profundidades que se aventuraba a pisar la tierra por primera vez.

En esta ocasión se encontró la camisa y las chanclas en la arena, donde las había dejado.

Volvió a abrasarse los pies de regreso a la piscina. Aunque en la primera ojeada no vio ninguna silla con un niño dentro ni a ninguna Sandra, no se preocupó. De pie, en el borde, oteando los alrededores, calculó qué hora podría ser. No querría darle la impresión a Angelita de que se hacía el remolón, de que el capitán de este barco había perdido la fe en sí mismo. Y precisamente cuando pensaba en la palabra barco oyó la voz de su suegra a su espalda, ¡Félix!

Se giró y la vio.

Estaba bajo una palmera con Tito y Sandra. No se había equivocado, el mundo funcionaba según lo previsto casi todo el tiempo, menos algunos trágicos segundos. Angelita tenía las piernas recogidas debajo de la falda hippie de color naranja extendida sobre el césped. Tito estaba en su regazo agarrando con una fuerza desproporcionada a su tamaño una cadena que colgaba del cuello de su abuela, lo que la obligaba a echarse hacia delante y hablar de medio lado.

—He pensado que sería una tontería que hicieras dos viajes. El autobús me deja a doscientos metros.

—Entonces, me voy para allá —dijo Félix mientras se sentía observado por Sandra. ¿Conocería ya el drama en que su familia estaba hundida?

Avanzó un metro hacia el pasadizo que llevaba al apartamento y desde allí llamó a su suegra. Angelita alzó la vista y pareció comprender que quería decirle algo en privado. Le pasó el niño a Sandra y se levantó apoyándose en el tronco de la palmera. Viéndola ahora mismo andar hacia él, le pareció que había rejuvenecido diez años, tal vez veinte. Ya no tenía la voz fatigada de antes.

Se miraron con complicidad. A Angelita el sol le arrancaba pequeñas lágrimas.

—Ese hombre —como Angelita solía llamar a Abel— se ha quedado con ella, y no estoy tranquila.

Félix iba a decirle que no estaban en situación de andar desconfiando de la gente que se brindaba a ayudarles porque seguramente no existía nadie de quien uno pudiera fiarse al cien por cien. Y que en todo caso no tenían otra opción.

—Hoy se ha quejado. Ha hecho un ruido y ha contraído la cara y ha cerrado más los ojos, como si algo le doliera.

—¿No habrá sido al lavarla o al peinarla?

Angelita se quedó pensativa.

—No, hacía ya mucho que la había peinado. En ese momento nadie la tocaba... ni se le hablaba a ella directamente. Ese hombre estuvo hablando de palacios y mansiones, de cuánto costaban los muebles, los cuadros, los jardines. Sabe mucho de eso.

Angelita tenía una gran tendencia a desviarse de lo importante. Desde la palmera Sandra no les quitaba ojo intrigada, como si supiera o sospechara algo, lo que le hacía sentirse incómodo.

—Ya, ¿y nada más?

—Nada más. Ese hombre se marchó y me quedé al lado de Julia mirándola y pidiéndole a Dios que se despertase y que todo fuese como antes cuando dijo algo como ¡ay!, y arrugó la cara, ya sabes, igual que si se hubiera pinchado un dedo.

Angelita se pasó las manos por los empequeñecidos ojos. Le lloraban involuntariamente con frecuencia, como si la válvula de las lágrimas se hubiese pasado de rosca.

Con la última mirada huidiza de Sandra tuvo claro que conocía la situación de Julia. Félix se acababa de convertir en alguien por quien se siente pena.

Julia

Cuando abrió los ojos, no sabía dónde estaba ni qué hora era. Fueron unos segundos de desconcierto. Todas las luces estaban apagadas y el silencio habría sido total a no ser por una respiración animal muy profunda que parecía venir de todos los lados de la casa. Sería la respiración de aquel hombre con pulmones agrandados por los deportes al aire libre. Era imperdonable que Julia se hubiese dormido en esta situación tan delicada puesto que podría ser que hubiese venido Marcus y que al no verla hubiese pensado que se había marchado. Y ahora debía hacer algo, desaparecer o seguir durmiendo. Si se iba, ¿adónde se iría? Sólo había un sitio, La Felicidad, pero estaría cerrada. O tal vez no. Calculó que se habría dormido sobre la una o una y media y aún no había amanecido, así que podrían ser las cuatro, quizá menos.

La habitación estaba fría, a pesar de que el aire había dejado de salir. Extendió la colcha en la cama lo mejor que pudo y cogió la ropa que había lavado ya casi seca y las zapatillas. Recorrió el pasillo hasta la escalera agachándose un poco como si así no pudieran verla y bajó lo más rápido que pudo. Al llegar al salón la respiración profunda se hizo más fuerte y eso la detuvo. ¿Y si había un perro que ella no había visto? No, el perro por sigilosa que Julia fuese ya la habría detectado. Los perros tenían un olfato y un oído sobrenaturales.

Era el dueño, tumbado en uno de los sofás. Seguramente se había bebido algo más de un whisky. El problema era que para abrir la puerta no tenía más remedio que hacer ruido. Los cerrojos harían ruido. Se escurrió hacia la cocina, cerca de la entrada. Por las ventanas se veía la luna, y la luna iluminaba vagamente muebles rojos de diseño. Buscó una puerta que diese a algún patio trasero donde acaso se tendería la ropa y habría un pequeño lavadero, una mesa vieja y todos esos trastos que gusta tener aunque no estén a la vista. Cuando dio con la puerta, buscó la llave en la cerradura, que es donde ella la dejaría y donde también ellos la dejaron. Puso los cinco sentidos para girarla. La puerta era de madera maciza y chirrió un poco. La dejó como había quedado al abrirla y salió a la noche.

Se veía poco y debía tener cuidado para no tropezar con ningún trasto. Esperaba encontrar alguna salida al jardín. En todo caso, la pared no era alta y podría subirse sobre algo y caer al otro lado, lo que por fortuna no hizo falta porque había una cancela con pestillo. Lo descorrió y se encontró fuera, en el jardín. Tenía que procurar no pasar por delante de las cristaleras. Buscó el coche con la vista, no estaba bajo el cobertizo en que lo habían aparcado al llegar. Ahora en su lugar había un Mercedes. El corazón le latía a trompicones. Podrían haberlo guardado en el garaje, o estaría aparcado en la calle. Podrían haber ocurrido muchas cosas, pero las evidencias eran las evidencias. Se apoyó en la pared que separaba el patio del jardín. No tenía coche ni llaves y andando tardaría más de una hora en llegar a La Felicidad. Se encontraba en un callejón sin salida. La ropa que había lavado no se acababa de secar y sentía frío. De todos modos se puso la blusa y se metió las prendas que quedaban en el bolsillo. Dadas las circunstancias lo más sensato sería volver arriba y dormir. Por la mañana en algún momento abrirían las puertas y las verjas y ella podría huir de esta cárcel. Éste era su primer objetivo, salir, huir. El segundo sería buscar a Marcus o a Óscar. Tendrían que explicarle por qué la habían abandonado aquí.

De todos modos, pensando, pensando, había llegado a la última frontera, a la puerta metálica que la separaba de la calle y no quería tirar la toalla tan pronto. Intentaría moverse entre las sombras para trepar el muro. Imaginó que estaba en una de esas películas en que siempre hay un modo de salvar la situación. Ahora ella era la actriz y ésta su película y debía encontrar algún apoyo en la pared para el pie y un asidero para la mano. Rozó con la punta de la zapatilla en una juntura y tuvo la impresión de que ella misma excavaba un pequeño hueco. Con las yemas de los dedos excavó otro para la mano. Era más fácil que en las películas. Sólo tenía que continuar así hasta llegar arriba. Entonces se daría la vuelta y seguiría el mismo procedimiento para descender por el otro lado.

Lo había logrado. Pocas veces en los últimos tiempos había sentido una seguridad en sí misma tan grande. Aún era joven y más fuerte de lo que creía, podía trepar muros y podría recuperar el coche y podría encontrar a Félix y a Tito. Pisaba terreno pedregoso y buscó la carretera que ascendía hasta allí. Por fortuna ahora se trataba de bajar. Comenzó a correr por el asfalto. Iba tan deprisa que casi volaba. Ojalá fuera capaz de volar de verdad, facilitaría mucho las cosas, claro que en ese caso ya no necesitaría el coche. En su descenso se iba encontrando con algún coche que otro y con chalés a los lados protegidos por muros y árboles. Ya nadie se dejaba ni una simple bicicleta fuera de las casas, que ella sin dudar habría cogido prestada. Únicamente tenía las propias piernas, que serían más lentas, pero que también eran muy baratas y sobre todo iban siempre con ella. Bajaba y bajaba la montaña y a veces las curvas eran tan cerradas que los conductores se asustaban al ver a aquella extravagante mujer corriendo a tales horas por aquel sitio y se preguntarían de dónde habría salido.

Por fin llegó a la carretera general con la lengua fuera y en una gasolinera preguntó si un taxi que estaba repostando se había quedado libre. Sudaba como un pollo. Se pasó las manos por la cara y notó que las piernas le flaqueaban. Entró en el coche sin esperar una respuesta. Entonces el taxista se asomó por la ventanilla con cara de pocos amigos.

—He terminado el servicio —dijo.

—Llevo una hora buscando taxi —repuso Julia poniéndose la mano en el corazón porque le costaba respirar—. Es cuestión de vida o muerte.

El taxista abrió la portezuela.

—No crea que es la primera vez que intentan engañarme dándome pena.

—Si quiere, salgo, pero necesito llegar a mi casa porque me estoy muriendo.

El taxista dudó un segundo.

—¿Y dónde es eso?

—Cerca de La Felicidad.

Cuando vio que el taxista se dirigía a su asiento y que ponía el coche en marcha, Julia se recostó y cerró los ojos. Este hombre sólo tenía que librarse de ella, llegar a su hogar y descansar, no sabía lo afortunado que era. En cambio ella lo tenía todo por hacer. Debía recuperar el coche y seguir buscando. No podía relajarse, se desanudó el pañuelo de seda blanco y negro debajo de la blusa y lo dobló muy cuidadosamente, tratando de alisar lo mejor posible los picos del nudo. Era un pañuelo precioso, la mano resbalaba por la seda con enorme suavidad.

—Déjeme aquí —dijo a unos metros de la discoteca.

El taxista se volvió para decirle cuánto costaba la carrera. Julia le interrumpió.

—Tome —dijo—. Regálele este pañuelo a su mujer. Es de seda natural. Le gustará mucho.

—No tiene para pagarme, me lo imaginaba —dijo dando un golpe en el volante.

—Este pañuelo cuesta unos tres mil euros. Sale ganando, créame. Y vuelve a casa con un regalo.

Mientras el taxista lo examinaba, ella salió y se dirigió al parking de la discoteca. Oyó que el taxi arrancaba.

Se puso el sujetador detrás de una palmera para llevar menos cosas en las manos. Por algunas partes el firmamento ya no estaba tan negro y cuando esto ocurría era porque dentro de nada iba a amanecer. El fresco que corre entre la noche y el amanecer le había secado el sudor. Respiró hondo y se pasó los dedos por el pelo mientras examinaba la puerta del local.

Salieron dos parejas riéndose. Tal vez eran los últimos, ya apenas quedaban coches. El suyo tampoco estaba allí. Se dijo que si milagrosamente lo encontraba aparcado con las llaves puestas, se largaría en él sin pedirle explicaciones a Marcus. No quería perder más el tiempo porque había un objetivo que estaba por encima de todos los demás y que daba sentido a todo lo que hacía, porque si Félix y Tito no existieran nada de esto estaría ocurriendo. Así que no podía distraerse por el camino hacia ellos, no podía extraviarse en ninguna pequeña parada ni en ningún pequeño alto. No podía perder la perspectiva. Fue derecha a la puerta.

El portero le bloqueó el paso.

—Ya hemos cerrado.

—Es igual. Marcus me ha dicho que viniera a esta hora. Me está esperando.

El portero, que no era ni más ni menos que el clásico portero de discoteca ancho y con cara de saber pegar, empujar y lanzar a cualquiera a varios metros, compuso un gesto de recelo.

—Creo que ya se ha ido.

—Es imposible. Dile que Julia está aquí. Se trata de un negocio importante para él.

El portero empujó la puerta con desgana. Al andar, los pantalones se le pegaban a los musculosos muslos. Cuidaba mucho su cuerpo. Julia lo siguió, hasta que él se dio cuenta y se volvió enfadado.

—¿Sabes una cosa? —dijo Julia adelantándose a la regañina—. Tienes un físico espectacular y perdona que te lo diga así, de sopetón.

—Bueno... —dijo él sin saber qué decir—. Marcus está en aquella mesa al final de la barra. Está hablando con el jefe.

—¿Con el jefe? ¿No es Marcus el dueño de la discoteca?

—¿El dueño? ¿Eso te ha dicho?

Julia asintió expectante.

—Hay una diferencia entre ser el dueño y ser el encargado, el relaciones públicas, el que lo lleva todo. Pero no le digas que te lo he dicho, no quiero líos con ése.

En realidad no había salido de la boca del propio Marcus que él era el jefe, se lo había dicho Óscar que para el caso era lo mismo. Mientras tanto, iba acercándose a aquella mesa donde había dos hombres. Ya se habían apagado las luces que hacían resplandecer las camisas blancas y los dientes. La seguridad de Julia empezaba a quebrarse. ¿Y si el gran objetivo de Marcus fuese más poderoso que el suyo?

Félix

Volvió a ducharse rápidamente y se vistió. A la media hora estaba en el hospital. Le alegró mucho ver a Hortensia. Le estaba dando a Julia lo que llamaba la cena. Y a Félix se le ocurrió pensar que tal vez se le podía alimentar de forma natural, pero tampoco podía saber si él sería capaz de tragar estando dormido aunque los músculos respondieran. Cuando se está dormido se está en otro sitio y no se come ni se bebe en éste. Nada más se sueña que se come y se bebe. Al mismo tiempo Hortensia le hablaba alto y alegremente como solía hacer con cualquier enfermo para animarle y espabilarle.

—Ya verás qué paella te vas a comer cuando despiertes. Un bañito en la playa y luego una paella con langosta, centollos y ostras, un zumo de naranja, papaya y de postre melón.

Abel la escuchaba con cara de asco balanceando con las piernas cruzadas una de las zapatillas de piel con iniciales grabadas.

—La paella no lleva ostras ni se acompaña con zumo —dijo.

Hortensia recogió las gomas y jeringas y se volvió hacia él.

—¡Qué sabrás tú!

—Esta mujer hace que me ponga peor —dijo en cuanto ella salió—. Creo que si no la viese me recuperaría antes.

Félix no apartaba la vista de Julia. Era terrible estar acostumbrándose a verla así. Y también era terrible no haber querido darse cuenta de que a Julia las cosas no le iban bien, sobre todo cuando tras el parto empezó a deprimirse y a pasarse más tiempo en la cama dormida que levantada.

Recordaba con nostalgia cuando fuera del hotel en lugar del uniforme llevaba vaqueros, botas y jerséis negros y parecía actriz o estudiante de Bellas Artes. Y cuando se quedaba pensativa, como soñando, con la mirada perdida, entonces parecía más artista que nunca.

Seguramente él tampoco daba la imagen de un investigador de seguros, porque podía parecer cualquier cosa. Al ser tan del montón, nadie era capaz de clasificarle. Ni gordo ni delgado, ni rubio ni moreno, ni alto ni bajo, ni feo ni guapo. No se consideraba especialmente gracioso ni especialmente culto. Sí que era metódico en el trabajo y bastante observador. Seguros, qué aburrido, era lo primero que le venía a la cabeza a la gente, pero a él su trabajo le absorbía, le gustaba y había llegado a saber qué funcionaba y qué no para conseguir un equipo bastante eficaz. Se había dado cuenta de que, por ejemplo, había que desconfiar de las mentes creativas. Solían volar demasiado, imaginaban cosas, y en su trabajo no había que imaginar nada, no había que suponer nada, sólo saber ver y no distraerse. Los buenos mecánicos de coches con años y experiencia eran los ideales. Estaban acostumbrados a lo pequeño, a las tuercas, los tornillos, las arandelas, a los imperceptibles ruidos que se desviaban de los normales. Por eso a veces Félix cuando se enfrentaba a un nuevo caso, se metía en la piel del viejo Iván, que a lo largo de años y años había arreglado miles de trastos en el taller de su padre, sin pensar nada más que en lo que tenía ante las narices. Abría el capó y empezaba a mirar y a oler, con una escobilla quitaba algo de polvo y seguía mirando para a continuación ir tocando aquí y allá con la delicadeza de un cirujano. Luego iba a buscar las piezas que le hacían falta. Así que cuando la aseguradora tenía que pagar una póliza y el asunto no estaba claro y él debía actuar, intentaba que su mente razonase de la manera más sencilla y práctica. Imaginaba que él era Iván y que abría el capó del coche y que nada más tenía que dar con el fallo o la rotura que había allí y en ningún otro sitio. Y con este método había hecho mucho por la empresa. En el fondo le había enseñado más Iván sin saberlo que todos los cursos a los que había asistido. Únicamente falló en el robo de la diadema de la novia porque no fue capaz de sentirse por completo el viejo Iván en el taller. Se lo impedía Julia, que se fue haciendo fuerte en su cabeza y empezaba a ser como esas imágenes agrandadas anormalmente en el cristal y que se mezclan con todo lo que se ve a través de él. Y luego estuvo torpe en el incendio de los almacenes porque lo bloqueaba su preocupación por Julia. Él no contaba con que la chica del pelo rojo se cruzase en su vida.

Por entonces tenía una novia con la que se sentía cómodo. Trabajaba también en la aseguradora y estaban pensando en vivir juntos. Pasaban los fines de semana en casas rurales, iban al cine una vez a la semana y se citaban para cenar con parejas parecidas a ellos. Lo normal. No se podía quejar. Pero cuando Julia irrumpió en su vida todo cambió. Se enamoró de ella y el hecho de trabajar en la aseguradora cobró un sentido añadido. El sentido se lo daba haber encontrado a Julia, a la que seguramente nunca habría conocido de no haber tenido que ir al hotel a investigar un robo.

Pero el amor tenía un precio. No se puede querer a otra persona y seguir siendo el mismo de antes. Porque cuando alguien importa de verdad uno se deja invadir. A Félix le invadió Julia porque le abrió una puerta que ni siquiera él sabía que tenía. Era la puerta de la compasión más profunda, un tipo de compasión que no es pena ni piedad, sino hacer propios los sentimientos de otro sin llegar siquiera a comprenderlos. Y como no los entendía, los cambios de estado de ánimo y de humor de Julia le trastornaban. Julia con mucha frecuencia se ponía triste o parecía ausente como si se dejase arrastrar por una fuerte corriente del pasado y cuando volvía a la normalidad suponía un alivio tan intenso para Félix, tan grande, que nunca había experimentado una felicidad mayor, aunque sabía que no duraría para siempre. Él achacaba los altibajos emocionales de Julia a su infancia, al hecho de haber crecido sin padre y con estrecheces económicas.

Entre los compañeros quien más quien menos apreció esta trasformación interna de Félix, y una chica de la sección de Planes de Pensiones le dijo que se había vuelto más misterioso e interesante. Y él también se sentía distinto. Veía al Félix de hacía dos años como a un hermano pequeño. Un hermano pequeño muy centrado en sus cosas que podría haber llegado con facilidad a director general de la empresa, pero que un día conoció a Julia y empezó a sentir de otra manera y entonces a aquel Félix se le abrió una puerta que no sabía que estuviera cerrada porque ni siquiera sabía que existiera. Tal vez a Julia también se le abrió. Al año siguiente nació Tito y se abrió otra puerta más. A estas alturas ya intuía que podría haber muchas más puertas esperándole en el vacío. Lo que no podía prever era cuándo ni dónde se toparían con la siguiente.

No podía suponer que cuando decidieron pasar el mes de julio en la playa ya la estaban abriendo. Pensaron que a Tito le vendrían muy bien el sol y el agua, que le fortalecerían las defensas. Y a la vez Félix creía que a Julia y a él les vendría bien pasar más tiempo juntos. Ahora ya nada de eso importaba porque habían entrado en un mundo extraño e inseguro, se diría que con menos gravedad y menos atmósfera y menos anclajes en el suelo. Pero si alguien le preguntara si quería regresar a aquellos inocentes tiempos en que la vida era simple no sabría qué contestar porque cuando una puerta se abre se cierra otra.

Lo sacó de su ensimismamiento el sonido del móvil. Era Angelita, que le llamaba porque se había acordado de algo.

—Julia se quejó, poniendo ese gesto de molestia del que te hablé, después de que se oyera un gran estruendo en el pasillo. Creo que se cayeron al suelo unas bandejas del carro de las comidas y se asustó. Hasta ahora no he relacionado una cosa con otra. El caso es que se asustó, tuvo que ser eso.

—Se lo comentaré mañana al doctor Romano —dijo Félix.

Abel lo observaba con curiosidad. Félix sabía que iba a preguntarle qué ocurría y se adelantó.

—Cosas de mi suegra. Se empeña en que a Julia le ha asustado el ruido de unas bandejas que se han caído en el pasillo esta tarde.

—Ha sido muy desagradable. Yo estaba echando una cabezada en el sillón y he dado un bote. Los enfermos somos muy sensibles.

—Entonces... ¿cree que es posible? Usted pasa mucho tiempo aquí, ¿ha notado que ella responda a los estímulos del entorno?

La respuesta era tan previsible que se arrepintió enseguida de haber preguntado algo semejante a un hombre tan pragmático y realista, con los pies en la tierra, que se guiaba por los números.

—Si existe alguna posibilidad —dijo— de que se recupere, se recuperará. Parece fuerte.

Por el cielo negro se desplazaban jirones de azul oscuro que ocultaban parte de la luna. La que se veía caía sobre las palmeras del jardín como un foco de luz. Félix fue hacia el ventanal, ¿llovería? Nunca había vivido en el campo y no sabía estas cosas.

—¿Cree que lloverá?

Abel echó un vistazo al firmamento.

—No, al amanecer despejará.

Tampoco Félix se consideraba precisamente un soñador ni había necesitado tener fe hasta ahora. No entraba en sus cálculos. Su trabajo le había enseñado a ver la vida sin florituras o quizá por su forma de ver la vida había encajado bien en el oficio de investigar, de analizar la vida de otros profunda y fríamente. Abel no necesitaba tener fe en la recuperación de Julia porque no significaba nada para él y no tenía por qué alterar su sistema de creencias. No tenía por qué desear que fuese la de antes porque ni siquiera la había conocido antes. Sin embargo, desde lo de Julia a Félix le parecía que nunca había pisado sobre seguro tanto como creía. No había nada seguro, todo era tambaleante, oscilante, sólo que uno no se daba cuenta de que el suelo se podía abrir en cualquier momento. Así que estaba dispuesto a considerar todo posible matiz, propuesta o creencia.

A eso de las nueve, mientras Félix bajaba a la cafetería a tomarse un bocadillo y un café, Abel se quedó tumbado en la cama de al lado que nadie ocupaba porque para cualquier enfermo sería muy deprimente y negativo estar junto a un paciente permanentemente dormido, menos en el caso de Abel, al que todo el personal sanitario de la planta estaba harto de decirle que ésa no era su habitación y que debía descansar más.

En el fondo, era en la cafetería del hospital donde mejor se encontraba Félix porque allí hasta lo más grave era normal. Allí le comprendían. Allí a todo el mundo le ocurría algo, y no quería que trasladaran a Julia a ningún otro lugar porque allí estaba el principio de su largo sueño y allí aún había esperanza de que se abriera el círculo por decirlo de alguna manera, a pesar de que el doctor Romano le había dicho que en un caso como el suyo según pasaban los días el reloj iba en contra de su vuelta a la normalidad.

Debían intentarlo todo. Atender las señales que lanzaba la propia Julia por imperceptibles que fuesen y también las reacciones de quienes la rodeaban, porque esas mismas reacciones revelarían la intensidad de las señales. Si lo pensaba, el mismo Abel había cambiado algo desde que le hablaba a Julia. Tal vez le había contado un gran secreto o puede que una banalidad, el caso era que se le veía más pensativo, reflexivo como si hablando y hablando hubiera descubierto alguna verdad sobre sí mismo. Ahora Abel cuando estaba sentado en la cama vacía o en la silla se quedaba absorto en el suelo comprendido entre los pies, en un claro acto de reflexión. Félix podría haberle preguntado si le ocurría algo, si es que se había producido algún cambio en su evolución clínica, pero no era necesario llegar a ese grado de confianza, era evidente que la presencia de Julia y algo que emanaba de ella estaban influyendo en su manera de ver las cosas y de verse a sí mismo.

Félix se sentó en una mesa junto al jardín al que daba la cafetería. Estaba agradablemente iluminado por unas luces verdes ocultas entre piedras y plantas. Ahora Tito ya estaría acostado y Angelita vería la televisión limpiándose de vez en cuando la humedad perenne de los ojos. La rejuvenecida vejez de su suegra no eliminaría, sin embargo, la experiencia que dan los años. Se preguntó si lo que se llama experiencia no sería un cargamento de prejuicios, ilusiones y falsas ideas. Le gustaría saber en qué consistía la experiencia de Angelita, y la de Abel. No querría que le contaran sus vidas sino sólo la experiencia de esas vidas, que le dijeran qué se sabe cuando se llega a ese punto.

En este sentido Julia era sorprendente. A veces parecía tener mucha menos experiencia de la que le correspondía por la edad y su trabajo, que la obligaba a relacionarse con bastante gente. Y otras daba la impresión de haber llegado a una gran madurez. Sin embargo, a Félix no le dio por pensar en ello seriamente, ni seriamente ni de ninguna forma. No le gustaba observar ni analizar a Julia como si fuera un cliente, una sospechosa o una desconocida, Julia era parte de su vida, no de su trabajo. En el momento que le hiciera más pensar que sentir ya no sería la Julia de quien se había enamorado.

Aprovechó que a Julia le interesaba la investigación que él realizaba en su hotel sobre el robo de la diadema de la novia para citarse con ella fuera de allí. A Julia le gustaba ir como cliente a los bares de otros hoteles para comprobar cómo era el servicio y mejorar el suyo. Cuando su jefe, Óscar Laredo, se jubilara, ella pasaría a ser la encargada principal y quería introducir mejoras. Lo observaba todo con ojos expertos, los uniformes, la colocación de las botellas, la disposición de las mesas, el sabor del café, la rapidez con que cambiaban los ceniceros, el tipo de pequeñas bandejas en que traían las cuentas. Comentaba las reformas que haría, como pintar las paredes de la zona más alejada de las ventanas de amarillo intenso y colocar lamparitas de luz muy tenue aunque fuese de día. Decía que las casas necesitan mucha luz, que entre el sol a raudales, pero lo ideal para el bar de un hotel era la atmósfera de pub inglés. La semioscuridad donde todo el mundo tenga un aire misterioso y no resalten los defectos. La gente que se cita en el bar de un hotel quiere verse atractiva y hablar en voz baja y es un error que aunque sean las cuatro de la tarde entre claridad como si estuviera en medio de la calle porque se priva a los clientes de intimidad. Para ellos este tipo de bares tendría que ser como el salón de una casa que no fuera la suya. Tenía las ideas tan claras sobre lo que quería que Félix llegó a pensar que cuando ahorrase suficiente dinero compraría un local para que Julia montara un negocio a su gusto. Pero no hizo falta porque aquella ilusión duró hasta más o menos su cuarto mes de embarazo.

¿Qué le ocurrió a Julia en esa época? Por la manía de respetar la personalidad y privacidad de su mujer al máximo no se había enterado de pormenores que ahora la ayudarían, porque ahora podría ser que su supervivencia dependiera de lo que Félix supiera de ella y de lo que supiera que ella sabía. Si alguien le pidiera que describiese a Julia tendría que ponerse en el lugar de otro o recordarla como la primera vez que la vio.

La cafetería del hospital cerraba a las diez, y los camareros ya tenían caras de cansados. Un día tras otro había ido conociendo a los de los dos turnos. El de la mañana era hosco y el que ahora le había servido el bocadillo, la cerveza y el café se llamaba Rachid y era marroquí. Había empezado a barrer y a colocar las sillas sobre las mesas libres como una manera indirecta de meterles prisa, así que Félix le dejó una buena propina a Rachid y se levantó deseando que llegase de nuevo la mañana para tomarse un café en este mismo sitio.

Recorrió el camino de vuelta. Ascensores, pasillos, salas de espera con alguien viendo la televisión, más pasillos. Al llegar a la altura de la 407, oyó un murmullo. Era la voz de Abel que en cuanto vio a Félix se calló. Estaba sentado junto a la cama de Julia, y Félix lo miró intrigado durante unos segundos.

—¿Ocurre algo? —preguntó.

Abel pareció turbarse un poco, lo que alarmó a Félix en algún intrincado lugar de su cabeza.

—No ha habido ningún cambio, ni para bien ni para mal —dijo mirando al suelo—. Bueno, tengo que irme, que pases buena noche.

Félix no dejó de observar a Abel mientras salía. Era la segunda vez que lo pillaba farfullándole en voz baja algo seguramente inconfesable puesto que se callaba en cuanto oía entrar a Félix. Serían secretos o pensamientos que no se atrevería a decirle a nadie que estuviera despierto. Se trataba sin lugar a dudas de un abuso de confianza y sintió ganas de ir a la habitación de aquel falso Quijote y preguntarle qué le había estado diciendo a su mujer en voz baja durante la hora que él se había ausentado y antes, durante el rato en que no habían estado en el cuarto ni su suegra ni él, y puede que siempre que no hubiera testigos, pero lo detuvo algo reconfortante que había en el fondo de este comportamiento, algo que le hacía pensar que iba en la línea correcta con Julia. Y era que si Abel no creía posible que Julia recibiera ningún estímulo externo ¿por qué le hablaba? Abel aparentaba observar con absoluto escepticismo los intentos de Félix, Angelita e incluso Hortensia por crear emociones en Julia y, sin embargo, le hablaba. Besó a Julia en la frente. Olía muy bien. Le pasó la mano por el pelo. Estaba suave, sedoso. No sabía cómo se las arreglaría Angelita para poder lavárselo, seguramente la ayudaba Hortensia. Hortensia era partidaria de cortárselo, más que por comodidad seguramente para que su hermosura no les crease melancolía, nostalgia y desesperación. Nunca hacía comentarios sobre su aspecto, sólo sobre su espíritu, un posible espíritu que había que llamar, alentar y espabilar para que a su vez espabilase el cuerpo material.

—Soy yo, Félix —dijo—. Esta tarde he soñado contigo. He soñado que estábamos en la playa y que de repente huíamos de alguien o de algo y corríamos a refugiarnos, lo que no sé es hacia dónde corríamos.

Entonces Félix se interrumpió. Había logrado grabar el sueño en su mente como una fotografía por la que se movían Julia y él corriendo. Hasta ahora en lo que más había reparado era en ellos dos, en la palidez de Julia y su cara de susto, en la camisa de cuadros tostados de él y había pasado por alto el paisaje. La arena estaba un poco fría porque el sol ya se había puesto y el mar era una masa de agua completamente gris. En la parte opuesta al mar había alguna palmera, algunos árboles, creía que pinos, y matorrales y en un alto un edificio ensombrecido por la lejanía y la poca luz, una luz que más que de anochecer era de eclipse total.

El café le había despejado tanto que echó de menos tener a mano algún libro y se le ocurrió que tal vez Abel pudiera prestarle uno o alguna revista, aunque no se acordaba con certeza de cuál era su habitación y tendría que buscarla. Le pasó la mano por la frente a Julia, apagó la luz y entornó la puerta al salir.

Se preguntó si los días y las noches en la mente de Julia se corresponderían con la luz y oscuridad de la habitación y si los días y las horas durarían igual que para los despiertos. Fuera, los corredores y el pequeño mostrador de enfermería que en este hospital, y quizá también en otros, llamaban control, tenían un brillo mareante bajo la luz de los fluorescentes. Casi todas las puertas estaban como la de Julia, medio abiertas, dejando escapar suspiros, toses, penumbra y un ligero olor a antibiótico. Félix pasaba ante ellas despacio esperando descubrir algo que le sonara a Abel. Y lo encontró. Por la puerta entreabierta de la 403 se escapaban pequeños destellos de su voz, casi imperceptibles para otros, pero no para él, en cuyo oído la voz de Abel había logrado un puesto de primera línea.

Tratándose de cualquier otra persona Félix habría llamado a la puerta o habría carraspeado o dicho algo antes de entrar, pero Abel no se merecía tanto miramiento. Se lo encontró reclinado en el respaldo de la cama con un portafirmas abierto sobre las piernas y hablando por el móvil. Tras mirar muy sorprendido a Félix, terminó una frase con cierto aire de incomodidad y dejó caer la lengüeta del aparato con un chasquido.

—¿Ha ocurrido algo? —preguntó.

El otro paciente roncaba de espalda a ellos y de cara a las persianas bajadas de la ventana, lo que ayudaba a explicar por qué —aparte del aburrimiento— se pasaba la vida en la habitación de Julia. La habitación 407 en comparación con ésta era un lugar hermoso en que se esperaba un milagro. La luz de la cama de Abel sólo le alumbraba a él y dejaba al otro con su mesilla, su suero y su mundo en la oscuridad. No obstante, Félix forzó la voz para darle un tono lo más bajo posible.

—No, no ha ocurrido nada. He acertado de casualidad con la habitación.

Abel se ladeó para dejar el móvil en la mesilla. Era un último modelo plateado hasta la extenuación, que uno no esperaba encontrarse en unas manos moribundas. También cerró la carpeta. Era de piel de vacuno marrón mate con las mismas iniciales grabadas de las zapatillas. Sobre la butaca se medio resbalaba una bata de seda de rayas granates y negras, que bien se podría poner para ir a la habitación de Julia o para bajar al bar, pero que tal vez le parecía demasiado señorial para un hospital. ¿Quién era este individuo? No le importaba, fue una pregunta mecánica hecha por un cerebro acostumbrado a preguntarse cosas.

—No te preocupes por éste —dijo refiriéndose a su compañero de cuarto—. Lo tienen drogado para que no haga trabajar mucho al corazón. Si hablo en voz baja no es por él sino por las enfermeras, para que no entren pidiéndome que descanse y de paso armando jaleo.

Le resultaba curioso que Abel no le invitase a sentarse. Se diría que no le gustaba recibir visitas en sus aposentos como él decía. Sería una de esas personas que prefieren ir a casa de los demás y no al revés. Se cruzó de brazos en un intento clarísimo aunque inconsciente de interponer una barrera entre ellos, de proteger su intimidad y de expresar impaciencia.

—No he traído nada para leer y la noche es larga —dijo Félix mientras miraba a un hombre alto y con traje que entró sin hacer ruido.

¿Un médico?, ¿un hijo?, preguntas que se forman solas por la costumbre de relacionarlo todo sin que le importase nada de Abel ni nada de nadie aparte de Julia y Tito, que eran las únicas personas de este mundo que podían hacer que la tierra temblase bajo sus pies. El hombre volvió a salir a una señal de Abel con la cabeza.

—Ahí están los periódicos y unas cuantas revistas. Puedes llevártelos.

Al salir vio que el del traje permanecía apoyado en la pared del pasillo unos metros más allá y que le observaba de medio lado, con una media ojeada desde un ángulo difícil. Por el contrario Félix lo abarcó de frente. Pelo rapado según la corriente imperante, buena preparación física, unos treinta y cinco años, botas recias de cordones y suela de goma, por eso no se le oyó entrar. Podría ser un hijo de Abel que iba a pasar la noche con él, del mismo modo que Félix la pasaba con Julia. Pero no lo era. Un hijo se comportaría de otra manera, paseando arriba y abajo y no le habría mirado nada o le habría mirado abiertamente, incluso le habría enviado una señal de agrado por ser alguien que tenía relación con su padre en un lugar donde los lazos humanos adquieren una importancia extraordinaria. Era un guardaespaldas. Vigilaba la puerta. Estaba entrenado para pasar mucho tiempo en un mismo sitio mirando hacia un mismo lugar. Y además estaba allí como podría encontrarse en cualquier otra parte, no se le sentía involucrado en el ambiente de enfermedad y debilidad física reinantes. Estaba desempeñando el trabajo de proteger la vida de Abel de una agresión física, no de una agresión patógena si es que se podía decir así.

La presencia ausente de Julia era tan fuerte que hacía que el resto del mundo se desvaneciera a su alrededor. Incluso Tito se desvanecía un poco porque, por pequeño y desvalido que fuera, jugaba en el equipo de los despiertos. Así que en cuanto Félix entró en la 407 el mundo del pasillo perdió importancia, ya era pasado. En el fondo todo era pasado y puede que fuera excesivo el esfuerzo y la lucha que entablaba la humanidad por arañar unas décimas de presente. Una batalla casi fantástica que se daba en un margen tan estrecho que apenas existía, que era una ilusión. Qué poca cosa era el presente, era igual que verse en el filo de un cristal roto.

Puede que sólo Julia viviera el presente porque si se guiaba por sus propios sueños tendría la impresión de que lo que ocurría ocurría en un tiempo único, que no se podía decir que fuera inmóvil sino simultáneo e instantáneo.

Aunque el tiempo es relativo y cada uno lo gana o lo pierde a su manera, hay un lugar en que es completamente distinto y donde no parece que exista pasado ni futuro, sino un intenso e infinito presente llamado sueño, y uno sale de ese tiempo profundo, extrañado, con sensación de irrealidad y de lejanía. Claro que podría ser diferente si no se dormía sólo ocho o diez horas o un día entero, sino cinco días seguidos como era el caso de Julia hasta este momento. Entonces podría suceder que de la misma forma que un niño va creando su propio pasado también lo crease el sueño.

Nunca se le había ocurrido a Félix pensar tanto en los sueños, no les había dado importancia, consideraba que eran unas horas que el cerebro necesitaba para descansar, para fijar unos recuerdos y borrar otros y para autorrepararse. Ahora había algo más, había descubierto que al despertar tenía la fuerte impresión de acabar de salir de otro sitio en que rigen otras leyes físicas y donde uno puede verse a sí mismo haciendo algo. A veces ni siquiera se puede recordar ese lugar, pero se sabe que se ha estado ahí. No era raro que durante el sueño saltase varias veces de escenario en escenario con total naturalidad y que aceptase situaciones estrafalarias como lo más normal del mundo, quizá porque ahí eran normales, de la misma forma que aquí no se pueden modificar otras que nos parecen de pesadilla y que no hay más remedio que aceptar.

Lo que resultaba difícil era saber qué ocurría cuando ese sueño se prolongaba durante semanas. Debía de ser muy pesado y angustioso no poder salir nunca del lugar del sueño, no poder regresar aquí de vez en cuando. Su memoria tendría que ir rebuscando aquí y allá para tejer más y más sueño. Félix día a día se había ido convenciendo de que la cabeza de Julia seguía funcionando. Llevaba casi dos años durmiendo junto a ella, en la misma cama, y recordaba que a veces en un tramo del sueño parecía que no respirase y otras respiraba igual que si estuviera subiendo unas escaleras, y ahora observaba lo mismo. Echó agua de la botella en un vaso de plástico y estuvo a punto de darle de beber. Casi tenía la certeza de que al sentir el agua fresca en los labios bebería si tenía sed, pero no era médico ni pretendía pasarse de listo. Era un marido al que le aterraba que la vida no volviera a ser la misma. En su profesión Félix veía tantas cosas fuera de lo normal que consideraba que lo normal era tan difícil como lo raro y lo increíble.

Le cogió la mano. La tenía fría, así que la tapó hasta el cuello y frotó la mano. El anillo también estaba frío. Félix no había echado la persiana y el verse rodeados por las estrellas y la luna flotando como al fin y al cabo también flotaban ellos hacía más comprensible cualquier cosa y más incomprensible todo en general.

—Hoy estás muy guapa —le dijo—. Es de noche y por la ventana se ven las estrellas muy brillantes, la luna está en cuarto creciente. Tito está dormido.

Le ocultó el dato de que Tito y su abuela estaban en un sitio y Julia y Félix en otro distinto a varios kilómetros unos de otros. No quería confundirla con información innecesaria. Volvió a molestarle la incógnita de lo que Abel podría contarle cuando estaba a solas con ella. Vamos a ver, Julia tenía oídos, luego oiría algo. De hecho existían métodos de estudio y de lavado de cerebro consistentes en estar asimilando información dormido sin saber que se escucha. ¿Quién podía asegurarle que por sus oídos no entraba lo que se decía a su lado?

Encendió la luz y cogió una de las revistas que había traído del cuarto de Abel. Era de compra venta de inmuebles de lujo. Puede que Abel se dedicara a este tipo de inversiones y que por eso conociese tan bien el precio de las cosas. Seguro que a Julia le encantaría hojear la revista y fantasear con la idea de montar un hotel o una casa rural o hacerse con una vivienda que no pudiera recorrer en dos zancadas.

—Esta casa te gustaría —le dijo, tratando de ponerse en su lugar para escudriñarla—. Cuesta treinta millones de euros. Está construida al borde un acantilado y el mar parece la continuación de la piscina, aunque el agua de la piscina es de un azul más claro. La fachada es de piedra y tiene arcos y columnas en el porche también azules como si el agua hubiese pasado por allí tiñéndolas. Hay enormes maceteros que parecen de oro porque el sol les da de pleno. El salón es gigante con cristaleras plateadas a la hora en que está tomada esta foto. La cocina da a un patio con salida al jardín. El jardín tiene todo tipo de plantas y árboles y se escalona en algunas partes. Tiene tres pisos con escaleras, recovecos y varias terrazas.

La hoja estaba doblada, seguramente por Abel.

Sexto día

Julia

Julia anduvo hacia la mesa en que charlaban Marcus y su jefe al fondo de la discoteca. Le temblaban las piernas por todo lo que había tenido que correr desde la casa del acantilado hasta coger el taxi. Y encima se había enfriado y se sentía algo febril.

Las dos caras se levantaron hacia ella. Marcus tranquilo y con ojeras de necesitar dormir. El jefe era el típico que tenía muy claro que todo el mundo era como él y que no debía esperar más de lo que él mismo haría, y así parecía que le iba bien. Seguramente en la situación de Julia no se andaría con rodeos ni sutilezas.

—¿Qué has hecho con mi coche? —le dijo Julia a Marcus a bocajarro.

—¿Con tu coche?

Julia notó cómo la sangre iba disparada por las venas y tuvo miedo de marearse.

—El que querías comprar, el que llevé a tu casa, o a la de tus padres, o a la de esas personas que había allí.

—No te comprendo y estoy ocupado, ¿no lo ves?

—A mí no me trates así, no tienes ni idea de lo que estoy pasando.

El jefe se levantó. Ahora era robusto, con el tiempo sería gordo. Su mirada era indiferente.

—Mañana continuamos —dijo el jefe—. Que lo paséis bien.

Marcus también se levantó un poco, pero volvió a sentarse, se le quedó mirando hasta que salió como si se llevara con él palabras y pensamientos cruciales. Tiempo suficiente para que Julia buscara una explicación: como

Óscar se marchó antes, podría haberse ido en el coche de Julia. De hecho ella sólo oyó el motor de un coche, y Marcus habría ido y venido del acantilado en uno que Julia no había llegado a ver. El Mercedes aparcado en el cobertizo de la casa pertenecería a sus supuestos padres. Claro que no estaba segura de si al buscar estas explicaciones estaba buscando la verdad.

Pensaba que ahora Marcus le diría que no sabía de qué coche le hablaba, pero no abrió la boca. Le indicó con la mano que se sentara y permaneció mirando al vacío que había dejado su jefe. No parecía que tuviera intención de voiver a hablar jamás en su vida. Se encendió un cigarrillo, que olía ligeramente dulzón, y el silencio se hizo más espeso todavía.

—No entiendo qué ha ocurrido esta noche —dijo Julia como si le hablara a una estatua—. Me dejasteis sola y luego llegó una pareja que parece la verdadera dueña de la casa.

Marcus le echó una ojeada de medio lado, no tenía ganas ni interés por mirarla de frente.

—Yo no te pedí que fueras a esa casa. Cuando llegué estabas allí. Después recordé que tenía algo urgente que hacer y me fui —dijo, y aplastó el cigarrillo en el cenicero.

—Óscar me llevó allí por indicación tuya. Ibas a comprarme el coche, y ahora el coche no está, alguien se lo ha llevado.

—No soy responsable de lo que Óscar y tú habléis. No soy responsable de tu coche ni de ti.

Félix sabría si este Marcus mentía o no, y en caso de mentir sabría deducir la verdad de los pequeños gestos y contracciones involuntarios de la cara y del cuerpo. Era una técnica que había aprendido y que le venía muy bien en su trabajo. Pero ella por mucho que le observase no lograba descubrir nada.

—No me mires así —dijo él— o no podré controlarme.

Se giró hacia ella. Tenía unos ojos preciosos. Grises, asombrados y brillantes, candorosos en cierto modo. ¿Cómo podrían engañarle esos ojos?

—Me habría quedado contigo toda la noche, era lo que más deseaba del mundo, por eso no me despedí, porque no habría podido volver aquí —dijo y la besó antes de que Julia pudiera reaccionar.

La boca de Marcus sabía ligeramente a ginebra. Tenía los labios más bien finos y eran suaves y apetecía morderlos. Julia nada más terminar un beso ya quería otro y otro, y él parecía que también, o por lo menos su boca en esto no parecía mentir. Mientras le besaba pensaba en sus ojos y en su camisa blanca. Le tocaba los hombros y el cuello, también los brazos. Pensó en el cinturón de piel de serpiente alrededor de los vaqueros y puso una de sus zapatillas en una de las botas de él. Pensó que le gustaba su olor y le tocó la cara para sentir los movimientos de su boca mientras la besaba. Pensó que le gustaría desabrocharle el cinturón de serpiente. Él le acarició el pecho por encima de la blusa y le dijo con la voz un poco ronca que más al fondo había un cuarto donde se encontrarían más a gusto. Y Julia pensó que no era la primera vez que sentía todo esto.

Anduvieron hacia allí cogidas sus manos sudorosas y sin hablar, manteniendo como podían la magia del momento. Julia no tendría que estar haciendo esto, no estaba entre sus objetivos inmediatos, pero no quería considerarlo siquiera porque al mismo tiempo era algo que debía hacer, no sólo porque lo deseara, sino porque si no lo hacía no podría recordarlo. Era como un recuerdo, era como volver atrás en el tiempo.

En el cuarto había una cama junto a la pared, con muchos cojines simulando que era un sofá, lo que la madre de Julia acostumbraba a llamar cama turca. Marcus tumbó a Julia sobre ella y le quitó la blusa y los pantalones, y luego él se sacó la camisa por la cabeza sin acabar de desabrochársela, y Julia llevó la mano a la hebilla del cinturón de serpiente y mientras la abría se fijó en la hilera de vello que le subía hasta el ombligo cada vez más fina y le pasó el dedo por ella como si fuese algo que no pudiera dejar de hacer y entonces él se quitó una bota con otra, se bajó los pantalones con dos sacudidas de las piernas y colocó a Julia encima cambiando la postura inicial. Ya no había vuelta atrás, a partir de ahora tendría que ocultarle este secreto a Félix, en caso de que llegara a encontrarlo alguna vez.

Marcus se había quedado dormido. Dormía con respiración apacible. Así que Julia se encontró libre para revisar el cuarto. Sobre una mesa había un archivador de fuelle y un ordenador portátil. La puerta de un armario chirrió un poco al abrirla. Había pantalones, camisas y botas como las que llevaba Marcus. A veces terminaría tan tarde que no le apetecería irse a casa y tendría aquí ropa para cambiarse. También había una maleta en la balda última del armario. O puede que viviese aquí. ¿Cuál sería la verdadera vida de Marcus?

Se vistió preguntándose qué haría a continuación cuando ya estuviera vestida, cuál sería su próximo objetivo. Iría a hablar con Óscar. Él tendría que explicarle qué había ocurrido con el coche, un coche no desaparece por arte de magia. Tendría que darle el coche o el dinero. El corazón comenzó a latirle con fuerza, ¿y si no le daba nada?, ¿y si negaba que él hubiese cogido el coche? Que te roben en tu propia cara es indignante, pero en la situación de Julia suponía una auténtica catástrofe. No entendía por qué le sucedía esto, por qué era castigada así y por qué la abandonaban los espíritus protectores. Hacía tiempo que no los sentía. No veía sus señales por ningún lado. Ángel Abel, ¿dónde estás? Miró a Marcus tumbado en la cama turca y no parecía precisamente un ángel. Daba la impresión de estar rodeado de una sutil oscuridad. No lo veía bien, lo veía como una ilusión.

Terminó de atarse las zapatillas pensando que tendría que existir una puerta trasera por donde entrar y salir mientras la discoteca permanecía cerrada. Y existía, vio una en el lado opuesto al pequeño cuarto de baño. La abrió tratando de no despertar a Marcus, no porque tuviera algún interés en que descansara, no porque le preocupara su bienestar, sino porque desconfiaba de él. Hay personas que inspiran confianza y otras desconfianza, y Marcus inspiraba desconfianza. Fijó un momento la mirada en el techo para pensar mejor. Tenía la sensación de leerle el pensamiento, de saber lo que pensaba y pensaba que Julia tenía miedo y que era fácil conseguir lo que se quería de ella porque además se aburría y necesitaba emociones. «Las emociones son el oro y los diamantes de la vida, ¿comprendes?», le dijo a Julia con el pensamiento como si estuviera soñando con ella.

Al abrir tuvo que guiñar los ojos. La mañana era de un azul tan y tan denso que llegaba al suelo y lo cubría como un velo. Serían las ocho o las nueve. No se atrevió a cerrar la puerta porque en cuanto cerrase se encontraría sola otra vez. Ésta era la parte trasera de la discoteca y daba a un solar de tierra con algunos matorrales. Junto a la fachada se apilaban cajas vacías de cervezas y coca-colas, tónicas, refrescos, y más allá estaban aparcados una furgoneta y dos o tres coches. Un momento, ¿no era ése su Audi? Hizo el gesto instintivo de adelantar la cabeza para verlo mejor. Lo reconocía perfectamente, estaba a unos cincuenta metros y habría salido corriendo a mirarlo de cerca si no temiese que la puerta que tenía sujeta con la mano se le cerrara cuando lo más probable era que las llaves estuvieran dentro del cuarto. Permaneció unos segundos de pie observando el coche. Sin duda era el suyo. Podría haberlo aparcado allí Óscar y que Marcus no lo hubiese visto siquiera, pero ¿por qué iba a aparcarlo allí? Félix en estas circunstancias le habría dicho que no rebuscara suposiciones, sino que se basara en hechos cuanto más objetivos, mejor. Así que entró de nuevo en la habitación, y los hechos eran que el coche se encontraba a unos metros de Marcus. Por fortuna, Marcus no se había despertado, sólo había apretado más los ojos, molesto por algún rayo de luz.

Miró detenidamente sobre la mesilla, en el cenicero que había en una mesa debajo de la ventana, encima de un montón de periódicos. Entró en el baño y escudriñó en las repisas de cristal y en un cestillo con pequeños jabones de hotel. Unas llaves podían no verse con facilidad aunque se tuvieran delante de las narices. Volvió a repasar con la vista de nuevo el cuarto. En una silla estaban doblados, demasiado doblados, los vaqueros de Marcus y el cinturón sobre ellos. En algún momento en que ella fue al baño o en que no reparó en lo que él hacía, Marcus se dedicó a ordenar su ropa. Del respaldo colgaba la camisa y en el suelo estaban muy colocadas las botas, y dentro de las botas los calcetines negros. No comprendía cómo no se asaba de calor.

La primera vez que lo vio, casi se fijó en estas cosas antes que en él mismo. Eran tan Marcus como el que dormía en la cama, y quién le iba a decir a Julia unas horas antes cuando las adoraba que ahora le fueran a producir un rechazo tan desagradable. Los bolsillos del pantalón quedaban junto al asiento así que tuvo que darles la vuelta, y al dársela sonó un pequeño tintineo que la dejó petrificada. Miró a Marcus, por suerte seguía dormido. No se permitió pensar ni un segundo que hacía nada había estado en esa misma cama con ese extraño. Quizá pudiese hacer como que nunca había pasado. Sacó el llavero del pantalón y no le pareció que ninguna llave fuera la del Audi, aunque por si acaso pensaba llevárselo.

Se dirigió entonces al sinfonier rojo del rincón, que daba una nota de alegría al cuarto. Abrió un cajón despacio, lo suficiente para meter la mano y palpar. Se concentró en esta operación, que repetiría en el siguiente cajón. Pero cuando iba a sacar la mano, el cajón se cerró y sintió un dolor insoportable. Se oyó gritar dentro de la cabeza, igual que si hubiera gritado sólo por dentro y el sonido no hubiera salido fuera. Se oyó gemir igual que si hubiese otra persona dentro de ella que también sintiera dolor. No lo entendía, ni tampoco era el momento de intentar comprenderlo. Vio la mano de Marcus en el cajón, cerrándolo.

—¿Se puede saber qué buscas?

A pesar del dolor le quedaba un resquicio de lucidez para saber que podría decirle cualquier cosa menos la verdad.

—¿Estás loco? Estoy buscando algo que ponerme.

Marcus soltó el cajón. Julia no tuvo que fingir para mirarle aterrada, pero sí fingió para hablar. Se cogió una mano con la otra y se la llevó a la boca.

—Sólo tengo esta blusa y está sucia. Hay más cosas en el coche, pero no puedo estar así hasta que aparezca.

—¿Has abierto la puerta de la calle?

Sería mejor no mentir del todo.

—Sí, quería saber qué hora era.

—¿Y?

—Pues no sé. He visto que hacía sol y he vuelto a cerrar.

—¿Había algún empleado colocando cajas de bebidas?

—No me he fijado, no me ha dado tiempo —dijo Julia sentándose en el borde de la cama.

—¿No me engañas?

Estaba desnudo, y Julia evitaba mirarle, deseaba olvidar aquel cuerpo lo antes posible.

—No sé qué quieres decir. De verdad que no te entiendo. Tendría que vendarme la mano.

Marcus abrió el cajón completamente, y Julia pudo comprobar que las llaves no estaban dentro. Mejor dicho, la llave porque para no acarrear peso había guardado las llaves del piso de Madrid en la maleta y había dejado sólo una arandela con la llave del coche. En unos días pensaba hacer copia de la llave del apartamento y agregarla también. Fue en medio de estas consideraciones cuando descubrió una caja de conchas mal pegadas sobre el sinfonier rojo. Era el único objeto por allí con aspecto humano e íntimo. Y desde luego lo había hecho un niño. Pero ¿qué niño? ¿Sería el único objeto que Marcus conservaba de su infancia? No era el momento para preguntas de este tipo y además a Julia ya no le importaba, sólo quería recuperar el coche y huir.

—Toma —dijo Marcus extendiéndole un tubo de aspirinas—. Tómate una, te aliviará el dolor. Ahora tengo cosas que hacer. Sal por la puerta principal y no vuelvas hasta la noche.

Se oía ajetreo de limpieza en el local y por debajo de la puerta del cuarto entraba olor a detergente. Julia fue al baño y llenó un vaso de agua lentamente haciendo tiempo para pensar los pasos a seguir. También se tragó la aspirina con toda la parsimonia que pudo. Si salía, le resultaría muy difícil volver a entrar y recuperar la llave.

Él entró en el baño con una toalla en la mano.

—Tengo que ducharme.

—Está bien. Ya me voy —dijo ella bebiendo poco a poco del vaso mientras salía a la salita dormitorio.

Bebía pequeños sorbos para poder ir más despacio. No le daba tiempo a planear, tenía que improvisar. Oyó cómo él se metía en la ducha, pero sin abrirla aún. Julia dejó el vaso en la mesa.

—Adiós —repitió sin recibir respuesta, y abrió la puerta que daba a la discoteca. Luego la cerró desde dentro con un portazo. Los latidos se le dispararon. Sentía un poco de ahogo, Marcus le daba miedo. La ducha por fin se puso en funcionamiento. La mano derecha le dolía tanto que casi no podía usarla para abrir la caja de conchas. La abrió con la izquierda. Cogió la llave, cerró y fue hacia la puerta que daba al solar. Entonces se preguntó qué haría en una situación semejante alguien con menos escrúpulos que ella. Esa persona cogería el vaso y derramaría el agua en la puerta del baño, de forma que al salir de allí, Marcus, con un poco de suerte, se resbalara y se hiciera daño. El sinfonier estaba cerca de la puerta, así que con otro poco de suerte se daría un golpe en la cabeza. Por lo menos se haría una brecha o se quedaría atontado. Así lo hizo. Derramó el agua de manera que fuese imposible que no la pisara, había más de la que creía, apenas había bebido.

Y por fin abrió la puerta trasera y salió al sol y al aire. El corazón se le apaciguó un segundo para volver a saltar con más fuerza. Esta vez sí que cerró y cruzó corriendo en dirección al coche. De haber Marcus oído el ruido ya estaría saltando de la ducha. No podía perder un segundo, las manos le sudaban. No quería pensar que el coche no arrancara. Tuvo que sujetarse la mano dolorida y temblorosa con la otra para poder meter la llave en la cerradura. Pidió al espíritu, a ese ser invisible que hacía tanto tiempo que no estaba con ella, que por favor el depósito tuviera suficiente gasolina para escapar de allí y llegar a una gasolinera.

Gracias, dijo a los seres invisibles, mientras arrancaba y se internaba por el primer camino que tuvo a mano. Echó una ojeada por el retrovisor. La puerta no se abría y el solar poco a poco iba quedando atrás. Se tranquilizó, casi sintió ganas de llorar de alegría. Había recuperado el coche. Y la aguja del depósito estaba casi por la mitad, por lo menos esto había ganado. Apenas podía apoyar la mano en el volante. Iría a una farmacia y pediría que se la vendasen. Ése sería su siguiente objetivo, una farmacia, pero una farmacia lo más alejada posible de La Felicidad. No sabía cómo podría reaccionar Marcus al ver que se había llevado el coche. Lo más probable es que se enfureciera y empezara a buscarla. Y era muy probable que en tales circunstancias Julia se sintiera aterrorizada. Debería ir contando ya con esta amenaza, y con que ese extraño con el que se había acostado y con el que había sentido un gran placer la persiguiera. Podía notar ya en la espalda esta sensación.

También tendría que evitar a Óscar y buscar otro supermercado donde alimentarse y proveerse de lo que necesitara. Hacía nada estaba lo que se dice sola y ahora tenía enemigos, y no sabía lo que era peor, indudablemente tener enemigos, pero que nadie, absolutamente nadie sepa que existes tampoco era lo que más le gustase. Vio a lo lejos Las Adelfas III, pero prefería separarse de la carretera lo más posible. En cuanto pudo se internó en el pueblo. Aparcó en la zona menos turística, donde la gente no estaba ni siquiera morena y además iban vestidos de una manera más formal que los que estaban de veraneo. La farmacia se encontraba entre una panadería y un local de lotería. Le pusieron una venda advirtiéndole que era provisional y que debía ir al médico, pero ella ni siquiera les oía porque de pronto se dio cuenta de algo, de pronto se dio cuenta de que le faltaba algo y que tal vez por eso el espíritu o ángel protector había desaparecido. No llevaba el anillo luminoso.

Se quedó paralizada. La farmacéutica le preguntó si se sentía mal, si le había apretado mucho el vendaje. Julia empezó a repasar los sitios donde había estado desde la última vez que recordó haber llevado el anillo. La farmacéutica cogió de las estanterías un gel espumoso que debía aplicarse por la mañana y por la noche. Costaba seis euros y Julia le preguntó si no tendría algo más barato que surtiera más o menos el mismo efecto. La farmacéutica le aconsejó que fuera al ambulatorio mientras buscaba algo

más barato en las estanterías. Encontró un tubo de pomada que sólo costaba dos euros por lo que en total Julia
tuvo que pagar cuatro. No podía perder de vista su subsis-
tencia mientras pensaba en el anillo.

Félix

Romano sin duda era un sabio, un hombre de ciencia, pero se parecía mucho a su compañero Torres, que se atenía a un protocolo de actuación bastante estricto, no por pereza, sino porque creía en él y le daba seguridad. Ahora ante la puerta de la 407 tuvo la impresión de que el despacho de Romano quedaba en la otra punta del mundo. Se acercó a Julia y le cogió la mano. Le dio varias vueltas al anillo del dedo corazón. Cada vez le estaba más grande, así que intentó sacárselo para ajustárselo con un poco de papel higiénico, pero ella trató de resistirse cerrando la mano ligeramente, con el gesto más que nada. Aun así se lo quitó, le puso un poco de papel en el aro y volvió a colocárselo. Así no se te caerá, le dijo al oído. Julia suspiró, y Félix se quedó pensando que no estaba imaginando nada, que ésta era una prueba contundente.

Esta reacción podía significar que Julia era consciente de que llevaba el anillo y que alguien intentaba quitárselo o que lo había extraviado, por eso había sentido tanto alivio al comprobar que lo tenía puesto de nuevo. Aunque era imposible averiguar en qué lugar se encontraba con el anillo y qué estaba haciendo allí, era evidente que si protegía el anillo era porque lo necesitaba. Probablemente la unía con este mundo y le hacía recordar cosas vividas. Pero ¿de qué recuerdos se trataba?, ¿qué recuerdos saldrían a flote en un océano repleto de recuerdos? Según el propio Romano, al menos en teoría, con los recuerdos y con la información que la memoria maneja sin que lo sepamos, la mente construye la realidad que necesita para seguir viviendo, y en este sentido la diferencia entre sueño y realidad no era tanta.

Observó a Julia con toda la concentración que podía. Tenía la boca algo tensa, la frente, la raíz del pelo. Ahora estaba en la fase de sueño REM porque las niñas de los ojos se movían con rapidez bajo los párpados y también respiraba fuerte, como cuando mentía.

No mentía a menudo, pero si lo hacía se notaba bastante bien. Se diría que alguna parte de ella quería dejar claro que lo que estaba diciendo no era verdad. En esos momentos debía de entablarse una desagradable lucha en su cabeza y, lejos de Félix, el pretender agravarla más. ¿Qué más daba que mintiese? Félix había comprobado que todo el mundo mentía mucho más de lo imaginable. Y en todos los casos, aunque de forma casi imperceptible, la propia persona emitía alguna señal de que estaba mintiendo. El problema consistía en que al no conocer en profundidad la personalidad del sujeto en cuestión no era fácil detectarla. Los había que sostenían perfectamente la mirada, pero que movían un poco una pierna o tosían ligeramente, o se pasaban los dedos por el pelo, o no hacían absolutamente nada, lo que también podía ser un síntoma. Había que estar muy habituado a los gestos de alguien para apreciar la diferencia. Ni siquiera el mismo individuo podía controlarlos porque ni siquiera sería consciente de que hay pequeños músculos que se contraen cuando actúa esa parte del cerebro en que se produce la mentira o el engaño. Es un registro que no se puede dominar por completo porque está unido a la intención. Se escapa sin que el sujeto se entere y entonces ahí está el sabueso para cazarlo al vuelo.

¿A quién le estaría mintiendo Julia en su sueño?

El viernes por la mañana, después de que Julia desayunara de la forma habitual y después de que la lavasen y le cambiasen la ropa y él la peinara y le cubriese con la sábana los brazos para que no se le viese el anillo salió todo lo deprisa que pudo del hospital camino de los apartamentos. Esperaba que una vez más no entrase en la habitación ningún desaprensivo, le quitara el anillo y entonces ella se encontrara perdida o vulnerable dondequiera que imaginase que estaba. No soportaba la sensación de que la abandonaba y que ella no lo sabía. Por el pasillo se tropezó con un hombre sospechoso que asomaba la cabeza en todas las habitaciones. Cualquiera podía fingir que venía a visitar a un paciente e introducirse en una habitación como la de Julia. Sólo por evitar sorpresas desagradables soportaba la presencia de Abel. Le dijo a una enfermera que se encontró por el camino que dejaba un momento sola a su mujer, pero ni le oyó, tenían mucho trabajo, muchas medicinas que repartir, muchas pruebas que hacer. Tendría que tratar de contratar a alguien para que le hiciese compañía en estos pequeños intervalos. Pasó despacio por la habitación de Abel. En la puerta, en lugar del tipo de la otra noche, estaba la mujer del blusón floreado que ya había visto una vez, sólo que ahora llevaba otro blusón con motivo étnicos y sandalias de tiras, lo que no sería muy práctico a la hora de tener que correr o darle una patada a alguien. Seguramente hacían turnos ante la puerta. Félix asomó la cabeza por ella y la mujer fue detrás de él.

—¿Busca a alguien?

—A Abel. Soy Félix, de la cuatro cero siete.

—Ahora está el médico dentro. Espere aquí —dijo con enorme autoridad.

Era una mujer ancha y fuerte, que muy bien podría saber manejar un arma y hacer una llave y pegar un puñetazo, una mujer calmada que dominaba el entorno sin estridencias. Era una mujer bajo cuya protección él se pondría con gusto.

—Dice que se vaya tranquilo, que en cinco minutos estará con ella —dijo al salir.

No estaba bien que para marcharse tranquilo pusiera a Julia en manos de alguien a quien no conocía y de quien, para ser sinceros, recelaba. La mujer también llevaba unas finas cadenas de oro al cuello y del hombro le colgaba un pequeño bolso, que decía a gritos, aquí hay una pistola. ¿Quién podía ser tan peligroso o tan odiado como para necesitar guardaespaldas?

En los apartamentos todo marchaba según lo previsto. Los aspersores alrededor de la piscina funcionaban con un susurro continuo y las plantas estiraban el cuello hacia el sol. La normalidad lo sofocaba todo. También se había vuelto normal que Angelita, nada más entrar él, colocara una rebanada de pan de molde en el tostador y cortara unas naranjas.

—Anda, hijo, dúchate, mientras te preparo los huevos.

Día a día Félix iba observando cosas nuevas. Un mantel floreado, dos grandes tazas en verde y rojo (parecía que ella se había decidido a usar la verde porque a él siempre le ponía la roja), un cuenco de cerámica blanca para las papillas de Tito. No entendía de dónde sacaba esas cosas puesto que por allí no había tiendas, al menos a la vista, a no ser que a la salida del hospital se marchase de compras al pueblo, lo que no creía posible dado el tiempo que le llevaría. Pero qué más daba, ni siquiera se le pasaba por la cabeza preguntárselo. Se trataba de consideraciones de retaguardia, esas que están en segunda o tercera fila de los detalles importantes. Y, sin embargo, era un alivio fijarse en ellas, que revolotearan alrededor, seguirlas con la vista. Angelita ahora llevaba unos pantalones de algodón muy anchos que tampoco le había visto antes.

Esta vez Félix prefirió desayunar antes de ducharse. Veía a su suegra ir y venir flotando en los nebulosos pantalones mientras sentía sueño. ¿Sentiría también sueño Julia dentro del sueño? Pero incluso somnoliento el instinto que había desarrollado en su profesión no lo dejaba tranquilo. Casi podía decir que en estos momentos de relajación o medio letargo la intuición se le desarrollaba más que nunca. Podía decir que era entonces cuando en más de un caso se le habían armado los datos en la cabeza hasta llegar a un estado de casi clarividencia. Y ahora que se encontraba exactamente en ese punto consideró que su nueva imagen de pelo corto y rubio, la alegre ropa, la agilidad adquirida de la noche a la mañana de su suegra eran señales que estaban diciendo algo. Su transformación suponía una llamada de atención del mismo calibre que cuando un semáforo cambia de rojo o verde. Y esta transformación no iba a detenerse hasta que alguien recibiera el mensaje. No era descabellado pensar que hubiese estado mintiendo durante los veintiocho años que tenía Julia.

Dio un sorbo al café y le costó estirar las piernas al levantarse para ir a echar un vistazo a Tito mientras Angelita les daba el toque final a los huevos. Tito dormía con un conjunto de pantalón y camiseta rojos que no había visto nunca, así que se temió que también hubiera comenzado la transformación de su hijo. Volvió a su sitio y valoró la posibilidad de preguntarle llana y directamente si Julia era adoptada. Pero lo desestimó en cinco segundos, en cuanto la vio coger el bolso de paja, las gafas de sol y salir a toda pastilla hacia el hospital. La necesitaba con toda la energía posible, viniera de donde viniera esa energía.

Abordar el tema sólo serviría para que Angelita se desmoronase. Estaba harto de ver cómo los sospechosos después de confesar, después de que se les enseñasen las evidencias del fraude, cuando se les ponía ante las narices la verdad se quedaban sin fuerza y había que ayudarles a levantarse. Había que darles un vaso de agua porque también se les secaba la boca. Había incluso que recordarles su propio nombre porque tras el esfuerzo de memoria que suponía mantener todos los detalles de la historia que se acababa de venir abajo se quedaban en blanco. A su edad, a Angelita le costaría mucho recuperarse y ante todo la necesitaba. Necesitaba saber más sobre Julia. Habría preferido ir descubriéndola a lo largo de su vida juntos, pero eso fue antes del cataclismo, antes del diluvio, antes del presente.

El apartamento fue atravesado por un rayo de silencio. Nada más se oía el chupete de Tito de cuando en cuando y tras las ventanas una vida lejana que lo envolvía todo.

Angelita estaría junto a su hija como mucho en media hora, lo que le tranquilizaba bastante. Entraba una maravillosa brisa por las ventanas, las cortinas se hinchaban parsimoniosamente formando globos de luz. Angelita era además de él la persona que más la quería, que más la cuidaba y con ella Julia estaba segura. Se tumbó en la cama y se quitó un zapato con el otro, que salieron disparados al centro de la habitación. Luego se desabrochó los pantalones y los empujó a los pies de la cama. Saber que Julia estaría bajo la vigilancia de su madre le sosegaba mucho. En algún momento había puesto una de las novelas de Margaret en la mesilla de mimbre azulón y cristal y empezó a hojearla hasta que consideró que debería dormir porque enseguida llegaba la noche y el hospital. Y además debería dormir para soñar. Nunca se había fijado en estas cosas, no les había dado importancia. Su día a día consistía en estar lo más despierto posible y procuraba dormir lo suficiente para mantener los cinco sentidos alerta, no para soñar. Soñar era una actividad cerebral sin incidencia en la vida práctica, salvo que uno se sugestionase. Soñar era algo que el cuerpo hacía por su cuenta, como orinar. El sueño era un residuo que había que expulsar de la mente. Y jamás se había tomado en serio que los sueños tuviesen alguna importancia por mucho que Freud se hubiese hecho famoso con eso. Así que le resultaba difícil saber con qué soñaba él. Su mirada estaba centrada en un punto fijo de la habitación. ¿Con qué soñaba?

Alguna vez había leído en una revista que era muy recomendable tener a mano papel y lápiz para describir en cuanto se abriesen los ojos, y antes de que los detalles se evaporaran, lo soñado. Recordaba con mucha vaguedad pesadillas que probablemente tendrían que ver con su trabajo. Eran esas veces en que se despertaba con la angustiosa sensación de que le perseguían, de que huía, lo que quizá fuera un recurso creado por él mismo para ponerse en el pellejo de los que trataban de ocultarle lo que él se empeñaba en descubrir. En otros sueños era él quien iba detrás de alguien con ansias de cazador, lo que también podría ser una manera de advertirse a sí mismo que tan peligroso acababa siendo ser cazado como cazar. A estas alturas ya sabía que la persecución y la huida eran sueños tan normales que se los podría considerar arquetípicos. Por lo que era muy posible que Julia los tuviera y que por eso necesitara el anillo.

Con el anillo se sentiría protegida y segura. ¿Y por qué no? Puede que la ayudara a superar obstáculos de un modo casi sobrenatural. Al fin y al cabo era un sueño. Si él pudiera intervenir en ese mundo soñado y crearle la necesidad de buscar una salida dondequiera que estuviese, de huir de ese lugar hacia la salida para que al cruzarla despertase. Tendría que encontrar la manera de darle valor y confianza. Pero Félix también corría el riesgo de meter la pata como le advirtió Romano. Él no estaba en sus sueños, no los veía, no sabía qué ocurría en ellos y no podría saber si al influirle desde fuera no entorpecería el curso natural que le conduciría a abrir los ojos. Julia tenía un hijo. Era imposible que se conformase con una realidad falsa. En alguna parte dentro de ella tenía que saber que había dejado algo muy valioso a este lado y que debía venir a buscarlo. La cuestión era que no disponían de todo el tiempo del mundo, de unos días más si podía convencer al doctor Romano de que no la trasladase aún a Tucson. ¿Con qué soñaría Tito?

Julia

Permaneció sentada unos minutos en el coche antes de arrancar. La aspirina que le dio Marcus le había venido bien, se encontraba más despejada, aunque necesitaría desayunar algo. Pero ¿a quién podía importarle ahora algo así? Desayunar formaba parte de la rutina. La rutina de comer, de intentar hablar por teléfono con Félix. Incluso la búsqueda desesperada de su marido y su hijo estaba cayendo en la rutina. De pronto, de su blusa abierta subió un olor que no era el suyo, era el de Marcus. No se había duchado después de estar en la cama con él y ahora tenía que soportar llevarlo de alguna forma pegado a la piel.

Hasta ahora, desde que salió de la habitación no había sido muy consciente de ello porque tenía que huir y curarse la mano, pero a partir de este momento uno de sus objetivos principales sería acercarse a la playa y bañarse, borrar cualquier huella de aquel ser odioso en su cuerpo y a ser posible en su vida. Y pensar que habría podido enamorarse de él. Y pensar que casi lo había estado y que se le había pasado por la cabeza olvidarse de Félix. Cuántas cosas increíbles se hacen con el pensamiento, menos mal que no salen de ahí. Pero antes de la playa y la purificación le esperaba algo mucho más importante: encontrar el anillo. Ésta era ahora la prioridad.

El reloj del coche indicaba las once menos diez. Desde que no llevaba puesto el anillo, desde que no lo sentía, había ido de cabeza y no había vuelto a notar con fuerza a los espíritus. Tal vez el anillo luminoso fuera algo así como una puerta al mundo invisible o simplemente le daba confianza y seguridad. Fuese como fuese, debía recuperarlo. Recordaba que la noche anterior se lo había quitado en los lavabos de La Felicidad pero se lo volvió a poner. Fue cuando encontró a Monique, la africana de la comisaría. Sabía que Monique le dijo algo. Algo que le impresionó, pero que ahora no era capaz de recordar. La siguiente vez que se lo quitó fue en la casa del acantilado para ducharse. ¿Volvió a ponérselo? Puede que se lo pusiera y se lo quitara de nuevo para dormir en la habitación malva. O que se le cayera al saltar la valla.

Estaba circulando por el puerto en dirección a la carretera del faro. Si había algo que recordaba bien era que la casa estaba pasando el faro. Por la ventanilla entró olor a flores recién regadas. Miraba a izquierda y derecha y parecía que los jardines de las casas flotasen por encima de ellas inundándolo todo. Lo más probable era que hubiese olvidado el anillo en la encimera de mármol rosáceo del baño. Sintió que el aroma de las plantas le aclaraba la memoria y que podía repasar lo que hizo: subió por las escaleras, abrió la puerta de algunos cuartos y miró dentro, hasta que dio con el dormitorio grande y pensó que sería el de Marcus, por eso se desnudó, colocó la ropa en la cama y pasó al baño, donde le sorprendió que hubiese tantos detalles femeninos. A continuación se quitó el anillo y lo dejó junto al lavabo. Después de la ducha, se enrolló la cabeza con una toalla, se secó el cuerpo, se dio unas cremas guardadas bajo el lavabo y se dedicó a deambular por la habitación mientras la piel las absorbía. Como también se impregnó las manos de crema no se puso el anillo. Miró en los armarios y cogió aquel bonito pañuelo de seda blanco y negro que luego le dio al taxista como pago de la carrera.

El olor a flores que entraba por la ventanilla era cada vez más fuerte y sus recuerdos más frescos que el mismo olor: tras colocarse el pañuelo alrededor del pecho dejando que un pico le cayese hasta el ombligo, se arregló el pelo y se puso los pantalones. Al llegar al hueco de la escalera no llevaba el anillo. Ahora lo veía claro y más o menos creía saber dónde estaba. En su subconsciente había supuesto que no era el momento de ponérselo cuando ni siquiera iba calzada y sólo semivestida, cuando lo más seguro era que llegado el instante en que intimaran ella y Marcus tendría que quitárselo y dejarlo en cualquier parte. Inconscientemente supuso que el anillo estaría mejor en el cuarto de baño. Pero al descubrir que en lugar de Marcus estaba aquella pareja, que hablaba de Óscar como de un empleado sin derecho a entrar en la casa y que no mencionaba a Marcus para nada, se sintió obligada a hacer frente a la situación a gran velocidad. Algo que no entendía estaba ocurriendo y el instinto le dijo que debía protegerse y no dejarse ver. En este caso el instinto se guió por un rastro de señales que apuntaban a la pareja como propietaria de la casa. No había visto ni oído absolutamente nada que confirmara que Marcus vivía allí. Después de tomar la decisión de hacerse invisible y desaparecer en cuanto pudiera, fue a la habitación y recogió sus cosas para encerrarse en el cuarto malva, donde creía improbable que entraran: estaban cansados del viaje y encima la mujer había nadado en la piscina y se habría agotado aún más; tomarían cualquier cosa en la cocina y subirían derechos a meterse en la cama.

Julia entrecerró los ojos para ver mejor en su interior sin dejar de ver la carretera: no se quitó nada para tumbarse en la cama de la habitación malva, se enrolló en la colcha. No recordaba haberse quitado el anillo allí, pero tampoco su contacto, luego ya no lo llevaba puesto. La colcha y toda la habitación olía un poco a humedad aunque nada estuviera húmedo. Anduvo dándole vueltas a la cabeza sobre el giro que había dado la situación mientras esperaba oír los pasos de los dueños dirigiéndose a su suntuoso dormitorio, pero tardaron más de lo supuesto y con la oscuridad y el cansancio se durmió. Al despertarse y huir de allí como buenamente pudo, en ningún momento, sobre todo al trepar el muro, tuvo la sensación de que el anillo le molestase ni rozara con nada. Y una sensación era un dato a tener en cuenta, porque estaba comprobando que lo que mejor recordaba eran las sensaciones. Todo lo que no dejaba alguna sensación es que no había ocurrido.

Félix

Lo despertó con sus lloros alrededor de dos horas después. No necesitaba mirar el reloj para calcular cuánto había dormido, lo sabía por el grado de atontamiento al abrir los ojos. Tito estaría harto de estar despierto y de no oír ningún ruido. Tendría sed y puede que hambre. Félix se había dado la vuelta boca arriba y contemplaba el techo, se le acababa de olvidar lo que había soñado. Lo tenía ahí, en la punta de la lengua, pero se le escapaba como una sombra entre sombras, lo que era muy irritante. De nuevo la imagen se estaba evaporando, igual que si estuviera reflejada en el agua y un poco de aire pudiera deshacerla, y era inútil intentar atraparla.

Si quería entender el nuevo mundo de Julia, el espacio y el tiempo de su imaginación en que ella creería que vivía, no estaría de más aprender el mecanismo de los sueños y qué se siente cuando se sueña. Y debía aprender a observar esos detalles de los sueños que probablemente serían los enlaces con la vida real. Su entrenamiento en la vida real o consciente tal vez le serviría. En el fondo, si echaba la vista atrás, tenía la sensación de que su vida anterior había consistido en unas prácticas de observación y análisis para poder afrontar esta situación. Tenía la sensación de estar siendo manipulado por una fuerza superior y que todas sus acciones tenían un objetivo y una intencionalidad que él desconocía y que por tanto era incapaz de comprender el lugar que ocupaba el accidente de Julia en este gran plan ni su repercusión a gran escala. Era imposible rebelarse.

Por su trabajo estaba acostumbrado a retener muchos detalles en poco tiempo y conversaciones enteras. Si iba a una tienda a comprar algo, salía de allí con una buena fotografía en la cabeza del dependiente. Corte de pelo, color de ojos, zapatos, estatura. Si entraba en una casa cinco minutos, podía describir al salir desde el color de las sillas al tipo de molduras del techo. Se llevaba todos estos datos banales sin proponérselo y sin ningún esfuerzo, le entraban solos. Por lo general la gente cree que tiene buena memoria y que recuerda bastante bien, hasta que se le pregunta si había o no un cenicero en el salón, si los muebles de la cocina llegaban al techo, si el dueño de la casa llevaba zapatos o botas, cómo tenía la nariz. La mayoría tampoco era capaz de describirse a sí mismo fielmente. Entonces la gente se daba cuenta de que lo que se le había quedado en la cabeza en realidad era muy poco y con ese poco creen saberlo todo.

Siempre, siempre, le había aburrido que le contaran los sueños. No entendía cómo alguien podía regodearse en esa absurda irrealidad. Un sueño no era un hecho, ni un pensamiento, ni una fantasía, los sueños eran la basura del cerebro. Una vez salió con una chica que decía con demasiada frecuencia eso de «anoche soñé...». Cuanto más se entusiasmaba ella, más tedioso le parecía a él, hasta que consiguió continuar pensando en lo suyo mientras ella contaba unas historietas que no le habían ocurrido a nadie. Quién iba a decirle que ahora precisamente esas historietas absurdas podrían ser la salvación de Julia. Y además ya no las consideraba tan absurdas o al menos no de la misma manera que antes, porque serían absurdas si se pudieran contrastar con la vigilia, pero para quien duerme el sueño es la única realidad que conoce. Recordaba haber llorado alguna vez en sueños y que el sentimiento amargo de llorar era el mismo que cuando lo hacía conscientemente.

Levantó a Tito en brazos y le sonrió haciendo un gran esfuerzo. Estiró la sonrisa todo lo que pudo. Quería que su hijo viese a su alrededor la mayor alegría posible. Quería que fuese una persona optimista. Con los años no recordaría este espacio de tiempo, sería como si no hubiese existido, y sin embargo toda esta información discurriría por su cabeza formando una experiencia que siempre estaría detrás de la experiencia reconocible. Le calentó la papilla y se la puso en el nuevo tazón de cerámica.

—¿Tienes hambre, briboncete?

Le anudó un babero alrededor del cuello y comenzó a darle la papilla.

—Si tu madre te viera, estaría muy contenta. Seguro que sueña contigo.

Le besó en la cabeza. Parecía que por la raíz de sus débiles pelos rubios salía una concentración de vida y colonia inocente. Qué pequeño era y sin embargo tenía lo mismo que un cuerpo grande. Tenía corazón, pulmones, dedos, uñas, orejas, lengua. ¿Para qué había que crecer tanto? ¿Y por qué se le ocurrían estas ideas raras desde que Julia estaba en el hospital? Parecía que la fórmula de la vida no estuviese aún perfeccionada y que por eso durase tan poco y que además en el camino pudiera fallar como le había sucedido a ella. Hizo eructar a su hijo y lo llevó a la cama. Tras cambiarle el pañal, le colocó bien las almohadas a los lados. Tito lo miró con el chupete puesto y los ojos muy abiertos. Desde su posición, tumbado boca arriba en la cama, debía de ver a su padre enorme, más grande aún de lo que era. Debía de ver su descomunal tronco, de donde salían descomunales brazos y una descomunal cabeza inclinados sobre él y que unas manos gigantescas se aproximaban a su pequeño ser para taparle con la sábana. El brillo de los ojos azul oscuro de Tito comenzó a volverse vidrioso con síntomas de que se le iban a cerrar de un instante a otro. Félix puso de nuevo cara alegre. Soltó una risa que su hijo no podía saber que era fingida y sin embargo sincera.

Tito sólo hacía lo que deseaba. Todavía no había pisado el planeta de la simulación. ¿Permanecería fluyendo hasta la muerte por los circuitos neuronales, igual que los recuerdos que luego ya no recordamos, esta pequeña inocencia?

Mamá te quiere mucho, le dijo porque le pareció que debía hablarle de su madre para que no se olvidara de ella. Después, Félix fue a la cocina y abrió el pequeño frigorífico empotrado debajo del fregadero. Apenas cabían el tetrabrick de leche, la botella de agua, unos huevos y la fruta, pero Angelita se las había ingeniado para meter además tarros de puré para el niño y platos preparados para ellos envueltos en plástico transparente. Ante la posibilidad de descolocarlos, Félix optó por no tocar nada y se fue otra vez a la cama.

¡Qué desastre! Necesitaría dormir diez horas de un tirón para pensar con lucidez. Entonces quizá llegaría a la conclusión de que Tucson era la mejor opción. Era deprimente estar a estas horas en la cama, pero era viernes, principio del fin de semana, y durante el fin de semana el hospital se llenaba de gente, demasiada gente desconocida, que podía entrar en la habitación de Julia. Se sintió dormir de nuevo, pero de una manera distinta, más ligera, como si mantuviera un ojo abierto. Por ese ojo falsamente abierto entraba esta habitación. ¿Estaba despierto? La duda duró poco. A los tres cuartos de hora según su reloj abrió los párpados despacio. Aunque le apetecía darse la vuelta en la cama, esta vez se contuvo. Y de esta manera consiguió que la falsa habitación siguiera en su cabeza en una atmósfera nublada. En ella todo estaba invertido igual que si la estuviera viendo en un espejo. La butaca de la derecha estaba en la izquierda y la cómoda de la izquierda en la derecha. Repasó los detalles del sueño con los ojos entornados. No necesitaba anotarlos, no había en ellos nada relevante, salvo el hecho curioso de que mientras soñaba la habitación le pareció normal hasta el punto de que podría haberse pasado la vida desnudándose, durmiendo y vistiéndose allí y no habría encontrado nada raro. Ahora, en comparación con la real, tenía un aspecto demasiado sombrío. Así que era de suponer que Julia desde hacía seis días deambularía por paisajes sombríos para ella normales, aunque vistos desde fuera serían absurdos. Cerró los ojos para recrearse en el sueño de nuevo. Mientras se encontraba en esa habitación irreal el mundo no parecía que pudiera ser de otro modo.

¿Se tardaría el mismo tiempo en ver una habitación imaginada o soñada que en ver una habitación de verdad? No era capaz de calcular cuánto había tardado él en contemplar la del sueño, podría haber sido una hora o un segundo. ¿Viviría Julia más deprisa que él? Lo cierto era que durante los minutos que él tardaba en ir del baño a la cocina, el tiempo del pensamiento permitía andar kilómetros. Esperó tumbado en la cama. Eran las tres de la tarde, y no sabía qué hacer. Podría quedarse aquí leyendo bajo los dibujos que los claroscuros formaban en el techo. O podría leer en el borde de la piscina y darse un chapuzón, aunque tal vez hiciese demasiado calor para Tito incluso debajo de una palmera. Lo que sí hizo fue traérselo a la cama. Se estaba mejor aquí dentro, protegidos del resplandor apabullante de fuera. Le puso encima unos muñecos de goma y el sonajero para que jugara a su manera. Los cogía con los pies y las manos hasta que se le caían o los lanzaba con toda la fuerza que podía. Puede que en lugar de jugar estuviera luchando por dominar aquellos cacharros que se le escurrían.

—Tito —dijo Félix poniendo cara de alegría—, esta tarde vas a ver a mamá. Mamá te quiere mucho y seguro que está pensando en ti todo el tiempo.

Aunque estas palabras ahora no pudiera comprenderlas, cuando pudiese ya estarían ahí, circulando por la materia gris como la sangre por las venas. Estaba aburrido de tratar con clientes que no sabían ni les preocupaba lo que tenían en la cabeza cuando eso era precisamente lo que les impulsaba a hacer lo que hacían. A veces le contaban mil cosas que les habían sucedido en la vida, pero eran las que no recordaban, las que no controlaban las que más importancia tenían. Félix no era psiquiatra ni psicólogo, se basaba en la pura observación, en los movimientos del cuerpo y de la cara, de los ojos, de los labios, el entrecejo. En cada gesto se ponían en funcionamiento cientos de músculos, que revelaban más de lo que se decía, pensamientos semienterrados entre otros pensamientos que se abrían paso por pliegues minúsculos y contracciones veloces. En el caso de la diadema de la novia supo que el novio no era culpable porque además de que perdía más que ganaba, su voz monótona al responder a las preguntas revelaba objetividad, indiferencia y falta de compromiso personal en el asunto del robo.

Julia

Según iba ascendiendo por aquellas curvas cerradas camino de la casa del acantilado se maravilló de que la noche anterior las hubiese recorrido a pie en tan poco tiempo. Por lo menos había ocho kilómetros, eso sí, ayer cuesta abajo, hoy cuesta arriba por suerte en coche. De todos modos, aún sentía las piernas duras como piedras.

Le fue fácil dar con la casa. A la luz del sol resultaba fastuosa. Era blanca, enorme y con distintas alturas. Parecía que levitaba sobre el mar y también parecía un transatlántico. Al llegar al final del camino de tierra, giró y dejó el coche mirando hacia abajo, hacia el camino de vuelta. No sabía qué podría pasar y era mejor tener ya hecha esta maniobra. Al pulsar el timbre con la mano vendada, casi no le dolió. Por entre el enrejado salían oleadas de verde, oleadas de olor a tierra mojada y el lejano chapoteo de la piscina. En un buzón señorial, negro y dorado, ponía Alberto y Sasa Cortés. Un perro llegó hasta allí ladrando como un loco. ¿Un perro? Por la noche afortunadamente no hubo perro. El vídeo que había en la puerta se activó.

—Krus, cállate, no alborotes —era la voz de Sasa. Tenía que gritar para hacerse oír—. ¿La manda la agencia?

Julia pensó que lo importante era entrar y una vez dentro ya vería. Así que contestó afirmativamente. Se oyó el chasquido de la verja al abrirse.

—Adelante. No tenga miedo, no hace nada, sólo es juguetón. Krus, ¡quieto, Krus! —dijo la voz por el interfono.

El perro le enseñó los dientes. Julia confiaba en Sasa, en que estaría vigilando aquel encuentro.

—Hola, guapo —dijo Julia, poniendo los pies en un hermoso sendero hecho con traviesas de madera que no había visto con claridad por la noche.

Había más árboles de los que creía, con intensos ramajes verdes, lo que hacía más soportable el calor, y el calor hacía muy agradables las sombras. Fuera quedaba un mundo más salvaje y menos organizado que este jardín. El perro iba ladrándole y gruñéndole, a veces se le adelantaba y otras, la vigilaba desde atrás. Julia pensó que lo que debía hacer era no salirse de las traviesas y no andar demasiado deprisa, fingir toda la naturalidad posible. Respiró cuando vio a aquella dama desnuda bajo una túnica blanca transparente. Había que mirarla todo el rato a los ojos para no mirarle nada más. Acarició la cabeza de Krus.

—Pero qué pesado eres —le dijo su ama, y Krus se calló, de lo que se deducía que este animal iba más allá de cualquier ser humano y leía el pensamiento de su ama y que por tanto poseía poderes sobrenaturales—. Pasa, voy a enseñarte la casa. No tengo ganas de buscar más. Me caes bien —le cogió un mechón de pelo con la mano—. ¡Qué pelo tan bonito! ¿Es natural?

Sin darse cuenta Julia, habían empezado a subir la escalera de caracol. Con luz natural, que entraba a raudales, todo era más fastuoso.

—Como verás —dijo Sasa—, es muy grande, pero no tienes por qué preocuparte porque sólo usamos una parte.

Al pasar por la habitación malva, la abrió.

—Mi hija ya es mayor y viene de pascuas a ramos. Por eso nosotros hemos decidido no estar aquí todo el tiempo y ver mundo.

Aún estaba revuelta la colcha sobre la cama tal como Julia la había dejado.

—¿Cómo se llama su hija?

A todas las madres les encanta hablar de sus hijos. Julia de buena gana también le diría algo de Tito, de lo despierto que era y que tenía una carita que daban ganas de comérsela.

—Se llama Rosana. Se casó hace unos dos años, pero si te digo la verdad... no la entiendo. Estos chicos de ahora no saben nada, no aguantan nada. Me preocupa más que cuando vivía en casa.

Rosana... ¿Dónde había oído ese nombre últimamente?

Por fin quedaba definitivamente descartado Marcus como hijo de la pareja, por lo que su presencia en la casa formaba parte de un engaño urdido ¿para robarle el coche? Desde luego se habían tomado muchas molestias por un coche que tampoco era nada del otro mundo. Con esas estrategias podían haber conseguido algo mejor.

—Yo también tengo un hijo —dijo sin poder reprimirse—, aún no anda... Soy madre soltera.

Sasa se detuvo. La túnica se le pegó al cuerpo, principalmente a los muslos. ¿Podría ser que el que esta chica fuese madre supusiera un inconveniente para desempeñar su trabajo en la casa?

—No se preocupe —se anticipó a decir Julia—. No me envía ninguna agencia. He venido por otra cosa.

Sasa la miró con una nueva mirada, como si acabaran de verse y saludarse.

—¿Cómo es eso?

Julia estaba recordando que casualmente también la chica de Rubens de Las Adelfas II se llamaba Rosana, lo que sin tener ninguna importancia la reconfortó. El poder relacionar una cosa con otra aunque sólo fuese un nombre le proporcionaba al cerebro la satisfacción del trabajo bien hecho.

—Siento no habérselo dicho, pero todo ha pasado tan rápido desde que llamé al timbre. Soy la novia de Óscar y anoche estuvimos aquí un rato.

—Vaya, ¿y cuánto tiempo estuvisteis?

—Unas dos horas. Si le digo la verdad creía que él vivía aquí. Aún estoy despertando.

—Ese Óscar... —dijo Sasa, sin saber qué pensar de Julia.

Julia se apoyó en la delicada barandilla de hierro, tenía ganas de llorar. Necesitaba que Sasa se compadeciera de ella.

—Confié en Óscar —dijo con un ligero temblor de barbilla.

Al oír esto, Sasa la cogió por el brazo.

—Vamos, te haré un té.

Pero Julia no quería alejarse del anillo, que debía de estar en el baño de su suite. Así que debía pensar bien lo que decía para no alarmar lo más mínimo a Sasa.

—Óscar me enseñó la casa, que yo creía que era suya, y cuando llegamos a aquella habitación del fondo, pasé al cuarto de baño, un cuarto de baño precioso, y para lavarme las manos me quité el anillo que llevaba y lo olvidé junto al lavabo.

Sasa se pasó las manos por el pelo. Quería darse tiempo para pensar. Tenía los ojos azules y redondos, no bonitos, aunque de niña debió de ser bastante vistosa. Tal vez también ella quisiera quedarse con algo de Julia.

—¿Cómo es ese anillo?

—Es de mi madre. Tiene un valor sentimental para mí. Es un citrino así de grande —hizo un círculo con los dedos— montado sobre oro amarillo. El engarce tiene forma de torres.

—¿Y por qué no ha venido Óscar contigo?

—Está trabajando. Hoy el súper se pone hasta los topes, ni siquiera he podido hablar con él por teléfono. Además, ya no quiero volver a verle.

—¿Y eso? —Sasa sabía que tenía que desconfiar de algo, pero no sabía de qué, así que Julia debía andarse con mucho cuidado.

—Me ha engañado y no quiero que alguien así esté cerca de mi hijo.

—¿No os acostaríais en mi cama?

—No, no, nada de eso. Nos marchamos enseguida. Sólo me lavé las manos.

—No es verdad. Te duchaste. Hay pelos tuyos por todas partes —le dijo mirándole su cabellera rojiza en la que Julia era consciente de que se estaba estrellando el sol en ese momento.

Sasa era observadora y por experiencia sabía que detrás de una historia que se cuenta siempre hay otra que se calla.

—Le aseguro que no he estado en esa cama y que el anillo es mío. Usted tiene muchas cosas y yo sólo tengo el anillo.

Lamentablemente Sasa había dominado el primer impulso de devolvérselo y ahora iba ganando terreno sin parar.

—Tendré que hablar con Óscar. Puede que lo dejase aquí para que yo lo viera. Ya me ha vendido otras cosas. Comprende que es normal que piense que has podido inventarlo todo.

—Óscar pudo fijarse en el anillo en algún momento, pero no sabe que me lo dejé olvidado en la casa. Téngalo en cuenta cuando hable con él.

A pesar de que a sus pequeños ojos azules les costaba salir de la desconfianza, dudaron sobre el camino a seguir.

—Está bien. Espérame en el jardín.

Julia bajó despacio las escaleras de mármol blanco pasando la mano por la barandilla negra. Del techo enormemente alto caía una gran araña de cristal en que se reflejaba el verde de fuera. La vida de Sasa parecía hermosa. ¿Dónde estaría Alberto? Al perro se le pusieron las orejas tiesas cuando la vio de nuevo. Seguramente le olía el miedo. Julia ya no era consciente de este miedo porque se había acostumbrado a él, pero el perro se lo recordó. Era el miedo a no volver a recuperar el control de su vida nunca más. No pensaba provocar a Krus saliendo al jardín así que se sentó en el sofá bajo su vigilancia. Se oía el lejano sonido de la voz de Sasa. Desde luego Julia no pensaba regalarle el anillo luminoso. Del mismo modo que había recuperado el coche, recuperaría el anillo, lo que significaría que también recuperaría a Félix y a Tito. Se palpó las llaves en el bolsillo. Se preguntó si habría dejado bien cerradas las puertas del coche. Ahora ya sabía que podían quitarle lo poco que tenía. Sasa le hizo volver la cabeza.

—Bien, voy a darte el anillo. Óscar no ha resistido la prueba.

Julia no esperó a que ella bajara, subió los escalones de dos en dos igual que cuando era niña. De niña sentía la necesidad constante de correr y saltar y de subirse a lo alto y nunca se cansaba. Incluso dormida soñaba que corría. Tal vez sus reservas de energía se agotaron en aquella época temprana de su vida. Aunque Krus gruñó, ella siguió adelante. Llegó corriendo a la puerta de la suite.

Sasa había puesto una caja de plata repujada sobre la cama. Parecía un pequeño tesoro de esos que se encuentran en las cuevas y en el fondo del mar y de donde se desbordan perlas y brillantes al abrirlos.

—No hacía falta que subieras hasta aquí —dijo malhumorada, con toda la razón. Había sido una indiscreción subir tras ella, pero ahora mismo acababa de comprender por qué lo había hecho. Había subido porque de no hacerlo no habría visto lo que ahora tenía ante los ojos.

La diadema de la novia. Algunos decían que no existían las casualidades. Y entonces si esto no era casualidad, ¿qué era? La casualidad ya es un acontecimiento bastante extraño como para que encima exista algo aún más extraño como leyes incomprensibles que unan absolutamente todas las cosas.

Sasa le tendió el anillo. Julia se lo puso en el dedo corazón sin poder desviar la atención de la diadema. La reconocía, se adaptaba perfectamente a la plantilla que tenía

281

en la mente. Y de haber estado colocada de forma diferente una sola pieza ya no hubiesen coincidido.

—Esa diadema...

—¿Es bonita, verdad? —dijo Sasa cogiéndola y poniéndosela a sí misma en la cabeza—. ¿No ves? Ésta es una de las cosas que me ha vendido Óscar.

—¿Ah, sí? Vaya, pues es muy bonita.

—Tiene una historia curiosa. Primero nos la robaron unos días antes de la boda de Rosana y luego Óscar la recuperó por ahí, en uno de esos sitios en que se venden joyas robadas. Tuvimos que comprarla por mucho más de lo que valía, pero qué le íbamos a hacer, está en casa desde hace cinco generaciones. Por eso entiendo lo de tu anillo.

Julia pensó en su madre, en que se las había ingeniado para que el anillo apareciera en su dedo y la ayudase y en que las pruebas de amor de las madres por los hijos no tienen por qué parecer pruebas de amor, sino ser efectivas y ayudar.

—Estoy inquieta por mi hijo —dijo Julia saliendo de su ensimismamiento—. Necesitaría llamar por teléfono.

Sasa cerró la caja del tesoro y le señaló el que había en la mesilla.

Julia marcó. Ahora que tenía el anillo todo iría mejor. Daba la señal. El corazón, como siempre que intentaba hablar con Félix, se le salía del pecho, las manos le sudaban. A la sexta llamada, Sasa la miró con sus pequeños ojos azules, de pie, el cuerpo transparentándose contra la ventana, y Julia colgó. A pesar de que en ese instante Félix fuese a coger el teléfono, Julia se vio en la obligación de colgar.

—Gracias. He perdido el móvil.

—¿Sabes una cosa? —dijo Sasa más animada—, quizás deberías compensarme por haberte creído y haberte devuelto el anillo.

Julia comenzó a salir de la habitación despacio, estaba harta de dificultades. Volvió la piedra del anillo hacia adentro y la apretó en el puño. Ayúdame, pidió internamente.

—No tengo dinero, lo siento. He sufrido una serie de contratiempos que me han dejado sin nada. Lo único que me queda es este anillo y el coche.

Sasa la seguía con andares majestuosos.

—Bueno, tal vez algún día puedas hacer algo por mí. Hay que hacer buenas obras para que luego te sean devueltas, ¿no crees?

Julia tenía muy claro que debía salir lo antes posible de allí sin contestar. Su próximo objetivo consistía en bañarse en la playa para eliminar cualquier resto de Marcus en su persona, aunque con el anillo en su poder el cuarto en la parte trasera de La Felicidad se iba alejando cada vez más en el universo. ¿Y después de la playa?, ¿cuál sería el siguiente paso?

Estaban al pie de la escalera. Sasa le señaló la puerta de la cocina que Julia había conocido en la penumbra de la noche. Ahora el sol entraba a raudales y al ser toda ella blanca parecía un fogonazo.

Salieron al patio. Había una mesa de hierro forjado herrumbrosa, unos cactus en macetas y banquetas apiladas. También había una higuera de tronco retorcido que ocupaba bastante sitio. Al ver que Julia miraba hacia allí, le dijo que debajo estaba enterrada la madre de Krus. Krus las contemplaba mientras hablaban.

—Espero volver a verte —le dijo Sasa sonriente—. Ya sabes dónde está la salida.

Llegó a la verja seguida por Krus. Ya casi se habían acostumbrado el uno al otro. El aire era caliente y las sombras pesadas. Había un denso olor a pinos. La vida mareaba. Cuando abrió la verja, Krus se sentó con la lengua fuera.

—Adiós —le dijo Julia.

Por fin se encontraba en la calle. Al comprobar que el coche seguía donde lo había dejado sintió una gran alegría, a su pesar porque hasta que no encontrara a Félix y a Tito no quería experimentar ningún instante de felicidad. Por eso le parecía justo y reconfortante que tras unas horas de placer en la cama de Marcus, lo que siguió en la discoteca fuese tan desagradable y que no tuviera ninguna nostalgia de esa horrible persona, sino todo lo contrario.

Buscó en la guantera algo con que ajustarse el anillo. Se enrolló un poco de papel y metió la llave en el contacto. El coche arrancó. Ahora sabía que podría estar peor de lo que estaba. Podría no tener el coche, ni el anillo, ni ningún espíritu o ángel que velara por ella y la guiara. Echaba de menos que los espíritus le hablasen, que la tocaran, que le dijeran cosas que a veces no comprendía.

Antes de llegar a la primera curva asomó el morro un coche, que le hizo una señal con las luces. Era Óscar. Prácticamente se le atravesó. Julia se detuvo y Óscar salió. Asomó la cabeza por la ventanilla de Julia.

—He pedido una hora libre para hablar contigo. ¿Me dejas entrar?

Julia no contestó. No le apetecía que se sentara de nuevo en el coche. Salió y se apoyó en la carrocería, pero estaba tan caliente que se separó un poco de ella.

Agradeció que Óscar llevara puesto el uniforme del supermercado y el pelo menos repeinado y con menos gomina.

—Aquí fuera nos vamos a asar —dijo Óscar.

La verdad era que entre el olor de los pinos, de los matorrales, de la tierra y el calor casi no se podía respirar. Decidieron verse en el bar de un restaurante que había bajando a la derecha y que se llamaba Chez Mari Luz. Llegaron cada uno en su coche y se sentaron en una terraza cubierta por un toldo. Julia se pidió una coca-cola que no pensaba pagar. Y Óscar un café. Óscar dijo con cara de asco que acababa de reponer quinientas coca-colas en las estanterías y que no podía ni verlas.

—Sé lo del anillo. Me lo ha dicho Sasa por teléfono. También le has dicho que eres mi novia.

—Sería muy largo de explicar, pero te he hecho un favor, créeme. Te lo he hecho después de que me abandonaras con Marcus en esa casa, que encima no es su casa.

Óscar la miraba a la espera de que ella dijera algo más.

—¿Y qué pasa con la diadema? ¿De dónde la sacaste? Sasa me la ha enseñado.

Óscar tuvo que hacer memoria.

—¿Una de perlas, brillantes y oro blanco? Marcus me pidió que la vendiese por él.

La cara de Óscar era sombría pero no amenazante. Miró el reloj y luego juntó las manos y se entrelazó los dedos nervioso.

—¿Te contó cómo la había conseguido?

—Como él lo consigue todo, ¿qué quieres que te diga? —contestó Óscar—. Creo que fue en Madrid. Yo no tuve nada que ver con eso, sólo le busqué un cliente.

Julia iba a añadir que Marcus se llevó el coche y la dejó allí tirada, pero algo la detuvo. Era Félix en su cabeza pidiéndole que no diera más información de la estrictamente necesaria.

—¿Es ése el famoso anillo? —preguntó Óscar sin interesarle y sin esperar contestación—. ¿Sabes? Me ha sorprendido verte con el coche. Marcus me dijo que se lo había llevado él.

El primer impulso de Julia fue llamarles hijos de puta, lo que no ayudaría absolutamente nada a aclarar la situación.

—Pues no es así. Me lo llevé yo.

—No te creo. Nada más había un coche en la casa en ese momento y Marcus tuvo que regresar de alguna manera. Yo me llevé el suyo.

—Dejé a Marcus en La Felicidad.

—¿Lo dejaste y te fuiste?

—Sí, ni siquiera salí del coche.

Julia se alarmó ante la sospecha de que Marcus de un momento a otro apareciese por allí y entre los dos le robasen todo lo que tenía. Reaccionó como pudo.

—Marcus te engaña, no te ha dicho la verdad ni jamás te la dirá.

—Marcus no puede decir ya ni pío —dijo Óscar con las mandíbulas desencajadas y los ojos cansados como tras una larga noche sin dormir.

Julia pegó un largo sorbo a la coca-cola, que ya había perdido el frescor. No se había dado cuenta de que llevaba todo el rato asida fuertemente a la botella, por lo que la mano estaba fresca y el grueso cristal caliente.

—¿Por qué dices eso? —preguntó con cautela.

Félix

Llegó al hospital antes de que saliera su suegra. Le había cambiado el pañal y la camiseta a Tito, le puso una azul claro, la primera que encontró a mano sobre un montón de ropa lavada y doblada. También Angelita se encargaba de que todos ellos llevasen ropa limpia. Le dejó los mismos pantaloncitos rojos y le pasó la esponja por la cara, la cabeza y las manos. Había llenado dos biberones de zumo y agua. Y había puesto música en el coche. Tito parecía muy contento. En la 407 Angelita dormitaba en el sillón con las piernas estiradas sobre una silla. En cuanto a Julia, Félix diría que estaba pasando por una fase REM. Movía los ojos muy rápido y nada el resto del cuerpo. Seguramente su gran agitación interior se llevaba toda la fuerza. De pronto Félix notó que echaba de menos algo. Repasó lo que se veía de Julia, lo que no estaba tapado por la sábana y vio que faltaba el anillo. El anillo, puede que todo su nerviosismo se debiera a que estaba angustiada por la pérdida del anillo, quizá lo estaría buscando en el sueño como una desesperada, Julia era muy obsesiva para esas cosas.

Buscó en el baño entre las mediciones de orina y luego por la habitación cada vez más inquieto, como si también estuviese en la fase de sueño de Julia. Por fin lo descubrió sobre el armario metálico. Brillaba con la luz de las seis de la tarde y al ponérselo a Julia en el dedo le dio un aspecto muy bello. Sólo le quedaba la goma del suero y tenía una cánula puesta por si había que medicarla, pero las cosas que le hacían se habían reducido a lo básico: alimento, limpieza y observarla mediante analíticas, tensión.

El doctor podría tener razón con lo de Tucson, la situación no parecía tener otra salida.

Luego colocó a Tito al lado de su madre, su cara junto a la de ella, pero enseguida le llamaron la atención aquellos bucles rojizos y empezó a enredarlos con sus pequeños y ágiles dedos. Hubo que retirarlo, y entonces Tito empezó a gimotear. Tal vez ya tenía recuerdos y sabía lo agradable que era el calor y el olor de su madre aunque estuviera cruzado por la mezcla de antibiótico y desinfectante del hospital.

Abel entró dando las buenas tardes, y Angelita se incorporó del sillón bostezando para coger a Tito en brazos, pero entonces vio a Julia y se paralizó.

—¡Julia! —exclamó.

Abel se calló en seco.

Julia tenía los ojos abiertos y los miraba. En ese instante todos ellos rodeaban la cama.

Félix se acercó y se inclinó sobre ella. Le pasó la mano por la frente.

—¿Cómo te encuentras? —le preguntó tratando de controlar la emoción.

—¡Hija mía! —dijo Angelita casi con un grito, pero los ojos de Julia se fueron cerrando mientras observaba a Tito.

Angelita fue hacia ella y le puso de nuevo a su hijo al lado. Su carita llena de lágrimas junto a la suya, mientras la llamaba. Félix se acercó más llamándola también sin cesar. Angelita cogió la esponja, la mojó con agua fría y se la pasó por la cara, por los brazos, pero Julia se limitó a respirar pausadamente y muy lejos de ellos. Había vuelto a su mundo.

—Ha abierto los ojos por lo menos un minuto —dijo Abel con una seriedad auténtica, una seriedad surgida de una gran intensidad y concentración.

Félix salió con Tito al pasillo, no quería dejarse llevar por la emoción. Suponía que el doctor Romano diría que era un acto reflejo, porque no querría alimentarles falsas esperanzas. Sin embargo, tenía que contárselo enseguida, antes de que la imagen de Julia con los ojos abiertos perdiera fuerza o se deformara mucho. Los doctores hacían la visita a los enfermos de nueve a once de la mañana y no podía ni creía que debiera esperar tanto. Si ahora Romano se encontraba en el hospital vagaría con sus característicos pasos cortos y rápidos por esos destartalados despachos de todos y de ninguno. Era un misterio el lugar en que se cambiaría de ropa. Para el personal sanitario los pasillos constituían su entorno natural y parecía que no hubiese para ellos escapatoria posible de ese laberinto formado por habitaciones y pasillos.

Se le ocurrió que podrían indicarle algo en la enfermería y se dirigió allí para preguntar por Hortensia en el mostrador. Dijo que era urgente sin muchas esperanzas de que surtiese efecto, que es precisamente cuando lo surte porque Hortensia salió al rato con un vaso de café en la mano y cara de pocos amigos. Evidentemente la había pillado en un descanso. Ella, nada más verle, automáticamente, se relajó. Félix le caía bien. Caía bien a casi todo el mundo, poseía ese don, que ni él mismo sabía en qué consistía. Había algo en sus facciones y en sus gestos que agradaba a la gente de cualquier pelaje. El porqué era un misterio, aunque él intuía que tenía que ver con que de su forma de hablar y de comportarse se deducía una completa falta de ambición, de envidia y de competitividad y de apasionamientos desestabilizadores. El no sobresalir por su aspecto y el ser paciente le daban credibilidad e infundían confianza. Ahora mismo llevaba unos vaqueros azul oscuro sin desgastar y un polo granate y unos mocasines marrones. Desde pequeño le había tranquilizado pasar desapercibido, ser uno de tantos y no levantar envidia ni recelos. Su especialidad de camuflarse en el montón, de no llamar la atención le había restado alguna buena nota en el colegio o ser popular, pero en comparación le había ahorrado muchas más molestias y problemas. No era ni gordo ni delgado, ni alto ni bajo. Su color de pelo era el más corriente, castaño oscuro como los ojos y lo llevaba corto, pero no rapado como Torres, que había decidido acentuar así su aspecto de sospechoso.

Torres, su compañero más allegado en la empresa, era un buen tipo que inspiraba desconfianza a raudales hiciera lo que hiciera. Sus señas de identidad eran unos ojos más pequeños de lo normal y el tabique de la nariz desviado por un pelotazo. Seguramente la gente asociaba los ojos pequeños con el alcohol y la nariz torcida con la gresca y la violencia. Cuando iban juntos a visitar a algún cliente, tanto una empresa como un particular, todos evitaban mirar a Torres y se dirigían a Félix. Torres había acabado aceptando la situación hasta tal punto que cuando alguien lo elegía como interlocutor y se volcaba con él, se sentía incómodo. Él mismo se observaba en el espejo del retrovisor con cara de pensar que no era de fiar. Era justo reconocer que sin embargo sí tenía un cierto éxito con las mujeres. Se hacían la ilusión de que se había roto la nariz en una pelea y que llegado el momento sabría defenderlas.

Así que Félix sabía que aunque Hortensia estuviera cansada y arisca, en cuanto le mirara, no podría mantener el mal humor. Con el añadido irresistible de Tito. Un niño que no sabe que su destino está siendo dramático siempre enternece. Y así fue, a pesar de los pesares, Hortensia casi sonrió.

—¿Ocurre algo? —preguntó pasándose el vaso de una mano a otra como si quemase.

—Tendría que hablar urgentemente con el doctor Romano —dijo Félix dando unos pasos lejos del mostrador.

Ella le siguió sin dejar de mirarle y esperando más información. Se puso las gafas que le colgaban del cordoncillo para dar un sorbo al café, no era una mujer que quisiera hacer la vista gorda ante nada.

—Sé que ahora estará ocupado con otras cosas, pero me haré el encontradizo. Éste es un caso muy especial.

—No tanto —dijo Hortensia—. Los hay más especiales y extraños en esta misma planta.

Era el momento de que Félix echase mano de su don para manejar la situación.

—Lo comprendo. Cuando uno está desesperado cree que es el único, no ve el sufrimiento de los demás.

Hortensia asintió.

—Y ustedes son muy pocos para atendernos a todos en situaciones que no son normales, que son muy delicadas —añadió.

Hortensia volvió a asentir repetidamente.

—Julia ha abierto los ojos durante un minuto —dijo Félix y permaneció esperando la reacción de Hortensia que tardó en llegar lo que duró otro sorbo de café.

—Parece una buena noticia —dijo arrepintiéndose al instante de haberlo dicho—, aunque puede que no sea relevante. El turno del doctor termina en media hora. No tiene más remedio que tomar el montacargas que hay frente a la cafetería para bajar al parking.

Volvió a la habitación medio corriendo por los pasillos. El traqueteo alegraba a Tito. Se lo puso a Angelita en los brazos y dijo que estaba buscando a Romano y que no se preocupara si se retrasaba.

Al cuarto de hora de que se apostara frente a los ascensores, que él mismo usaba para bajar y subir del aparcamiento, vio aparecer al doctor por el pasillo. La ropa verde y blanca del hospital era bastante mejor que los pantalones de pinzas y la camisa de rayas que ahora llevaba puestos. Romano vestido de calle resultaba más insignificante, aunque conservara un aire científico. Apenas tardó un segundo en situar a Félix como el marido de la paciente de la 407. Era un hombre rápido y listo que seguramente cuidaba su cerebro como los entrenadores físicos cuidaban los músculos y las articulaciones.

—Mañana pasaré a ver a Julia y hablaremos —dijo cortando cualquier intento de conversación.

—Querría comentarle algo —añadió Félix ya metidos en el ascensor—. Esta tarde Julia ha abierto los ojos.

Romano observaba las austeras y macizas paredes valorando la situación.

—Los ha tenido abiertos casi un minuto —dijo Félix mientras paraban con un bote.

Salieron y echaron a andar hacia algún coche. La grave voz de Romano llenaba el parking. Atravesaba el frescor de las columnas de cemento y la soledad que reinaba en aquellos momentos.

—Comprendo que le impresione, pero en un caso como éste puede haber alarmas, actos reflejos. A veces lo más espectacular puede no ser significativo y en cambio sí serlo algo que resulte menos apreciable.

Romano ya estaba abriendo el coche, un tanto destartalado y con una película de polvo sobre las lunas y el salpicadero. El mando a distancia y el túnel de lavado no eran su estilo, separaba tajantemente lo importante de lo accesorio.

Félix permaneció de pie, sin intentar nada, sin forzar más tristeza. Mostrándose tal como se sentía, sabía que bastaría.

—Suba si quiere. Voy a Las Rocas. Hablaremos por el camino.

Estuvo a punto de subir sin más antes de que Romano se arrepintiera, pero Las Rocas estaba a diez kilómetros por lo menos, lo que significaría que una vez allí no lo tendría fácil para regresar al hospital y sabía por experiencia que lo que no había que hacer jamás era complicar las situaciones sin necesidad. Si algo necesitaba en estos momentos era soluciones y no más problemas.

—Le seguiré en mi coche —dijo Félix sin dar opción a réplica.

Las Rocas estaban en dirección al faro y era la parte de costa más abrupta e incómoda para los bañistas, que se herían los pies con piedras cortantes al entrar en el agua. Los pocos que estaban sentados en sus enormes rocas grises tenían un aire meditativo.

Dejaron los coches juntos, y Romano sin mirarle siquiera abrió el capó y sacó un caballete y un maletín. Se cambió los zapatos por unas chanclas y se quitó los pantalones. Debajo llevaba una prenda mitad bañador mitad pantalón corto. Las piernas eran algo más fuertes que los brazos, como si de pequeño hubiera hecho mucha bicicleta. Al quitarse la camisa de rayas blancas y rojas quedó a la vista una camiseta de manga corta. Dobló cuidadosamente pantalones y camisa y cogió el caballete y el lienzo. Félix le ayudó con el maletín. Se instaló de cara al paisaje que estaba pintando. No lo hacía mal ni tampoco bien. Se puso una gorra con visera que llevaba en el bolsillo del bañador-pantalón.

—¿Los vende?

—Bastante bien, pero no pinto por dinero.

La brisa movía los reflejos del sol y las sombras en ráfagas.

—Me encanta esta luz —dijo mirando el cielo con ojos de experto—. ¿Ha decidido ya lo de Tucson? No quiero ser reiterativo, pero allí sabrían aprovechar mejor estos picos en su evolución. El que abra los ojos un instante y vuelva a cerrarlos y continúe en el mismo estado aquí no sabemos cómo valorarlo.

—Tengo un plan —dijo Félix contemplando el cuadro mientras pensaba en Julia—. Parece evidente que Julia sueña.

—Es muy posible —dijo Romano.

—Podría ser que en su sueño estuviera luchando por encontrar la salida que la traiga de nuevo al mundo.

Romano se concentró un tiempo excesivo en dar unas pinceladas.

—No le aconsejo ese camino, es demasiado complejo. No está suficientemente documentado al menos

293

desde el punto de vista científico. Ya hemos hablado de esto alguna otra vez. Siempre se han estudiado los sueños que se han tenido, no los que se están incubando. Esta parte, por lo menos hasta ahora, era cosa de chamanes y gente así. Vuelvo a insistir, deberíamos ponerla en manos de gente más especializada —se giró con el pincel en la mano—. Usted solo no puede hacerlo a no ser que piense que es un juego y que no le importe jugar con la vida de su mujer.

Estas palabras le habrían herido de dar en el blanco, pero no había un blanco, no había una solución ni un camino seguro, no había nada. En ningún momento Romano le garantizaba que en Tucson fuesen capaces de despertarla.

—Estoy intentando entenderla —dijo Félix—. Ahora sueño más que antes. ¿Cree usted en los sueños lúcidos?

—Todo es posible, pero yo soy un científico y he de apoyarme en hechos. Personalmente nunca he tenido un sueño lúcido. Nunca he sabido que estaba soñando. Usted no puede hacer nada. Todo lo que haya que hacer lo hará ella. Tenga en cuenta que cuando soñamos ensayamos estrategias de supervivencia al quedar la mente libre de distracciones y que por tanto sería posible pensar que ella esté inventando una historia o una manera de poder despertar.

Julia

El mimbre del sillón de la terraza de Chez Mari Luz se estremeció al levantarse. Se tocó el anillo y las llaves del coche para cerciorarse de que las llevaba consigo. Pasara lo que pasara no volvería a distraerse y a perder de vista lo poco que tenía. Por una parte se encontraba más tranquila que antes. Marcus ya no la perseguiría: había muerto al resbalarse al salir de la ducha en un charco de agua que fortuitamente había en la pieza contigua. Se había dado un golpe en la cabeza con un sinfonier y al no recibir asistencia inmediata había muerto. Lo había encontrado el personal de la limpieza porque la puerta que daba a la parte trasera de la discoteca estaba entornada, lo que les había extrañado a todos, ¿por qué dejaría la puerta abierta mientras se duchaba?, y aunque no fuera tan extraño, cualquier cosa en estas circunstancias puede resultar rara.

Al oír esta noticia por boca de Óscar, Julia sintió el impulso de contarle la verdad, para que las piezas encajaran también para él y todo tuviera sentido. Si algo tenía sentido para dos parecería más auténtico que si nada más tenía algo de sentido para Julia. Pero se contuvo. Ahora había que pensar en la policía, en que no sospechara de ella.

Policía. Jamás se le habría ocurrido que esta palabra pudiera tener nada que ver con su vida.

—Lo de anoche sólo lo sabíamos el pobre Marcus, tú y yo. Ahora, tú y yo. Es mejor que nadie más se entere y nos evitaremos problemas —dijo Julia—. La diadema que vendiste era robada, pertenecía a una chica que se iba a casar. Un resbalón lo tiene cualquiera.

—No te creo, ¿cómo puedes saber a quién le robó la diadema?

Julia se metió en su coche dejándole con la palabra en la boca. Mientras arrancaba, le vio de pie repitiendo la pregunta.

—¿Cómo puedes saberlo?

No le contestó que se lo había contado Sasa porque no sólo lo sabía por eso.

Se marchó hacia la playa como tenía previsto sin sentir ninguna lástima por Marcus. Incluso muerto, lamentaba que siguiera vivo en su conciencia. Y sobre todo lamentaba haber tenido que ser ella quien lo quitara de en medio. Cierto era que Marcus podía haberse librado de este accidente simplemente dándose cuenta de que había agua en el suelo o cayendo de lado y no hacia atrás, pero también era cierto que sólo aparentemente había sido un accidente y que ella había vertido el agua allí para que se matara. Y el hecho de que todo hubiese ocurrido como había deseado la sobrecogía, porque no era fácil que alguien joven y fuerte se matara de esta manera tan sencilla. Era su deseo de matarle el que lo había matado. Descendió hasta el pueblo pensando que ya no era la misma persona de hacía un rato. Aunque moralmente podía justificarse pensando que había sido en defensa propia, para la policía sería un homicidio o un asesinato, no estaba segura. Sus huellas estaban por la habitación y el portero de la discoteca sabía que había estado con él. Sólo tenían que seguir el rastro de la culpabilidad para dar con ella.

A su izquierda quedó la discoteca. Quién le iba a decir la primera noche que la pisó que aquel hombre que le prestó el móvil y con el que bailó, aquel hombre que olía un poco a ginebra y tenía los ojos maravillosamente grises iba a morir por intervención de ella. Uno ponía el pie en un sitio y el universo se removía. Cuando volviera con Félix y Tito, ella tendría una vida desconocida para ellos, sería como regresar de la guerra o de un exilio o de un viaje muy largo.

Aparcó más lejos de lo habitual, en una zona en que la capa de arena era más profunda y al andar se le hundían las zapatillas hasta los cordones. Se tumbó en una parte donde aún tardaría media hora en llegar la última y fina ola de mar. Cerró los ojos y cuando los entreabría a lo lejos veía un yate. Lo más bonito de los yates era verlos e imaginarse a la gente en cubierta divirtiéndose, pensaba cada vez más y más cansada. Era un cansancio profundo que la iba hundiendo en la arena, y aunque quisiera no podía moverse, porque a pesar de no estar completamente dormida los músculos no le respondían. No era la primera vez que le sucedía algo así, por lo general le pasaba cuando estaba agotada al límite. Entonces seguramente ocurría que el cerebro no tenía potencia para mandar las señales correspondientes al resto del cuerpo, o no quería, o estaba entretenido en otros asuntos. La sensación era la de colarse por un agujero oscuro dentro de su propia mente y era angustiosa, tanto que hacía esfuerzos sobrehumanos para despertarse del todo. Debía de ser algo así como nacer o morir, pero sólo si uno se resistía, si se oponía con fuerza a ese hecho natural y no se dejaba llevar como Julia ahora se estaba dejando llevar.

Se dejó resbalar por el hoyo de arena. Dejó que mil manos suaves e invisibles la hundieran más y más. Se dejó arrastrar por una corriente oscura. El viaje no era doloroso ni incómodo, y sólo se volvería infernal luchando contra él. De esta manera duró poco y cayó dormida. Profundamente dormida. Se vio en una habitación, que no conocía, en una cama, rodeada por Félix, Tito, su madre y un hombre mayor y muy delgado que podría ser don Quijote en pijama. Por la ventana entraba un rayo caído de la parte más azul del cielo. Llevaba en este cuarto toda la vida, y llevaba toda la vida teniendo la sensación de que esta situación era extraña.

—¿Cómo te encuentras? —le preguntó Félix, pasándole la mano por la frente.

Julia no contestó, estaba mirando a Tito, que empezó a llorar. No iba bien conjuntado, ella nunca le habría puesto el pantaloncito de felpa rojo con una camiseta azul claro. Su madre se lo puso en los brazos. Sintió sus lágrimas en la cara saladas igual que las gotas del mar. Entonces Julia, sin comprender por qué, salió de la cama y estuvo volando sobre sus cabezas hasta que notó algo frío en el pie como si le pasaran una esponja mojada.

Se despertó. Una ola le había llegado al pie que tenía estirado. En algún momento del sueño se había puesto de lado y había doblado una pierna sobre otra igual que solía hacer en la cama. No sabía cuánto tiempo llevaba dormida. Se pasó las manos por la cara, estaba seca, no estaba mojada por las lágrimas de Tito y, sin embargo, su contacto había sido tan real. Aún lo notaba muy en el fondo de su ser. Parecía que toda la playa tenía su olor, y recordaba la forma disparatada en que iba vestido. Recordaba todo con bastante detalle, desde el momento en que comenzó a hundirse en la arena y a desaparecer, hasta que de pronto se encontró en aquel lugar que no era su casa. Puede que se tratara del apartamento que no encontraba y que el cerebro intentase compensar y resolver la situación creando este sueño. Al fin y al cabo, soñar era igual que abrir los ojos de repente en un sitio nuevo y extraño, aunque no entendía qué podían estar haciendo el hombre flaco y su madre en el mismo sitio que Tito y Félix.

Tal vez estas imágenes la avisaban de que su madre había sufrido un accidente y estaba en el hospital, aunque entonces ¿por qué era Julia quien estaba en la cama y no su madre? Ahora su madre era rubia e iba vestida con una ropa que no le había visto nunca. Félix tenía una cara de emoción que tampoco le había visto en su vida. Los sueños por muy reales que parezcan siempre tienen componentes desconcertantes, desajustes de la lógica que mientras soñamos encontramos normales y que no hay que tomar de forma literal, así que en todo esto había un significado oculto, un mensaje que su subconsciente le había enviado y que ella debía desentrañar. Pero hasta ahora era como un cuadro de esos en que sólo el pintor sabe por qué está ahí esa gente.

En su situación actual consideraba una gran suerte que el sueño no se hubiese desvanecido como otros muchos de los que al despertar no recordaba nada. Éste había logrado conservarlo y al fin y al cabo gracias a él había vuelto a ver a Tito y de alguna manera a abrazarlo. Aún veía la habitación atravesada por un rayo demasiado azul que, con la exageración propia de los sueños, volvía azul todo lo que encontraba en su camino, la pared, un armario metalizado y el pelo llamativamente rubio de su madre.

Le ardían los muslos y fue al agua. Estaba algo turbia, grisácea, igual que un cielo con polución. De todos modos y a pesar de que habría preferido un agua más transparente y que echaba de menos un buen trozo de jabón, sintió un gran bienestar. Se tropezó con un pedazo de corcho blanco, desperdicios seguramente del yate. Salió más relajada, pisando con gusto el reborde de las olas grises que cada vez se acercaban más a su pequeño montón de pertenencias. Esperó de pie a secarse. Las zapatillas se habían cuarteado por algunas partes, y los veraneantes comenzaban a cruzar la arena cansinamente hacia la orilla. Mientras se peinaba supo lo que iba a hacer a continuación. Le pondría gasolina al coche y haría tiempo hasta la hora de dormir recorriendo a pie el pueblo por si se tropezaba con su marido y su hijo. Luego se compraría un bocadillo y una botella de litro y medio de agua muy fría y se marcharía a pasar la noche al lugar de costumbre.

Las Marinas empezaba a resultarle tan familiar como una casa, sólo que una casa en que Félix y Tito se habrían escondido en una de las habitaciones y ella debería encontrarlos. Y en el fondo eso es lo que parecía esta

situación, un juego, una broma, que como todo juego y broma terminaría algún día. También había que pensar que
los juegos encierran trampas y obstáculos para hacerlos
más emocionantes, y más emocionante sería que uno de
los jugadores no supiera que estaba jugando, pero el juego
no dejaría por eso de ser sólo un juego.

Séptimo día

Félix

Había aprendido a no despertarse de golpe, incluso a veces conseguía despertarse un poco antes de despertar del todo, estar lúcido durante un segundo en medio de aquel mundo que se iba haciendo extraño a medida que abría los párpados y empezaban a entrar por ellos los muebles de la habitación y la luz del mundo real. No se movía hasta que repasaba el sueño que había tenido, mejor dicho las migajas del sueño, sobre todo si tenía que ver con Julia. A veces, incluso lo anotaba o intentaba hacer un dibujo. Los dibujos siempre resultaban incompletos, pero mientras dormía el sueño era una visión que estaba completa, lo que le hacía pensar que perdía mucha información al despertar, prácticamente toda, y entonces ¿dónde quedaba, dónde se guardaba la gran parte de sueño que no recordaba? Tal vez mucho del inconsciente estuviera formado por sueños no recordados en la vigilia, y por eso algunos volvían a surgir una y otra vez.

Parecía un hecho probado lo que él ya había comprobado sueño tras sueño, que el inconsciente trabajaba con todos los datos recogidos durante la vigilia. Siempre se había considerado observador, pero ahora se daba cuenta de que su inconsciente era más observador que él. Una palabra cazada al vuelo, una mirada, un gesto, un papel escrito. Todo era alimento para el inconsciente.

Se dio la vuelta muy despacio a medida que la ensoñación se iba alejando a velocidad de vértigo. Por las rendijas de la persiana entraba mucha claridad. Acababa de soñar que Julia y el de la camisa de cuadros cruzaban corriendo la arena de la playa en penumbra hacia el acantilado cuando Julia se dio cuenta de que se había olvidado la pequeña mochila que usaba como bolso y regresó a buscarla. Miró dentro por si le faltaba algo y luego siguió andando con ella en la mano.

De alguna manera el sueño sin límite de Julia le contagió. Los sueños iban adquiriendo una gran importancia. Sobre todo los relacionados con ella. Félix siempre cerraba los ojos esperando soñar con Julia porque eso significaría que ella podría darle un mensaje, hablarle, revelarle algo oculto en la propia imaginación de Félix. O bien él querría dárselo a ella. En el momento en que ambos estuvieran presentes en el sueño de uno u otro podrían comunicarse algo esencial. El problema era que en los sueños todo funciona de otra manera y algo, por simple que sea, está dicho con rodeos y símbolos.

La clave del sueño que acababa de tener debía de ser la mochila porque todo en aquella escena giraba en torno a ella. Por la forma en que Julia volvía a buscarla y registraba su interior seguro que guardaría algo importante. Él lo había achacado en principio a la preocupación por el dinero y la documentación, pero ¿seguirían estas cosas siendo tan importantes en el sueño como en la vigilia o tendrían otro significado?

Hizo memoria un segundo. La mochila real estaría en la bolsa de plástico que le habían entregado en el hospital con las pertenencias de Julia y que él había guardado en el armario metálico sin abrirla.

Esa misma tarde, en cuanto Angelita llegó al apartamento para hacerse cargo de Tito, Félix salió disparado al hospital, y nada más entrar en la habitación, casi sin mirar a Julia, abrió el armario y sacó la mochila de la bolsa de plástico, donde estarían los pantalones de lino color beige, que usaba cuando quería estar muy cómoda, la blusa blanca de manga corta que se había puesto ese día y las Adidas gastadas, la mochila y nada más porque Julia con el calor no soportaba llevar reloj ni nada metálico que le rozara la piel. La tenía tan sensible que había que quitar las etiquetas pegadas en la ropa. Hasta este momento no se le había ocurrido mirar en la mochila de Julia. Ni siquiera se habría acordado de ella si no fuese porque había aparecido en el sueño en primer plano, como el elemento principal de aquella incomprensible historia. Y en su vida anterior al accidente la visión de la mochila se habría desvanecido antes de abrir los ojos y habría ido a parar a ese lugar profundo donde se archivan los sueños, ¿o se deshacen completamente como el vaho en el cristal? Si lo pensaba bien, a todos los efectos un sueño es un recuerdo. Sin embargo, la cordura consiste en no confundir la fantasía con la realidad. Pero para Julia no habría diferencia porque para el que sueña no hay absolutamente ninguna diferencia entre lo real y lo que no lo es, y lo cierto era que cuando uno se ilusiona mucho con algo es como si estuviera soñando.

Procuró no obsesionarse con la idea de que él no estaba cuando alguien le quitó esta ropa a Julia y cuando tuvo el accidente y que aunque se lo hubiese propuesto no se puede proteger a nadie por completo, ni siquiera a Tito. Ni siquiera podía estar con Tito absolutamente todos los segundos de su vida vigilando que no sufriera ningún percance, incluso estándolo habría cosas que él no podría evitar. Había sangre seca de la herida de la frente en la blusa. Algunas gotas en los pantalones, nada en las zapatillas. Vio que en las zapatillas había puesto plantillas nuevas. Mecánicamente metió la mano en los bolsillos del pantalón. En uno había cinco euros y unas monedas. Probablemente las vueltas de la leche si es que había llegado a comprarla. Y en tal caso la leche estaría en el coche. La policía lo había dejado en un depósito. Pensaba ir a retirarlo cuando pudiera tomarse un respiro y llevarlo a un taller para que, al despertar Julia, lo viera arreglado.

La mochila era pequeña, negra y flexible. La cerraban en forma de fuelle dos cordones. Los abrió y se asomó como a un pequeño pozo y volcó su contenido a los pies de Julia como habría hecho con cualquier otro bolso que tuviera que analizar. Por respeto a ella quería ser estrictamente científico y no un cotilla. Desde el principio de su relación tuvo muy claro que ni su hogar ni su mujer serían jamás parte de su trabajo, y que toda su astucia y su olfato de investigador los abandonaría en la calle antes de entrar en el portal, y le habría repugnado recelar de Julia o fisgar en sus cosas a su espalda. Así que en cuanto despertara le contaría lo que se había visto obligado a hacer, porque si registraba el bolso era porque había tenido un sueño. Y si había tenido ese sueño sería por algo, o al menos él deseaba que así fuera y encontrar una señal que iluminara el camino.

Registró también los pequeños bolsillos cerrados con cremalleras. Había diversas tarjetas de visita, una era del tapicero, dos de restaurantes, del pediatra, del dentista y tres más de gente que no conocía, también papeles con números de teléfono anotados, algo muy corriente en ella, en realidad por la casa siempre había anotaciones de este tipo. Según su costumbre, Félix fue tocando objetos esparcidos en la cama, la experiencia le había enseñado que no bastaba con ver, que lo que se tocaba se retenía mejor. Una barra de labios plateada, una polvera con espejo, un cepillo pequeño plegado para el pelo, tres bolígrafos de propaganda, un rotulador, un monedero con el carné de conducir y algo de dinero. Dos folios doblados con recetas de cócteles. Durante la última semana había asistido a un curso de coctelería que se había impartido en el salón Ducal del hotel. Por lo visto había venido una eminencia desde Nueva York y era una maravilla seguir sus clases.

¿Y el móvil? Estrujó la mochila con las manos. Volvió a registrar la bolsa de plástico. Miró dentro de las zapatillas, que sería un sitio fácil para guardarlo en el momento de desnudarla. Y ahí estaba, en el fondo de una de ellas. Esto podría significar que Julia había hecho o iba a hacer una llamada y por eso lo había sacado de uno de los pequeños bolsillos con cremallera de la mochila. Puede que pretendiera hacérsela a él y que no le hubiese dado tiempo porque evidentemente él no la había recibido.

Trató de encenderlo, pero como era esperable se había consumido la batería, lo que querría decir que lo había dejado abierto y que podría saltarse el trámite de averiguar el número secreto. Tal vez no encontrara nada, pero lo cierto es que hasta que el sueño del bolso no entró en su vida no se le había ocurrido darle ninguna importancia al móvil. Y la tenía porque si estaban registrados, como sería lo normal, los números de compañeros de trabajo, de amigas, él los llamaría, le pondría el teléfono al oído a Julia y les pediría que le hablaran, que dijeran algo para que ella escuchara sus voces conocidas y las recordara y tiraran de ella. Cuantos más estímulos la conectaran con el exterior, mejor. En cualquier caso necesitaba ponerse manos a la obra y recogió todo con rapidez.

Salió corriendo. Los ascensores tardaban tanto que bajó las escaleras de dos en dos. Llevaba la mochila en la mano. En la calle la luna se reflejaba en los capós. Había una intensa luna llena, que inundaba la noche de una gran palidez. Como siempre la carretera del puerto se encontraba saturada, así que trató de atajar por calles que le condujeran a caminos que conectaran con la carretera de la playa. Aunque le costó tanto como ir por la vía reglamentaria, al fin vio las letras parpadeantes de La Felicidad y el hormiguero de la entrada. Unos cinco kilómetros más allá debía torcer a la derecha y luego a la izquierda y después otra vez a la izquierda. Antes siempre le llamaba la atención La Trompeta Azul, un local pequeño, recluido entre árboles, en que le habría gustado entrar con Julia a tomarse una cerveza negra de importación. Y por un instante aminoró la marcha aun sabiendo que no llegaría a detenerse porque ese local pertenecía a la vida normal.

Ahora lo prioritario era encontrarle la mayor utilidad posible a la agenda telefónica de Julia. Aparcó con una sola maniobra, alguien se había marchado a divertirse y había dejado un fantástico hueco cerca de la puerta de entrada. Se había levantado una ligera brisa. Las plantas que colgaban de todas las tapias por la noche multiplicaban su olor hasta el infinito. Con la mitad de zancadas de lo ordinario llegó a su colmena de apartamentos y subió también en la mitad de tiempo. Abrió con la llave para no sobresaltar a Tito con el timbre, sin embargo, no pudo evitar que Angelita se asustara. Se asustó bastante, casi dio un grito. Estaba sentada en el sofá delante del televisor con las piernas sobre la mesa de cristal y mimbre. Tito dormitaba a su lado. Seguramente a Julia le habría gustado ver esta escena.

—¡Qué susto! —dijo, sorprendida.

Félix no contestó. Fue directo a buscar el cargador del móvil de Julia. Estaba en la maleta grande. Oyó cómo se levantaba su suegra retirando un poco la mesa de cristal y mimbre.

—¿Qué ha ocurrido? —preguntó desde la puerta de la habitación.

Félix enchufó el cargador junto a la mesilla.

—Todo sigue igual, he venido para comprobar algo.

—Voy a calentarte un vaso de leche —dijo dirigiéndose a la minúscula cocina, vestida con una camiseta larga que le llegaba por la mitad del muslo. El mimbre de la mesa le había dejado profundas huellas en las piernas—. ¿Qué tienes que comprobar?

—Voy a revisar su agenda. He pensado que sería bueno que escuchase unas palabras de compañeros del trabajo y amigos por teléfono.

—Ya —dijo Angelita poniendo una taza humeante en el pequeño mostrador.

Le tendió la mochila sin que ella hiciese ningún intento por cogerla.

—Mira a ver si hay algo en la mochila que te llame la atención, algo que a Julia por ejemplo le viniese bien tocar.

—¿No podemos hacerlo mañana? Estoy cansada —dijo mirando la mochila sin demasiado interés.

—No tardarás mucho, son pocas cosas.

Félix volcó el contenido sobre la mesa redonda del comedor. Los bolígrafos, la polvera y el espejo hicieron bastante ruido al caer. De los bolsillos con cremalleras sacó las tarjetas y las notas a mano. Angelita se sentó derrotada en una silla y empezó a mirarlo todo.

—Son sus cosas —dijo para sí—. Creo que son ganas de mortificarnos.

—No, aquí hay algo que es importante para ella. Estoy seguro. Es cuestión de descubrirlo.

Angelita siguió examinando cada tarjeta, cada anotación. Félix salió a la terraza con la taza en la mano. Tal vez esta noche ya no iría al hospital. Se quedaría aquí y se tomaría algo para dormir porque si no sería incapaz de descansar pensando que ella estaba allí a merced de su gran soledad. Su gran soledad era lo que le atormentaba, una soledad tan descomunal que ni ella podía captarla. Si realmente soñaba, sabría que algo extraño le sucedía, pero no que estaba completamente sola con sus sueños.

—Ya está —dijo Angelita—, voy a darle un biberón a Tito y luego nos acostaremos.

Ahora ya no había barreras, esta noche se acababa de abrir el caso de Julia con todas las consecuencias, no le importaba que fuese un caso sólo espiritual, si lo pensaba bien todos los casos lo eran. Ya no haría la vista gorda ante nada. Dejaría que los detalles y los datos que fueran saliendo a la luz pasaran a su cabeza en crudo, sin adornos. Así que ya estaba en disposición de aceptar que a su suegra se le había afilado el brillo de sus pequeños y envejecidos ojos, tras revisar los objetos de Julia, como si algo le hubiera llamado la atención.

—Me gustaría que antes tocaras una por una las cosas que hay ahí.

—¿Lo crees necesario? —dijo con ese nuevo brillo.

—No, así no —le recriminó Félix viendo que se limitaba a pasar la mano por ellas—, sintiéndolas, grabándolas en tu mente.

Angelita era un libro abierto. El cepillo plegable del pelo, la barra de labios y demás objetos de su hija no le impresionaron, la mano no registró el más mínimo sobresalto, sin embargo, al llegar a los papeles con notas y números de teléfono, Félix detectó el micromovimiento de querer alejarse de ellos y al mismo tiempo de no querer que se notara. Entonces Angelita se levantó y se fue hacia la placa vitrocerámica guardando para sí lo que había descubierto o lo que no podía decir. Preparó el biberón en silencio.

Félix muchas veces en su vida habría preferido no darse cuenta de nada, en el colegio por ejemplo habría preferido no ser consciente del rechazo de algún profesor, apenas perceptible si él no fuese como era. No habría perdido nada y habría ganado mucho no enterándose. Y ahora, de no exigirlo las circunstancias, preferiría no saber qué estaba ocurriendo en aquellos papeles garabateados. Cada uno sobrevive a su manera y todo el mundo puede conseguirlo porque ésa es su obligación. Así que Julia con un poco de fuerza e ilusión sobreviviría, y él también sobreviviría a cualquier noticia desagradable que pudiera darle su suegra.

Tito se tomó ansiosamente el biberón. Angelita lo cuidaba muy bien, su flaco brazo lo sostenía por la nuca con fuerza como si se hubiera olvidado de la edad y los achaques. Luego le cambió el pañal y lo acostó mientras Félix desenchufaba el móvil de Julia y lo abría. Revisó las llamadas y los mensajes diciéndose que no estaba escudriñando el teléfono de Julia, sino del «caso Julia». Y en un eventual informe tendría que hacer constar que su mujer la noche del accidente había hecho dos llamadas a un número desconocido para él. Y en este instante no pudo por menos que sentir cierta congoja en el estómago, la congoja de la sospecha. La operación mental de la sospecha tenía comprobado que podía desencadenar distintas sensaciones con variedad de matices y grados de intensidad. En este caso concreto era muy fuerte, era de congoja.

El mismo número se repetía la tarde del accidente coincidiendo con la parada en el restaurante de carretera. Posiblemente había hecho la llamada desde los lavabos, y también aparecía los días anteriores, siempre llamando ella, nunca recibiéndola. Con aprensión creciente pulsó el buzón de voz por si acaso se conservaba algún mensaje antiguo, pero sólo había uno de Angelita y otro del hotel.

Con el móvil en la mano miró al techo, como si allí estuviera escrito lo que pensaba. Pensaba que creía haber visto ese número de teléfono en uno de los papeles guardados en el bolso. Fue a la mesa, intentó serenarse pensando que se trataría de alguna gestión que llevaba entre manos. Se oyó el ruido de la cisterna, Tito ya debía de estar en la cama. El destinatario se llamaba Marcus. Su nombre estaba apuntado con este mismo número de móvil en un papel que tal vez había encendido el brillo de los ojos de Angelita. Marcus. ¿Sería este nombre el que su subconsciente le había ordenado que buscase por medio del sueño de la mochila en la playa?

Angelita llegó frotándose crema en las manos.

—¿Quién es Marcus?

Ella como respuesta se limitó a sentarse frente al televisor, cuyo resplandor parpadeaba en medio de la oscuridad que entraba por la terraza. Permaneció mirándolo con cara ausente. Y Félix consideró que las palabras sobraban y que lo mejor era ponerle ante los ojos el papel en que estaban escritos el nombre de Marcus y el teléfono.

—No sé cómo explicarlo, puede que esté confundida, pero creo que es su amante —dijo Angelita sin dejar de mirar la televisión.

¿Su amante? Era increíble, tendría que preguntarle a Angelita cómo había llegado a esa conclusión, cómo lo sabía, pero sería en otro momento, porque ahora le venían a la memoria detalles en tropel que deberían haberle puesto en guardia si él hubiese estado dispuesto a considerarlos.

—¿No será un amigo? ¿Un compañero de trabajo?

Angelita negó con la cabeza.

—A veces pasan estas cosas. Sobre todo después de tener un hijo una mujer necesita saber que sigue gustando.

—A mí me gusta. Me gusta más que antes.

—Esto no tendría que decírtelo yo. Pero así son las cosas y no puedo ocultártelo. Está loca por ese chico, Marcus. Un día en que estabas de viaje me pidió que me quedase con Tito y pasó toda la noche fuera. Me cuesta mucho trabajo decirte algo así, es muy duro y creía que no iba a perdonárselo, y ahora ya ves, casi no tiene importancia.

Los pequeños ojos claros de Angelita estaban enrojecidos. Félix se sentía mareado y salió a la terraza. La pantalla de la televisión se veía dentro, en el cristal de la puerta y en el firmamento, multiplicada como un espejismo. No le molestaba, necesitaban compañía, cualquier clase de compañía.

—¿Estás segura de lo que dices?

Vio en la pantalla reflejada en el cristal cómo asentía de una forma que no dejaba lugar a dudas.

Le contó que Julia lo había conocido en el hotel y que aunque no estaba alojado allí, iba todos los días por la cafetería a tomar café, también le gustaban el vodka y la ginebra. Era de los llamados países del Este, y Julia le dijo que había estado en la guerra y que era el hombre más atractivo que había conocido en su vida y que era superior a sus fuerzas lo que sentía por él. Cuando acabó de hablar, Angelita dejó caer la cabeza hacia delante como si se hubiese quedado dormida o como si estuviese mirándose el pecho y profundizando en él, como si estuviera replegándose hacia el interior. Por su parte Félix cerró los ojos un momento y al abrirlos vio las estrellas, la luna, las sombras, a sí mismo en el cristal, a su suegra. Todo estaba fuera de él, dentro ya no tenía nada. Había vuelto a estar solo, pero con un hijo y una mujer inconsciente en un hospital.

—Está bien, vete a dormir. Yo vuelvo al hospital. No es conveniente que Julia se quede tanto tiempo sola.

Julia

Por la noche se había gastado casi todo lo que tenía en un bocadillo, una botella de agua de litro y medio y gasolina para poder venir a dormir al lugar de costumbre. Compró el bocadillo en el bar más cochambroso y barato que encontró y podría haberse ido sin pagar, pero dadas las circunstancias prefería no verse envuelta en ninguna pelotera.

Aparcó el coche mirando hacia la Osa Mayor. Era una suerte haber nacido y poder ver las estrellas. Tenía ganas de que Tito se diera cuenta de todas las maravillas que lo rodeaban. Estuviera o no estuviera ella, eso no cambiaría. Se comió el bocadillo todo lo parsimoniosamente que pudo para que mientras tanto le entrara sueño.

Ya no tenía dificultad en saber ponerse cómoda. La almohada hecha con las toallas y los pantalones, la manta más que nada para sentirse protegida y las ventanillas abiertas esta vez dos dedos en lugar de uno. Esto era todo.

Al despertar por la mañana no movió un músculo, aún conservaba frescas las palabras del ángel Abel diciéndole mientras dormía que pronto tendría que marcharse por un motivo mayor. Le había dicho que tenía el presentimiento de que ya no podría hablar muchas veces más con ella y quería que supiera que no la abandonaba, sino que no podía elegir. Repasó varias veces este mensaje lamentando no poder intercambiar unas palabras o unos pensamientos con él. Se limitó a interpretar que al ángel Abel no le parecería abominable el suceso de Marcus porque en ese sitio desde el que él observaba a los humanos regirían otras leyes.

Abrió la ventanilla y se puso los pantalones. Se pasó las manos por la cara con fuerza y bebió de la botella. El agua ya no estaba fresca, pero tampoco caldosa y esperó ver aparecer de un momento a otro el mechón amarillo del enorme Tom. Cómo se acostumbra uno a cualquier cosa, ya le echaba de menos. En cualquier caso, necesitaba salir del coche a estirar las piernas y respirar aire puro. Si hoy se lo encontraba sí le contaría lo que le ocurría porque ya no serían unos perfectos desconocidos.

Se sentó en una esquina de la terraza del bar El Yate vigilando la posible llegada de Tom. Necesitaba un amigo de carne y hueso, no sólo espíritus. No quería volverse un ser raro, una mística o algo así, deseaba con todo su ser encontrar a su familia, deseaba volver a ser una más y vivir la vida de verdad y no dedicarse a correr detrás... detrás de una sombra, como ahora. Claro que después de lo de Marcus nada volvería a ser igual. Desde ahora sería culpable y tendría remordimientos.

Al ver acercarse al camarero con un mantel de papel y un cubierto en la mano se propuso decirle que ya había desayunado, pero el camarero maniobró con tal rapidez que no pareció escuchar y al momento volvió a aparecer con un zumo de naranja y lo que en El Yate llamaban un desayuno completo.

—Es una invitación del señor Tom. Dejó encargado que aunque él no estuviera le sirviéramos el desayuno.

Vaya, era increíble que existiera gente así en el mundo. Julia creía encontrarse completamente sola y de pronto otro ser tan real como la misma Julia se preocupaba por ella.

Tras el festín del desayuno y antes de poner el coche en marcha se preguntó cómo sacarle el mejor partido al día, se preguntó dónde más podría ir para buscar a su marido y a su hijo. Se lo preguntó con una terrible sensación de fracaso. Nada de lo que había hecho hasta ahora servía de gran cosa. Los hilos que la unían a su mundo se habían roto. ¿Por qué? Era imposible saberlo. Aún podría intentar hablar con el hotel en que trabajaba, pero en caso de que diese resultado, qué iban a hacer ellos, no entenderían nada. Sonaría todo demasiado complicado y raro. Por lo pronto decidió parar en una zona de piedras blancas y redondas y bastante desierta.

Dejó el anillo dentro del pantalón y se metió con dificultad en el agua. Estaba templada. De vez en cuando miraba hacia el coche, no quería perderlo de vista. El agua la purificaba. No había un solo sitio de su cuerpo por donde no entrase. La absorbió por la nariz y después la expulsó. Cuando le pareció que ya estaba bastante limpia, salió pisando tortuosamente a secarse sobre las piedras. No le pesaba que Marcus hubiera muerto, le pesaba haberlo matado ella. El espíritu del mar le mandó un poco de brisa. A veces había sido demasiado rígida juzgando a los demás, en esos casos Félix solía decirle que nadie sabe, ni siquiera uno mismo, cuándo se le pueden cruzar los cables aunque si se es observador siempre se encuentran datos y señales que pueden alertar. Julia creía que lo que Félix quería decir era que juzgar era una pérdida de tiempo si no se podía castigar. Era más interesante comprender por qué la gente hacía ciertas cosas. Sin embargo, ella no podía dejar de sentirse culpable, tanto como si le hubiese clavado un cuchillo a Marcus, la intención había sido la misma, y el porqué estaba claro, quería eliminarlo de su vida, y quería eliminarlo porque lo detestaba. Lo detestaba porque la había engañado y le había robado el coche. ¿Y esto era suficiente? Muchas veces la habían engañado, puede que incluso su madre, puede que el mismo Félix, y ni se le había pasado por la cabeza matarlos. Nunca había sentido una amenaza tan grande como la de Marcus. ¿Qué clase de amenaza?, le habría preguntado Félix. Pues no lo sabía, una amenaza que rompería su vida.

Se pasó los dedos por el pelo repetidas veces. Los dejaba resbalar por el cuero cabelludo con los ojos cerrados. El sol no sabía nada de lo que había hecho, caía sobre ella como sobre las flores, el mar, las piedras y los seres más inocentes. Ya no era capaz de saber cómo se sentiría ahora mismo si no hubiese matado a Marcus. Era otra Julia. Una de esas personas que parece que no han hecho nada malo en su vida y que luego se descubre que han hecho algo terrible. Ahora debía estar ojo avizor para no delatarse, para huir si era necesario porque no podía permitirse el lujo de que la cogieran y la encerraran antes de encontrar a Félix y a Tito. Hasta el lunes no podía volver al banco, y en la comisaría y el hospital durante el fin de semana tendrían demasiado jaleo para atenderla.

Las gaviotas pasaban velozmente sobre su cabeza, entre grises y doradas. Era un planeta hermoso y ella no quería morir, ni estar encerrada en ningún sitio. No quería estar encerrada. Jamás había pensado en esta posibilidad que ahora se hacía acuciante y aterradora.

La llegada de un grupo de chicos y chicas la decidió a volver al coche. Se vistió detrás del capó levantado y sacó del bolsillo del pantalón el anillo y se lo puso antes de que lo olvidara, se cayera al suelo, quedase enterrado entre la arena y las piedras y perdiera así toda la magia que tenía. Se lo llevó a la boca como hacía Tito con los juguetes para reconocer las formas y de qué estaban hechos. Se podía decir que Tito reconocía el mundo con la boca. Tenía los ojos cerrados y estaba sentada en el asiento del conductor y cuando retiró la mano del anillo de la boca y la puso en el volante sorprendentemente sintió un beso en los labios. Abrió los ojos de golpe, casi asustada. Había sido un beso de Marcus.

Por supuesto Marcus no estaba aquí, ni siquiera en el mundo de los vivos, y no había nadie más con ella y sin embargo el beso había sido real, completamente real. Reconocía a la perfección los labios de Marcus, delgados, sonrosados igual que las encías. Era la boca que más le había gustado en toda su vida, pero ahora Marcus estaba muerto, y este beso le daba miedo. Aunque tal vez había sido una forma de decirle, desde la otra vida, que la perdonaba por haberle matado. Dondequiera que estuviese, Marcus había reconocido su parte de culpa.

En ese sitio invisible, que estaría en todas partes y en ninguna, se comprenderían los sentimientos y los actos que en este mundo de las cosas y los seres tangibles no se comprenden del todo. En ese lugar no sería necesaria ninguna explicación, no habría malentendidos, no se podría mentir porque cualquier acto o pensamiento se desplegaría ante la vista como si se desenrollara una cuerda y no podría ser nada más que lo que era.

Félix

La voz de Marcus era áspera, muy apropiada para cantar baladas románticas o susurrar al oído. Hablaba español bastante bien.

—Siento molestarle, no me conoce, pero necesito hablar con usted.

Ésta fue la carta de presentación de Félix. Marcus reaccionó poniéndose en guardia y dejando entrever que tenía muchas cosas que temer.

—¿Cómo sabe mi número?

—Soy el marido de Julia. Por favor, no cuelgue. No llamo por lo que usted cree. Julia ha sufrido un accidente.

Se hizo un profundo silencio lleno de desconfianza.

—No conozco a ninguna Julia.

—Sí la conoce. Es una empleada de la cafetería del hotel Plaza. Tiene su número de teléfono anotado por todas partes y sé de buena fuente que usted y ella eran amantes. Por favor, no cuelgue. Ahora eso no importa, lo que importa es que ella siente un interés especial por usted y le haría mucho bien que le hablase, que le creara la ilusión de que si despierta y vuelve a la vida van a estar juntos.

—Pero ¿de qué habla? Es una trampa, ¿verdad?

Félix no se podía creer lo que estaba oyendo. Una trampa. Vaya tío acojonado, cobarde y miserable.

—Parece un hecho que mi mujer está enamorada de usted. Puede no gustarme la idea, pero no puedo hacer nada, ya es mayorcita para enamorarse de quien quiera. No se trata de eso, ¿comprende? Está sumida en algo así como un coma, del que estamos tratando que salga por medio de estímulos externos y por eso le necesitamos.

—No me lo creo —dijo.

Era evidente que no le importaba lo más mínimo la situación de Julia. Ni siquiera había preguntado qué le había pasado.

—Tal vez debería ir a Madrid para convencerle, pero no puedo dejarla sola. Estamos su madre y yo cuidándola y además tenemos un niño pequeño.

—¿Cómo se llama el niño?

—Tito. Por supuesto, si decide venir tiene todos los gastos pagados. Sólo quiero que venga, que coja la mano de mi mujer, que le diga que la quiere, que la echa de menos y que la está esperando para vivir juntos el resto de sus vidas, que le diga lo que crea que a ella le gustaría oír.

Marcus hizo un ruido de desagrado. Estaba claro que para él Julia había sido un simple pasatiempo, que no significaba nada. Y Félix estaba sufriendo la gran desilusión de Julia, su decepción, su enorme frustración antes que ella misma. Puede que incluso el accidente se hubiese producido por una distracción al pensar en él.

—Entiendo que a usted ni se le pasaba por la cabeza rehacer su vida con Julia.

—Pero ¿qué dice? Para nada.

Para nada. ¿Sería capullo? Julia había puesto sus deseos y sus esperanzas en él, y él los despreciaba. Si lo tuviera delante, tendría que partirle la cara.

—Lo que le diga a Julia no le comprometerá. Lo urgente es que salga de este estado. Después nunca le molestaríamos y yo personalmente se lo agradecería. Estoy muy bien relacionado y en disposición de poder ayudarle si necesita regularizar aquí su situación. Le doy mi palabra.

—Una palabra no es nada de nada.

—Bien, si quiere algo más que mi palabra, hablaremos de ello cuando venga.

—Deme su dirección y si me decido me presentaré allí en cualquier momento del día o de la noche y no me haga ninguna encerrona, se lo advierto por su bien.

Félix colgó asqueado. Ahora no estaba seguro de que hubiese sido una buena idea llamarle.

Octavo día

Félix

Al verle, no le sorprendió que a Julia le gustase. Probablemente si él fuese mujer también le gustaría. No era alto, mediría uno setenta y poco y no era lo que se podría llamar guapo, tampoco feo, daba la impresión de tener una cara prematuramente envejecida por la vida cuando no debía de pasar de los treinta y ocho años, como mucho de los cuarenta. Los surcos, los pómulos marcados y la barba de dos días le daban una gran profundidad a los ojos grises. Félix se preguntó si todo aquello estaría estudiado. También parecía que no se había reído nunca ni que pensase hacerlo en el futuro. Llevaba el pelo rapado y Félix habría apostado a que tendría un tatuaje en la espalda. Iba limpio pero no atildado, aparentaba despreocupación por su aspecto y al mismo tiempo una gran seguridad en su cuerpo delgado y fuerte y en sus movimientos. Debía de tener más que comprobado que resistía cualquier postura, cualquier clase de pantalones, cualquier camisa. En conjunto resultaba extraño, con magnetismo, de los que se quedan en la retina y en los deseos de la gente.

Se presentó directamente en el apartamento sobre las once de la mañana, al poco de llegar Félix de pasar la noche en el hospital. Angelita, al ver a Marcus, se metió con discreción en el cuarto de dos camas con Tito y no se marchó con Julia como habría sido lo habitual. A decir verdad, sin que Julia dejara de ser el eje de sus vidas, la llegada de Marcus la relegaba a un segundo plano.

Dijo que había dejado la maleta en el Regina, que casualmente era el mejor hotel de la zona, con ascensor di-

325

recto a una cala que la hacía casi privada. Dijo que contaba con que Félix pagaría la cuenta del hotel y del coche que había alquilado. Ya que estaba aquí se quedaría una semana más o menos. También necesitaría tres mil euros para gastos. Estaba pasando una mala época. Se los devolvería en cuanto encontrase trabajo. Era una manera de fijar un precio. Félix le dijo que le pagaría en cuanto hiciese su trabajo que consistiría en estar hablando con Julia varias horas en el hospital, recordándole los buenos momentos que habían pasado juntos y creándole ilusiones nuevas.

—Yo no estaré presente para que se exprese con total libertad. ¿Puedo confiar en que sabrá ganarse lo que le pago? Es mejor que las cosas queden claras al principio —dijo Félix, que creyó conveniente mantener las distancias y no pasar al tuteo.

Marcus movió imperceptiblemente la cabeza a derecha e izquierda pensando sin duda que Félix era un pardillo, un pardillo morboso quizá.

—A mí no me gustaría dejar a solas a mi mujer con su amante por muy inconsciente que esté ella.

Félix no contestó. Entre ellos sobraba esa clase de explicaciones. En cuanto hay dinero de por medio, uno nada más tiene que preocuparse de pagar, no de hablar.

—Podemos empezar al mediodía, antes o después de la comida, es igual.

—La mitad ahora —dijo Marcus.

Félix fue a la habitación a buscar la cartera. Quién le iba a decir cuando salieron de Madrid camino de la playa hacía ocho días que iba a vivir esta escena. Y quién le iba a decir que existía Marcus, o por lo menos no había querido sospecharlo.

—Ahora sólo tengo doscientos euros. Le iré dando el resto poco a poco.

Cogió el dinero con la mano izquierda, era zurdo. Llevaba unas botas con puntera que iban con su aspecto general. Y un hombre que llevaba esas botas pensaba bien lo que se ponía encima y lo que quería parecer.

Julia era Libra. Había nacido el 18 de octubre y su horóscopo de verano le aconsejaba que no corriera riesgos y que fuera flexible en los asuntos del corazón. En el restaurante de carretera habían comprado unas revistas y en el coche Julia había ido leyendo en voz alta su horóscopo, el de Tito, que era Acuario y el de Félix, que era Capricornio hasta que se quedó dormida. Se rieron porque a Tito le decía que tuviera mucho cuidado al firmar documentos comprometedores. Aún quedaban dos meses para que Julia cumpliera los veintinueve, pero Angelita era de la opinión de que como no pensaba asistir en el hospital al encuentro de Marcus con su hija, se quedaría en el apartamento preparando una tarta de chocolate que a ella le gustaba mucho y que siempre hasta los veinte años había estado presente en su cumpleaños sin faltar uno. Estaba segura de que de ser verdad que Julia era capaz de percibir lo que había a su alrededor la tarta la haría muy feliz.

Félix sintió que se desmoronaba por dentro y no quería que Angelita lo notara. De pronto su plan para despertar a Julia le pareció completamente inútil y lo más sensato sería llevarla a Tucson, y si en Tucson no podían hacer nada, entonces él ya no sabría qué hacer. De todos modos, entre ese momento de desesperanza final y este de desesperanza inicial estaba Tucson. Había que agarrarse a Tucson como a un clavo ardiendo. Le dijo a Angelita que iba a darse un baño y bajó las escaleras de tres en tres. Casi volaba de pura desesperación. No podía más. Necesitaba correr y que el cuerpo no pensara. Que no pensara el corazón, ni el estómago, ni las piernas. Y ojalá que tampoco pensara la cabeza. Corrió como un loco por la playa. Arriba y abajo sin cansarse. No podía cansarse porque la rabia y el miedo eran energía de primera, y si no la gastaba explotaría.

Cuando se dejó caer en la arena, se encontraba mejor. Muy bien, estaba Tucson. Tendría que vender el piso para llevarla allí, pero eso no le importaba lo más mínimo, era joven, ya compraría otro. Entonces, ¿por qué prefería este calvario, ir y venir al hospital e intentar mil cosas antes de llevarla a un centro donde sabrían qué hacer con ella? ¿Por qué se hacía el remolón? Tal vez el ser parte tan interesada en este conflicto no le dejaba pensar con claridad ni actuar bien. Se preguntó qué decisión tomaría Torres. Optaría por Tucson porque era lo reglamentario. Pero él no era Torres. Por mucho que Torres hubiese resuelto el caso del incendio, Torres no sentía respeto por la verdad sino por lo legal. El mar enviaba su brisa, su sal, su yodo, sus iones envueltos en una transparencia azulada que barría la playa y que le hacía razonar mejor: el doctor Romano no confiaba en que en Tucson fuesen a hacer gran cosa por ella, por eso Félix retrasaba el viaje.

Era el momento de pensar seriamente en Romano. Romano no le había aportado ningún dato convincente que despejara el camino hacia Tucson y su clínica blanca. Romano tendría que haber llamado ya para informarse sobre la posibilidad del ingreso de Julia por mucho que Félix le hubiese pedido tiempo. Y Romano con algo más que palabras en la mano tendría que haberle convencido. Lo que ocurría es que para el doctor la clínica de Tucson era una posibilidad remota, casi una fantasía, un lugar en la cabeza del que hablar como se habla de la esperanza o de la fe.

Se sentó en la arena. Ni siquiera se había quitado los pantalones para bajar a la playa, no pensaba bañarse. El agua frente a él tenía un gris azulado de una belleza amarga, y pensó con toda la fuerza de que era capaz: Julia.

Angelita dijo que Margaret, la dueña del apartamento debía de ser una consumada repostera. Había moldes, varillas, rodillos y muchos artilugios más made in England e incluso había encontrado entre las novelas un libro de cocina, pero necesitaría un diccionario para descifrarlo. Debía de haber pasado muchas horas en esta minúscula cocina preparando postres para sus hijos. Tal vez ahora ya fuesen mayores y no quisieran venir aquí de vacaciones. Pero quedaba algo de Margaret, aparte de su foto enmarcada. Aunque fuese un apartamento de tantos, con parecidos muebles asomando por las puertas abiertas de las terrazas, tenía algo muy acogedor. Cuando Angelita estaba en la cocina casi podía sentir la presencia de la bondadosa Margaret y un ligero olor a vainilla que emanaba de la encimera de mármol como si hubiese quedado allí impregnado de por vida. Angelita no podía aportar pruebas científicas, pero estaba segura de que de la misma forma que se puede escuchar la voz separada de la persona y que se puede oler el olor que alguien ha dejado en un ascensor había otras cosas que también se podían percibir de otro ser humano a pesar de que no estuviera presente. Y Margaret había dejado mucha paz y amor en este apartamento y aunque las novelas estuvieran en inglés le gustaba cogerlas de vez en cuando y tenerlas abiertas entre las manos. Tenía la clara sensación de que todo lo que hacía aquella mujer, cocinar y leer y sentarse en la terraza a tomar el sol, lo hacía con un espíritu maravilloso, dando mucho de sí misma en todo ello. Y se le ocurría que, de poder respirar Julia este ambiente, mejoraría. Como tal cosa era imposible le haría la mejor tarta de chocolate que había hecho en su vida en la cocina de Margaret, usando la encimera, sus boles, las mangas pasteleras y cucharas de madera tallada.

Angelita le pidió que comprara en el supermercado harina, chocolate, huevos, vainilla, menta, azúcar glas y levadura, de todo lo demás tenían en la cocina.

Mientras Félix buscaba estos ingredientes en las baldas, no quería dejarse llevar por la sospecha de que este pastel, que Julia no podría disfrutar, fuese más un entretenimiento para Angelita que conveniente para su hija. Lo cierto es que algo tenían que hacer. Inventaban sobre la marcha, no se podían estar quietos contemplando cómo Julia estaba quieta, y la verdad es que lo único que Angelita podía hacer por su hija era una tarta que no se iba a comer.

Lo que más le costó encontrar fue el azúcar glas. Una vez en el carro se dirigió a las cajas. No había acción más repetitiva que sacar las cosas de un carro para pagar, daba una gran sensación de normalidad, de que el ciclo no se interrumpía y de que la tierra seguía rotando sobre su eje. Sin embargo, al salir al parking tuvo una sensación impresionante. Del escape de un coche salió un chorro de humo blanco y la roulotte que había detrás se aplanó completamente, como un troquelado que se dobla para de nuevo, ante sus ojos, volver a coger volumen. Félix sacudió la cabeza. Había sido efecto del humo, pero le pareció impresionante, como si el mundo fuera un juguete, una maqueta en manos de alguien. Seguramente también su propio cerebro para relajarle le estaba diciendo que no se tomase nada demasiado en serio, que las cosas son así porque sólo podemos verlas así.

Se lo habría contado a su suegra, pero dicho en voz alta era una tontería. Así que se limitó a depositar sobre el mármol que sólo a ella le olía a vainilla la bolsa del supermercado. Llevaba puesto sobre una falda muy floreada, que le llegaba casi a los pies, un delantal blanco de anchos tirantes, que debió de pertenecer a Margaret. ¡Qué torpe había sido!, ahora comenzaba a comprender y Angelita empezaba a tomar volumen ante sus ojos como la roulotte del parking. Y es que el paulatino e imparable cambio que había ido observando en ella no respondía, como había pensado a la ligera, a la necesidad de sentirse más joven para poder atender a su nieto y a su hija. Lo estaba viendo claro, Angelita quería parecerse a Margaret. Se había teñido de rubio más o menos como ella y su nueva ropa no la había comprado, sino que debía de habérsela encontrado en el baúl debajo de las mantas, por los cajones de los armarios, en alguna caja. Evidentemente la falda floreada no era de su talla, sería de la de Margaret. Angelita no había evolucionado, no había cambiado, se había trasformado en otra persona para poder hacer frente a la situación. Así que, gracias Margaret, quienquiera que fuese.

Félix elevó a su hijo con las manos a su altura. Tito se rió estirando su preciosa cara de par en par, abriendo los ojos grandes y brillantes. Puede que él y nadie más que él conservara la esencia de lo que todavía era.

Cuando llegó al hospital a eso de las dos y media, Abel lo estaba esperando en la puerta de la 407 algo alterado, lo que le produjo a Félix una punzada en el pecho. Lo cierto era que desde que vivía inmerso en el estado de Julia su cuerpo se había vuelto más ruidoso y sensible. Sentía punzadas, pequeños dolores, hormigueos, notaba cómo le corría la sangre por las palmas de las manos y le palpitaba el corazón, y también sentía el aire caliente casi ardiendo saliéndole por la garganta.

Abel abrió los brazos y las manos huesudas.

—Menos mal que has llegado, no sabía qué hacer. Hay un sujeto ahí dentro con Julia.

—¿Es extranjero?

—Creo que sí, uno de esos que no se sabe bien de dónde son. Dice que tiene tu consentimiento y que no le molestásemos. Por si acaso no pensaba dejarle marchar hasta que llegases —dijo echando una ojeada al guardaespaldas o lo que fuese, que montaba guardia frente a su habitación.

—Es verdad. No sé si he hecho bien o mal, pero lo tiene.

—¿No vas a entrar? —preguntó Abel muy intrigado.

—Aún no —contestó Félix sin poder evitar que todas las facciones de la cara se le reconcentraran en una expresión seguramente lastimosa.

Abel le clavó las falanges en el hombro.

—Venga, hijo, vamos a tomar un café. En cuanto ése salga lo sabremos. No te preocupes —dijo haciéndole un gesto con la cabeza al guardaespaldas.

Félix se dejó conducir al ascensor, con una lentitud exasperante, y del ascensor al pasillo, y por el pasillo a la bulliciosa cafetería, único lugar que recordaba el mundo de fuera.

—Si no fuese porque voy en pijama, nos íbamos a tomar algo por ahí —dijo Abel mirando las palmeras del jardín.

A Félix le habría gustado sonreír, pero no podía.

Abel lo observaba con algo en los ojos que podría ser compasión aunque era difícil saber si hacia Félix o hacia sí mismo.

—Desahógate —dijo—. Lo que me digas me lo llevaré a la tumba literalmente hablando. Tengo los días contados. Soy tu oportunidad de poder descargar en alguien. Y ahora te vas a tomar un buen coñac, aunque aquí sólo tendrán brandy.

Félix se dejó hacer. Hacía tanto que nadie se ocupaba de él. Si lo pensaba bien, se había llegado a acostumbrar a que nadie se preocupara por sus cosas. Y este anciano enfermo tenía razón, a veces dar con alguien que quiera escucharte no es tan fácil. Él mismo sólo escuchaba a la gente por obligación, porque era su trabajo y a veces por hábito de escuchar, pero sin interés. Accedió a ponerle de su copa un chorro de Napoleón en el descafeinado y le contó todo lo de Marcus lo más objetivamente que pudo.

Abel paladeaba cada sorbo de café y de vuelta a los ascensores con un paso más ligero que antes le preguntó.

—¿Quieres de verdad a tu mujer?, ¿la quieres como a un brazo tuyo?, ¿la quieres tanto como a tu hijo?

Félix en un acto reflejo cogió a Abel por el codo para ayudarle a entrar en el ascensor. Era hueso y nada más que hueso.

—Creo que sí —dijo.

—Entonces olvídate de ése. No le des más dinero.

Para él era muy fácil hablar así. Desde el umbral de la muerte las cosas se verían más desnudas, sin los ropajes y florituras que inevitablemente les añade el futuro.

Cuando subieron, Marcus se había marchado. La habitación olía a colonia de hombre, más en las proximidades de Julia. Más en la butaca donde debía de haber estado sentado. Félix abrió de par en par la puerta del pasillo para airear el cuarto, puesto que la ventana estaba herméticamente cerrada. El semblante de Julia no era de felicidad. Estaba profundamente disgustada y dormida.

A las seis y media de la tarde, pensó que era la hora de ir a buscar a Angelita, Tito y la tarta que Angelita había estado haciendo toda la mañana.

Julia

Arrancó el coche y se dirigió sin dudar hacia el pueblo. Allí la esperaba el próximo objetivo, el restaurante Los Gavilanes y la mesa que había reservado días atrás para nueve personas a las dos y media, con la intención de que cuando no llegase nadie el encargado llamase al número de Félix, y que Félix comprendiese que era una manera de decirle dónde encontrarla. Confiaba en que los hilos que unirían al encargado con el mundo de Félix no estarían tan rotos como los suyos. Procuraría aparcar cerca y estar vigilando la puerta con los dos boj a los lados a las dos treinta. Pero hasta entonces podría hacer unas cuantas visitas, la primera al hospital. En un semáforo le echó valor y preguntó por la ventanilla a otro conductor si era domingo. El otro afirmó entre extrañado y receloso, ¿cómo podía alguien no saber en qué día de la semana vivía por mucho que se hubiese relajado en vacaciones?

Aunque intuía que la visita al hospital iba a ser inútil, no quería descartar ninguna posibilidad antes de empezar a gritar de desesperación. Para llegar había que circular por el interior entre bloques de casas y comercios menos turísticos, que hacían pensar en una vida auténtica. Otra vez las palmeras y las batas blancas, las camillas y la recepcionista del micrófono inalámbrico, que no entendía lo que Julia quería decirle. ¿Cómo iba nadie a preguntar por un paciente que no existía? Aquello no era un hotel y no tomaban recados para nadie. Bastante tenían con lo que tenían.

En el tablón no había ninguna nota de Félix. Tras revisarlo varias veces se quedó unos minutos apurando el estar allí sin saber qué más podía intentar, hasta que la situación llegó a ser completamente absurda y salió. Regresó a territorio más conocido por la carretera del puerto. Al ser domingo se encontraba saturada de coches y tardó más de la cuenta en poder aparcar en la explanada acostumbrada, cerca de la comisaría.

Mira por dónde podría subir y preguntar una vez más, pero después de lo que le había ocurrido a Marcus, después de su muerte, le parecía que entrar allí sería tentar la suerte porque todo el mundo notaría lo culpable que se sentía, y pasó de largo. Pero al volver la cabeza y mirar el edificio sintió que no estaba completo, que faltaba algo. Tuvo la misma impresión que con esos pasatiempos en que dos dibujos son iguales y en uno de ellos hay que descubrir siete errores.

Faltaba el grupo de africanos y Monique, lo que le daba bastante aire de soledad al edificio. Se habrían marchado a la playa a tumbarse al sol como lagartos. También faltaba el barco que hacía el trayecto a Ibiza y las redes tendidas al sol. Iba andando hacia Los Gavilanes. Sólo eran las dos. Tenía la impresión de que le había cundido mucho el tiempo. Hoy sólo olía a pescado vivo y lejano, el que traía la brisa del mar. Había desaparecido el denso y concentrado de la lonja. Por cierto, no veía la lonja, puede que la hubiese dejado atrás. Iría distraída. Se volvió a mirar. Era el este y la luz intensamente blanca del sol se le clavó en los ojos. Volvió a acordarse de las gafas de sol. Por un segundo pensó que se había quedado ciega. Se colocó la mano de visera, pero continuaba sin distinguir la lonja. De espaldas al sol tampoco la vio. Estaría confundida, y la lonja se encontraría mucho más adelante o mucho más atrás. No era la primera vez que pensaba que algo estaba en un sitio y luego estaba en otro, o que un lugar estaba en una dirección y luego estaba en otra. Los africanos podían no haber acudido hoy y el barco de Ibiza haberse marchado a Ibiza, en cambio la lonja no podía moverse del sitio, así que sería cuestión de buscarla, pero no ahora. Ahora no tenía ganas de buscar la lonja, porque no la necesitaba para nada. Lo que necesitaba era beber algo. Llevaba sin beber desde que desayunó y notaba que los jugos se le iban secando en el pecho y en la garganta. Si hubiese tenido que hablar con alguien no habría podido.

Subió por el paseo central hacia arriba, hacia la sucursal bancaria. Tanto la sucursal como el supermercado estaban en la misma dirección. Como el banco estaría cerrado, iría al supermercado, entraría en el baño y bebería agua aunque fuese del grifo. Lo increíble era que tenía la sensación de que en este paseo había palmeras, palmeras que sombreaban los bancos de piedra. Evidentemente sería una jugarreta de la imaginación, del deseo de ver palmeras aquí, porque en este momento no había ninguna. El sol caía de plano y se colaba entre los puntos grises y negros del cemento.

La presencia del banco con la oferta del depósito pegada en el cristal le confirmó que no se había equivocado de trayecto. Hoy no había mercadillo. Miró hacia arriba en busca del cartel del supermercado, que siempre había visto desde aquí, menos en este momento. En este instante no lo veía. Quizá se había caído o lo habían descolgado para repararlo. Siguió adelante y adelante. No daba con el súper y ya tendría que haber llegado. Tuvo miedo de deshidratarse. Algo le estaba pasando. Se desorientaba y no localizaba lugares donde había estado antes, como si desaparecieran del mundo o como si el mundo fuera desapareciendo poco a poco. Sí vio por pura casualidad, sin ser consciente de qué calles había cruzado ni cuánto se había desviado del punto donde debía estar el supermercado y no estaba, el bar de pescado frito en que había entrado una vez.

Pidió una botella de agua bien fría y preguntó dónde estaba el supermercado, no daba con él. El camarero se encogió de hombros. Era extranjero, acababa de llegar y no se había fijado en ningún supermercado. Bueno, qué más daba, de todos modos no era conveniente volver a ver a Óscar. Puede que le hubiera contado algo a la policía y que estuvieran esperándola. El agua le pasaba por la garganta maravillosamente fresca.

Si esto ocurre, ocurrirá por algo, ¿verdad?, preguntó a los seres invisibles. Gracias a ellos mantenía la esperanza. Su presencia significaba que había muchas cosas que no entendía y entre ellas estaba la desaparición de Félix y Tito. También podría ser que aquellas voces y aquellas manos que la tocaban de vez en cuando salieran de su propia cabeza. Tal vez el lunes si todo seguía igual debería acercarse al hospital y contarles que no sabía quién era ni dónde estaba, que al salir del apartamento la primera noche de su llegada a Las Marinas se desorientó completamente y que no sabía volver y que además había sufrido un episodio en que le parecía que algunas cosas desaparecían, se evaporaban, como si sólo se las hubiera imaginado, y que aunque ella pensaba correctamente y no encontraba nada raro en su forma de actuar y de discurrir, sabía que lo que le sucedía no era normal y por tanto algo fallaba, ella o el mundo, y para ser sensatos lo más probable era que fallase ella. Sólo había una objeción, y era que sí sabía quién era y dónde estaba. Sabía todo de su vida.

Ahora mientras iba bebiendo poco a poco de la botella se daba cuenta de que había estado a punto de desvanecerse por el calor. Comenzaba a sentir la cabeza más clara y por tanto ahora veía la calle como realmente era. Tiró hacia el puerto por el paseo. ¡Mierda! ¡Ésta sí que era buena! Antes no había palmeras y ahora no había bancos de piedra. Recordaba que había permanecido sentada en uno durante bastante rato frente a la sucursal. Puede que los hubiesen retirado por algún motivo y que al pasar por ellos hacía un momento nada más hubiese creído que los veía. En realidad se había fijado en que ya no había palmeras, pero no en que hubiese bancos. A los lados del paseo había una vía de subida y otra de bajada por la que ahora circulaban pocos coches. Era mediodía, la hora de comer. Ya eran las tres menos cuarto. Apretó el paso. Al llegar a la carretera del puerto, el tráfico había disminuido y perfectamente habría podido aparcar cerca del restaurante, lo que no pensaba hacer, no quería arriesgarse a llegar tarde y perder la que consideraba una gran oportunidad. En todo este extraño tiempo nunca había tenido un objetivo tan bueno, tan lleno de posibilidades.

Al pasar por la ventana de Los Gavilanes, vio la gran mesa redonda vacía y se apostó enfrente observando los movimientos de los camareros y el maître que había anotado su pedido. Había gente esperando junto a una pequeña barra de madera. A las tres menos diez el maître miró el reloj y se dirigió al libro de citas. Anotó algo y a continuación sentó a unos clientes en la mesa. Los clientes se miraron sorprendidos, habían tenido suerte, pero jamás sabrían por qué. Julia se quedó mirando el puerto. Apenas quedaban embarcaciones, era como si todo el mundo se hubiera lanzado a navegar. El sol era un hueco transparente, brillante y perfectamente redondo en el cielo. Respiró hondo. Una pareja que había estado leyendo con parsimonia la carta de platos expuesta en una hornacina en la pared se decidió a entrar y abrió la puerta.

Fue entonces cuando del interior llegó aquel olor.

Olor a chocolate con vainilla y menta.

El encargado pidió a la pareja que esperase junto a la pequeña barra en penumbra y luego miró a Julia tratando de recordar.

—Tengo una mesa reservada a nombre de Félix.

El encargado se puso en guardia.

—Lo siento, pero está ocupada, han tardado ustedes demasiado. He esperado media hora.

Mentía, no había llegado a la media hora, pero para el caso daba igual.

—¿Por qué no llamó al número que le di antes de ocuparla?

—¿Quién ha dicho que no he llamado? Llamé —dijo el encargado con severidad—, pero no contestó nadie, y usted comprenderá que en estas fechas...

Mentía, no había llamado, pero ese detalle ahora no importaba mucho porque Julia hacía tiempo que había llegado a la conclusión inconsciente de que no era por el teléfono como se iba a comunicar con Félix. Comenzaba a comprender que, bien porque ella no estuviera en sus cabales o porque no lo estaba el mundo, el caso es que las cosas ya no funcionaban como antes y éste había sido su gran error, intentar seguir las pautas de la vida que había perdido.

El olor se hacía más y más intenso. Era maravilloso, le creaba una profunda emoción. Recordó con toda claridad la cocina de grandes baldosas blancas y muebles de madera donde su madre le hacía un pastel que olía exactamente igual y que jamás había vuelto a encontrarse en otro lugar. Su madre decía que usaba un ingrediente secreto que le daba aquel matiz un poco picante y también decía que las medidas eran fundamentales para que oliese así. Se le llenaron los ojos de lágrimas, no podía más, tenía que hacer un último esfuerzo y no sabía cuál era.

—No se preocupe, lo entiendo perfectamente —le dijo el encargado.

El encargado miraba por encima de la cabeza de Julia cómo entraba más gente.

—Disculpe —dijo yendo hacia la puerta—. Estamos a tope.

Julia aprovechó para adentrarse en el pasillo que seguramente conducía a la cocina. El olor era cada vez más intenso. Un camarero con una bandeja en la mano le dijo que el baño se encontraba en el otro pasillo. Julia le dio las gracias y siguió adelante. Empujó unas puertas abatibles y tres cocineros con delantales blancos se la quedaron mirando unos segundos.

Al final de una larga encimera de mármol había una mujer también con delantal y gorro blancos. Alisaba con una espátula el chocolate de una fabulosa tarta. La mujer levantó la cara hacia ella. No le resultaba desconocida esta mujer. Tendría sesenta años y enseguida se notaba que era extranjera. Cara rellena y afable, por el gorro se le escapaban rizos estropajosos. Sobre el mármol estaban dispuestos en fila muchos cacharros de repostería que Julia no sabía para qué servirían y que resultaba muy agradable ver.

Acababa de comprender por qué razón había elegido este restaurante hacía unos días. El verdadero motivo era la tarta.

—Perdone —dijo Julia—. He olido su maravilloso pastel desde fuera. Me trae muchos recuerdos. Es exactamente igual que el que me hacía mi madre cuando era pequeña. ¿Cómo conoce esta receta?

La cocinera hablaba con acento inglés.

—Éste es un pastel de cumpleaños. Ahora pondré «Muchas felicidades» y un nombre. Es una receta más complicada de lo que parece porque hay que medir muy bien los ingredientes.

—Sí, pero ¿cómo la sabe?

—Me la dio la señora que lo encargó. Es fantástica esta receta. Ahora tengo que terminarla. A las cinco hay que llevárselo y se tiene que enfriar.

—A las cinco. Lo comprendo. Perdone. ¿Recuerda el nombre que tiene que poner?

La cocinera la miró y aunque no entendía su curiosidad pareció apiadarse de ella. Se limpió las manos con un paño e hizo el intento de buscar en los bolsillos del delantal, hasta que una voz detrás de ellas, la llamó.

—Margaret, al teléfono.

Era el encargado, que miraba a Julia con cara de malhumor.

—Por favor, señora. Estamos trabajando.

Julia se encontraba muy alterada cuando salió. ¿Qué día era hoy? No, no era el cumpleaños de Tito. Tito nació en invierno. Y además sería demasiada casualidad que fuese para él. Llevaba la botella de agua en la mano. Bebió un poco más, esta vez por hacer algo. Quizá tuviese hambre, no estaba segura. Quizá el que todo el mundo coma más o menos a las mismas horas sirva como recordatorio de que hay que comer. Ya no le quedaba dinero, como mucho para otra botella, lo que le advertía que debería racionarse el agua. Esperaría a la tarde para comer. Prefería comprarse otra botella de agua y esperar. Tenía un plan.

Anduvo ligera hacia el coche. Y de pronto se dio cuenta de que la cabeza le había estado doliendo todo el tiempo porque en este instante había dejado de dolerle y era como si hubiese perdido veinte kilos de peso cerebral de golpe. Lanzó la mirada al frente, y al lanzarla echó de menos algo. Le pareció que la comisaría no estaba. No era posible que la comisaría no estuviera en su sitio. Sería un efecto del calor. El calor ablanda y mueve las imágenes. Por eso probablemente tampoco veía la lonja. Con toda seguridad esta situación absurda y la mala alimentación le estaban afectando. Por fortuna, el coche relucía bajo una capa de polvo. Lo abrió y esperó un poco a que saliera una fuerte bocanada de calor. Juraría que lo había dejado debajo de un árbol, pero ya no estaba. Fuera el árbol, le daba igual el árbol. Ahora había que concentrarse en la tarta y en Margaret.

La tarta y Margaret.

Sólo quedaba su coche en la carretera del puerto. La gente estaría comiendo y echando la siesta. Y no tuvo problema para aparcar delante del restaurante. No quería perderlo de vista, no quería no poder verlo como le había pasado con el supermercado, la lonja, las palmeras. Repasó bien la fachada. En el piso superior había dos balcones y desde abajo se veían las cabezas de los clientes inclinarse hacia los platos. Ahora se daba cuenta de que tenía dos pisos, por eso había tanto jaleo en la cocina. ¿Y si tenía dos entradas? Estuvo tentada de ir a la calle de atrás para comprobarlo, quizá allí hubiese aparcada una furgoneta de reparto del restaurante. Pero desistió. No se atrevió a abandonar este puesto de observación y aventurarse por calles que no conocía y que podrían obligarla a ver el restaurante y la situación de otra manera. Y no quería verlo de otra manera, quería verlo exactamente así.

Ni siquiera cuando Tito vino al mundo la espera fue tan angustiosa. Estaba a punto de desmoralizarse y de pensar que jamás vería a alguien con la tarta saliendo de Los Gavilanes y metiéndose en un coche para llevarla dondequiera que la hubiesen pedido. Y también sabía que debía mantener el deseo, fuera cual fuera, para que algo sucediera. Tal vez fuera una estupidez centrar todas sus esperanzas en la tarta, pero era lo que la hacía no desfallecer y seguir deseando encontrar el camino de Félix y Tito. A estas alturas no se le ocurría qué más habría por ahí que pudiera crearle un sentimiento tan fuerte.

Por nada del mundo iba a cerrar los ojos, ni a perder de vista la puerta con los boj a los lados y la hornacina con la carta. No iba a permitir que desapareciera. Se oía a las gaviotas. Las gaviotas aún seguían con ella.

Félix

El hotel Regina dominaba toda la cala y a ciertas horas proyectaba su silueta en las aguas de allá abajo. Databa de los años veinte y desde su posición de dominio había que reconocer que daba señorío al entorno. Sin embargo, Félix se encontraba más cómodo en un vulgar apartamento como los miles que se escondían entre las paredes y sombras de otros apartamentos a lo largo de la costa. Un apartamento era más independiente y más grande que una habitación de hotel y sobre todo más barato. Al hotel no le veía ninguna ventaja, a no ser que uno quisiera ir tropezándose a cada instante con gente. Y también Julia, al trabajar en un hotel, prefería alejarse de ellos en vacaciones. Sin embargo, Marcus allí estaba, gastándose los ahorros de Julia y Félix. Cuando llegó, subió a su habitación directamente. Se había cogido una suite.

Al abrir la puerta y verle, le miró con insolencia. Acababa de ducharse y estaba con el albornoz y las zapatillas del hotel, quería disfrutar de todas las comodidades que le ofrecían.

—Imaginaba que eras tú. ¿Quieres tomar algo? ¿Quieres sentarte? —dijo señalando la terraza, en que el cielo y el mar se juntaban, el mar un poco más oscuro que el cielo.

Félix como respuesta se limitó a apoyarse en un escritorio de época, tan pequeño que como mucho se podría escribir en él una carta.

—He cumplido mi parte. Le he hablado. La he besado. No puedo hacer más.

Félix se desplazó del escritorio a la chimenea. Marcus se sirvió una copa de vino tinto. Parecía la imagen de la buena vida.

—Siento que esté así —dijo—. Me ha impresionado y si crees que sirve de algo puedo volver mañana otro rato, por el mismo precio.

—Creo que no será necesario —dijo Félix mientras sopesaba la posibilidad de pegarle dos hostias. ¿Y si le empujaba contra la chimenea de mármol? Podría golpearse tan fuerte en la cabeza que se matase. No sería tan difícil, Félix se consideraba más fuerte que él y sobre todo tenía más ira dentro y odio y desprecio. Félix tenía en sus manos un arma poderosa, el deseo de matarle, de hacerle desaparecer. Pero lo cogerían, así que abrió la cartera y le pagó. Un trato era un trato.

Julia

Sintió unas manos recorriéndole las piernas y los brazos. Sintió aliento en el oído. Sintió que le removían el pelo. No hizo nada, permaneció quieta sintiéndolo. Los espíritus habían vuelto con gran fuerza. A continuación por la ventanilla entró una ráfaga de viento caliente. Vendría del desierto.

No sabía qué hora sería cuando vio salir por la puerta del restaurante a la que habían llamado Margaret llevando con mimo la que debía de ser la tarta empaquetada en una caja de cartón. Iba en dirección contraria a donde estaba apostada Julia. Así que buscó nerviosa una manera de dar la vuelta con el coche. Cuando lo logró, Margaret continuaba allí con la caja de confitería abriendo un coche y colocándola cuidadosamente en la parte de atrás. Arrancó, y Julia sin ningún tipo de disimulo empezó a seguirla a unos metros de distancia. Margaret en un momento determinado la observó por el retrovisor. Sin embargo, no intentó despistarla, cuando se desviaba lo hacía suavemente, no le importaba que la siguiera. Y cuando esperaba en un stop, aflojaba la marcha para que Julia no la perdiese. Si era una broma del destino, el destino se había molestado mucho con ella.

Por unos caminos que Julia no conocía llegaron a la carretera de la playa. Dejaron atrás La Felicidad. Miró de reojo deseando que este odioso local hubiese desaparecido, pero ahí estaba enrojecido por el sol. Pasaron de largo La Trompeta Azul y lugares que había visto una y otra vez, una y otra vez. Hasta que torció por un camino angosto y desembocaron en la calle que le pareció la de Las

Dunas. Era demasiado difícil estar segura de algo. Aparcó detrás de Margaret. Margaret pulsó un timbre. La puerta de hierro se abrió y entró. Julia la siguió. Margaret no le dijo nada, ni ella a Margaret, no quería estropear nada. Si llegado el momento Margaret le preguntaba por qué iba detrás de ella, Julia le contestaría la verdad con toda sencillez, hasta entonces permanecería callada, como un duende, como los espíritus que ella probablemente había creado en su imaginación.

Pasaron junto a la piscina. Tom, el del mechón amarillo, regaba el césped y le lanzó un beso con la mano a Margaret. Julia le iba a dar las gracias por el desayuno, pero dudó que algo así fuese prudente en este momento e hizo como si no lo conociera. Del agua de la piscina se desprendió un aire pegajoso. Enormes monedas aceitosas temblaban sobre ella. Margaret se metió por un pasadizo que Julia ya no recordaba si había explorado o no. Luego pasaron por otro y subieron escaleras. Ella era la sombra de Margaret. Margaret tenía unas pantorrillas potentes de haber montado mucho en bicicleta o de haber corrido maratones, pero le costaba respirar. Oía la respiración fatigada de Margaret casi como si fuese la suya. Le daba la impresión de que respiraba a través de los pulmones de Margaret y que tosía. Al llegar al final del todo, Margaret se detuvo ante la puerta azul y respiró hondo, muy hondo. Se volvió a mirar a Julia. Julia notó que le entraba una bocanada de aire en los pulmones.

Margaret llamó al timbre. Se oía ruido que venía de dentro, palabras sueltas. La puerta se abrió con suma lentitud. Entonces sorprendentemente Margaret se volvió hacia ella y le dijo, Lista. Y se apartó para que Julia pasara. No se veía a la persona que había abierto porque el vestíbulo estaba en penumbra. Olía al pastel de Margaret y de su madre. Los ruidos de un instante antes cesaron. La gente que había dentro de la casa se calló.

Al principio no los distinguía, pero poco a poco empezó a entrar la luz. Cerró los ojos y los abrió con el riesgo de que las caras que la miraban desaparecieran. Eran los rostros de Tito, su madre, Félix y otras personas que no conocía. Sobre ella, en una bandeja con patas, había una tarta cubierta de brillante chocolate. Julia estaba tumbada. Estaba en una cama. ¿Qué hacía en una cama?

—Bienvenida al mundo real —le dijo una mujer de gafas y pelo canoso.

Le costó darse cuenta de que era una enfermera. Le quitaron la tarta de encima y le colocaron a Tito. Pesaba mucho y no tenía fuerza en los brazos para cogerle. Le llenó la cara de babas. Parecía real, pero ¿cómo podía estar segura? Tenía la misma sensación que cuando despertaba de un sueño muy profundo y durante unos segundos se encontraba confusa, igual que si acabase de pasar de un mundo a otro, de una vida a otra. El calor y el olor de Tito eran estremecedores, grandiosos. Eran auténticos.

—¿Os he encontrado de verdad? —preguntó con el pensamiento.

Félix

Félix se quedó paralizado, no habló, ni movió un músculo. Le aterraba que cualquier mínimo movimiento pudiera asustar a Julia y volviera a cerrar los ojos. Angelita pareció pensar lo mismo. Se limitaba a mirarla angustiada. No querían cometer el error de la vez en que abrió los ojos y todos se precipitaron a ella y seguramente la alarmaron con las voces y gritos de alegría. Aunque no lo comentasen, siempre les quedó el remordimiento de por no controlarse haber arruinado aquella maravillosa posibilidad. Tito estaba medio dormido sobre el hombro de su padre. Félix lo había estado paseando por el cuarto mientras Angelita la aseaba, peinaba y le ponía el camisón de seda color melocotón. Quería celebrar aquella pequeña fiesta lo mejor posible. A Félix le daba igual, eran gestos que hacía por hacer algo, para mantener en pie la ilusión, pero que en el fondo desanimaban. Cuando todo estuvo preparado, llamaron a Abel. Y Abel dijo que si se había bebido un lingotazo de coñac también podría tomarse un trozo de aquella magnífica tarta, cuyo aroma inundaba la habitación, el pasillo y la entrada de los ascensores.

Sólo dio tiempo a desempaquetar los platos y las cucharas de plástico, porque de pronto Angelita comenzó a mover angustiosamente los brazos como si se ahogara en una película muda. Félix y Abel entendieron que algo ocurría y miraron hacia Julia. Se inmovilizaron, se convirtieron en estatuas. No querían que el momento se rompiera por ningún lado. De nuevo Julia tenía los ojos abiertos y los observaba asombrada.

Duró un segundo, pero ¿qué es un segundo? Puede que toda la formación del universo durara un segundo, el mismo que Julia tardó en cerrar otra vez los ojos. Sin embargo, no les dio tiempo de apenarse porque enseguida volvió a abrirlos. Angelita se levantó y se situó junto a Félix. Julia volvió a mirarlos y también el resto de la habitación. Parecía un poco asustada o desconcertada. Fijó los ojos en la tarta que le habían puesto encima con la intención de que le llegara el olor y tuviera la sensación de que la comía. Movió la cabeza y un poco las manos y las piernas. Daba la impresión de estar muy cansada. Les dijo algo con los ojos que no entendieron. Angelita salió al pasillo y volvió con Hortensia.

Hortensia le hizo unas cuantas preguntas sólo por ver cómo reaccionaba y le quitó la tarta de encima.

—Bienvenida al mundo real —le dijo.

Félix le colocó a Tito, que estaba concentrado en su chupete y en dormirse, al lado y le cogió a Julia una mano. Julia se la apretó.

—Aún está entre dos mares, como si dijéramos —dijo Hortensia disimulando una pequeña alegría interior—. Ha llegado el momento de llamar al doctor.

—Ya estás aquí —le dijo Félix a Julia—. Estás con Tito, conmigo y con tu madre.

Julia miró a su madre. Seguramente al verla con este pelo amarillo y así vestida le parecería que estaba soñando. Llevaba puestos una camiseta negra de tirantes que dejaba al descubierto sus flacos brazos abrumadoramente pecosos y una falda larga de algodón rizado. En la muñeca se había puesto unas finas tiras de cuero que le había comprado a unos hippies. A Félix le asustó que esta visión pudiera confundir a Julia y que pensara que era ahora cuando estaba dormida y que tratara por todos los medios de despertar, lo que equivaldría a volver a sumirse en el sueño. Qué difícil era explicar que la realidad era real. Él mismo, si tomaba en cuenta su propia experiencia, tenía que admitir que mientras soñaba nunca se cuestionaba que el sueño fuera real. Simplemente le ocurrían cosas y él sentía que le ocurrían y las emociones eran tan fuertes o más que estando despierto. Y si comparaba los sueños con la realidad, lo que de verdad los diferenciaba en su mente era que cuando estaba despierto podía recordar sueños, pero dormido no pensaba en la realidad porque creía que todo era realidad. La verdad era que basándose en hechos objetivos, nada era objetivo.

—Este sol brilla más —dijo Julia—. Creía que el sol era brillante, que era como un cristal, pero ahora que veo éste, el otro no era tan brillante.

Se encontraban tan excitados que Angelita no se marchó con Tito al apartamento. Hortensia le recomendó a Julia descansar porque el esfuerzo que había hecho para poder despertar seguramente habría sido agotador. Pero Julia dijo separando mucho una palabra de otra que mientras pudiera estaría despierta y que le aterraba la idea de dormirse de nuevo.

El personal sanitario estuvo haciéndole distintas pruebas hasta que por la noche Félix pudo contarle que había tenido un accidente y una conmoción cerebral sin gran importancia y que ya tendrían tiempo de hablar de eso. Increíblemente, Julia permaneció más tiempo despierta que antes del accidente, en que siempre estaba cansada y el sueño la rendía en cualquier parte.

Cuando el doctor Romano llegó a primera hora de la mañana ya sabía cómo iba la cosa. Dijo que había ocurrido lo que tenía que ocurrir.

—¿Y si hubiese sucedido lo contrario, si no hubiera despertado? —preguntó Félix.

—Pues lo mismo. Habría ocurrido lo que tenía que ocurrir. Julia ha hecho lo que podía hacer. Si no hubiese podido, no lo habría hecho. El cerebro busca caminos e inventa recursos para ayudarse a sí mismo, para responder a sus deseos. Y el deseo de Julia era volver con vosotros.

—¿El deseo puede hacer tanto?

—Necesitamos desear, amar y tener proyectos para ser recompensados. Se encuentra dentro de los mecanismos de supervivencia.

Sí, quizá Julia habría necesitado el amor por su hijo para sobrevivir y despertar. No le cabía duda de que Tito había tirado de ella, y también consideraba muy probable que hubiese tirado Marcus, precisamente por lo que el doctor decía del amor. Félix sonrió para sí, ahora volvían a ser importantes cosas irrelevantes hacía un momento, como lo que pudiera sentir Félix por la relación de Julia con el tal Marcus. Hacía un rato cualquier asunto, cualquier novedad se medía por la capacidad que tuviera de inducir a Julia a encontrar la manera de volver. Y tanto Marcus como la tarta de Angelita habían tenido en este sentido un valor científico. Ahora ya no.

Los días siguientes

Félix

Julia debía quedarse una semana más en el hospital para observar su evolución. Debían controlarla y hacerle diversas pruebas y unas cuantas sesiones de rehabilitación para recuperar el tono muscular y fue un alivio comprobar que durante ese tiempo la mejoría fue muy positiva. Al principio se resistía a quedarse dormida si no había alguien a su lado al que rogaba que pasado un tiempo prudencial de sueño hiciera todo lo posible por despertarla. Hasta que poco a poco fue tomando confianza y la trasladaron al apartamento.

Fue por su propio pie hasta el coche. Le dieron el alta un martes a la una de la tarde. Su madre le había dejado en el armario metálico ropa limpia y unas sandalias. Un vestido suelto con volantes en el bajo y pequeñas flores rojas y su mochila. Había adelgazado tanto que el vestido se le había quedado demasiado ancho. El día estaba nublado. Félix cogió la bolsa de plástico del armario y echó un último vistazo por si se dejaban algo. Recorrieron el pasillo lentamente. Ese día no vieron a Hortensia y no se pudieron despedir de ella. Julia dijo adiós a todos los que estaban en el pasillo los conociera o no.

—Así que aquí he estado ocho días completamente dormida.

Félix no contestó, no era una pregunta. Julia necesitaba ir haciendo pie en su vida y nadie podía ponerse en su lugar, ni siquiera él. Sentía un gran respeto por lo que le había ocurrido. Tuvieron que bajar al parking en el montacargas. Al cruzarlo, Julia sintió un escalofrío y Félix la cogió por los hombros.

Cuando entraron en el coche, Julia le dijo, «Tengo que decirte algo. Durante estos días he descubierto que soy capaz de hacer cosas que antes ni se me pasaban por la cabeza, algunas horribles».

—Estabas soñando. No somos responsables de lo que hacemos soñando y además los sueños no tienen sentido.

Julia resultaba extraordinariamente frágil. Tenía el pelo algo sucio sin lustre, los últimos días habían bajado la guardia en el aseo pensando que dentro de poco podría bañarse a placer. Y el cuello y los brazos salían delgados y muy blancos del amplio vestido de florecillas rojas, la cara se le había afilado y la mirada aún nadaba entre dos mares, como diría Hortensia.

—Te lo aseguro, yo era yo. No era distinta de como soy ahora. Y en el sueño era culpable..., muy culpable.

Félix consideró que no valía la pena insistir en que nadie le da ninguna importancia a lo que hacemos soñando. En sueños uno puede hacer el amor con alguien que detesta y clavarle un cuchillo a alguien que ama, por eso había que interpretarlos.

—Pero ahora estás aquí, y aquí no eres culpable. Aquí todo es normal y corriente —dijo Félix temiéndose que no fuera del todo cierto.

Circularon por la carretera del puerto. Julia bajó la ventanilla. Hacía bochorno pero era normal que a ella le gustase, llevaba metida en la habitación muchos días. Al pasar por la lonja de pescado le pidió a Félix que condujese despacio. Lo miraba todo con avidez, de una forma exagerada.

—¿No seguiré soñando? —dijo completamente desconcertada.

Esta pregunta que en cualquier otra persona habría sonado a frase hecha, dicha por ella inquietaba bastante. Puede que le costase recuperarse más de lo estimado en un primer momento. Incluso podría ser necesaria la ayuda de un psicólogo.

Tardaron en llegar mucho más de lo normal porque le pidió que le enseñara dónde había tenido el accidente y también que parara un momento en La Felicidad, cuyo gran rótulo luminoso ahora estaba apagado. Y la puerta principal, al abrir sólo de noche, permanecía cerrada como una caja fuerte. Julia, a pesar de que se sentía débil, se empeñó en salir del coche y revisar por ella misma las inmediaciones de la discoteca.

—Por algún sitio tendrán que meter las bebidas —dijo—. Seguro que hay una puerta trasera.

Desde allí no podían saberlo porque una valla impedía el paso. Y entonces Julia se empeñó en bordear el local con el coche. Tampoco por aquí se podía entrar, había una valla baja de obra, de construcción mediterránea, una especie de cenefa de cemento con muchos agujeros. Desde luego se veía una puerta trasera y cajas de diferentes bebidas. Julia se cogió la cara con las manos.

—No sé qué me pasa.

—Ya no te pasa nada —dijo Félix.

Félix estaba deseando llegar al apartamento. Sería la primera noche en muchos días que dormiría allí, con la conciencia tranquila, sin dolor, sin temor al mañana, con paz de espíritu. Sin embargo, Julia prefería ir poco a poco, de modo que cuando por fin llegaron a la urbanización, quiso perder un rato contemplando la calle adonde daba parte de los apartamentos antes de salir del coche, y cuando aparcaron respiró profundamente el olor a plantas que en opinión de Félix la humedad volvía demasiado pegajoso. También tuvieron que detenerse en la piscina y en cada pasadizo que recorrían, como si Julia quisiera grabarlos en la mente o mejor dicho sacarlos de ella. Aquello no terminaba nunca. Paciencia, se dijo Félix.

—Así que aquí están Las Adelfas. Son las que en el sueño se llamaban Las Dunas. Estuve aquí y recorrí estos pasadizos, pero jamás habría encontrado el apartamento simplemente por cambiar el nombre.

—Hasta que no estuvieses preparada para despertar no podías encontrar el apartamento. Según el doctor Romano la mente elabora obstáculos y pone piedras en el camino, dificultades para darse tiempo a buscar soluciones. La verdad es que no es fácil saber cómo llegar a lo que se quiere ni dormido ni despierto. Y tú lo has conseguido.

También el apartamento fue escudriñado a conciencia y le interesó mucho la cocina y los utensilios que Margaret, la dueña de la casa, había traído de Inglaterra, algunos de los cuales Angelita no había podido descifrar para qué servían. A eso de las cuatro y media, completamente agotada por el esfuerzo de concentración que llevaba haciendo desde que salió del hospital, se duchó, se puso unos pantalones cortos y una camiseta, se enrolló el pelo con una toalla y se sentó en el sofá delante de la televisión apagada. Angelita le hizo un zumo de naranja y mientras se lo bebía pidió un cuaderno y un bolígrafo y empezó a anotar algo. Llevaba el anillo en la mano. Se lo había ajustado con un poco de algodón. Debió de notar que Angelita lo miraba porque dijo, «Me ha servido de mucho. Fue una gran idea ponérmelo. Ha sido mi talismán y cuando sentía que no lo llevaba todo empezaba a torcerse. Una vez lo extravié y creo que no me he encontrado tan perdida en mi vida. En el sueño era muy luminoso, deslumbrante».

—Si no hubiese sido el anillo, habría sido otra cosa —dijo Angelita—. Lo importante era que tú querías salvarte.

Hasta ahora nadie había mencionado la palabra salvación, a nadie se le había ocurrido. Salvarse, pensó Félix, ¿de qué se salva uno cuando se salva?

Al día siguiente, fue ella quien despertó a Félix. Ya estaba vestida con el mismo pantalón corto de la noche anterior y una camiseta. Félix miró el reloj, eran las nueve de la mañana.

Según Julia, no había dormido mucho, pero el rato que había dormido había soñado con una casa en un acantilado con la que recordaba haber soñado cuando estaba dormida en el hospital. Así que no tenía más remedio que ir a ver si esa casa existía y visitar todos los sitios por los que había ido y venido veinticuatro horas al día durante tantos días. Lo que había vivido suponía un excesivo peso en su conciencia y tenía miedo de volver a Madrid con todos aquellos fantasmas rondándole.

Repartieron el itinerario que había organizado en el cuaderno en cuatro días para que no se cansara demasiado. A veces salían los dos solos y otras, los cuatro porque era una manera de que Angelita y el niño se distrajeran. Julia miraba a su madre sorprendida por su nuevo aspecto pero no le decía nada. De vez en cuando cogía a Tito y lo apretaba contra sí hasta que enseguida se cansaba.

Lo más semejante que encontraron a la casa del acantilado en la dirección del faro era el hotel Regina donde se alojaba Marcus. Por supuesto Félix no le dijo nada. Tal vez Julia había visto este hotel en Internet o en alguna revista y se le había quedado grabado. Era lógico pensar, aunque él no fuera ningún entendido, que muchos sueños se crean por asociaciones.

Julia dijo que le gustaría entrar por lo menos en el vestíbulo, ver el jardín y la piscina y la vista, pero Félix puso todos los inconvenientes posibles ante el temor de que Marcus aún no se hubiese marchado y se tropezaran con él. Desde luego, sería el momento menos oportuno para un encuentro tan emocional. Así que dieron la vuelta y descendieron haciendo eses por una carretera llena de curvas, que según Julia había tenido que bajar corriendo de noche en algún momento de su largo y profundo sueño. En el fondo recorrer los lugares que iban aflorando del sueño de Julia era como visitar los sitios de la infancia, agrandados y deformados en el recuerdo.

Era increíble, pero así fue: Julia se emocionó al entrar en el supermercado.

Contó cómo había sobrevivido los primeros días bebiendo y comiendo en aquel paraíso terrenal. Pasaron por las estanterías de los yogures y de la leche en tetrabrick y todo tipo de envase inventado hasta la fecha. Cogió una botella y bebió de ella, luego la colocó en el carro, pasaron por la sección de ropa, quería comprar unas bragas y unas camisas de cuadros, de dos al precio de una, para Félix. Ahora sí que podía pagarlas y regalárselas. En una de ellas los cuadros eran de color tostado, igual que cuando en el sueño de Félix él y Julia corrían por la playa hacia una casa en un acantilado. Sin saber por qué, Félix no había olvidado el detalle de la camisa, y le pareció una llamativa coincidencia.

—¿La camisa que me ibas a regalar en el sueño era igual que ésta? —preguntó Félix.

—Sí. Las hay en muchos supermercados y una vez estuvimos a punto de ponerlas en el carro, pero luego tú te echaste para atrás. Te parecían demasiado baratas.

En la sección de charcutería a Julia se le llenaron los ojos de lágrimas.

—No sabéis lo que significa no tener absolutamente nada ni a nadie, encontrarse sola y perdida. Y, sobre todo, no entender nada.

Julia se empeñó en comprar una cantidad enorme de productos que no podrían consumir antes de volver a Madrid. Angelita observaba este comportamiento preocupada y un poco a distancia, pendiente constantemente de su nieto. Félix se calló que también este supermercado había supuesto para él un alivio y en cierto modo un refugio cuando los primeros días venía con Tito a comprar pañales y las cosas más urgentes. También había comprado una esponja para ella, cremas, un cepillo del pelo, champú y gel, pero eso era algo corriente, pertenecía a la vida normal de todas las personas y no merecía ningún comentario. Sin embargo ahora, si lo pensaba bien, también parecía un sueño, un sueño desasosegante como mínimo.

Si a Julia le había servido para mantenerse fuerte y activa para luchar y finalmente despertar, Félix se alegró de haber tomado aquella extraña noche un camino equivocado para llegar a la carretera del puerto y así haber pasado por el gran letrero en que ponía supermarket. Seguro que Julia vio el letrero y se lo grabó en la memoria porque Félix recordaba muy bien que ella dijo mirándolo: «Mañana tendremos que venir a comprar».

Julia iba a tiro hecho, sabía perfectamente qué estanterías buscar y qué productos mirar. Ahora le interesaban las cámaras de seguridad. Les hizo ir al pasillo de los vinos. Hizo que Félix cogiera a Tito con un brazo y empujara el carro con la otra mano para que lo grabara la cámara del techo, mientras que Angelita y ella se retiraban a un lado. Quería reproducir con toda fidelidad parte de uno de aquellos sueños suyos, en que la habían pillado robando en el supermercado y al mostrarle como prueba las grabaciones vio pasar en una de ellas a Félix y a Tito. Contó que se había sentido tan angustiada porque no los encontraba, que descubrirlos de pronto en los monitores fue el mayor respiro de su vida. Supuso una gran emoción pensar que también ellos habían estado allí, tan cerca de ella, y nunca lo olvidaría ni dormida ni despierta. De alguna forma, quería tener un recuerdo de aquel recuerdo. Así que les pidió que esperasen sentados en la sección de jardinería, y al rato volvió con una cinta de vídeo en la mano.

Acababa de comprobar en los monitores de seguridad del supermercado que la cámara del pasillo de vinos los había grabado exactamente igual que en el sueño. Por supuesto, a los de seguridad no les contó de qué se trataba, sólo que le haría mucha ilusión tener una copia de aquel momento y ellos, aunque bastante extrañados, se la dieron. Estaban acostumbrados a los caprichos de los turistas. Ellos no podían comprender que, aunque sonara enrevesado, le estaban entregando la imagen real de aquella otra imagen inventada por el inconsciente de Julia.

Luego se empeñó en ir a la oficina de personal para preguntar si allí trabajaba alguien llamado Óscar. No lo sabían. Francamente, no paraban de contratar gente. Eran empleos temporales, nada fijo, sobre todo en temporada alta. Además, ahora con los trabajadores extranjeros los nombres se complicaban mucho. Óscar, Óscar. Les sonaba, pero a saber de cuándo y de dónde.

También Félix hizo memoria, empezaba a sospechar que nada es tan gratuito en los sueños como parece y que el cerebro juega a combinar todo lo que tiene dentro.

—¿No se llama Óscar tu jefe en el hotel? Seguramente de ahí viene el nombre.

De acuerdo, sabía que era absurdo buscar a Óscar, pero si hubiese sido para ellos tan real como para Julia, si hubieran hablado con él y le hubiesen mirado a los ojos como ella, entonces pensarían que una simple comprobación nunca está de más. Félix consideraba lo que estaba haciendo Julia más una cura que un rasgo de locura. Le parecía bien, cada uno pone en orden su cabeza como puede y lo que ella había experimentado en esa otra realidad debía de haber sido traumático. Una cosa es el sueño de una noche y otra es el sueño de muchos días, en que las visiones se van mezclando y van creando otras parecidas. ¿Cómo se puede dejar de soñar? Si no pudiésemos dejar de estar despiertos moriríamos, por eso ella tuvo que salir, aunque fuese un segundo, a este mundo y abrió y cerró los ojos en varias ocasiones, para escapar de su largo sueño y respirar, de la misma forma que se necesita cerrarlos y pasar a otra realidad también para respirar.

De todos modos, bajo su aspecto enfermizo y algo confuso, Félix detectaba que ocultaba algo. Veía un gesto raro en ella que hacía en momentos determinados, un tic que se le escapaba y que Félix siempre había dejado pasar de largo, hasta ahora en que la situación había cambiado y ya no podía evitar observar en Julia lo que observaría en cualquier otra persona a la que tuviera que prestar una cierta atención. Consistía en que Julia de vez en cuando apretaba los ojos como si el sol, aunque no hiciera sol, le molestase. Era un acto reflejo que declaraba que se guardaba algo.

La playa era el mejor tónico. Andar por la arena, los baños. El sol le iba dando ese aspecto más y más saludable, y el pelo parecía alimentarse de todas las vitaminas, sales minerales y oligoelementos que había por allí. La dotaba de una luz rojiza. Y más que bella resultaba una criatura extraña, de otro tiempo, de la Edad Media. Lo bueno era que no se cansaba como antes ni parecía distraída ni ausente. Según el doctor Romano el ser humano necesita dormir para que el cerebro se recomponga y sane, de hecho era imposible sobrevivir sin dormir, así que en el fondo lo que le había ocurrido a Julia es que habría necesitado un largo y profundo sueño reparador, y lo había tenido. Casi todo el tiempo transcurrido desde que Julia salió del hospital lo emplearon, aparte de en la playa, en buscar lugares iguales o parecidos a los de su sueño, los pocos que seguramente podía recordar. Era como hacer una excursión a otra dimensión.

La comisaría y la lonja existían de verdad, aunque deformados sobre todo en las partes que Julia no conocía y que en el sueño había llenado con su fantasía, como el interior de la comisaría y los funcionarios que había dentro y que nunca había visto al menos allí mismo, aunque sí probablemente en otro sitio. Y algo similar sucedía con la sucursal bancaria que, por la descripción, la había compuesto con detalles completamente reales.

También disfrutaron bastante del mercadillo. La probabilidad de que en Las Marinas montaran un mercadillo algún día de la semana era muy elevada y lo contrario habría sido raro, porque aparte de una costumbre que se remonta a los zocos árabes era una atracción turística que llenaba todos los paseos marítimos de la costa de puestos de artesanía y gorras, gafas del sol, bolsos y todo tipo de imitaciones de grandes marcas.

El mercadillo real y el del sueño, al igual que la sucursal real y la del sueño, ofrecían pocas sorpresas. Julia había recorrido muchos a lo largo de su vida y sacó el común denominador de todos ellos. No faltaban las flores, la fruta y la ropa diseñada expresamente para los mercadillos. Julia repetía que jamás olvidaría aquel verano ni aquel lugar en que había tenido la experiencia más desconcertante de su vida y que le había hecho ver las cosas de otra manera, de una manera más relativa o menos recta. También callejearon con el coche entre los intrincados complejos residenciales parecidos al suyo. Sin embargo, a lo que de momento no se atrevió Julia fue a aventurarse ella sola lejos del apartamento. Aun sabiendo que el no ser capaz de regresar al apartamento fue un argumento necesario en la pesadilla para darse tiempo a despertar en buenas condiciones, la primera vez que volvió sola de la piscina supuso casi una hazaña. Después se decidió a ir hasta la playa y recorrerla andando y a la vuelta dijo que todo se iba poniendo en su sitio. Hasta el quinto día no fueron a recuperar el coche al taller. Aunque lo habían dejado perfecto como si no hubiese ocurrido nada, Julia aún no se atrevía a conducir.

Fue ese día cuando cenaron en un restaurante del puerto bastante parecido a otro que en el sueño se llamaba Los Gavilanes. En realidad todos los restaurantes eran muy semejantes. Todos tenían cocina, mesas, camareros, carta. Así que resultaba lógico que en Las Marinas existiera uno como el que describía Julia. Se le veía en una mesa redonda para ocho junto a una gran ventana. Tito donde mejor resistía era en la sillita. Se mostraba contento. Había aprendido a arrojar lo que agarraba con la mano, y Félix se agachaba constantemente desde su asiento para recogerle del suelo los muñecos de goma. Julia contemplaba embelesada a su hijo. De vez en cuando decía: «Es maravilloso que estemos aquí, juntos. No llego a creérmelo». Nadie de los que pasaban ante el ventanal y los miraban un segundo, nadie de los que también cenaban en las mesas contiguas podía imaginarse lo difícil que había sido que estas cuatro personas llegaran a reunirse, nadie podía sospechar que los envolvía una atmósfera especial, una atmósfera que sólo respiraban ellos.

Angelita desde hacía unos días había ido recuperando su vestuario anterior. Y se le veía la raíz del pelo completamente blanca. Ya no se mostraba tan ágil, con tanta energía, ni segura de sí. Era como uno de esos héroes que en un momento de su vida reaccionan con un acto de valentía, de fuerza o de agilidad sorprendentes, sobrehumanos y después vuelven agotados a su estado anterior.

—En la otra vida reservé una mesa como ésta —dijo Julia como quien ha regresado de un largo y exótico viaje y tiene tantas cosas que relatar que no puede evitar que vayan saliendo.

Contó lo que había maquinado para que llamasen desde el restaurante a Félix al ver que unos clientes apuntados en el gran libro de la entrada no acudían. Félix y su madre la miraban sin comprender. Pero había una explicación. En su desesperación al no poder comunicar con Félix, Julia pensó que tal vez otra persona sí pudiese y que Félix al recibir aquella llamada comprendería que era una forma de darle una dirección para encontrarse con ella. En el razonamiento de los sueños nada es absurdo, no como en la vida real en que algunas cosas son absurdas y otras, no.

—Pero el maître no llamó por teléfono, optó sin más por sentar allí a otras personas —dijo Julia.

—Bueno, es lo que suelen hacer —dijo Félix—. Y te digo que en tu lugar, de haberme encontrado en esas situaciones tan difíciles, no habría sabido cómo reaccionar.

—Entonces me llegó el olor de la tarta. Fue una gran idea —dijo Julia mirando cariñosamente a su madre—. Una tarta encaja muy bien en un restaurante. Creo que me iba agarrando a todo lo que podía para encontrar la puerta del apartamento, que no era ni más ni menos que la puerta a esta vida.

—Estoy muy orgullosa de ti —le dijo Angelita dándole enternecida un muñeco a Tito—. Te las has arreglado muy bien y has sabido cuidar de ti. Pocos han pasado por algo tan duro.

Julia agachó la cabeza algo incómoda. Nunca le habían gustado las muestras excesivas de afecto procedentes de su madre. No estaba acostumbrada a ellas y no sabía qué hacer con ellas, cómo corresponder, no tenían ese tipo de relación tan expresiva. Y además, ahora según le había confesado a Félix la abrazaba y la estrechaba en cuanto la pillaba a solas en cualquier lugar del reducido apartamento, lo que le resultaba muy agobiante. No se podía pasar de estar completamente sola y en la indigencia a ser abrumadoramente querida, escuchada, atendida, comprendida y admirada.

De regreso al apartamento con el consabido atasco en la carretera del puerto, Angelita entretuvo a su nieto cantándole canciones infantiles. Era la primera vez que Félix la oía, quizá porque Angelita desde que él la conocía nunca había estado tan contenta como ahora, y le sorprendió mucho lo mal que cantaba. Soltaba tantos gallos y deformaba de tal manera las melodías que a Félix le costaba trabajo reconocer las canciones. Jamás se había topado con alguien con una falta tan absoluta de oído para la música. Se había quedado más noqueado que si su suegra se hubiese arrancado con un aria perfecta. Para Julia no era ninguna novedad y siguió sumida en el paisaje y sus pensamientos. Iba ensimismada en el mar, en la oscuridad a veces brillante que se extendía hasta el horizonte. Hasta que en un momento determinado varias filas de apartamentos lo ocultaron, entonces sólo llegaba el ruido de las olas, rítmico.

Al pasar junto a La Felicidad Julia le pidió que fuera más despacio. Las potentes luces de sus letras oscurecían las estrellas. Le dijo que cuando dejasen a Tito y a su madre en el apartamento podrían volver a tomarse una copa allí, no quería regresar a Madrid sin bailar un poco. Angelita bajó el tono de sus cánticos, desde luego sabría que no era María Callas, pero tampoco era completamente consciente de hasta qué punto. La Felicidad empezaba a animarse a las doce, dentro de una hora, y a ellos les vendría bien un poco de diversión. Félix trataría de no aburrirse o por lo menos de disimularlo para que Julia fuera feliz.

Julia se puso un vestido largo, negro, con la espalda al aire. Le estaba ancho, pero el pelo al cepillárselo cobró tal protagonismo que todo lo demás pasó a un segundo plano. En estos días había recuperado el brillo y los rizos grandes se le disparaban en todas direcciones, mientras que el volumen del cuerpo se había reducido a la mínima expresión. Parecía que hubiese salido del sueño con un aspecto más irreal que al entrar en él. Se retocó a conciencia, se pintó los labios, los ojos y las uñas de los pies. Se empeñó en ponerse tacones a pesar de que aún no se encontraba bastante fuerte. Y se puso el anillo de su madre, el anillo luminoso como ella lo llamaba.

Al verla así, a Félix le pareció un milagro que hubiesen abandonado el hospital para siempre y que esta Julia fuese la Julia de la cama que estuvo al borde de no despertar nunca. Hasta ahora no se había atrevido a tocarla más allá de abrazarla y besarla como un padre o un hermano, su fragilidad lo paralizaba en el terreno sexual. Tampoco podía olvidar que existía Marcus y que ella estaba enamorada de él. ¿Para qué más? ¿Para qué engañarse? Lo único que importaba unos días atrás era que volviera a la vida, ahora que ya estaba aquí todo había cambiado aunque ni ella misma lo supiera.

—¿Sabes una cosa? —dijo Julia pensativa, dándole vueltas al anillo—. He aprendido a defenderme. Real o no he tenido un curso intensivo de supervivencia.

—Ya no necesitas defenderte, nadie va a hacerte daño —dijo Félix con tono de saber que eso era algo imposible.

Félix se puso la camisa de cuadros tostados que habían comprado en el supermercado. Puesta no parecía tan barata, y a Julia le gustaba, aunque eso ya poco importaba. El caso fue que entre unas cosas y otras llegaron a La Felicidad a la una cuando el ambiente ya se encontraba en su apogeo. El portero les dio las buenas noches. Julia cogió a su marido cariñosamente del brazo. Estaba contenta. En la pista la gente se exhibía y se desahogaba. Se acercaron a la barra a pedir unas bebidas y buscaron un sitio para sentarse. Tuvieron suerte porque encontraron una pequeña mesa en todo el meollo por así decir, cerca de la pista, que era lo que ellos querían, sentirse rodeados de gente alegre y superficial a la que mirar. Parecían una de esas parejas consolidadas, que se conocen tan a fondo que se entretienen más viendo lo que hacen los demás que haciéndolo ellos mismos.

A Félix la música y el alcohol le iban levantando el ánimo más de lo esperado. Aun así a las tres pensó que sería una hora más que prudencial para marcharse a casa, cuando una camisa roja se cruzó en su visión; su forma de moverse le resultaba familiar. La siguió con la vista haciendo un esfuerzo para no perderla en la distancia entre otras camisas, hasta que llegó a un extremo de la barra y se colocó de frente observando el panorama. Era Marcus. Félix creía que ya se habría largado. Había dado por supuesto que terminada la tarea que había venido a hacer, se marcharía a cualquier otro sitio a fundirse el dinero que Félix le había pagado. Un hombre como él podría sentir interés por lugares más excitantes que Las Marinas, donde en el fondo imperaban los jubilados y las familias con niños. Esperaba que Julia no lo descubriera, suponía que éste no sería el mejor momento para un encuentro así. Félix preferiría que Julia se sintiera más fuerte cuando esto ocurriera y después que hiciese lo que considerara mejor para ella.

Julia se levantó para ir al lavabo. Se notaba que disfrutaba de cada paso que daba, de cada cara y cosa que veía, de la música, incluso de la conversación de Félix. Cuando Félix hablaba, ella escuchaba atentamente como si cada palabra fuera decisiva para seguir viviendo. En algún momento de estos días le confesó que todo lo que él solía contarle de su trabajo en la aseguradora y cómo lo interpretaba y sacaba conclusiones le había servido de gran ayuda para avanzar y salir adelante. Y esto era algo que Félix jamás se habría esperado, ni de Julia, ni de nadie. No se tenía por una persona original, ni demasiado reflexiva, le aburría divagar sobre la vida. Casi todo lo que sabía con algo de certeza era fruto de la observación, y la observación le había llevado a pensar que uno no debía hacer más de lo que buenamente podía. Las mayores pifias las cometían los que se pasaban de héroes, de víctimas, de salvadores o simplemente de listos. Era mejor no forzar nada, aunque si era sincero, él en la enfermedad de Julia había sido demasiado osado. Pero ¿y los de Tucson? ¿Hasta dónde habrían pretendido llegar los de Tucson?

Al rato, regresó Julia. No andaba con soltura, no estaba acostumbrada a los tacones tan altos, que se empe-

ñaba en ponerse en situaciones que consideraba importantes. Dejó el bolso en el asiento. Había venido a decirle
que el baño estaba hasta los topes y que tardaría en volver.
Luego se inclinó sobre él y le besó en la boca. Por un segundo el pelo de Julia le tapó toda la cara y le dejó a oscu-
ras. Julia dio un sorbo al gin-tonic, lo que tal vez aún fuese una imprudencia, pero Félix no le dijo nada, se limitó a
seguirla con la vista hasta que desapareció al fondo. Después volvió la atención a la barra. Se habían congregado
tantos allí que no localizaba a Marcus. Ojalá se hubiese
marchado. Al menos Julia en el lavabo de mujeres estaría
a salvo de tropezárselo.

Julia

Al ver a Marcus en La Felicidad el corazón le dio un vuelco espectacular. ¿Qué hacía éste aquí? ¿Y si ella seguía soñando? Tuvo que mirarle tres o cuatro veces para convencerse de que era él. La barba de dos días, la mirada atormentada en sus preciosos ojos grises. Julia tenía este color tan metido en la retina que podía verlo a varios metros de distancia en la penumbra. Estaba detenida junto a una damisela de cerámica pegada en la puerta del baño. Julia se había acercado por el lavabo, no por necesidad, sino por romper el maleficio de la pesadilla. Ya no se sentía peor vestida que las demás, ya era como todas, con dinero, un techo, una cama y un armario con ropa dentro. Sin embargo, tanto dormida como despierta, las cosas nunca salían como las tenía planeadas o como era razonable que salieran. Tal vez obedecieran a un plan, pero era un plan desconocido. Por supuesto el baño había dejado de interesarle, ahora vigilaba los movimientos de Marcus al acecho de alguna posible presa. Lamentablemente conocía por experiencia cómo funcionaba Marcus. Tanto en el sueño como en la vida real él le había echado el lazo para conseguir algo. Digamos que mientras dormía las piezas se habían armado de una forma un tanto burda para dejarle claro que era él quien había robado la tiara de la novia en la vida real. Al robarle el coche en el largo sueño, se había declarado como un delincuente de tercera y aunque podía tratarse de una exageración propia de las pesadillas, Marcus no era un Marcus exagerado.

Casi podría jurar que al principio de conocerse Julia le había gustado, hasta que sin darse cuenta la propia Julia le puso en bandeja la ocasión de hacerse con una joya tan valiosa, y él no resistió la tentación. Lo conoció en la cafetería del hotel. Le sirvió un café y una ginebra y charlaron un rato. Al día siguiente también se dejó caer por allí y se tomó una cerveza. Julia le puso un plato rebosante de almendras saladas, y él le dio las gracias elevando hacia ella sus bonitos ojos. Esa misma noche cenaron juntos. Ella le habló del intenso trabajo que tenía por delante porque era la encargada de preparar un cóctel para los invitados de una boda casi principesca. Se casaba la hija de los dueños de una gran cadena de tiendas de ropa que estaban forrados. A él aquello le interesó aunque Julia estaba tan pendiente de gustarle que no se dio cuenta. En el fondo, todo estaba bastante claro. Siempre es uno el que se engaña por no dar prioridad a las evidencias, como decía Félix, en lugar de a los deseos. Y se dejó llevar.

Se enamoró de él, que era lo mismo que decir que Marcus se convirtió en una droga para Julia. Y era evidente que él se había enamorado de ella. ¿Evidente?, ¿por qué evidente?, ¿desde cuándo una ilusión era una evidencia? Luego vino el robo de la diadema y Marcus desapareció. Y apareció Félix, que trabajaba para la compañía que había asegurado la joya. En aquellos días Julia se sentía mal por la ausencia de Marcus. Vivía pendiente de recibir noticias suyas y agradeció los locos días de la boda en que empezaba a trabajar a las siete de la mañana y terminaba a las once de la noche preparando cócteles con que aquellos ricachones agasajaban a diario a sus invitados. Entre unas preocupaciones y otras no se le ocurrió pensar que ella le había contado a Marcus la conversación que había oído entre la novia y el novio sobre el sitio en que la chica pensaba esconder aquella diadema familiar que habían llevado su bisabuela, su abuela y su madre en sus respectivas bodas y que no quería ponerse ni muerta. Sólo verla le daban ganas de vomitar, pensaba enterrarla en un enorme macetero con un bambú que había en su suite y diría que había desaparecido.

Y lo malo fue que cuando culparon al novio y tuvieron que confesar la verdad y sacaron toda la tierra del macetero para rebuscar en ella una y otra vez, la diadema ya no estaba allí. Y hasta que Julia no cayó dormida en Las Marinas y sufrió aquella interminable pesadilla no se le ocurrió sospechar de Marcus. ¿Por qué iba a sospechar de él? Estaba demasiado entretenida en desear verle entrar de nuevo en la cafetería y luego en intentar olvidarle.

En el sueño descubrió quién era. Su inconsciente, más calmado y libre de interferencias voluntarias, había descubierto la verdadera naturaleza de este hombre miserable y mediocre. Apareció un año después de que se largase tras el robo, cuando Julia ya se había casado con Félix y estaba embarazada de Tito. Pero ¿qué es un año cuando se trata de amor? Comenzó a verle. Tomaban café, daban algún paseo y con frecuencia subían a una habitación del hotel.

Aprovechaban para estar juntos en el cuarto que ella y otros empleados usaban para descansar un rato cuando la jornada se hacía demasiado larga. Estaba en la planta baja y daba a un patio interior. No merecía siquiera la pena abrir la ventana, era menos triste con la luz encendida. No eran muchos los que la utilizaban salvo para darse una ducha. Si se echaban en la cama solían hacerlo sobre el cobertor, sin abrirla.

Julia en cambio tenía la costumbre de pedirle a la camarera sábanas limpias, que ella misma cambiaba. Después de hacer el amor con Marcus las quitaba y volvía a poner las anteriores. Al principio él la ayudaba, luego, en lo que ella llamaba segunda época, se negó porque decía que ese ritual le deprimía y se marchaba enseguida, y entonces para Julia la habitación se cargaba de una gran melancolía desagradable, no de la melancolía que a uno le puede gustar porque es triste y alegre a la vez, sino de otra que es triste y amarga a la vez.

—No pienso volver más aquí —solía decir Marcus—. No soporto este ambiente. Me pone enfermo. Con algo de dinero nos podríamos marchar a Grecia unos días, y allí viviríamos la vida de verdad.

Al principio Julia creyó que podría controlar la situación hasta que comenzó a sentirse demasiado nerviosa e irritable, con los sentidos tan embotados que tenían que repetirle las cosas para poder entenderlas, igual que si hubiese una pantalla entre ella y el mundo. Y esa pantalla podría llamarse miedo. Temía cometer fallos y que Félix se diera cuenta de lo que ocurría, pero sobre todo temía que se enterase de que le había mentido, y sobre todo le apenaba que las cosas no fuesen como tenían que ser.

Sin embargo, nada de esto era comparable con lo que vino después cuando Marcus comenzó a necesitar dinero para enviar a su país. Había contraído allí una deuda y tenía que pagarla de cualquier forma. Fue en este momento cuando Julia consideró que debía retirarse. La presión era demasiado grande para cualquiera y más para alguien en su estado. Precisamente apeló a su embarazo para pedirle que dejasen de verse. Ya no podía más, se iba a desmoronar, pero Marcus no quiso. Dijo que se encontraba atrapado y que ahora no iba a aguantar que le diese la patada. A estas alturas Julia reunía fuerza sólo para pensar lo justo y no fue capaz de reaccionar. Y así iba saliendo del atolladero, un atolladero en que cada vez se hablaba menos de amor y más de dinero, mientras tanto Julia trabajaba sin descanso en el hotel para sacar un dinero extra que darle a Marcus.

Él prometía que se lo devolvería con intereses. Julia por su parte, entre la angustia y el exceso de trabajo, iba cayendo en una fatiga continua. Siempre tenía sueño.

Por fortuna, tras el nacimiento de Tito, Marcus la dejó tranquila unos meses. Y ella no le echaba de menos. La paz, la tranquilidad y el no tener que engañar a Félix eran muy superiores a los sentimientos fuertes. Durante la baja por maternidad, se dedicaba a Tito todo el tiempo. Le cambiaba, le daba de mamar y observaba a este pequeño ser que había venido al mundo porque ella y Félix habían querido. Lo normal era que mientras le daba de mamar y entre toma y toma le entrase sueño y se quedara traspuesta o profundamente dormida, hasta que la despertaba el llanto del niño. No lograba recuperarse del cansancio que había ido acumulando desde que conoció a Marcus y ni siquiera se acordaba ya de cuándo no lo sentía. Parecía que los lejanos tiempos en que era una persona como las demás se habían extinguido como los dinosaurios.

Y cuando se acabó la baja y se incorporó sin ninguna gana, a rastras como si dijéramos, al bar del hotel, Marcus reapareció. Estaba más guapo que nunca. La cara más curtida por el aire y el sol y los ojos tan claros que hacían pensar que para volver aquí habría cruzado a nado océanos profundamente azules. Julia, sin embargo, cayó en la cuenta de que la había pillado por sorpresa y que iba más descuidada que en los viejos tiempos. Marcus le preguntó cómo se llamaba su hijo.

—Tito —dijo Julia con gran precaución.

—¿Está bien?

—Sí, muy bien.

—Me gustaría que hablásemos. No quiero malentendidos entre nosotros.

—¿Cómo va lo de tu deuda?

—Saldada. Está completamente saldada. No tienes que preocuparte por eso.

Julia acababa de comprender que el problema no era Marcus, sino que ella tenía un infierno dentro que necesitaba arder, lanzar grandes llamas al cielo. Y era de suponer que Marcus también lo tendría. Sólo que Julia no lo manejaba ni lo resistía tan bien como Marcus el suyo. Y empezaron de nuevo a verse, ahora con más complicaciones porque Tito exigía mucha dedicación. Julia llegó a tal grado de confusión que tuvo que implicar a su madre. En varias ocasiones dejó a Tito con ella para poder verle con más tranquilidad. Se planteó incluso la posibilidad de divorciarse de Félix y comenzar una nueva vida con Marcus, si éste hubiese expresado un fuerte deseo de que así fuera, pero no lo hizo porque tenía otras preocupaciones más urgentes. Marcus volvía a necesitar dinero. Resulta que había emprendido un negocio que no estaba saliendo bien. Otra vez el dinero.

«Lo único que te importa es el dinero, ¿verdad?», le dijo un día Julia por decir. Y Marcus le sostuvo la mirada con una frialdad que a Julia le obligó a bajar la suya.

Ahora, retrospectivamente, veía su vida más en conjunto y las conexiones entre las partes le daban aparente sentido a los acontecimientos y una explicación, la explicación de que un clavo arranca otro clavo y un problema tapa otro. Julia tuvo que ir al médico porque se quedaba dormida en cualquier parte. Era exagerado, tenía que tratarse de algo más que cansancio, y lo único bueno de su dolencia era que el asunto Marcus había pasado a segundo plano. ¿Y si estaba enferma? El médico achacó su estado a la depresión posparto. La depresión le habría provocado desórdenes en el sueño. Le recetó pastillas, cuyo efecto no se hacía notar demasiado.

Entre tanto, Marcus dijo que si no reunía dinero suficiente para pagar un local que había comprado tendría que marcharse fuera del país. Y Félix reservó un apartamento en Las Marinas para pasar el mes de julio, lo que a Julia le pareció una gran idea. Ya no podía más, no controlaba su cuerpo y no se sentía capaz de hacer frente a su vida.

Si se había producido la extraña circunstancia de que también él estuviese esta noche aquí, en La Felicidad, sería porque tenían que verse y hablarse. Se apartó a un lado para no molestar a las que entraban y salían del baño, bastante serenas todavía. Sabía que de un momento a otro él la vería, vería su pelo rojo entre las ráfagas de luz. Y así fue, de pronto notó que la luz la iluminaba aquí y allá y que la mirada de aguilucho de Marcus se detenía en ella. Ya no había vuelta atrás. Julia fijó la vista en él para dejarle claro que le había visto y que no podía huir. Así que sin dejar de mirarle avanzó y avanzó. Jamás los tacones le habían resultado tan odiosos. Estaba tardando una eternidad en llegar. Entonces Marcus se apartó de la barra y también anduvo hacia ella. Se encontraron a mitad de camino. Julia se retiró hacia la pared, donde era improbable que los viera Félix. Marcus la siguió, parecía tan asombrado como ella.

—Vaya —dijo—. ¡Qué sorpresa verte aquí! —dijo Marcus.

—Sí, la verdad es que no creía que fuera a volver a verte y menos en Las Marinas. Es una coincidencia increíble.

Julia consideró que ya se estaba embalando a hablar. Marcus era un hombre de pocas palabras y su silencio resultaba un arma bastante poderosa para tirarle a ella de la lengua. Lo lograba sin mover un dedo, sólo creando un intenso horror al vacío. Ahora él la observaba sopesando la situación.

—Ya —dijo—. Imagino que andará por aquí tu marido.

—Sí. Esperaba que me preguntases por mi hijo.

—¿Por qué? ¿Le ha sucedido algo?

Julia negó con la cabeza descorazonada, no le estaba gustando hablar con Marcus. Aquella penumbra le recordaba la habitación del hotel. Por un lado era un alivio no haberlo matado de verdad, pero por otro le gustaría matarlo con la facilidad con la que lo hizo en el sueño.

—Sé una cosa, Marcus.

Él, como era de esperar, no preguntó.

—Sé que robaste la diadema de la novia.

Hizo como que no recordaba, frunciendo el entrecejo con tanta fuerza que le dejó un surco.

—No entiendo lo que dices.

—Sí que lo entiendes. Robaste la joya y la vendiste y cuando te gastaste el dinero volviste a mí de nuevo. Me importas una mierda.

Marcus sonrió. Por primera vez en su vida, sonrió, y con la sonrisa los músculos se le descolocaron, la mirada le cambió, se hizo más blanda, los labios se le estiraron y le dibujaron unos surcos a los lados un poco ridículos. Julia lamentó que esta sonrisa no le hubiese llegado antes y deshiciese así el hechizo que la había mantenido atada a un sueño, y éste sí que había sido un sueño absurdo. En el fondo todo lo que acababa de decirle, casi ahogándose de rabia, habría carecido de valor y habría caído en el vacío si no fuese por esa sonrisa, que había vuelto el mundo del derecho. Lo estaba viendo como era. Ya no significaba nada. Sólo se dijo para sí, lo hecho, hecho está.

Marcus había sido descubierto y podía liberar su verdadero ser. El Marcus del sueño era el real.

—Crees que sabes algo y no sabes nada. Tu pequeña mente sólo ve cosas pequeñas, hechos pequeños, ideas pequeñas. Tienes fantasías pequeñas y una vida aburrida —dijo Marcus tal vez calibrando su poder sobre Julia.

—¿Sabes una cosa? —replicó Julia indignada—. Aunque no lo creas, existe una vida en que ya estás muerto. En esa vida yo misma te he matado. He tenido la sensación de haberte matado y de tener que cargar con la culpa. No era agradable, pero tampoco me daba ninguna pena y no me dejabas ningún recuerdo. Ya no tenemos nada más que decirnos.

Cuando Julia emprendió la retirada, Marcus la sujetó por el brazo. Pero Julia ya estaba preocupada por Félix, le horrorizaba que los sorprendiese. No sabría qué decirle ni por dónde empezar a explicarle aquel embrollo que al fin y al cabo ya había pasado, y uno puede hacerse a la idea de que el pasado es sólo un sueño, a veces bueno y otras malo.

—La gente como tú en cuanto puede se deshace de lo que le molesta. Cualquier cosa que le estorbe por insignificante que sea tiene que eliminarla. Piensa en ello.

—Mi marido me espera.

—Es mejor que no le cuentes lo nuestro —dijo con una última sonrisa que acabó por destruirle.

Necesitaba ir al baño un momento para hacer un tránsito entre Marcus y Félix y de camino pensó que a veces es preciso ver nuestra vida desde otra parte, para apreciarla debidamente. Julia tenía la certeza de que en la otra vida no habría llegado a soportar la pérdida de Félix y Tito, le habría resultado insoportable no volver a verlos, no saber dónde estaban y le había angustiado la preocupación que tendría Félix por no encontrarla. Hay lazos demasiado fuertes, que no se puede explicar en qué consisten y que están por encima de las pasiones. Este vínculo era el que la había mantenido unida a ellos desde el otro lado. Así que el precipitar la muerte de Marcus en el sueño podría significar simplemente reforzar esta unión y apartar los obstáculos. Y el tropezarse ahora con el Marcus vivo, aquí en La Felicidad, parecía una broma preparada por alguien que la espiaba en todos los estados posibles y desde todas partes, desde dentro y desde fuera de su cabeza. Ese alguien invisible sabía lo que quería y lo que detestaba Julia, sabía cuándo estaba fingiendo y lo que había significado Marcus para ella. Si los espíritus y los ángeles existieran de verdad todo tendría una explicación y no debería preocuparse tanto, sólo confiar en ellos.

Félix

A los tres cuartos de hora ya no aguantó más y fue en busca de Julia. No hacía tanto que había salido del hospital y temía que pudiera marearse. Sin embargo, en la entrada del baño de señoras reinaba un gran clima de normalidad, así que se limitó a preguntar a una chica que salía si dentro había una chica pelirroja. La joven dio media vuelta haciendo volar la melena, miró dentro y volvió. No, no había nadie de esas características. Entonces tal vez Julia se había despistado y estaba tratando de localizarle. Félix aguzó la mirada lo que pudo. Concentró tanta energía en la mirada que el oído y el olfato perdieron fuerza. Su vista traspasaba las sombras y navegaba entre los desfiladeros que dejaban los cuerpos, incluso los más pegados unos a otros, y llegaba a los rincones más alejados. Y en uno de ellos los descubrió. Se acercó un poco más, aunque no lo suficiente para que lo vieran a él. Los había delatado el pelo de Julia al pasar por allí una ráfaga de luz.

Él tenía una pierna flexionada y apoyaba un pie en la pared. Julia se movía nerviosa de un lado para otro frente a Marcus, que tenía más pinta de tipejo que nunca. Ella hablaba enfadada y él escuchaba. Félix juraría que Marcus no le contaría a Julia el motivo por el que estaba aquí, porque de esta forma siempre encontraría alguna excusa para sacarle a él más dinero. Y si esto ocurría, llegaría el momento en que él mismo tuviera que contarle a su mujer que sabía lo de su relación con Marcus. Y ese momento desde luego llegaría, pero no ahora. Ahora Julia debía recuperarse, ponerse fuerte, resolver el problema que tuviese con ese individuo y entonces, y sólo entonces, Félix le pediría una explicación, o quizá ni siquiera se la pidiese, Félix pediría el divorcio y se acabó. Le dolería en el alma porque se separaría de Tito, pero durante el tiempo que estuvo llevando casos matrimoniales la experiencia le demostró que no hay vuelta atrás y que cuanto antes se tomaran medidas, mejor para todos.

Esperó medio escondido hasta que pareció que se despedían, y se marchó a su asiento junto a la pista. Suponía que ahora Julia sí entraría en el baño. Querría mirarse en el espejo, lavarse las manos, reflexionar un momento, respirar hondo y de esta forma hacer un hueco entre uno y otro hombre, entre una y otra situación, entre unos y otros sentimientos.

Llegó más o menos cuando Félix había calculado. Mientras la notaba venir hacia él, hizo que fijaba la atención en la pista. Ella, antes de sentarse le puso las manos en los hombros, las tenía frías, se las acababa de lavar.

—¿Has visto a esos dos? —dijo Félix sin mirarla apenas—. Parecen bailarines profesionales.

—Sí —dijo Julia—. Cómo se mueven. ¿Nos vamos ya?

Un cuarto de hora más tarde entraban en los apartamentos. La noche estaba intensamente perfumada, sobre todo al pasar junto al muro, del que colgaba una enredadera de florecillas blancas.

Mientras hablaban y se adentraban por pasadizos camino del apartamento, Félix lamentaba que las cosas no fueran igual que antes, que él mismo no fuese el de antes. En el llamado por Julia curso intensivo todos habían cambiado, incluso Tito había desarrollado algunas habilidades. Ya sabía arrojar objetos, comía puré de pollo y verduras y seguía con la cabeza el ritmo de la música.

Julia se quitó los zapatos para subir la escalera sin hacer ruido.

Félix se había tomado varios gin-tonics y un whisky en la discoteca y los párpados le pesaban. Hacía siglos que no bebía así. Sentía un dulce cansancio. Se cepilló los dientes lo más rápido que pudo para tumbarse en la cama. Se oían en la habitación de al lado las respiraciones de Angelita y Tito. Él, que conocía los aspectos más negros de la vida de mucha gente, debía sentirse contento y satisfecho porque objetivamente hablando en el cuadro familiar no faltaba ninguna pieza. Si no tenía en cuenta que su mujer quería a otro, era perfecto.

A Félix los secretos no le asustaban. Los consideraba parte del trabajo. Cuando se metía en la vida de la gente, llegaba a conocer asuntillos que los más allegados ni sospechaban y esto, aunque estuviese mal pensarlo, le ponía en una posición de superioridad. En cuanto reunía ciertos datos y confesiones, veía sus vidas desde arriba como un pájaro mientras que ellos por mucho que se lo propusieran estaban dentro de la charca. Sin embargo, le incomodaba saber cosas sobre Julia que ella ignoraba que él sabía. Le repugnaba una relación tan desigual y asistir a los esfuerzos de su propia mujer por ocultarle inútilmente lo de Marcus.

Tal vez ésta fue la noche, la de su visita a La Felicidad, en que más apaciblemente durmió Julia, ¿porque se había reencontrado con su amor? Félix no tuvo la impresión de que se despidieran como amantes. No le agradaba pensar en Marcus ni con Julia ni sin Julia, pero no había detectado ninguna emoción positiva hacia aquel individuo por parte de ella, y en los días que siguieron su transformación fue a mejor y a mejor hasta convertirse en aquella Julia con la que creía que se había casado.

Julia disfrutaba de su hijo, de los paseos por la playa, de las cenas en el restaurante del puerto que ellos seguían llamando Los Gavilanes. A veces, su mirada se volvía sombría, o miraba a los lados inquieta, seguramente temiendo encontrarse con Marcus, no con la angustiosa esperanza de encontrárselo, sino con auténtico fastidio y malhumor hasta que se aliviaba y olvidaba. Lo que Julia no sabía es que también Félix miraba alrededor extrañado de que Marcus no se hubiese dejado ver, sobre todo ahora que sabía que Julia había despertado, que se encontraba bien y que entre ella y Félix había más secretos que en los sótanos del Vaticano. Parecía prácticamente imposible que no quisiera sacar provecho. En cualquier caso, y demostrando valentía cada uno por un lado, ninguno sugirió la posibilidad de marcharse de Las Marinas el resto de las vacaciones.

Julia envió a su trabajo, al finalizar julio, la baja que le extendió el doctor Romano. Después de lo que has pasado te mereces diez días de auténticas vacaciones, le dijo. Y Félix pidió diez días por asuntos propios. Lo que resultó inevitable fue cambiarse de apartamento porque éste estaba ya reservado para agosto.

Ocuparon un bajo, que en el fondo era mejor porque tenía un pequeño jardín y no había que subir escaleras con Tito, la silla, la bolsa y la sombrilla. Pero sentían que le debían mucho a los dueños del que dejaban, Tom y Margaret Sherwood. Gracias al instrumental de repostería con que Margaret había provisto la cocina, a Angelita se le ocurrió lo de la tarta, que a Julia le indicó el camino de vuelta al apartamento.

Angelita confesó que aquella mujer llamada Margaret le había dado mucha fuerza, que parecía que el apartamento estaba impregnado de su espíritu y que en un altillo había encontrado ropa de mujer en una caja de cartón donde ponía Margaret y que cuando Angelita se vestía con ella se sentía mucho más joven y más fuerte y que entonces lo que le ocurría le ocurría a una persona que estaba en perfecto estado mental y físico para afrontarlo. Pero al despertar Julia de su largo sueño, había dejado de tener efectividad así que volvió a guardar la ropa lavada y planchada en la caja y la caja donde la había encontrado. Decía que Margaret debía de ser una persona muy positiva y con mucha energía y que todas sus cosas estaban cargadas con esta energía y que pensaba llevarse aquella foto de ella y Tom como recuerdo y dejaría una carta para ellos en el buzón explicándoles lo importante que había sido pasar este tiempo en un apartamento con tanta vida dentro y que en compensación les dejaba un regalo que podían incorporar a la decoración del apartamento o hacer con él lo que quisieran.

Angelita les compró a Tom y Margaret, esos viejos amigos a quienes nunca habían visto y que probablemente jamás conocerían, un frutero muy bonito de barro cocido, que se rompió en cuanto Angelita salió por la puerta camino de Madrid. Se marchó un día antes de trasladarse al nuevo apartamento en el bajo. Era el único que quedaba libre y tenía una habitación menos, así que Angelita dijo que ya era hora de que estuvieran solos y que empezaba a sentirse un estorbo.

Aun vistiendo su propia ropa el aspecto le había cambiado. Se movía con agilidad y se la veía segura del terreno que pisaba. La llevaron al aeropuerto por cortesía, pero no porque lo necesitase o se quedaran intranquilos. En cuanto comprobaron que pasaba el control de seguridad, regresaron. Era mediodía y Julia quería darle de comer a Tito lo antes posible y que se echara la siesta.

El nuevo apartamento olía a detergente. Lo acababan de limpiar y de retirar los rastros de los inquilinos de la quincena anterior. Tito se puso a gritar contento igual que si por un golpe de conocimiento comprendiera todo lo que había sucedido. El jardincito tenía unos metros de césped que teñían de tono verdoso el minúsculo salón. Y quienquiera que lo hubiese limpiado había dejado las puertas abiertas para que se secase el suelo. Pusieron a Tito en la silla mirando hacia fuera. Recorrieron de dos zancadas la habitación, el baño, el cuarto del calentador, donde también había un tendedero de plástico plegado, una cesta con pinzas de colores y una fregona. La distribución era prácticamente igual que la otra, aunque más impersonal. En el buzón figuraba un nombre masculino de resonancia sueca, noruega o danesa. Los muebles eran de mimbre blanco seguramente para no empequeñecer aún más la vivienda. En la cocina no había nada que delatase la personalidad del dueño, sólo en una vitrina junto al sofá se exhibía un juego de café en cerámica búlgara, lo que significaría que habrían hecho un viaje o que alguien se lo había traído como recuerdo. Y había algo más. Sobre la vitrina había una fotografía.

Julia y Félix se quedaron contemplándola boquiabiertos. Era la foto de Tom y Margaret. La misma foto sonriente en el mismo marco de madera. Julia y Félix se miraron sorprendidos. Seguramente con el apartamento entraban algunos muebles y adornos como este marco con la misma foto de prueba, lo que significaba que esas personas no existían. También el florero que había sobre la mesa redonda y el cenicero eran parecidos. Esa foto acompañaba el marco simplemente para que el cliente se hiciera una idea de cómo quedaría su propia foto allí. Y digamos que casi nadie se había molestado en cambiarla.

—Y pensar que he soñado con esa mujer, que he hablado con ella, que hizo la tarta que me condujo hasta aquí. Y todo era real, ella también. Imagínate que ahora también estuviésemos soñando, soñaríamos con cosas y personas que hemos visto en otra vida o en otro mundo —dijo con un tono de voz reflexivo y pausado, místico, en una palabra.

Félix escuchaba a Julia alerta, algo estaba cambiando. Cuando se volvió a él lo miró sonriente, como si por fin lo hubiera aceptado en su vida. Félix dudó si tendría que divorciarse de esta Julia. Si ella había evolucionado hacia otro estado interior, tampoco las circunstancias eran las mismas. ¿Y si dejaba de darle tanta importancia a lo que había descubierto? Al fin y al cabo lo que había descubierto pertenecía al pasado, y ahora ya estaban en el futuro. Había llegado al convencimiento de que hay personas que atraen la información hacia sí, mientras que otras se enteran de lo mínimo. Es una manera de ser, que a veces es mejor no alterar. Después de todo, el mundo se sostenía en tantas mentiras, que si esas mentiras se desmoronaban los cimientos cederían y todos se hundirían, y ante esa perspectiva habría que preguntarse si merecía la pena la verdad.

Llamaron a la puerta a las cuatro de la tarde por el reloj de la mesilla. Julia medio abrió los ojos y volvió a cerrarlos. Estaba consiguiendo dormir muy bien, sin miedo a no despertar, por lo que quizá no fuese preciso recurrir a un psicólogo, o si recurrían sería cosa de poco.

Félix cruzó el pasillo y el verdoso saloncito con enorme pesadez, como si cada una de las pisadas dejase una profunda huella en el suelo. Al segundo timbrazo se precipitó a abrir para que no se despertase Tito y se encontró con un individuo que le resultaba familiar. Llevaba pantalones cortos por la rodilla y náuticos azul marino. Sobre el tronco, un polo negro. Miró a Félix con la cabeza ladeada y en un ángulo que iba de abajo hacia arriba. No le era extraña esta forma de mirar.

—¿Nos conocemos?

—Le traigo un regalo de Abel. No creo que sepa que murió hace unos días.

¡No me diga! Abel, el paciente del hospital. Ahora recordaba perfectamente al hombre que tenía delante, apoyado en la pared frente a la puerta 403.

—Usted era... —dijo haciéndose a un lado para dejarle entrar. Con los dos dentro, el salón parecía aún más pequeño.

—Cuidaba de él, de que nadie le molestara y de que le atendiesen bien. Nos turnábamos una compañera y yo, ya sabe... Me ha costado dar con ustedes —echó un vistazo al pequeño entorno—. Han cambiado de apartamento.

Félix sintió cierto respeto hacia la profesionalidad y lealtad hacia su jefe de este hombre que cumplía sus promesas, lo que podría significar que el quijotesco Abel gozaría de auténticas cualidades humanas. Así que se sintió obligado a interesarse por él, por cómo falleció.

—¿Falleció en el mismo hospital? —preguntó Félix.

—A los dos días de salir le repitió el infarto —contestó con la voz práctica de quien sabe que es inútil emocionarse y le entregó un sobre amarillo y acolchado que llevaba en la mano.

—Es mejor que lo abra cuando esté solo —le susurró casi al oído, lo que daba a entender que Félix debía ocultárselo a Julia.

Félix dudó si ofrecerle algo de beber, pero era más fuerte su deseo de que se marchara lo antes posible.

Desde el jardincito lo vio dando la vuelta por el sendero de adoquines rosas hacia la salida. El vello rubio de las pantorrillas le brillaba al sol mientras se ponía unas gafas negras. Los pantalones cortos impecablemente planchados, la alianza en la mano con que le había entregado el paquete lo convertían en un inocente padre de familia, de la misma estirpe de Félix, disfrutando de tiempo libre. Había venido relajado y fuera de servicio a cumplir una última voluntad.

Julia preguntó desde el dormitorio quién era, y Félix contestó que se trataba de un operario de la urbanización. Se sentó en una butaca de plástico verde botella del jardín bajo la sombra del toldo. Había moscones y una abeja danzaba alrededor. Le gustaba el sonido, le recordaba cuando era pequeño y había mucho tiempo por delante para recrearse en cualquier cosa. Palpó el sobre, notó algo abultado como un pequeño libro. El pesado de Abel había estado pensando en ellos después de que se fueran. Ahora que todo había quedado atrás le agradecía ese gesto. Más aún, su presencia en el cuarto y sus comentarios, en ocasiones cargantes, les habían aliviado de la soledad. Lo que no podría saber nunca es qué le decía a Julia, qué secretos le dejaba caer en el oído.

Ya no volvería a la cama. Se tumbaría en el sofá a leer una novela de Margaret que había traído del otro apartamento hasta la hora de ir a la playa. Le encantaba esta vida. Le gustaba tanto que lloraría de alegría. Con la abeja zumbando alrededor, abrió el sobre. Sacó un billetero negro de hombre. Dentro había una nota que decía:

«Ya no os molestará más. Ese tipo no valía lo que te estaba costando. Te lo digo yo.»

Por las ranuras asomaban tarjetas de crédito y la documentación de Marcus. Era la cartera de Marcus. ¿Significaba esto que...? Aguzó el oído para comprobar que Julia seguía en la cama. Había unos tres mil euros en billetes de cincuenta. Permaneció observándolos un segundo, luego los cogió y se los metió en el bolsillo. Tendría que deshacerse de la cartera. De momento la metería en el sobre y lo camuflaría entre sus papeles del trabajo, que era una manera de que a Julia no le llamase la atención.

Abel, Abel, pensó. Ojalá sea una broma, pero si no lo era, gracias. ¿Qué más podía decir? A no ser que Marcus apareciera no podría saber si esto quería decir lo que suponía porque sería imposible localizar al mensajero que le había traído el sobre. Le había pillado por sorpresa, en un momento en que no se le ocurrió ni siquiera preguntarle cómo se llamaba.

Esa noche no irían a Los Gavilanes sino al mejor restaurante de la costa en treinta kilómetros a la redonda y antes pasarían por alguna buena tienda de ropa para que Julia se comprase un vestido bonito. Y desde luego dejaría que el futuro hiciera su trabajo. Pero antes, se acercaría a la playa a darse un baño por fin en paz y con la secreta esperanza de encontrarse con Sandra. Desde que Julia apareció en la urbanización, Sandra se había mantenido a distancia. Siempre la veía de lejos con su pandilla de amigos tatuados. Y le gustaría tanto bañarse con ella, aunque sólo fuera una vez, ahora que ya no sentía ningún tipo de preocupación. Le gustaría verla y estar con ella ahora que el mundo se había vuelto simple otra vez.

Julia

En cuanto Julia dejó de estar obsesionada por Marcus, Marcus desapareció. Tenía razón el doctor Romano cuando dijo que todo lo que existe existe porque está en nuestra mente. Y que no había peor muerte que la de ser olvidado. En el momento en que su pensamiento lo mató en el sueño, un pensamiento no dirigido voluntariamente, Marcus pasó a mejor vida. Y cuando se lo encontró en la vida real ya era un fantasma, un fantasma molesto. La vuelta a casa estaba siendo muy agradable. Tito estaba morenito y a Félix le había crecido el pelo. Probablemente se lo cortaría nada más llegar. En el hotel le preguntarían por lo que le había ocurrido, pero ella le quitaría importancia y no contaría casi nada. En el fondo lo que deseaba era alejarse de la sombra del robo de aquella joya en el que de forma inocente había participado y que en el hotel siempre la rondaría. Así que trataría por todos los medios de montar su propio negocio. Félix la ayudaría. Gracias a Dios no se había enterado de lo de Marcus ni de nada.

Ya habían perdido de vista la costa, ya había dejado de oler a mar. La vegetación iba cambiando y el sol lo cubría todo de un dorado envejecido. Tenía que darle de merendar a Tito.

Presentimientos se terminó de imprimir
en junio de 2008, en Impresora y
Encuadernadora Nuevo Milenio, S.A. de C.V.,
San Juan de Dios 451, col. Prados Coapa 3ª
sección, Tlalpan, C.P. 14357. México, D.F.

«Si aquel día no hubiese entrado en la Torre de Cristal, nada de esto habría ocurrido.»

La Torre de Cristal es uno de los grandes edificios de oficinas que pueblan cualquier ciudad. Allí la narradora se encuentra involucrada en las vidas de jefes y compañeros cuyas inquietudes, secretos y obsesiones tejen una atmósfera que la va absorbiendo poco a poco. Entre todos forman un mundo de supervivientes que tratan de adaptarse a una realidad cambiante y llena de gestos que no se sabe lo que esconden.

Como si nos asomáramos a las ventanas del edificio, la envolvente estructura de *Un millón de luces* nos descubre las historias entrelazadas que componen la apasionante intriga de la novela y de la vida, impregnada de necesidad de amor, espejismos e incertidumbre.

Clara Sánchez capta con ironía y ternura lo que los tiempos traen, el mundo en que vivimos, el ahora aparentemente banal. Y lo hace con la prosa sutil, enigmática y al mismo tiempo transparente y directa que la define.

Premio Alfaguara de Novela 2000

La vida de hoy mismo, la de las modernas urbanizaciones y sus formas de convivencia, de soñar y de amar. La que se abre camino, entre nuevos cambios y nuevas tecnologías, perpleja, hacia el conocimiento de sí misma.

Un espacio mágico donde los sucesos extraordinarios y los habituales se nivelan ante la mirada familiar y al mismo tiempo reflexiva y poética de Fran, el narrador de *Últimas noticias del paraíso*, a través de cuya conciencia Clara Sánchez explora la inquieta y contundente realidad contemporánea y demuestra que sólo se cumplen los sueños de quien los tiene, y que creer en la suerte es creer en la vida con todas sus infinitas posibilidades.

Una novela sobre el paraíso de cada uno.

El misterio de todos los días es, línea a línea, palabra a palabra, el camino de la memoria que una mujer, Elena, va explorando para desentrañar el enigma de su deseo.

Sin ninguna concesión al sentimentalismo ni a la retórica fácil, la voz sutil de Clara Sánchez transmite toda la fuerza de la juventud y la belleza en el cambio a la edad adulta del joven Néstor —y en el modo en que Elena lo contempla, alcanzando la plenitud en la intensidad de su mirada.

El deseo como fantasma erótico necesitado de perpetua satisfacción —interminable— prohíbe la renuncia. Él es el puente entre los seres humanos y el mundo hacia el misterio de todos los días.

Una obra de Clara Sánchez, una escritora con una visión extraordinaria e insólita para la percepción creativa de los grandes temas universales: el amor y el tiempo.

Alfaguara es un sello editorial del Grupo Santillana

www.alfaguara.com

Argentina
Avda. Leandro N. Alem, 720
C 1001 AAP Buenos Aires
Tel. (54 114) 119 50 00
Fax (54 114) 912 74 40

Bolivia
Avda. Arce, 2333
La Paz
Tel. (591 2) 44 11 22
Fax (591 2) 44 22 08

Chile
Dr. Aníbal Ariztía, 1444
Providencia
Santiago de Chile
Tel. (56 2) 384 30 00
Fax (56 2) 384 30 60

Colombia
Calle 80, 10-23
Bogotá
Tel. (57 1) 635 12 00
Fax (57 1) 236 93 82

Costa Rica
La Uruca
Del Edificio de Aviación Civil 200 m al Oeste
San José de Costa Rica
Tel. (506) 220 42 42 y 220 47 70
Fax (506) 220 13 20

Ecuador
Avda. Eloy Alfaro, 33-3470 y Avda. 6 de
Diciembre
Quito
Tel. (593 2) 244 66 56 y 244 21 54
Fax (593 2) 244 87 91

El Salvador
Siemens, 51
Zona Industrial Santa Elena
Antiguo Cuscatlan - La Libertad
Tel. (503) 2 505 89 y 2 289 89 20
Fax (503) 2 278 60 66

España
Torrelaguna, 60
28043 Madrid
Tel. (34 91) 744 90 60
Fax (34 91) 744 92 24

Estados Unidos
2105 N.W. 86th Avenue
Doral, F.L. 33122
Tel. (1 305) 591 95 22 y 591 22 32
Fax (1 305) 591 91 45

Guatemala
7ª Avda. 11-11
Zona 9
Guatemala C.A.
Tel. (502) 24 29 43 00
Fax (502) 24 29 43 43

Honduras
Colonia Tepeyac Contigua a Banco Cuscatlan
Boulevard Juan Pablo, frente al Templo
Adventista 7º Día, Casa 1626
Tegucigalpa
Tel. (504) 239 98 84

México
Avda. Universidad, 767
Colonia del Valle
03100 México D.F.
Tel. (52 5) 554 20 75 30
Fax (52 5) 556 01 10 67

Panamá
Avda. Juan Pablo II, nº15. Apartado Postal
863199, zona 7. Urbanización Industrial
La Locería - Ciudad de Panamá
Tel. (507) 260 09 45

Paraguay
Avda. Venezuela, 276,
entre Mariscal López y España
Asunción
Tel./fax (595 21) 213 294 y 214 983

Perú
Avda. Primavera 2160
Surco
Lima 33
Tel. (51 1) 313 4000
Fax (51 1) 313 4001

Puerto Rico
Avda. Roosevelt, 1506
Guaynabo 00968
Puerto Rico
Tel. (1 787) 781 98 00
Fax (1 787) 782 61 49

República Dominicana
Juan Sánchez Ramírez, 9
Gazcue
Santo Domingo R.D.
Tel. (1809) 682 13 82 y 221 08 70
Fax (1809) 689 10 22

Uruguay
Constitución, 1889
11800 Montevideo
Tel. (598 2) 402 73 42 y 402 72 71
Fax (598 2) 401 51 86

Venezuela
Avda. Rómulo Gallegos
Edificio Zulia, 1º - Sector Monte Cristo
Boleita Norte
Caracas
Tel. (58 212) 235 30 33
Fax (58 212) 239 10 51